| 中国当代研学丛书 |

文化

翻译与文化缺省补偿策略

文学的视角

王大来 | 著

中央编译出版社
Central Compilation & Translation Press

图书在版编目(CIP)数据

翻译与文化缺省补偿策略:文学的视角/王大来著.
—北京:中央编译出版社,2020.3
ISBN 978-7-5117-3798-4

Ⅰ.①翻⋯
Ⅱ.①王⋯
Ⅲ.①文学翻译—研究
Ⅳ.①I046

中国版本图书馆 CIP 数据核字(2020)第 004770 号

翻译与文化缺省补偿策略:文学的视角

出 版 人:葛海彦
责任编辑:翟 桐
责任印制:刘 慧
出版发行:中央编译出版社
地　　址:北京西城区车公庄大街乙 5 号鸿儒大厦 B 座(100044)
电　　话:(010)52612345(总编室)　　　(010)52612339(编辑室)
　　　　　(010)52612316(发行部)　　　(010)52612346(馆配部)
传　　真:(010)66515838
经　　销:全国新华书店
印　　刷:三河市华东印刷有限公司
开　　本:710 毫米×1000 毫米　1/16
字　　数:305 千字
印　　张:17.5
版　　次:2020 年 3 月第 1 版
印　　次:2020 年 3 月第 1 次印刷
定　　价:98.00 元

网　　址:www.cctphome.com　　邮　箱:cctp@ cctphome.com
新浪微博:@中央编译出版社　　　微　信:中央编译出版社(ID: cctphome)
淘宝店铺:中央编译出版社直销店(http://shop108367160.taobao.com) (010)55626985

本社常年法律顾问:北京市吴栾赵阎律师事务所律师　闫军　梁勤
凡有印装质量问题,本社负责调换,电话:(010)55626985

专家点评

　　翻译是沟通文化差异的桥梁,作者就文化缺省问题进行研究,分析其生成机制和交际价值,就文学作品翻译中的文化缺省补偿策略进行系统的考察,并运用翔实的案例探讨文化缺省的补偿方法。本书对相关领域的翻译理论和实践研究具有重要的学术贡献。

湖南科技大学　张景华教授

　　作者运用语言学的图式理论深入探讨翻译中文化缺省的生成机制和交际价值,在理论的指导下系统讨论文学翻译中文化缺省的补偿策略和补偿方法,把文学翻译实践中文化缺省补偿的感性经验上升到理论高度加以分析和论证,对文学翻译实践具有非常高的指导价值。

辽宁师范大学　陈吉荣教授

目 录

导　言 ·· 1

第一章　文化缺省的生成机制 ·· 7
第一节　生成机制和交际价值　7
第二节　文化缺省补偿的必要性　14
第三节　文化缺省和社会文化语境因素　18

第二章　伊瑟尔美学反应理论：读者美学价值享受的获得 ················· 23
第一节　美学价值的生成机制　23
第二节　文学翻译的美学价值取向　27

第三章　作者艺术动机：文化缺省补偿策略 ·· 35
第一节　尊重作者的艺术动机和创作意图　35
第二节　文化缺省补偿与美学价值保留的悖论　52
第三节　文化缺省补偿方法　62
第四节　文学文本的翻译方法探究　83
第五节　文学翻译中译者与作者的共生关系　93

第四章　文化功能理论：文化缺省补偿策略 ·· 105
第一节　翻译的文化功能　105
第二节　文化转型与翻译策略定位　116

第三节　译文读者文化探索享受的获得　124
第四节　文学翻译中异域文化特色的再现　133
第五节　文化缺省补偿中的文化因素　141
第六节　文化缺省补偿方法　144
第七节　文学翻译的语言自然性和翻译腔　169
第八节　中国文化特色词语英译探析　175
第九节　成分分析法的应用　184

第五章　目标语言文化接受语境：文化缺省补偿策略 …………………… 194
第一节　意识形态对翻译策略的操纵　194
第二节　接受语境下的文化缺省补偿策略　198
第三节　文学翻译中译者的创造性　213
第四节　文化转型语境下译者的主体性　218

第六章　结　语 ……………………………………………………………… 224

附录一　Iser's Theory of Aesthetic Response: Strategies on Compensation for Cultural Default in Translation …………… 227

附录二　解构主义语境下文学翻译的美学价值取向 ………………………… 247

附录三　从翻译的文化功能看翻译中文化缺省补偿的原则 ……………… 258

参考文献 ……………………………………………………………………… 266

导　言

文学,是文字的艺术,文化的一个组成部分,而文字中,又有文化的沉淀。文学翻译既是不同语言的转换活动,也是一种艺术再创造活动,同时也是一项跨文化的交际活动。中国学者王佐良对文学翻译工作做了更高的估计,誉之为"英雄的事业"(王佐良,1979/1),使文学翻译工作者备受鼓舞、深感自豪。人们认为,翻译一般来说虽然不能够创造伟大的作品,但能够帮助我们认识伟大的作品并帮助人们创造伟大的作品。世界文化之所以能有今天,翻译事业起了伟大的作用。翻译事业不愧为英雄的事业。

一、国内外研究现状述评

虽然翻译工作者从未停止过对文学翻译实践中的文化现象进行艰难探索和种种尝试,但鲜有学者在文学翻译中的文化缺省研究的深层次问题上做过任何系统、细致的翻译学意义上的学术探讨和考察。国内学者关于文化缺省的研究大多为文化缺省补偿方法的罗列,而少有理论关照、问题意识及方略研究的思考和探索,更谈不上有任何此选题的整体论述和系统研究。笔者在 *Perspectives*:*Studies in Translatology*(2011 年第 4 期)发表的论文"Iser's Theory of Aesthetic Response: Strategies on Compensation for Cultural Default in Translation"一文中提出了文化缺省补偿的三大策略,但在该篇论文中,由于篇幅所限,未能深入探讨文化缺省的生成机制与交际价值,未能就文学翻译中的文化缺省补偿策略进行详尽的学术探讨,未能运用翔实的翻译实例在提出文化缺省补偿策略的基础上进一步探讨文化缺省补偿的具体方法,未能就每一种文化缺省补偿方法的优点、缺点以及适用范围进行详尽的讨论。因此,笔者以专著的形式就以上议题为关注焦点,重点探讨文学翻译实践中的文化缺省补偿策略和具体方法。

二、选题的价值和意义

译者在翻译中应充分注意原文文化缺省的存在。首先,对原文的正确理解依赖于对原文文化特征的相关事实的正确理解。然而,在许多情况下,译者没有注意到原文中存在的文化缺省成分。结果,译者所理解的源语文化背景知识可能是以他自己的文化现实为基础。如果源语文化和目标语文化在相关方面相差甚大,原文信息将会被错误理解。其次,由于原文读者与译文读者的文化背景知识不同而引起的翻译误读比语法之类的东西更难发现,因而造成译文读者对原文更为严重的错误理解。

本书借助于语言学的图式理论、跨文化交际学的文化功能理论、文学的美学反应理论、翻译学的操纵理论和目的理论等,运用翔实的翻译实例就文学翻译实践中的文化缺省的生成机制与交际价值、文化缺省现象对翻译中的连贯理解所造成的影响、文化缺省的补偿策略与方法等进行系统的学术探讨,把翻译实践中文化缺省补偿的感性经验上升到理论高度加以分析和总结,从而更好地为文学翻译实践服务。

三、研究思路和基本步骤

第一部分:引入语言学的图式理论深入探讨文化缺省的生成机制和交际价值。

第二部分:引入伊瑟尔的美学反应理论阐释读者通过阅读文本获得美学价值享受的过程,从而探讨文学翻译的美学价值取向。在文学翻译中,译者应努力使译文读者获得原文美学价值的享受。

第三部分:论证并提出文学翻译实践中文化缺省补偿的三大策略:(1)在第二部分分析和论证的基础上进一步探讨文化缺省补偿的第一个策略——基于作者艺术动机的补偿策略;(2)运用文化功能理论探讨文化缺省补偿的第二个策略——基于文化因素的补偿策略;(3)借助于翻译学的操纵理论和目的理论探讨文化缺省补偿的第三个策略——基于目标语言文化接受语境的补偿策略。

第四部分:运用翔实的翻译实例在提出文化缺省补偿的三大策略基础上进一步探讨文学翻译中文化缺省补偿的具体方法,并对每一种方法的优点、缺点以及适用范围做出详尽的讨论。

本书研究思路和步骤图示如图1:

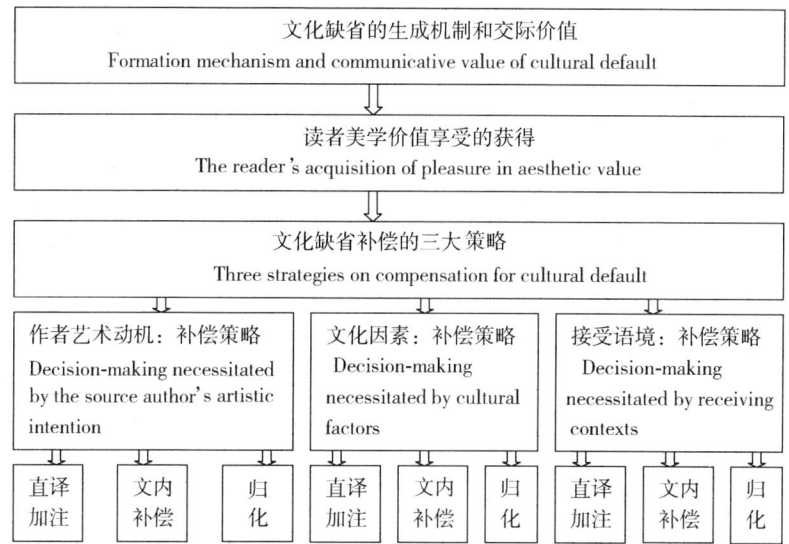

图 1　本书研究思路和步骤

四、主要内容和基本观点

1. 系统探讨文化缺省的生成机制和交际价值

读者的图式在阅读理解中有着非常重要的作用。图式理论认为文本理解是一个建构过程,在这一过程中,先有知识是一个非常重要的因素。图式帮助读者进行推断并预测未来,允许读者填充作者在文本中未提及的信息,推断作者的意图。因为没有任何两个人会有完全相同的背景,在言语交流中总会有些语义的缺失或曲解。但是,作为同一语言文化背景中的成员,他们拥有足够的共同背景知识来保证进行有效的交流。因此,作者在写作时不必告诉读者图式中显而易见的信息以便获得表达的经济性。作者和读者共享的背景知识在文本中加以省略的部分叫作"情境缺省"。如果被缺省的成分与语篇内信息有关,就叫作"语境缺省",而与文化背景知识相关的,就叫作"文化缺省"。文化缺省是指作者在与其意向读者交流时双方共有的相关文化背景知识的省略。由于文化缺省成分一般都具有鲜明的文化特色,并且存在于语篇之外,因而会对处于不同语言文化背景中的读者造成意义真空,他们因缺乏应有的图式无法将语篇内信息与语篇外的知识和经验联系起来,从而难以建立起理解话语所必需的语义连贯和情景连贯。

2. 引入伊瑟尔的美学反应理论阐释读者获得文本美学价值的享受

在文学作品中,作品不会给读者提供问题的现成答案。文学作品所提供给读者的只是作品的一系列图式结构,其功能便是激励读者获得文本的形象来探索他想获得的答案。毫无疑问,文学作品中的图式结构显然与文学形象有关。但是作品并不直接提供其形象,需要读者努力去发现和探索,或更准确地说,需要读者去生产。从这个角度来讲,文学作品就是运用理解的基本结构来激励读者生产文学形象。阅读文学作品不是一个被动的活动,需要读者发挥想象力和联想力。文学作品的一个诱人之处就在于读者的能动参与。因此,在翻译中最值得译者重视的是不要因填满原文的空白而剥夺译文读者的想象力和损害原文含蓄的美学效果,译者应努力使译文读者获得原文美学价值的享受。

3. 系统探讨文学翻译中的文化缺省补偿策略

(1) 从作者艺术动机的视角探讨文学翻译中的文化缺省补偿策略

翻译就是一个发现的过程,译者在翻译过程中应努力洞察作者运用文化缺省成分的艺术动机和美学创造,根据原文的具体情况和译文读者的接受能力,灵活选择正确的文化缺省补偿策略和方法。在忠实地表达原文内容的基础上,译者应通过艺术再创造尽可能地保留原文的语言形式特征。在文学作品中,读者最感兴趣的不是作者表达了什么而是作者是怎样表达的,语言形式特征的丢失意味着象征意义和隐含意义的丢失。译者应尊重原文作者的艺术创造并保留原作的文本空白以便译文读者具有发挥想象力的空间。只有当译者洞查出作者运用文化缺省成分的语言形式的艺术动机并在译文中再现了作者的表达形式,才有可能忠实地表达文学作品的美学成分。翻译应该包括原作的符号化的方式,而不只是原作的意义。译者的重要任务就是要在译文中既要传达文学作品中文化缺省成分所表达的内容,又要尽可能再现这一语言形式,译者不能为了译文的自然和流畅而随意更改原文的语言形式,否则译文必定会失去原文的韵味而变得枯燥乏味,从而剥夺了原文语言的生动性和生机活力。

(2) 从文化功能理论探讨文学翻译中的文化缺省补偿策略

翻译的文化功能决定了翻译在建构异国文化中起着重要的作用并对目标文化具有深远的影响。从文化交流的角度来看,在文化缺省补偿过程中应尽力使译文读者欣赏到外国文学作品所特有的异国情调和所蕴含的文化信息,而不能因补偿过量使他们失去获得文化探索的机会。在翻译过程中,不同文化在各自语言中的积淀会明显地显现出来,相互冲突,这就要求译者认真审视文化因素。语际翻译中文化冲突是不可避免的,甚至是无法超越的,从某种意义上讲,文化缺省补偿的焦点就是处理文化冲突。译者应根据源语文化因素和目标语文化因素的可兼容性选择正确的策略和方法来处理文学翻译中的文化缺省成分。与目标语文化规范相兼容的文化因素构成了语际翻译的基础,相互兼容的文化积淀的信息较容易在目标语文化中找到对等的表达法,而包含较多独特文化积淀的信息则必须先经过一个修正调整的过程,才能使得目标语读者易于接受。事实上,文化因素决定了文学翻译中文化缺省补偿的策略和方法的选用,因为文化因素决定了译者是否、在何种程度上以及以何种策略和方法对各种意象进行调整,以便于目标语读者既能获得连贯理解,同时又能最大限度地获得文化探索的享受。

(3) 从目标语言文化接受语境的视角探讨文学翻译中的文化缺省补偿策略

在文化缺省补偿过程中译者不应被视为被动的接受者,而应看作是积极的参与者和建构者。如果把翻译视为独立于接受语境的活动而几乎不与社会现象相联系,译者就成为一名技工,其任务就是用目标语言中的相等物来替换源语文本中的表达方式,而不是建构目标语社会中包括新意识形态和诗学在内的新文化的调节者和积极参与者。译者作为社会的一员,他的翻译动机总是受到社会动机的影响,总是受到社会意识形态、主流诗学以及赞助人或权力的控制。文学翻译中把目标语言文化接受语境纳入文化缺省补偿策略抉择的考虑范畴,是一种不同于"忠实于"原文的传统翻译观念。的确,目标文化系统存在的各种因素以及译者的意识形态和诗学观念起着一个过滤器的作用,决定译者在文学翻译中运用何种翻译策略和方法来补偿译文读者的文化缺省。

五、理论创新程度

1. 本书尝试运用语言学的图式理论深入探讨文学翻译中文化缺省的生成机制和交际价值。

2. 本书尝试引入伊瑟尔的美学反应理论阐释读者阅读文本获得美学价值享受的过程,从而将作者艺术动机纳入文学翻译中文化缺省补偿策略抉择的考虑范畴。

3. 本书尝试将文化因素纳入文学翻译中文化缺省补偿策略抉择的考虑范畴。文化因素对于文化缺省补偿策略和方法的选择有着决定性的作用,翻译工作者应根据源语文化因素和目标语文化因素的可兼容性选择正确的策略和方法来处理文学翻译实践中的文化缺省成分。

4. 本书鲜明地提出文学翻译中英汉两种语言之间文化因素冲突的四种冲突模式,即阻隔式、变通式、放行式和结合式,并在此基础上深入探讨各种冲突模式下的文化缺省补偿的具体方法。

5. 本书尝试将目标语言文化接受语境纳入文学翻译中文化缺省补偿策略抉

择的考虑范畴,将极大地帮助翻译工作者提高翻译质量,译者可根据具体的需求对原文作品中相关信息的数量和内在价值以及文本风格、文本种类等做出或隐或现的修正。

6. 本书尝试在详尽分析和论证文化缺省补偿策略的基础上,运用翔实的翻译实例进一步探讨文学翻译中文化缺省补偿的具体方法,并对每一种方法的优点、缺点以及适用范围做出详尽的讨论。

7. 本书尝试把翻译实践中文化缺省补偿的感性经验上升到理论高度加以分析和总结,从而更好地为文学翻译实践服务。

第一章

文化缺省的生成机制

读者拥有作者的文化背景才能具备文本理解的前提。由于缺乏基本的文化背景知识,读者在理解文本时将会有更多的困难,甚至无法获得文本的正确理解。本章第一节根据图式理论讨论文化缺省的生成机制和交际价值,第二节根据信息理论讨论文化缺省补偿的必要性,第三节探讨文化缺省和社会文化语境因素的紧密关系。

第一节 生成机制和交际价值

我们知道,在交际过程中,交际双方要想达到预期的交际目的,就必须具有共同的背景知识(shared background knowledge)或语用前提(pragmatic presupposition)。正是有了共同的背景知识或语用前提,交流时就可以省去对双方来说是显而易见的事实,从而提高交际效率。认知心理学和人工智能的研究表明,人类知识以固定的图式(schema)形式组织起来贮存于人的大脑中,以便运用时随时可以搜索(Brown & Yule, 1987:234-237)。换言之,知识在人的记忆中是以一个个块状(chunks)的方式贮存起来的,这种块状结构用比较流行的术语就是图式(schema),也就是某种概念在长期记忆(long-term memory)中的贮存形式。"人类认知过程中知识的组织涉及比单词和概念更大的单元。这个组织也包括人们熟知的情景和事件以及情景和事件之间的关系的知识"(Matlin, 1989:222)。因此,图式可看作是关于情景和事件的概括性的知识(Matlin, 1989:223)。换言之,图式是"通用的"(generic)信息,不仅包括人们生活中的事件,而且还包括事件的程序和顺序以及社会情景的一般知识。例如,"饭店图式"描述了在饭店就餐时可能发生的一系列事件。然而正如 Bartlett 指出,图式不能看作是连续的单个事件和经历的累积,必须对图式加以组织并使之随时可以搜索(Brown & Yule,1987:249)。因此,图式是"高度复杂的知识结构"(higher level complex knowledge structures)(Brown & Yule,1987:247)。这样看来,图式是确定的"数据结构"(data structures)或者具有确定的结构,拥有固定的成分。

图式的基本结构包含带有标记的若干空位(labeled slot),空位又由填充项(filler)填充(Brown & Yule,1987:239)。例如,在表示典型的"饭店图式"中,就有"服务员""餐桌""餐椅"和"菜单"等这类带有标记的空位。客观世界中存在的某个饭店或文本中提到的具体饭店可看作是这一饭店图式的一个例子。用某个饭店的具体特征填充这一饭店图式的空位就可得到该饭店的画面。当图式的所有空位被填充项填满时,大脑的显示屏就会出现该图式的画面。例如,当感观记忆输入了"饭店"这一信息,饭店图式中像"餐桌"和"菜单"之类的空位就会被激活并由填充项填充。这是一个自上而下(top-down)的搜索过程。有时,激活图式的某个空位,就会激活其他相关的空位,最终激活整个图式。这是一个自下而上(bottom-up)的过程。例如,激活"餐桌","餐桌"就会激活"菜单""服务员"等空位,最终激活整个饭店图式。

读者的图式在阅读理解中有着非常重要的作用。图式决定着读者能够理解什么,理解得有多好以及能否理解的问题。图式理论认为文本理解是一个建构过程,在这一过程中,先有知识(previous knowledge)是一个非常重要的因素。图式帮助读者进行推断并预测未来,允许读者填充作者在文本中未提及的信息,推断作者的意图。例如:

John was feeling very hungry and he entered the restaurant. He settled himself at a table and noticed that the waiter was nearby. Suddenly, however, he realized that he'd forgotten his reading glasses.

(Matlin,1989:224)

在这个例子中,读者如果具有"餐厅图式"的知识,就会毫无困难地理解这些句子是互相关联的。约翰当然需要眼镜来阅读餐厅服务员给他的菜单(menu)。虽然该例中并未明确提及菜单,但是在提到约翰进入餐厅时,某些可预料的事件的期待就被激活了。事实上,本例涉及顾客在餐厅里就餐时所期待发生的事件的标准程序,自然就会在大脑中出现"餐厅图式",作者根本不需告知他的读者在餐厅里有"桌子""椅子"和"菜单"之类的东西,也根本无须告知读者顾客在餐厅里要点菜或付账单之类的事情,一般认为读者是具备这类关于餐厅的知识的。像

"餐桌"、"椅子"和"菜单"之类的归约性的情景被认为是缺省成分,虽未在文本中提及,却被视为存在于文本之中,除非读者被特别告知例外的情况。因此,图式的重要功能就是允许作者在写作时不必告知读者需要知道的每一个细节,读者可根据作者提供的信息以及大脑中的相关背景知识做出推断。

因为没有任何两个人会有完全相同的背景,在言语交流(verbal communication)中总会有些语义的缺失或曲解。但是,作为同一语言文化背景中的成员,他们拥有足够的共同背景知识来保证进行有效的交流(guarantee meaningful communication)。因此,作者在写作时不必告诉读者图式中显而易见的信息(transparent or self-evident information)以便获得表达的经济性(achieve economy of expressions)。作者和读者共享的背景知识在文本中加以省略的部分叫作"情境缺省"(situational default)。如果被缺省的成分与语篇内信息有关,就叫作"语境缺省"(contextual default),而与文化背景知识相关的,就叫作"文化缺省"(cultural default)。语境缺省和文化缺省都是情景缺省的副类。语境缺省的内容可以在语篇内搜索,但文化缺省的内容往往在语篇内找不到答案。由于文化缺省成分一般都具有鲜明的文化特色(culture-specific),并且存在于语篇之外,是某一文化内部运动的结果,因而会对处于不同语言文化背景中的读者造成意义真空(vacuum of sense),他们因缺乏应有的图式无法将语篇内信息与语篇外的知识和经验联系起来,从而难以建立起理解话语所必需的语义连贯(semantic coherence)和情景连贯(situational coherence)(王大来,2004/6:69)。即使读者根据他的与文本图式不相关联的图式进行推断,其理解一般都是错误的。下面是一段来自生活的对话:

A:你们家今年炸圆子吗?
B:炸!不炸就没气氛了。

这段对话发生的地点是长江中下游一小城,时间是春节前夕。按当地的传统习俗,春节前几乎家家都要炸圆子。这一文化习俗对交际双方来说是不言而喻的,因此在交际中充当了一个隐形桥梁的作用:当 B 听到 A 的话时,他的认知系统中的推理机制就会激活理解对方话语所需的空位:"过年(春节)""家家户户都炸圆子"等;于是,B 以与 A 共有的、无须言明的背景知识为中介,实现了与 A 的连贯性交际,达到了 A 所期待的交际目的,A 与 B 的话语意义也因此而形成了连贯。但如果 A 对一个外国游客说这样的话,由于 A 的语用前提不能为对方所认同,也就是说对方的记忆中根本就没有"炸圆子图式",因此对方的反应很可能是"我家今年干吗要炸圆子?"之类表示不解的话,双方无法沟通,A 便无法获得预期的连贯性交际,这一话题的交际也就不能按常规连贯地进行下去。

　　文化缺省是作者在与其意向读者交流时双方共有的相关文化背景知识的省略。在像翻译这样的跨文化交际中,原文作者和译文读者由于生活在不同的社会文化环境中而不具有共同的文化背景知识。因此,对于原文读者来说是显而易见的文化背景知识,对于译文读者就构成了文化缺省成分。原文中文化缺省的存在及其交际价值使得我们不得不面对这样一个事实:原文作者在写作时是不为译文读者的接受能力着想的。

　　众所周知,在同一语言文化背景中成长的成员会受到该语言文化背景中的文化传统、社会背景以及宗教信仰和习俗的影响,形成了他们固定的认知结构和价值观念(cognitive structure and value ideation)。例如,西方文化崇尚个体,而中国传统文化更加重视集体观念。因此,来自不同文化背景的人由于拥有不同的先有文化背景知识而难以互相理解。斯蒂芬斯(Steffenson)、乔格-德夫(Joag-dev)和安德林(Anderson)对美国成年人和印度成年人阅读关于美国婚礼和印度婚礼的两封信做过有趣的实验。受试者(subject)先阅读信,然后要求他们回忆信的内容。实验结果证明了"文化干预"(cultural interference)的效果。受试者阅读本国的信件时,阅读速度更快,明显地能回忆起更多的情节,能连贯地讲述原文中并未出现的细节,而回忆外国信件时产生了更多的错误(Steffenson,1986/7:72-73)。该实验表明,如果作者和读者具有相同的文化背景知识,阅读就会十分顺利,相反,阅读活动就会受到干扰。

　　在以文化为基础的图式这一层次上的干预对读者的文本反应有着极大的影响。例如,不同文化的人们对接受恭维话有着不同的反应。对于英语国家的人来说,表扬是可以接受的,通常会以"谢谢"来表明接受对方给予的赞美,认为恭维是真诚的,说明自己已取得了某种成就,因此无须假谦虚一番。而对于中国人来说,对恭维话的习惯回答是他不值得表扬,他所取得的成绩还远远不够,或者他的成功是一种运气或是在某种条件下取得的,不值一提等。接受恭维话意味着自负或缺乏教养。因此,在话语理解的过程中,如果读者或听众不能把接受恭维话和习惯性的回答结合起来,就会对作者或讲话者的话语产生理解上的困难,甚至一头雾水。

　　当读者不具备文本的基本图式时,就不能获得文本所描述的真实世界的关系的连贯理解。文本连贯成分的数量在某种程度上说就是读者能把多少的信息和他所阅读的文本加以关联。例如,"即便Prema的丈夫是他们的独生儿子,他们在婚礼上也没有制造任何麻烦"这句话反映了印度的婚礼习俗。在印度的婚礼习俗中,如果新郎的父母只有新郎这个唯一的儿子,他们可以在婚礼上提出非常苛刻的要求而制造麻烦。在阅读该例句时,来自印度的受试者说:"是的,那倒是真的,要是新郎的父母想惹出点麻烦来那是可以的。"对于美国女性受试者来说,这是难以理解的,因为她不能从她的文化背景知识中得到帮助,也没有图式帮助进行搜索。根据自己的推测,她会得出这样的结论,可能是新娘高攀了新郎的缘故。美国的这位女受试者的推测所得出的结论显然是源于西方文化的假设,并不能反映印度婚礼的情况(Steffenson,1986/7:82)。再如:

> 待他(冯云卿)回身要进去的时候,猛看见大门旁的白粉墙上有木炭画的一个拙劣的乌龟,而在此"国骂"左近,乌亮的油墨大门书着两条标语……
>
> (茅盾:《子夜》)

在该例中,"乌龟"和"国骂"之间的关系是基于这样一种认可,即把某人骂作"乌龟"就是把他置入羞辱的境地。但是在西方文化中,乌龟是长寿的象征,对于西方人来说,中国人头脑中"乌龟"和"国骂"之间的关系就会构成文本理解的意义真空,因而不能获得对该段文字的连贯理解。事实上,读者通常在阅读中所遇见的文本只会呈现出极少的表面连贯,取而代之的是大量的现存文化背景知识,需要读者做出各种推断来获得对文本的理解。由于阅读是一个建构过程,所需理解的内容远远多于文本所呈示的内容,所以在许多情况下,文化背景知识对于读者获得对文本的连贯理解要比文本的语言更为重要。

作者的写作实际上是一种交际活动,他的交际对象就是读者。作者在写作时一般都会对自己的意向读者(intended reader)的知识结构有一个大致的了解,尤其是对读者的文化经验,一般都有比较准确的判断。因此,作者对于他认为与读者共有的且无须赘言的文化信息,往往会在文中略去。他的意向读者则会在交际(阅读)中根据语篇中某些信号的提示(cue)自觉地填充文化缺省所留下的空位,激活记忆中的有关图示。作者借助文化缺省所要达到的交际意图就是通过读者的这种先有知识(prior knowledge)的参与来实现的,文本中受文化缺省牵连的语言符号也正是因此而同现实或可能世界连贯起来的。这种语篇内与语篇外的连贯一旦建立,语篇内各单位之间原本模糊的关系也就被符合认知逻辑的连贯关系所取代,语篇也就获得了连贯性的理解(coherent comprehension)。

文化缺省与Halliday & Hasan所说的五种衔接方式之一的省略在本质上具有相同的连贯功能,二者的差别在于省略式衔接中的被省略部分在语篇内,省略通过结构预设为接受者留下结构空位(structural slot),这些空位的填充项都可以在语篇内查到,接受者一般仅凭阅读过程中的短期记忆(short-term memory)即可加

以填充,从而迅速建立起连贯。例如:

"…Now, come in and I've some good news for you."
"I don't think you have."

(Brontë: *Jane Eyre*, ch. 4)

这两句的连贯是通过 have 之后的省略来实现的。省略之所以具有连贯功能是因为省略的信息要通过接受者对前文中相关单位的认同并预设来实现的。从形式上看,省略留下的结构空位(structural slots)(Halliday & Hasan,1976:143)一般都可以通过追溯前文中的相关结构而获得,前后句之间的连贯就是在这种记忆追溯或结构追溯(structural search)的推理和关联活动中建立起来的。

而文化缺省所省略或预设的内容则通常不在语篇内,也不在语篇外的直接语境(immediate situation)内,文化缺省是通过接受者长期记忆或语义记忆(semantic memory)(Matlin,1989:191)中的具体的文化图式原型(prototype)来建立连贯关系的。接受者对某一文化现象了解得越充分,他记忆中的图式原型就越完整,其空位填充能力也就越强。例如:

…As a clergyman, moreover, I feel it my duty to promote and establish the blessing of peace in all families within the reach of my influence; and on these grounds I flatter myself that my present overtures of good-will are highly commendable, and that the circumstance of my being next in the entail of Longbourn estate will be kindly overlooked on your side, and not lead you to reject the offered olive-branch.

(Austen: *Pride and Prejudice*, ch. 13)

此句的中文译文是:

……况且,我作为一个教士,觉得有责任尽我力之所及,促进家家户户敦睦交好。在这方面,我自信我这番好意是值得高度赞许的,而我将继承朗伯恩财产一事,请你不必介意,也不必导致你拒绝接受我献上的橄榄枝。

(译林版:61)

在西方文化中,"橄榄枝"(olive-branch)象征"和平",文中的"橄榄枝"的正确理解应该是"求和"的意思。具备这一特定表达方式的先有知识的读者在碰到这一词语时,贮存在长期记忆中有关"橄榄枝"的知识就会被恢复(retrieved),记忆模块中的信息加工机制(information processing mechanism)便自动在记忆图式中搜索可以用来填充缺省空位的填充项,该填充项就是"和平";再经过语境加工,最后获得语境意义:求和。从修辞的角度看,"橄榄枝"是喻体(vehicle),本体(tenor)是"和平",表达时,喻体出现,本体缺省;本体之所以缺省,一般是因为编码者知道他的意向解码者同他一样对于喻体和本体之间的语义关系有共同的认识,因此无须言明本体;在语篇理解中,喻体本身作为一种语义变异(semantic deviation)的信号会激活解码者的长期记忆中有关"橄榄枝"的图式,从而完成语义连贯的过程。但是,如果解码者的记忆中没有这一图式,他的解读就会出现意义真空。

具有喻义或象征意义的表达方式一般都有鲜明的文化身份(cultural identity)。词语的文化身份是指某词语所包含的文化特征为特定的文化所特有。该例中的"橄榄枝"就不具备汉文化的文化身份,因此目前的中国读者即使能看懂,也不会有多少亲切感。有些中国读者的记忆中没有"橄榄枝"的文化图式,因此在解码时虽然有记忆搜索的需要,但也没有图式化的原型可以恢复。而在西方社会,这一源自《圣经》中挪亚方舟的故事的典故则是家喻户晓,编码者完全可以在编码时将其缺省处理。

原文作者的意向读者一般不包括外国读者,尤其不包括异类语言文化的读者。像中国本土作家的意向读者就不会包括英美读者那样,英美本土作者的意向读者也不会包括中国读者。因此,本族语交际双方认为是不言而喻的文化信息,来自其他文化的读者读来则往往会觉得不知所云。因此,在跨语言文化交际中,就常常会出现这样的情况:输入了信号,则激活不了应激活的空位,因而激活不了比较完整的图式,或者根本没有激活图式,甚至记忆里根本就没有相关的图式备用。因此,在文本的理解深度上有一个重要的因素:当文本基于熟悉的话题时,读者就能获得充分的理解。例如:

Through the fence, between the curling flower spaces, I could see them hitting. They were coming toward where the flag was and I went along the fence. Luster was hunting in the grass by the flower tree. They took the flag out, and they were hitting. Then they put the flag back and they went to the table, and he hit and the other hit. Then they went on, and I went along the fence. Luster came away from the flower tree and we went along the fence and they stopped and we stopped and I looked through the fence while Luster was hunting in the grass.

"Here, caddie." He hit. They went away across the pasture. I held to the fence and watched them going away.

"Listen at you, now." Luster said. "Ain't you something, thirty-three years old, going on that way. After I done went all the way to town to buy you that cake. Hush up that moaning. Ain't you going to help me find that quarter so I can go to the show tonight."

They were hitting little, across the pasture. I went back along the fence to where the flag was. It flapped on the bright grass and the trees.

"Come on," Luster said. "We done looked there. They ain't no more coming right now. Let's go down to the branch and find that quarter before them niggers finds it."

It was red, flapping on the pasture. Then there was a bird slanting and tilting on it. Luster threw. The flag flapped on the bright grass and the trees. I held to the fence.

(*The Sound and the Fury* by Faulkner)

该例选自福克纳的长篇小说《喧哗与骚动》(*The Sound and the Fury*)的第一段,上下文相对是充分的。该例的叙事者名叫 Benjy,其智力发育不健全,使用极为变异的语言来描述"他们"正在做的事情。Benjy 在描述他观看的比赛时连一个高尔夫球的专业术语都未使用。该例的语言难度并不高,读者读不懂的原因不是语言问题,而是因为对于中国尚不普及的高尔夫球这一西方文化现象缺乏起码了解的缘故。由于这一运动在西方十分普及,因此对西方读者来说,这段文字说的什么一般都能看得出来,即使一时没有马上看出来,但在仔细阅读后,还是看得出来的(Leech & Short, 1981:203-204)。原文读者只要把文内相关的场线索(field clue)如 hit, flag, pasture, grass, caddie 串联起来,通过自下而上的推理,他记忆中的有关高尔夫球的图式就会被激活,他的脑海中就会出现一个高尔夫球的原形画面(prototypical picture),语篇内符号与符号之间的语义关系就这样在被恢复的语篇外知识或经验的作用下形成了连贯。读者只有建立了这样的连贯关系,才能对文本做出比较充分的理解和欣赏。中国读者记忆中的高尔夫球图式一般都不完整,因此即使有一定的场线索,也无法串联起来,以填充建立语篇连贯所需的足够的空位。

第二节 文化缺省补偿的必要性

在前一节里,本书根据图式理论讨论了文化缺省的生成机制和交际价值。在交际过程中,交际双方要想达到预期的交际目的,就必须具有共同的背景知识。读者在理解文本时必须将文中提供的信息和他大脑中的先有知识加以关联。从这个意义上讲,作者构建文本,而读者把文本信息和他大脑中已经存在的看不见的信息加以结合构建意义。然而,在翻译中,由于原文作者和译文读者不具有共同的文化背景知识,原文中显而易见的文化背景知识,对于译文读者就构成了文化缺省。

生活在不同社会文化背景的人们有着不同的文化背景知识。文化背景知识指的是基本的假设、信仰、思想以及政治和历史背景知识等,这些东西深深根植于某一文化中,为生活在同一语言文化背景的人们所共有,在书面交际中极少在文本中加以定义和描述,因为文化背景知识太基础、太显而易见,根本无须言语陈述。但是,原文作者在写作时根本不会考虑译语读者的解码能力,在原文中不言而喻或不言自明的文化成分就会对译语读者在推断层面上造成障碍,也就是说,译语读者不熟悉文本的文化背景,就不能在两个陈述的事件中提供发生于其间的细节(intervening details)。比如说,有些习语、习惯表达法以及缩写词,在源语国家非常熟悉,如果直译而不对文化缺省进行补偿,译语读者根本不知所云。在跨语言文化交际中,译语读者由于没有合适的图式或者根本就没有相关的图式来进行搜索,因而就没有充分的线索来激活他的图式空位。因此,在翻译过程中,由于文化缺省不可避免地存在,译者应该把对于译语读者在结构上隐含的内容在译文中加以明确表达,以便译语读者对原文获得准确和连贯的理解。

如前所述,接受者对文本的理解在很大程度上依赖于其自己的文化背景知识。实际上,原文作者是根据他自己的语言和文化背景生产原文的。既然源语接受者和原文作者具有相同的文化背景知识,源语接受者通过激活他长期记忆中的图式,把原文作者的意欲文化含义和文本加以关联,就可对原文获得透彻的理解和阐释,即便原文中的含义在结构上不透明。但是,译语读者由于不熟悉原文中文化背景知识,就难以完全理解原文中所表达的内容。如果原文结构上的隐含意义在译文中不加以明确表达,译语读者显然就会产生误解或者对原文作者的真实意图不知所措。因此,为了使译文读者较好地理解原文,译者应采取恰当的方法对译语读者的文化缺省进行补偿。

交际中的三个要素是信息源(source)、信息(message)和接受者(receptor),在此过程中,信息源通过信息传递到接受者(Jin Di & Nida,1984:33)。由于翻译是一个跨文化交际过程,译者在翻译过程中既是原文的信息源又是译文的作者。换句话说,译者既是信息源又是信息的接受者,他扮演的角色就是源语作者和译语读者之间思想的桥梁。作为信息的接受者,译者必须在准确理解原文的基础上对信息的内容解码,而在解码过程中,涉及诸如作者的意图和写作背景之类的多个方面。同时,译者又必须把从原文中解码的内容在译语中加以编码,然后传达给译语读者。这个过程叫作再生产或表达。因此,我们认为翻译是一个以目标为导向的活动(a goal-directed activity),主要由解码和编码组成,或更准确地说,由解码和"重新编码"组成。(说重新编码,是因为原文信息在源语中已由原文作者编过一次码了)。

在同一语言交际方面,信息有两个维度:长度和难度(length and difficulty)。恰当的信息具有的难度都能大致与接受者的代表接受能力的信道容量(channel capacity)相匹配。一个信息之所以具有意义,与从众多的可能信息中选出的某个信息的编码、传输和解码能力有关。由于原文读者和他的意向读者生活在同一社会和文化语境中并且以同一语言进行交流,他们之间的交流应该是自然和成功的(Jin Di & Nida,1984:103)。否则,他们所赖以生存的社会将不会存在。

然而,在翻译中,我们应该考虑目标语接受者的信道容量。如果一个信息被翻译成同样的长度,那么它的难度就会增大,结果,原文的信息就不能通过目标语接受者的信道(channel)。一般说来,译文接受者的信道容量要比原文读者小,这是因为对于原文读者来说是不言而喻的文化缺省成分,对于目标语读者则可能显得莫名其妙。这就意味着源语接受者和目标语接收者由于缺乏共同的历史、文化、经济和政治背景等而发生交际过载(communication overload)。如图1-1(Jin Di and Nida,1984:104):

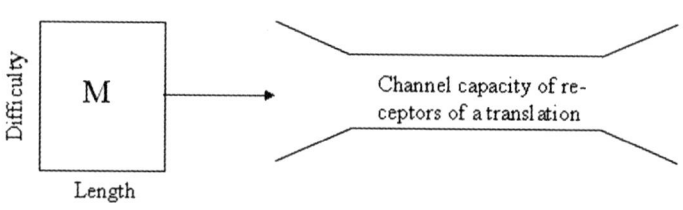

图1-1 目标语接受者的信道容量

如果译文的难度超过译语读者的解码能力,译文理解就非常吃力甚至译文读者会中断阅读。为了使信息顺利通过译语读者的信道,应该在译文中增加冗余信息(redundancy),以便调整交际载荷来适应译语读者的信道容量(Jin Di & Nida,1984:105)。但是这并不意味着译者可以随意增加或减少原文的意义,而是表明译者可以明示源语结构上隐含的意义而同时又能最大限度地保留原文的意义。这就要求把信息的长度拉长来降低源语的难度。

为了使译文通过译语读者的信道,译者须预测原文对于译语读者将会达到什么样的效果以及什么内容对于译文读者来说会构成文化缺省。如果译文读者的文化缺省出现,译者应该根据原文的具体情况增加文化信息,从而在译文中增加一个冗余度(a measure of redundancy)来填补译语读者的意义真空。现以实例阐释:

Being a teacher is being present at the creation, when the clay begins to breathe.

当一名教师就意味着目睹上帝造人的过程,目睹用泥土捏成的人体开始呼吸,开始了生命。

在该例中,单词"creation"源于圣经故事,即上帝用泥土创造了人类。中国读者由于缺乏这样的基督教的文化背景知识,因而有必要添加相关的文化信息以便译文具有意义并能理解。

Son, lover, thinker, fighter, leader, Hamlet is the incarnation of all human potential defeated by some warp of human nature and destiny.

作为儿子、情人、思想家、战士、领袖,哈姆莱特是某些人本来可以享受天伦之乐,品尝爱情的甜蜜,在事业上做出一番成就,但由于人性和命运的作弄,终于含恨而死的象征。

英语"potential"在英汉词典上译为"潜力,可能性",实际上是指"that which is possible",含义很广。"human potential"是指"人所能达到的一切"。联系 son, lover, thinker, fighter, leader 等词,"all human potential"一词的含义就更广泛了。defeat 一词是指"挫折"。我们只能根据全剧剧情从天伦、爱情、事业三个角度来加以具体的阐释,得出了上面的译文。这种解释当然是不完备的,但也只能如此。

总之,原文信息"all human potential"难度大而长度短,如果直译过来,不适合中国读者的信道接受力,因此只能采取意译的方法,把信息的表达形式拉长,照奈达的说法,这是把原文中内隐成分转变成文字。实际上,这就是把内容因素提升到形式上来的结果。

文化缺省的存在表明,翻译不仅仅是语言活动,而在本质上是文化交流。Nida 指出,"就真正成功的翻译而言,译者的双文化能力甚至比双语言能力更为重要,因为词语只有在其起作用的文化语境中才富有意义"(For truly successful translating, biculturalism is even more important than bilingualism, since words only have meanings in terms of the cultures in which they function.)(1993:110)。因此,译者不但要有双语言能力(bilingual competence),而且还应该具有双文化能力(bicultural competence)。译者应尽力识别出原文中的文化缺省成分,切忌把自己的意义真空强加于译语读者。为了避免对原文的误读或误解,译者一方面应认真研究源语文化以便提高识别文化缺省的能力,另一方面还应有正确的方法在翻译中处理文化缺省成分。凡遇自己不太有把握的语义变异,一定要结合语境,认真查阅有关辞典和参考书并认真对待。有条件的话,可请教来自出发文化的专家,最忌讳的是主观臆断和盲目直译。

译者在翻译中应充分注意原文文化缺省的存在。首先,对原文的正确理解依赖于对源语文化特征的相关事实的正确理解。然而,在许多情况下,译者没有注意到原文中存在的文化缺省成分。结果,译者所理解的源语文化背景知识可能是以他自己的文化现实为基础。如果源语文化和译语文化在有关方面差异甚大,原文将会被错误地解读。其次,由于原文读者与译文读者的文化背景知识不同而引起的翻译误读比语法错误之类的东西更难发现,因而造成译文读者对原文更为严重的错误理解。

Nida 和 Reyburn 指出,"事实上,翻译中源于文化差异形成的难度构成了译者最为严重的问题,因而对于读者产生了最为深远的误解"(In fact, difficulties arising out of differences of culture constitute the most serious problems for translators and have produced the most far-reaching misunderstanding among readers.)(1981:2)。翻译之所以困难,很大程度上是因为译者是在某一具体的社会文化语境下进行翻译工作的,译者不可避免要受到他所赖以生存的文化的影响和支配。为了尽量减少来自他自己文化的干预程度,译者须尽力克服自己的文化背景知识强加给他的意识所形成的先有知识结构的影响,从而获得翻译过程中识别文化缺省的能力以便更好地从事翻译工作。

第三节 文化缺省和社会文化语境因素

近年来,随着语言动态多维性研究的深入,对语言体系的研究逐步向应用性转变,语境已成为包括社会语言学、篇章语言学和应用语言学等在内的多学科的研究热点。文本不是存在于语境真空中,任何文本都要受到诸如语言语境、情景语境以及社会文化语境因素的制约。实际上,不考虑语境因素的相互作用,就不能理解言语产物,因而就不能进行翻译。本节拟对影响翻译中的文化缺省补偿策略的社会文化语境因素进行探讨,剖析社会文化语境因素与文化缺省补偿之间的密切关系,并对社会文化语境因素在成功的翻译实践过程中所起的作用进行较为详尽的讨论。

一、社会文化语境概念

马林诺夫斯基(Malinowski)在他的《原始语言的意义问题》一文里,为语言学的语境研究打下了坚实的基础。与生活在西太平洋岛群的美拉尼西亚人共同工作了一段时间后,他做出了艰苦的努力想把当地的语言翻译成英语。在翻译过程中,马林诺夫斯基使用了诸如直译、意译等各种方法,但没有一种方法证明是有效的,问题在于有关的文化因素总是出现在所翻译的文本中。意译的译文能使英语读者读懂,但不能反映原文的文化内涵;直译虽能肤浅地保留原文的文化内涵以及语言形式,但英语读者又读不懂译文。马林诺夫斯基在翻译中遇到的困惑激励他放弃了以前所使用的孤立于语境而依靠词汇的搭配以及词汇的所指等来理解意义的方法。他后来运用注解的方法来进行翻译,并将各种语境因素加以考虑。他运用的注解法就是将文本与他称之为情景语境(situational context)的言语语境和非言语语境加以关联从而使文本情景化。他后来进一步提出了文化语境(cultural context)的概念,文化语境即是与文本生产和接受行为有关的文化总和。马林诺夫斯基在情景语境和文化语境的基础上发展了"意义"的概念,并特别强调理解文本意义中的语境因素,指出话语与情景是相互依赖的,而情景语境是言语理解所不可缺少的(刘润清,1988:67)。换句话说,人们生产的文本只能在文本赖以生产的生活方式以及总的文化语境中才能加以理解并变得有意义。

语境可分为言语语境(verbal context)和非言语语境(non-verbal context),而非言语语境就是这里所讲的社会文化语境(social-cultural context)。言语语境与语篇内信息有关,其内容可通过言语或语法因素在语篇内搜索。社会文化语境是一个广义的概念,包括宗教、哲学传统、文化价值、意识形态、认知模式以及历史背景等。社会文化语境因素往往不存在于语篇之内,在语篇中找不到现存的答案,具有鲜明的文化特性,因此不属于该社会文化背景的接受者在碰到这样的社会文化语境因素时常常会出现意义真空(vacuum of sense),无法将语篇信息与语篇外的知识和经验联系起来,从而难以建立起必需的语义连贯(semantic coherence)和情景连贯(situational coherence)。如:

I was born with a caul; which was advertised for sale, in the newspapers, at the low price of fifteen guineas. Whether sea-going people were short of money about that time, or were short of faith and preferred cork-jackets, I don't know, all I know is, that there was but one solitary bidding, and that was from an attorney connected with the bill-broking business, who offered two pounds in cash, and the balance in sherry, but declined to be guaranteed from drowning on any higher bargain… and ten years afterwards the caul was put up in a raffle… The caul was won, I recollect, by an old lady… she was never drowned…

(Dickens: *David Copperfield* ch. 1)

在该例中,由于中国读者不具备"caul"(胎膜)的社会文化语境知识,因此解码时就没有这一先有知识可以帮助他们获得对文本的理解,甚至不了解狄更斯时代文化的英国读者,都很难获得连贯的文化含义。如 caul 为什么竟然会在报纸上登广告出售,为什么预期的买主是 sea-going people,caul 为什么和 cork-jacket(软木救生衣)相提并论? 那个讼师为什么要"拒绝淹不死的保证",为什么那个 old lady 买了这个 caul 后,就 never drowned? 当然,这一切弄不清楚又会直接影响 an attorney…declined to be guaranteed from drowning on any higher bargain 这一句的翻译,caul 的社会文化语境因素不清楚,此句的语义关系就很难译顺。在补偿译文读者的文化缺省过程中,如果把整段与 caul 有关的文字全部删除,读者虽然少了重构语篇连贯的麻烦,但有关这一异国文化风情也就断了与汉文化交流的来路。董秋斯和张谷若在翻译该小说时都采用了直译加注的文化缺省补偿方法以帮助中国读者获得有关的社会文化语境知识和了解有关的社会文化语境因素。在注释中说明:保存这种胎膜的人可以终生不会淹死。这样,译文读者就可获得对原文的连贯理解。

二、翻译的社会文化语境因素

翻译是一种跨文化交际活动,任何交际模式都是通过符号方式进行的"意义的横向和纵向的转换"(Bell,1991:14)。与符号有关的意义对交际双方不可能拥有完全相同的意义,因为两个不同社会阶层、不同历史年代、不同地域或不同文化背景的人不可能会使用完全相同的文字或句法结构来表达完全相同的事物。翻译中涉及的源语作者和目标语读者生活在不同的社会文化背景中,他们采用不同的方式构建符号意义,具有不同的经历、气质、动机、信仰和生活态度等,也就是说他们在各自不同的语言框架内组织和阐释他们不同的生活经历。正是这种社会文化语境的差异为翻译造成了非常严重的困难,同时还会引起读者对原文文本的误读。因此,作为原文作者和译文读者桥梁的译者,必须认真对待翻译中所涉及的各种社会文化语境因素。当然,生活在某一社会文化背景中的译者,不可能完全摆脱他生活的社会文化规范的制约而完全转到原文文本的社会文化语境中,他可能受到他自己文化思维方式的制约而不能客观忠实地在译文中再现原文的信息,而是倾向于按照他自己的文化预设以及行为方式等生产出错误的译文并使读者产生误读行为。如:

(1) The smile could not disguise the vinegar in her voice.

译文 A:笑容掩饰不住她声音里的醋意。

译文 B:她的笑容无法掩饰她尖刻的语气。

"vinegar",一种酸味的调料,在中国文化中,尤其在表达爱情方面时,意思是"to be jealous",即"吃醋"。然而在英语中,"vinegar"具有脾气暴躁,语气尖刻的含义。当我们用英语表达某人的话里带有尖刻的语气时,我们可以说"Someone's remarks are made with a strong note of vinegar"。译文 A 的译者由于受到中国文化概念的影响,没有充分考虑原文的文化语境因素,因而不可避免地在目标语文本中产生了误译。译文 B 正确反映了源语的社会文化语境因素,因而译文是正确的。因此,译者的一项极其艰难也是极为重要的任务便是要认真地理解所译文本中的文化语境因素,并且要有高度的社会文化语境因素意识,不仅要理解原文本的词汇意义和句法关系,而且还要对源语社会文化宏观语境下的各种内涵意义的细微差别高度敏感。译者在翻译过程中,不仅要克服各种语言障碍,而且还要克服各种文化差距(cultural gap)。

(2) He was fond of Joan but he just couldn't get to first base with her.

译文:他喜欢琼,可一开始追求她就出师不利。

棒球在西方社会是极为普及的一项体育运动,因而产生了许多与棒球有关的隐喻。如"get to first base"本意为"棒球击球手跑到第一垒",引申意义为"取得成功的开端"。中国读者可能看不懂这一句话的内容是因为对于在中国尚不普及的棒球这一西方文化现象缺乏起码了解的缘故。由于这一运动在西方十分普及,因此对于西方读者来说,这一句话是什么意思一般都能看得出来,即使一时没有马上看出来,但在仔细阅读后,还是能看得出来的。熟悉棒球的读者通过与棒球有关的社会文化背景知识加以联系,就能对文本做出比较充分的理解和欣赏。译者在翻译这样充满源语社会文化语境因素的文本时,必须要将读者放在心中,必须对原文做出恰当的形式调整来克服文化障碍。有些文本,涉及某一特定社会文化语境的许多概念和文学准则,不对原文的形式做出恰当的调整,是很难恰当地翻译到另一社会文化语境下的文本中的。因次,忽视目标语读者的社会文化语境将不可避免地产生错误的译文,也很难避免"翻译腔"(translationese)的出现。

社会文化语境因素对于翻译研究和文化缺省补偿策略研究具有重大意义,译者作为文化交流的使者,其目的之一就是要帮助来自不同文化的交流双方克服文化差距。因此对于那些造成译文读者意义真空的社会文化语境因素,译者有责任采取必要而恰当的方式加以解决。从另一方面来讲,译者的翻译活动是一种交际行为,与原作者的交际行为不同,他的交际对象或意向读者是目标文化的读者。因此,要想交际成功,他一方面要对自己的意向读者即译文读者的知识结构做出正确的判断,合理地定义自己与读者的共有知识和语用前提。另一方面,在选择表达策略时,还要考虑原文社会文化语境因素所蕴含的艺术动机和美学价值,以期在表达时恰如其分地、以最接近于原作的艺术效果的方式,消除读者的意义真空,传达原作所蕴含的语义信息和文化信息。因此,译者应对翻译中两种语言所涉及的社会文化语境因素保持高度敏感,并尽力提高社会文化语境意识,以便以适当的翻译方法在译文中处理原文的社会文化语境因素。

语篇离不开语境。语境有有形的,也有无形的。有形的语境以可追溯的文字或物体、过程的方式体现在语篇内的文字或语篇外的直接情景之中,而社会文化语境是无形的语境,是以先有知识和经验的方式贮存在我们的长期记忆之中,并不具备有形的可追溯性。成功的语言交际在很大程度上得益于交际双方对对方社会文化语境知识的预设和认同。一方面,译者要以读者的身份与原作者进行交际。这一过程的交际能否成功取决于译者本人的社会文化语境知识是否达到或最大限度地达到原文作者的理想水平。另一方面,译者又要充当作者,与译文读者进行交际。这一过程的交际能否成功取决于译者对他的译文读者的社会文化语境知识的预测是否正确,这一预测会直接地影响他在实际翻译交际中的策略选择。因此,译者在翻译以及对译语读者的文化缺省做出补偿的过程中,应努力培养和增强社会文化语境意识,不断提高社会文化语境分析能力。只有这样,才能摆脱字面翻译的束缚,使译文质量不断提高。同时,译界亦应加强社会文化语境因素的理论研究,推动翻译理论与实践的进一步发展。

第二章

伊瑟尔美学反应理论:读者美学价值享受的获得

如前所述,由于文化缺省的存在,对于原文读者显而易见的内容可能对于译语读者则不知所云。换句话说,译语读者的信道容量通常会小于源语读者的信道容量。因此,为了使原文信息顺利地通过译语读者的信道容量,译者须在译文中增加一个冗余度以便补偿译语读者的文化缺省。

我们知道,成功的作者通常会给他的读者留下想象的空间。在理解和阐释文本时,读者须填补文本空白(textual gap)来理解文本,从而获得文本文学价值的享受。本章第一节引入伊瑟尔的美学反应理论阐释读者阅读文本获得美学价值享受的过程,从而探讨文学作品中美学价值的生成机制。第二节运用描述性的研究方法,在解构主义的语境下进行理论探索,从而揭示文学翻译的美学价值取向。

第一节 美学价值的生成机制

阅读理解中图式最重要的功能之一就是做出推断,而推断被 Gillian Brown 和 George Yule 认为是"失踪的环节和关联"(missing links and connections)。这些失踪的环节,作为真实关系的表述,可以用这样的量化表达式来描述,即"每一个 X 有一个 Y"(Every X has a Y)或者"每一个 X 是一个 Y"(Every X is a Y)(Brown & Yule,1987:257-258)。现举两个例子来说明:

(1) a. Our car broke down on our way home.
　　b. The engine could not ignite again after we stopped at the railway crossing.
　　c. The car has an engine.

(2) a. The football match was very exciting.

b. The American team won the game.

c. The football is a game.

第(1)例中的失踪环节发生于汽车(car)和引擎(engine)之间,而读者须运用图式信息和语境信息来填充失踪的环节。定冠词"the"就是语境线索,表明名词"engine"是前面提到过的事物或者是前面陈述过的某事物的一部分。该语境不能使读者找到与"engine"具有同义关系的单词。然而读者的图式信息可以让他进一步确定"engine"和"car"之间的关系为部分和整体之间的关系,即"Every X has a Y"。由于"engine"是"car"的一部分,失踪的环节就突显出来,即"汽车有引擎"(The car has an engine)。在例(2)中,"game"之前的定冠词"the"表明"match"和"game"之间的同义关系,即"The match is a game",用公式表示就是"Every X is a Y"。

以上两例表明做出推断是文本理解中一个至关重要的步骤。在推断过程中,读者必须在"陈述的"(the stated)和"未陈述的"(the unstated)之间、在"显然的"(the obvious)和"暗示的"(the suggested)之间搭起一座桥梁。实际上,要想获得文本的成功理解,需要读者在各种阅读情景下做出推断。例如:

The huge plane landed smoothly on the famous coral runway. We jostled toward the door which was open to a warm welcome. The place of the airport in front of us was lit by torches carried by two rows of men and women dancers. As drums throbbed, the torches held high, made a criss-cross pattern. I learned later that this was a traditional welcome. All the performers wore the national costume. As we left the gangway, we received a garland of fresh, heavily scented frangipani blossoms, as well as a kiss from one of our hostesses.

虽然该例中未陈述事件发生的日期,读者可推断出应该是夜晚,因为文中提到了点亮的火炬。从"巨型"(huge)飞机可以推断是新式的大能量喷气式飞机或是波音757,因此该事件可能是最近发生的。用火炬、鼓和鸡蛋花制作的花环来庆祝盛典,读者可推断出该事件发生在太平洋的热带岛屿。读者还可进一步推断出客人是来另一个国家的一群参观者,因为跳舞者在欢迎典礼上穿着传统的民族服装。文中提到"朝门拥挤而去"(jostle toward the door)表明客人异常兴奋,渴望参观该国。由于所发生的一切对于讲述该故事的人都很新鲜,可推断出这是讲故事者第一次参观该地方。文中提到"来自一个女主人的亲吻"(a kiss from one of our hostesses),读者很容易地推断出参观者可能都为女性。根据文中提供的信息和做出的推断,读者能最终得出结论:两国关系十分融洽,当地居民十分友好和热情。现再举一例来说明读者在阅读过程中做出推断的重要性:

When the phone finally rang, Joe leaped from the edge of his chair and grabbed for it.

单词"finally"表明 Joe 也许一直在焦急地等待某人的电话。"leaped"和"grabbed"支撑了这一推断,意味着 Joe 很紧张很焦急。他坐在椅子的边沿表明他的不安和期盼。读者根据文本并未陈述的图式信息和已陈述的文本信息,可推断出 Joe 一直在焦急地等待一个非常重要的电话。

以上例子表明读者在文本阅读中是如何把文本中提供的信息和大脑中贮存的图式信息加以关联做出推断从而发挥想象力的。发挥想象力并做出推断可以使读者理解的内容远比文本中提供的信息多得多,推断还可以使读者填充作者并未提供的信息从而推断出其意向意义(intended meaning)。通过文本的阅读,仿佛某个熟悉的事件就发生在我们的经历中。当然,文本中具有许多熟知的材料,而这些材料不仅仅是用来进行确认,而且是形成新经历的基础。

文学作品是作者用语言形式进行的艺术创造。文学作品的语言是日常语言经提炼、加工而成的,具有其独特的魅力,往往能给读者留下丰富的想象空间。如果说科学术语是约定俗成的和常规的语言的话,那么文学语言便是对常规的超越,是变异的语言。文学语言打破了语言形式和意义之间原有的联系,创造出由新鲜的词汇所产生的新的意义,引起人们对事物的关注,并产生一种愉悦的感觉。因此,文学作品可以看成是作者所创造的语言符号世界。作者既是社会个体同时又是艺术家,生活在一定的历史阶段和社会文化环境中,通过其独特的个人生活体验,必然会产生对社会和人类生活的看法和观点。在文学创作中,作者是通过艺术形象的创造来表达他的关于社会和人类生活的各种思想和情感。文学作品的形象是作者用来引起读者产生心理画面(mental picture)的语言表达。一方面,文学形象体现了作者想要表达的思想和情感,因此,我们说文学作品中的形象具有思想价值(intellectual value)。另一方面,文学作品中的形象能够激励读者充分发挥想象力和联想力,从而把作品所描写的画面在大脑中加以形象化。在此过程中,读者在视觉和听觉方面产生愉悦的感觉从而获得美学欣赏的享受。在此意义上,我们说文学作品的形象又具有美学价值。

文学作品是想象的艺术。德国著名语言哲学家、散文作家和文学批评家瓦尔特·本雅明(Walter Benjamin)在他的那篇著名的《译者的任务》一文中指出,文学作品之所以成其为艺术,并不是在于它传达了什么信息,表达了什么内容,而是在于它是如何表达的(1992:71)。在文学作品中,作品不会给读者提供问题的现成答案。文学作品所提供给读者的只是作品的一系列图式结构,其功能便是激励读者获得文本的形象来探索他想获得的答案。毫无疑问,文学作品中的图式结构显然与文学形象有关,但是,作品并不直接提供其形象,需要读者努力去发现和探索,或更准确地说,需要读者去生产文学形象。从这个角度来讲,文学作品就是运用理解的基本结构来激励读者生产文学形象。文本图式产生隐藏的、非言辞表达的"真理"的各个方面,需由读者加以综合处理。事实上,作者要表达的意义或者作品的语言所直接揭示的意义是有限的。但是,有限的语言赋予了各个时代的各个读者对其意义的开放性。文本的不完整性产生了不确定性从而产生了文本意义之间的空隙(vacancy),留给了读者想象的空间。伊瑟尔(Iser)提出了"空白"(blank)和"具体化"(concretization)这两个概念。他认为,读者通过"空白具体化"(concretization of blanks)这一过程,消除了文本的不确定性(Iser,1978:181 – 185)。在伊瑟尔看来,在文本的整个图示结构中存在着许多空白,读者正是在填补这一个个空白的过程中实现文本的理解(Iser,1978:123)。当然,在构建文本形象的过程中,读者不可能有完全自由的想象,他的阅读活动在某种程度上要受到文本图式的制约。事实上,读者的阅读活动虽不在文本之中,但受到文本的影响和制约(Iser,1978:168)。

阅读文学作品不是一个被动的活动,需要读者发挥想象力和联想力。文学作品的一个诱人之处就在于读者的能动参与。文学批评家认为,文学作品就像一个竞技场(arena),读者和作者在这个竞技场上共同参与一个想象的游戏(a game of imagination)。在这场游戏中,如果什么都给了读者,那他就没事可做了,阅读也就会因此而变得枯燥乏味。当然,如果文本展示的只是一系列控制规则,游戏也无法进行下去。当读者自己能够生产文本时,也就是说文本允许读者充分发挥他的想象能力时,读者的阅读欣赏活动才能进行(Iser,1978:108)。因此,高明的作者往往会在作品中有意识地为读者留下许多想象的空间即"空白"。在文学作品创作中,作者通常会把其意向读者的诸如具有鲜明文化特色的词语以及历史典故等方面的文化背景知识预设在文学作品中作为空白以体现他的美学创造和艺术动机,同时又给读者留下想象的空间。实际上,我们所说的译文读者的"文化缺省"构成了原文作品中重要的"空白"或失踪的环节(missing links),是文学作品中"空白"的一种类型。文学作品省略的文化背景知识即文学作品的"空白"激励着原文读者发挥想象力来填充,从而建构作品所表达的形象。文本中失踪的环节激励读者填补空白,而文本中明示部分的功能就是推断其未明示的部分。伊瑟尔认为,在文本的理解和阐释过程中读者需要填补文本空白或者使"空白"具体化。读者填补的内容是文本整个系统中存在的隐藏部分,而正是隐藏部分的隐含意义而不是明示意义才是文本意义中最为重要的内容。"一旦读者在空白之间搭起了桥梁,交流即开始。空白的作用就像一根轴,整个文本—读者关系就围绕这根轴旋转"(Iser,1978:169)(Whenever the reader bridge the gaps, communication begins. The gaps function as a kind of pivot on which the whole text-reader relationship revolves)。通过文本的具体化,读者将文本的图式互相关联,开始形成"想象的对象"(imaginary object);通过熟悉文本,读者形成自己的理解。读者正是在填补这一个个"空白"的理解过程中获得阅读文学作品的这种独特的审美快感,欣赏文学作品的"符号化的方式"(mode of signification)(Wang,2001/4:343)。

第二节 文学翻译的美学价值取向

众所周知,翻译与译者对文本意义的理解和阐释有着密切的关系。如果文本意义只是涉及读者对文本所表达的思想、情感以及意图等因素获得准确而完美的答案,如果阅读活动所涉及的各个要素之间的关系只是以作者或文本为中心,那么文本作者就成了文本理解和阐释的绝对权威,译者的任务只是获得文本预先设定的"完美"答案从而用目标语言实现原文的意义。解构主义对文本确定意义的解构,打破了作者主宰文本意义的权威。在解构主义看来,文本不可能有一个确定的"神威要意",作品的意义是游移变动的,不为文本所凝固。译者在翻译过程中不是复制原文本,而是在文本提供的多重意义中创造出一个新的文本。既然翻译和文本意义的理解和阐释密不可分,译者又有可能对文本意义获得多种理解和阐释,是否在文学翻译中有什么指导原则来规约译者的理解呢? 本节旨在运用描述性的手法在解构主义的语境下进行理论探索,从而揭示文学翻译的一个原则:译者在文学翻译中应尽力使译文读者获得原文美学价值的享受,不能因填满原文的空白而剥夺译文读者的想象力从而损害原作含蓄的美学效果。

一、源语中心论

人们对翻译的认识开始都非常直观,翻译即是把一种语言文字转换成另一种语言文字。翻译直接呈现的是语言形式的转换,译者是原意的传达者,译文要"忠实"原文的意义,这就是源语中心论。源语中心论认为,源语文本是翻译的出发点,是翻译展开的依据,译者必须通晓原文,掌握原文的意义和内涵,忠实地再现原文中的意义和神韵。为了更好地理解原文,译者必须了解作者,研究作者,明确作者的写作动机、写作风格和写作特点等。文学研究的传统作者论认为,书写是作者的一项工作,作者对于自己将要书写的对象、形式和内容往往先有腹稿,并知道他的书写活动怎样引导自己铺排陈设文本的情节结构和事态发展的前因后果,作者控制着整个书写活动,成为自己文本的创造者和主宰。作者被认为具有对自己的文本拥有最初的解释权和最终的处置权。此外,传统文本意义论认为,每一个作者的创作都包含有一定的创作意图,即作者创作的艺术动机,因此作者生产出的文本都包含有确定的意义。意义潜藏在文本的字里行间,隐匿在作者精心编排的情景布局上。意义的获得不是一蹴而就的,而是要通过细读、分析和探索去理解和把握。

翻译研究的源语中心论遵循的就是文学研究的传统作者论和文本意义论,它视原文和原作者为原文意义的主宰和最高权威,把忠实于原文和作者的意义视为翻译的最高标准。文学翻译中的创造性在过去由于长期处于规定性传统译论的影响而不受重视。传统译论视翻译为艺术创作,译者是翻译文学的创造者,但译者的创造被视为二度创造,即是说,译者必须具有艺术家的天赋和能力,而这种天赋和能力只能允许他更好地去理解原作者和原作,而不是作为一个个体的创造力去进行富有个性的创造,译者的表达就是亦步亦趋地把原作的精神或神韵表现出来。译者必须克制自己的艺术创造力,或把自己的这种创造力转化为复写原作艺术精神的能力,译者要求隐身,译者要让读者感到如同作者的原创。源语中心论的思想直接影响了文学翻译并带来了新的观点,这种观点认为,既然文本是对客观现实的反映,那么翻译就是用另一种语言对原文再现的客观现实做出反映,是客观现实反映的反映。作家的创作是对真实的再现,译者则是对"真实"再现的再现。作家是原创,译者是二度创作。因此,长久以来,翻译就是"模仿""复制""再现"等,译者就是所谓的"画家""模仿者","翻译机器"和"舌人"。德莱顿虽反对译者跟在原文后面亦步亦趋,但仍旧将译者看作是庄园里劳动的"奴隶","给葡萄追肥、整枝,然而酿出的酒却是主人的"(谭载喜,1991:153)。卞之琳说得再恰当不过了:"原作者是自由创造,我们是忠实翻译,忠实于他的自由创造。他转弯抹角,我们得亦步亦趋;他上天入地,我们得紧随不舍;他高瞻远瞩,我们就不能坐井观天。"(孙致礼,1999:18)

二、解构主义对源语中心论的解构

源语中心论认为翻译是一种语际转换,即用译入语将源语表达的事物重新表达一遍,这种转换实际上是用两种语言表达同一事物或同一事件,它预设了源语和译语可以表达同一确定的意义。在源语中心论看来,文本意义的理解就是使客观存在的文本意义结构得以自然展现的过程。所谓正确理解就是要求译者在翻译过程中尽可能地消灭自己的偏见,回归文本的意义结构。文学作品的翻译就是对文本作者意图和文本意义的理解和阐释。文学翻译要求译者把自己和原作者融为一体,与作者一起重新经历那作品所展开的快乐或痛苦的精神之旅,因为作者才有权力赋予他的作品以确定意义,译者的理解只是理解出文本固有的意义。

解构主义认为,文本的产生意味着作者的死亡(Bassnett,1996:13)。文本的意义并非存在于文本之中,而是文本与读者之间相互作用的产物。文本意义的实现有多种可能性,不同读者可能对文本获得不同的理解和阐释。因此,文本的意义是开放的,读者不是被动的消费者,而是作品意义的积极建构者,也就是说译者在对文本的理解中有可能发挥主体性和能动创造作用(王大来,2011/5:94)。解构主义对文本确定意义的解构,对翻译来说,打破了作者主宰文本意义的权威,破除了在传统译论基础上建立起来的翻译原意转换之说,传统的翻译被解构了。作者,这个文本的唯一来源,统领文本意义的权威不在了。源语中心论试图发现文本最终的、确定的叙事结构的努力也失败了,多元意义、开放的文本出现了,重写的、创造性的、主体的读者或译者诞生了。

其实,对作者权威地位的解构始于对文本意义的否定。巴尔特(Roland Barthes)在《作者之死》中指出,以往的文学研究一直围绕作者展开,对作品的解释就是努力找出作者意图,对文本的理解和阐释带来的结果就是要得到作者一个人的声音,作者成了统治文本意义的上帝。他进一步指出,文本不可能有一个确定的"神威要意",文本写作是消解意义,又生产意义,同时滋生出多元的文本意义。作品的意义是游移变动的,不为文本所凝固。事实一经叙述,就与客观现实断开了联系,写作也就成了语言符号游戏,语言符号的所指和能指不是一一对应的(葛校琴,2006:229-230)。德里达(Jacques Derrida)认为,文本的意义难以确定,文本是一个开放的、不完整的系统,存在多重意义,任何对原文的理解和翻译都不能穷尽其可能的意义。德里达主张用"转换"(transformation)来代替翻译,主张把翻译看成是一种语言向另一种语言、一个文本向另一个文本的"转换"。翻译的目的就是揭示那些被丢失和遭压抑的东西,揭示文本的多重意义(葛校琴,2006:122)。

德里达把意义看作是一个不断变化发展的过程,而不像结构主义那样将意义视为一个"终点"和"固定点"。译者在翻译过程中不是复制原文本而是在文本提供的多重意义中创造出一个新的文本,译者是新文本的创造者,他的作用是催生出一个新的文本,衍生出新的思想,使人类的精神成果不断繁衍、增殖。从德里达的解构主义观点出发,译者是原文本的解构者,也是新生文本的创造者,但是译本一旦写成,译者也就完成了他的历史使命,译本又会产生多重的意义,翻译就是意义的不断推迟和延异(difference),在这样向前推进的过程中原文不断地被解构,译者成为文本的解构者。

三、文学翻译的美学价值取向

解构主义使文学批评的聚焦点从以往关注作者的创作意图、文本的结构和意义,转移到目前关注读者的作用,挖掘文本言之未言之意上来。这种视角的转换为翻译研究开启了一个新的领域,即从以往只关注原作者、原文本和原文意义的研究,转移到原文的读者,即翻译活动的译者中来,使译者主体和译者主体性的问题成了翻译研究的当下焦点。

读者作用,文本言之未言或不定意义的研究,拓展了人们对作者、文本以及意义的认识,但并不是说我们在阅读时能够完全无视作者或文本结构意义的存在,在阅读和理解时,纵使有多种的意义和阐释,读者,尤其是译者,还是不可能抛开作者的意图、文本的意义这个根基。译者对文本的理解和阐释就其本质来讲与其说是一种阅读行为,倒不如说是一种受到制约的活动。译者的任务首先是重构作者的世界,进入作者的思想境界。译者不是原文作者,他充当的角色是在原文作者和译文读者之间架起一座桥梁,使译文读者达到原文作者思想的彼岸。译者应以原文文本为准绳,发掘其深层的含义。译者通过阅读和对原作的整个世界进行重构,把握住作品的整体结构和内容,了解作者的意图、态度以及作品人物的感情等。

关于文本对阅读行为的制约作用,瑙曼(Naumann)提出了"接受指令"(the givens for reception)这一概念。接受指令指的是在阅读行为前文本本身存在的各种要素。"接受指令"这一命题表明了文本不但生产出满足读者接受要求的物质材料,而且还生产出文本接受的方式以及读者的接受能力。文本本身是一个有机的整体,其结构和图式预先设定了读者接受的方向、读者的反应以及读者可能对文本的评价(范大灿,1997:17-20)。而伊瑟尔则用"图式"(schemata)、"文本范式"(textual pattern)以及"文本的整体系统"(overall system of the text)等概念来阐释文本对读者理解的制约作用。阅读过程就是读者对文本的"空白具体化"的过程,当文本的各个图式结构相互关联时,空白即消失,读者完成阅读活动(Iser,1978:183)。通过"空白的具体化",即填补文本的空白,读者重新建构文本的"整体系统",形成自己的理解,完成审美历程,获得文本的理解和阐释。实际上,读者要填补的空白即"隐含性的东西"(something invisible)存在于文本的"整体系统"之中。"整体系统"是由文本的各个图式组成的结构。"整体系统"为读者与文本之间的"对话"提供了指南从而为文本意义的理解和阐释提供了总的框架。因此,我们认为译者在阅读活动中创造性地理解和阐释文学文本时,原文作者并未消失,他的写作轨迹仍然是作品理解的重要框架,文本的"整体系统"或图式结构对译者理解和阐释文本起着重要的制约作用。

"如果说,作者的本意由于作者处于历史性的演变之中会有所演变从而表现出一种不确定的话,那么,已经由作者完成并变成了一个客观存在体的文本,它的本意应该是相对确定的。"(谢天振,2000:25)如果解构主义一味夸大读者的作用,强调文本意义的游移,无本源,文本意义的开放性和译者对文本意义的创造性理解和阐释的合理性将陷入纯粹相对主义的恶性循环。美国文学解释学批评家赫斯(E. D. Hirsch)针对这种个体相对主义的文本理解策略提出了客观解释学理论。赫斯指出,"我们应该尊重原意,将它视为最好的意义,即最合理的解释标准","一篇文本的重要特点在于,可以从它分析出不是一种而是多种各不相同的复杂的意义,而其中只有作者的意义才具有这种禀有统领一切意味的确切资格"。赫斯把作者的原意与作者的原意和阐释意义的叠加分别用"意义"(meaning)和"意味"(significance)来区别。他认为,"意义是一个文本所表达的意思,它是作者在一个特定的符号序列中,通过他所使用的符号表达的意思。意味则是指意义与人之间的联系,或一种印象、一种情景、一种任何想象中的东西"(Hirsch,1967:8 – 25)。据此,赫斯将"意义"看成是作者或说话人的话语中所蕴含的意向性。他声称,不变的意义才具有客观性。只有寻找到这种客观的、已经存在的作者的原意,并排除自己的个体相对主义阐释因素,才能谈得上解释的有效性,否则所解释的意义不具合法性。

陌生化(defamiliarization)是文学语言的本质属性,也是作为语言艺术的文学的最本质的特征(张冰,2000:163)。根据俄国形式主义的观点,陌生化就是艺术性或是文学性的代名词,文学作品如果没有陌生化的效果,也就不能称作文学作品。文学家在进行文学创作时,不是力图客观真实地反映现实,拉近读者与现实的距离,而是刻意将"已知"的变成"未知"的,将熟悉的变成陌生的,从而拉大作品接受者与表现客体之间的距离,给读者以咀嚼、体味和感受的空间,因为文学作品所采用的一切手法的目的,无外乎就是提高作品的可感性,使人们感觉到它,而不仅仅是认知它。什克洛夫斯基(Shklovsky)指出,"艺术的手法是使'事物变得陌生',使形式变得艰涩(difficulty),增加理解和感知的难度和时间,因为理解和感知的过程本身就是一种美学上的目的,因而一定要加大和拉长"(Brooker,1999:65)。

　　文学家在文学创作过程中有一种求"异"的趋向,用作品中新奇的、陌生的东西来吸引读者,满足他们求新、求异的要求。文学语言是一种特殊的语言,文学翻译要用另一种语言把原作的艺术意境和美学价值传达出来,使读者在读译作的时候获得美学价值探索的享受。因此,在文学翻译中译者应坚持文学作品的美学价值取向,而不仅仅是信息取向,应尽力保持原作中的差异性和陌生性。本雅明认为在现代性语境的当下,语言堕落为一种交流工具,所以反复强调"翻译必须控制想要交流的愿望,克制想要传达意义的愿望"(2005:8)。本雅明还在《译者的任务》一文中开宗明义地表明了文学艺术的乌托邦精神和精英态度:在欣赏一部艺术作品或艺术形式时,对接受者的考虑从来都证明不是有效的,考虑其接受者是非常有害的,"诗不为读者而写,画不为观众而作,交响乐不为听众而谱"(2005:3)。艺术作品有其本身的自律性,过多考虑他律性,就会损害艺术作品本身的特质。文学作品当然不是为不懂原文的读者而作,翻译的本质不是交流什么信息。交流信息的翻译是非本质的,是糟糕翻译的标志。任何一个旨在传达信息的翻译作品所能够传达的除了信息之外别无他物,而信息又是文学作品中无关紧要的东西。我们知道,文学作品中除了信息之外还包含一个最为本质的性质,即深不可测的、神秘的、"诗性的"东西——一种只有文学家的译者才能够传达的东西。在文学翻译中,译者应该用文学的美学价值取向取代信息取向。要想将原作中美学价值的东西传达出来,译者应通过适当的方法将原文中的差异性和陌生性这种具有美学价值和美学效果的东西在译文中加以预设,以便保持文学作品中某种"诗性"的东西,保持原文语言中的鲜活性和陌生性,因为文学作品最忌讳的就是使用一些失去新鲜感和陌生感的陈词滥调。

　　语言学家们一致认为,语言是一种约定俗成的系统。因此语言表达的方方面面都有一个约定俗成的规范。语言学家们把这些约定俗成规定成教条,教人怎么正确地、规范地使用语言。于是,语法学家把这些约定俗成写成语法,语用学家把这些约定俗成写成合作原则……但形式主义学者则通过对文学性的研究发现了一个很有趣的规律:文学家们总爱在他们的文学表达中,故意违反这些约定俗成,这种故意的违反在文学中总是出现,于是就形成了一个文学的约定俗成:凡是文学语言,必有违反语言的约定俗成之处,即变异。而正是这些故意的违反,使语言表达中本来很常见的意思、意义、意象、意念、意图被不常见或反常的形式包装了。读者为了把这些故意反常化了的表达方式弄明白,就得在特定的语境内根据特定的语言变异所提供的线索,以搜寻解读的依据。这一过程需要联想的介入,读者在最终获得解读之前通过语境搜索会收获一系列的语境假定(contextual assumptions)。这种搜而有所获的过程是一个解惑的过程,它会给人带来某种愉悦和快感。这个过程也就是什克洛夫斯基(Shklovsky)所说的审美过程(1994:264),这种效果便是诗学效果,这种功能便是诗学功能。

　　文学翻译,翻译什么? 那得先看文学艺术关注的是什么。雅各布森说是文学性,什克洛夫斯基说是陌生化,利奇与肖特(Leech & Short)说是变异(deviance),德里达说是差异。尽管后来有学者猛批结构主义诗学,但结构主义极大地丰富了人们对形式的认识。文学翻译不能一味追求翻译就是翻译意义的境界。德里达认为,符号是对某一在场的再现,因为时间的延迟和空间的距离,人们会对那在场的符号的权威性表示怀疑(Derrida,1986:124)。可见,原有的形式是否能准确地表达那真正的在场,都很可疑,就更别说用一个形象和意象都不同的能指来表示了。不少人以为,解构主义认为意义是不确定的,"读者的诞生是以作者的死亡为代价的",因此对原文的意义可以想怎么解读就怎么解读,译者便有了无限的自由。其实,这是对解构主义的误解,因为译者毕竟不是读者,对译文读者来说他就是作者,他既不能对原文不负责任,也不能对读者不负责任。解构主义对差异的尊重要求译者在翻译中也要如实地体现差异。对解构主义的观点稍加研读,就不难看出,它实际上比早期形式主义更形式主义。也正因为如此,解构主义的翻译观才更注重对形式的忠实。曾经翻译过德里达作品的刘易斯就深有感触地指出,真正挑战译者能力的翻译是对原文反常之处的忠实,据此他提出了"反常的忠实"(abusive fidelity)的观点(Lewis,1985:56)。从"反常的忠实"中,我们不难看出雅各布森的形式主义诗学观在翻译中的应用,以及对"意义对意义"的翻译观念的反拨:以反常对反常。按解构主义的观点,原文的形式,尤其是那些负载着文化、历史和修辞等的形式,才是文学翻译所应该尽力保留的东西。在这一点上,解构主义和结构主义的观点实际上是一致的。

　　文学理论或诗学就是研究使语言信息变成艺术作品的东西,而文学翻译要翻译的就是文学作品的文学性或诗学。文学翻译不应该是把艺术作品变成语言信息的东西,不能把具有文学性的表达仅仅译成一串信息流。用修辞学的话说,不能把原文的修辞格译成了没有修辞色彩的平语。但必须指出的是,艺术效果是一种整体效应,因此在翻译局部的字词句时,眼光不能只盯着局部,还应该有全局的观念,一方面在语境的制约下,正确地解读具有文学性的表达方式,另一方面在对原文表达方式进行形式化体现时,也要注意对相关的语境参数进行关联性建构,这样才能使译文获得一种整体性的诗学体现,原文的诗学生命才能真正活灵活现地得到"复活"或"重生"(afterlife)(Benjamin,2004:76)。

四、结语

通过以上对源语中心论的文本意义的解构及其文学翻译中再现原作美学价值的分析和讨论,可以看出,文学文本不应该只有一种理解和阐释,译者在翻译过程中不是复制原文本而是在文本提供的多重意义中创造出一个新的文本,正是译者在翻译活动中的创造性解构了作者或文本的绝对权威,使文学作品获得了再生。但是译者不能把他从原文理解中发现的任何东西通过译文传达给译文读者。译者在理解和阐释原作的过程中可能会发现原文作者使用各种表现手法所隐含的美学价值,在翻译过程中他应该把这些美学价值的东西留给译文读者,不能因填满原文的空白而剥夺译文读者的想象力,从而损害原文含蓄的美学效果。因此,译者应该尊重原文作者的艺术动机和美学创造,认真审视原作中各种艺术表现手法所隐含的美学效果,根据原文的具体情况和译文读者的接受能力,灵活选择翻译策略,尽力再现原作的美学价值。

第三章

作者艺术动机：文化缺省补偿策略

在翻译过程中，由于文化缺省的存在，译者不得不就译语读者的文化缺省做出补偿，但这并不意味着译者必须把源语中的任何意义都要传达给译语读者，这样做就会剥夺译语读者从阅读译文中获得理解和阐释原文的享受。译者不能在译文中对译语读者的文化缺省做出过度的补偿，否则将会剥夺译语读者获得原文美学价值享受的机会。因此，在补偿译语读者文化缺省的过程中，译者应该尽量使译文读者获得原文美学价值的享受。本章将讨论正确处理补偿译文读者的文化缺省和保留原文美学价值之间的关系以及原文的理解和原文的翻译之间的关系。在此基础上，进一步讨论文化缺省的补偿策略和方法。

第一节 尊重作者的艺术动机和创作意图

文学作品是用语言形式进行的艺术创造，而语言是作者用来创造意象和表达思想以及情感的工具。为了增强作品意象的感染力，作者必须充分利用其语言的表达资源以提高语言的表达能力。因此，文学语言具有艺术意图和美学价值。在翻译过程中，原作作为作者艺术创造的产物，借助译者在目标语言中的艺术创造实现艺术再创造。译者的艺术再创造不是他自己的随意创造，而是在目标语言中创造出新的作品，其艺术价值要等同于原作的艺术价值。从这个意义来讲，翻译就是用另一种语言再现原作的艺术意象，使译文读者和原文读者一样在视觉和听觉方面产生愉悦的感觉从而获得美学欣赏的享受。

在译文的生产过程中，译者必须获得对原作的正确理解，因为没有原作的正确理解，就不可能生产出忠实于原作的译文。一篇译作是否太"自由"(liberal)或太"机械(死板)"(mechanical)在很大程度上依赖于译者是否获得了对原文的正确理解,因为译文中的措辞、句型结构以及风格的选用取决于原文的正确理解。在翻译中,译者须对原文的信息解码,然后在对原文获得正确理解的基础上用目标语对信息进行编码。然而翻译显然不只是在源语和目标语之间进行的词语匹配或语言形式的技术转换,也不只是类似的语法构建。译者还应关注作者的艺术创造和艺术动机等。因此,为了获得原作的准确理解,译者要和原作者在情感上取得共鸣以认识作者艺术创造的过程,抓住原作的精神并在自己的思想、情感和经历中找到最恰当的确认。要和原作者在思想和情感上产生共鸣,译者应该具有完美的美学意识,要和原文作者处于共生的关系(symbiosis)。只有对原文作者的美学经历和特点获得充分的了解,译者才可能在作者的情感和灵感激励下生产出好的译作。要对原作获得真正的理解,译者应该从美学的角度来理解和阐释原作,应该考虑文学翻译的美学本质,否则译者就不可能和原文作者融为一体,因而就不可能完成再现原作的任务。

  语言有两种意义:表层意义和深层意义(surface meaning and deep meaning)。仅仅理解原文的表层意义是远远不够的,译者应该跳出自己的主观世界,进入到原文作者的内心世界,通过原作中的词汇、文化特色词语、修辞手法、句子以及段落等欣赏原作的写作基调和精神,也就是说译者应该与原作者相互认同,对原文进行认真和彻底的分析,理解原文话语的深层结构、文化用语的深层含义、文学传统和其他必要的文化背景知识以及作者运用文化缺省成分的艺术动机,以便在目标语言中灵活地再现原文。译文不仅要语言流畅,而且还要保留原文的美学价值,不能带有译者的主观倾向,尽管译者可能赞成或者反对作者的某些观点。应该认真审视译文是否充分反映了原文作者的艺术意图和艺术动机,是否最大限度地保留了原文的美学成分,是否再现了原作的艺术意向并能唤起译文读者的美学想象。

  在文学作品翻译中,译者应该从原作的艺术动机和创作意图出发,在译文语言中找到完美的语言形式,力图再现原作的艺术意境。相反地,如果从复制原作语言形式出发,译者决不能把原作的艺术意境表现出来。那么译者是否在翻译文学作品的过程中就可以不顾原作文作者使用的词语、句型、修辞手法和艺术手法的性质及其重复频率呢?在原文中,这些都是为表现作者的艺术意境服务的,在译文中译者应尽力保留词语、句型、修辞手法和艺术手法,凡是能直接移植过来为译文服务的,都应该直接移植过来;凡是直接移植过来不为译文语言允许,或者不能为再现作者艺术意境服务的,就不应该直接移植过来,而应该根据作者的艺术动机和创作意图,另觅新的表现法,来为再现原作的意境服务。现举例加以说明。

......(her eyes) so attractive, that the Reverend Mr. Crisp, fresh from Oxford, and curate to the Vicar of Chiswick, the Reverend Mr. Flowerdew, fell in love with Miss Sharp, being shot dead by a glance of her eyes which was fired all the way across Chiswick Church from the school-pew to the reading-desk. This infatuated young man used sometimes to take tea with Miss Pinkerton, to whom he had been presented by his mamma, and actually proposed something like marriage in an intercepted note, which the one-eyed apple woman was charged to deliver. Mrs. Crisp was summoned from Buxton, and abruptly carried off her darling boy, but the idea, even, of such an eagle in the Chiswick dovecot caused a great flutter in the breast of Miss Pinkerton, who would have sent away Miss sharp, but that she was bound to her under a forfeit, and who never could thoroughly believe the young lady's protestations that she had never exchanged a single word with Mr. Crisp except under her own eyes on the two occasions when she had met him at tea.

(Vanity Fair)

契息克的弗拉沃丢牧师手下有一个副牧师,名叫克里斯泼,刚从牛津大学毕业,竟然爱上了她。夏泼小姐的眼风穿过契息克教堂,从学校的包座直射到牧师的讲台上,一下子把克里斯泼射得灵魂出窍。这昏了头的小伙子本来是他妈妈介绍给平克顿小姐的,有时也来和平克顿小姐一块喝茶。他托那个独眼的卖苹果女人给她传递情书,被人发现,信里面的话简直等于向夏泼小姐求婚。克里斯泼太太得到消息,连忙从勃克登赶来,立即把她的宝贝儿子带走了。克顿小姐想到自己的鸽笼里藏了一只老鹰不由得心中忐忑不安,若不是有约在先,真想把夏泼小姐赶走。那女孩竭力辩白,说她只在平克顿小姐监视之下和克里斯泼先生在茶会上见过两面,说过两句话,此外从来没有跟他说过话。她虽然这么说,平克顿小姐仍旧将信将疑。

(杨必译文,略有改动)

该例中,作者的艺术动机和创作意图是要揭露和讽刺道貌岸然、自命不凡的英国上流社会人士的滑稽和虚伪。故事讲的是夏泼小姐在礼法范围内卖弄风情,引起一场桃色事件。只要抓住作者的艺术动机和创作意图,深入到作品的艺术意境中去,努力在译文中为这一艺术意境寻找完美的语言形式,就自然能把原作那种讽刺喜剧的效果再现出来。

现讨论原作的语言特点和艺术手法。"An eagle in the Chiswick dovecot(鸽笼

里的老鹰)",这是一种隐喻,在译文中保留了下来。"being shot dead by a glance of her eyes..."是一种夸张和讽刺手法,直译为:"夏泼小姐的眼风……一下子把克里斯泼牧师射死了。"改译为"射得灵魂出窍",更具有讽刺意味,也符合作者原意,因为"灵魂出窍"也就是死了。"a great flutter in the breast of Miss Pinkerton",这也是一种讽刺手法,译为"心中忐忑不安",形象相当。原文中的长句和几个被动结果,对原作的艺术意境没有多大意义,所以长句拆为短句,被动结构改为主动结构。

Sir Pitt went and expostulated with his sister – in – law upon the subject of the dismissal of Briggs, and other matters of delicate family interest. In vain she pointed out to him how necessary was the protection of Lord Steyne for her poor husband; how cruel it would be on their part to deprive Briggs of the position offered to her. Cajolements, coaxings, smiles, tears could not satisfy Sir Pitt, and he had something very like a quarrel with his once admired Becky. He spoke of the honour of the family: the unsullied reputation of the Crawleys; expressed himself in indignant tones about her receiving those young Frenchmen——those wild young men of fashion, my Lord Steyne himself, whose carriage was always at her door, who passed hours daily in her company, and whose constant presence made the world talk about her. As the head of the house he implored her to be more prudent. Society was already speaking lightly of her. Lord Steyne, though a nobleman of the greatest station and talents, was a man whose attentions would compromise any woman; he besought, he implored, he commanded his sister – in – law to be watchful in her intercourse with that nobleman.

(*Vanity Fair*)

毕脱爵士去看弟妇,提到辞退布立葛丝的问题及家里各种难以启齿的事情,着实劝谏了一番。她向他做了解释,说她可怜的丈夫没有斯丹恩勋爵提拔照顾是不行的。至于布立葛丝呢,有了这么好的差使,如果他们不许她去的话,不是太没有心肠了吗?这些话全无效验。她哭也罢,笑也罢,甜言蜜语地讨好也罢,毕脱爵士只是不满意。结果他和他以前最佩服的蓓基很像吵了一次架。他谈到家门的体面和克劳莱家族洁白无瑕的名声。他气呼呼地责备她不该和那些年轻的法国男人来往,说他们全是花花公子,行为不检点。他又提到斯丹恩勋爵,说他的马车老停在她门口,他本人每天陪着她好几个钟头,惹出许多闲话来。他以家长的身份恳求蓓基行事小心谨慎,因为外面已经对她说长道短。斯丹恩勋爵纵然地位极高,才识丰富,可是这种人呀,哪个女人接受他的献媚,哪个女人就要遭殃。他要求,他恳求,他命令他的弟妇,要她往后步步留心,少和那位大佬打交道。

(杨必译文,略有改动)

在该例中,作者的艺术动机和创作意图仍然是要揭露和讽刺英国上流社会人士的丑恶和虚伪面目。现在来看看译文对原文中各种语言手段和艺术手法做了多么灵活巧妙而又恰到好处的处理:

1. expostulated(古色古香的词语)——劝谏;

2. matters of delicate family interest(委婉语)——家里各种难以启齿的事情;

3. Cajolements, coaxings, smiles, tears could not satisfy Sir Pitt(讽刺手法)——她哭也吧,笑也罢,甜言蜜语地讨好也吧,毕脱爵士只是不满意;

4. wild young men of fashion——他们全是花花公子,行为不检点;

5. a man whose attentions would compromise any woman(讽刺手法)——可是这种人呀,哪个女人接受他的献媚,哪个女人就要遭殃;

6. he besought, he implored, he commanded(Climax)——直接移植;

7. that nobleman(反语)——那位大佬。

译者正是抓住了作者的艺术动机和创作意图,进入原作的艺术意境,才能把原作中这些语言手段、艺术手法以及其他细节处理得这样巧妙,从而生动地再现了原作那种富于讽刺喜剧色彩的风格。

She looked swiftly round the twilit room. His gun and sword lay ready on a chair! One supported disarmament, and armed children to the teeth! His other toys, mostly mechanized, would be in the schoolroom. No; there on the windowsill was the boat he had sailed with Dinny, its sails still set, and there on a cushion in the corner was "the silver dog", aware of her but too lazy to get up.

(John Galsworthy: *Flowering Wilderness*)

她迅速环顾了一下那间灯光暗淡的房子。他的刀枪都在一张椅子上摆得好好的!人们支持裁军,却又把孩子全副武装起来!他的其他玩具,大部分是机械化的,一定都在书房里。不;窗台上不是放着他和丁妮玩过的那条船吗,帆篷都还没收下来呢;墙角椅垫上也还躺着那条"银狗",明知她来了,却懒得起身。

(傅寰译文)

在该例中,作者的艺术动机和创作意图是要揭示女主人公那种女性所特有的观察细致入微的性格。在 No 后面一句中,there 是一个唤起注意的字眼,好像用手指着一件东西说话一样。译文改成修辞疑问句,语言符合原文口吻。正是通过这样改变句型,译文才生动地再现了原文的艺术意境和细腻风格。

译者必须善于体会作者的艺术动机、创作意图以及思想感情的潜流,必须善于抓住作品的韵味,必须善于体会作品的中心思想以及作品的艺术意境和人物形象,并根据这些体会去处理文学作品翻译的各个细节。此外,译者还需深入研究作品的历史、地理、社会和文化背景,并根据这些背景来处理细节。现举例说明:

Torcello, which used to be lonely as a cloud, has recently become an outing from Venice. Many more visitors than it can comfortably hold pour into it, off the regular steamers, off chartered motor-boats, and off yachts; all day they amble up the towpath, looking for what? The cathedral is decorated with early mosaic-scenes from hell, much restored, and a great sad, austere Madonna; Byzantine art is an acquired taste and probably not one in ten of the visitors had acquired it. They wander into the church and look round aimlessly. They come out on to the village green and photograph each other in a stone armchair, said to be the throne of Attila. They relentlessly tear at the wild roses which one has seen in bud and longed to see in bloom and which for a day have scented the whole island. As soon as they are picked the roses fade and are thrown into the canal. The Americans visit the inn to eat or drink something. The English declare they can't afford to do this. They take food which they have brought with them into the vineyard and I am sorry to say leave the devil of a mess behind them. Every Thursday Germans come up the towpath, marching as to war, with a Leader. There is a standing order for fifty luncheons at the inn; while they eat the Leader lectures them through a megaphone. After luncheon they march into the cathedral and undergo another lecture. They, at least, know what they are seeing. Then they march back to their boat. They are tidy; they leave no litter.

(Nancy Mitford: *The Water Beetle*)

译文一:托车罗过去经常像一片云那样孤独,最近却变成了从威尼斯出来游玩的地方。比它能够舒舒服服地容纳的人数多得多的游客涌进那里,搭定期汽船来的,包租摩托艇来的,驾游船来的,他们整天缓步走上那条纤路,找什么呢?那座大教堂是以早期镶嵌画装饰的——几幅地狱的景象,大致已经修复,还有很大的忧愁严峻的圣母像;拜占庭艺术的鉴赏力是通过学习获得的,而十个游客中大概没有一个曾经获得。他们漫步走进教堂,毫无目的地朝四围张望。他们走到村中草地,在一张石制扶手椅上互相拍照;这张椅据说是阿拉提的宝座。他们无情地扯那些野玫瑰花;人家见过它们含苞未放,盼望见到他它们盛开;它们也曾使全岛香了一天。它们一摘下来就凋谢,被扔进运河。美国人去小酒店吃点或喝点什么。英国人宣称他们负担不起。他们带着他们随身带来的食物走进葡萄园;我很抱歉地说,他们留下一团糟。每星期四,德国人走上纤路,像行军一样,有个队长。他们照例在小酒店预订五十份午餐;他们一边吃,队长就用喇叭筒向他们演讲。午餐后,他们列队进入大教堂,经受又一次演讲。他们至少知道看的是什么,然后他们列队回船。他们是整洁的,不留任何垃圾。

译文二:托车罗往日寂寞如孤云,近来却成了威尼斯外围的游览区。来客多了,这个小地方就拥挤不堪。搭班船的,坐包船的,驾游艇的,一批批涌到,从早到晚,通过那条纤路,前来观光。想看什么呢?大教堂内装饰有早期镶嵌画;表现地狱诸景的大致已经修复,此外还有容色黯然凛然的圣母巨像。拜占庭艺术是要有特殊修养才能欣赏的,而有特殊修养的游客恐怕十中无一。这些人逛到教堂,东张西望,茫茫然不知看什么好。走到村中草地,看到一张石椅,听说是匈奴王阿拉提的宝座,就要照相:一个个登上大位,你给我照,我给你照。这些人惯于辣手催花,见了野玫瑰绝不放过。可怜含苞未放的野玫瑰,在岛上才飘香一天,爱花者正盼其盛开,就任这些人摘下来,转瞬凋萎,被扔进运河。美国人走进小酒店,吃吃喝喝。英国人自称花不起钱,自带食物进葡萄园野餐;真对不起,我不能不说他们把人家的地方搞得乱七八糟。德国人呢,每逢星期四,就像出征一样,由队长率领,循纤路而来,到小酒店吃其照例预订的五十份午餐,边吃边听队长用喇叭筒给他们上大课。午餐后列队到大教堂,在里头还是恭听一课。他们至少知道看的是什么。完了,列队回船。他们倒是整洁得很,从来不留半点垃圾。

(翁显良译文,略有改动)

在本例中,原文作者的艺术动机和创作意图,是要讽刺西方一般游客缺乏艺术修养,不懂得怎样欣赏自然美和艺术美,因此,到了游览胜地,只知破坏,不知爱护。译文一的缺点就在于:(1)没有抓住作者的艺术动机和创作意图,因此,原文那种意在讥讽的意味在译文中丧失殆尽;(2)由于没有一个中心思想贯穿全篇,译文中各个语言细节就像一盘散珠一样,互不协调,互不照应。细心的读者只要把译文一和译文二加以比较,就可以发现,译文二要比译文一更能再现原作的艺术意境。

原作的艺术感染力是通过译作的艺术形式和内容的有机结合来实现的。译文中艺术形式和内容的缺失必然破坏其艺术感染力。在文学作品中,语言形式不只是内容的修饰物,语言形式的艺术价值和内容的艺术价值紧密相关。就艺术而言,无论是什么主题,都得通过一定的形式表现出来。因此,文学艺术与其他艺术一样,有其使媒介的特定整合成其为艺术的特质。文学艺术所用的介质是语言,研究语言的艺术就是研究语言本身,所以诗学的研究方法主要是语言学。而文学之所以成为艺术的特质则是文学性。文学性是语言通过一定的排列组合造就的。形式主义学者发现,这种排列组合是有规律的,这规律就是对语言运用的常规的故意违反,造成形式上的变异,从而形成陌生化或反常化(defamiliarization)的形式特征,读者在解读这些新颖乃至费解的形式特征进而获得理解的过程就是诗学所追求的审美或诗学效果。

在忠实地表达原文内容的基础上,译者应通过艺术再创造尽可能地保留原文的语言形式特征。原文的语言形式越重要,译文就应更加接近原文。虽然译者的主要任务是表达原文的内容,在某种程度上,享有改变原文的表达形式的自由,但是他不能滥用他的权利,把翻译变成他自己的随意创造。有人认为,在翻译中,译者借用原文的内容,用自己的语言形式进行写作。这种观点是站不住脚的,因为这种观点把原文的形式和内容截然分开,忽视了原文作者的艺术动机。在文学作品中,读者最感兴趣的不是作者表达了什么而是作者是怎样表达的。语言形式中含有象征意义和隐含意义的文学作品尤其如此。在这样的文学作品中,语言形式特征的丢失就意味着象征意义和隐含意义的丢失。举例来说,原文作者有可能在原作中运用诸如比喻或双关语的修辞手法以及诸如历史典故这样的文化特色词语来体现他的艺术创造,同时又能给读者留下较大的想象空间。原文作者运用的特殊形式对原文的接受者来说相对容易接受和欣赏,因为他们和原文作者生活在同一社会文化背景中。然而由于译语读者的文化缺省不可避免地存在,如果直译而不进行恰当的文化缺省补偿,译语读者将不知所云。因此,译者应尊重原文作者的艺术创造并保留原作的文本空白以便译语读者发挥想象力。只有这样,原文的艺术感染力才能最大限度地得以保留。因此,在翻译中,如果译者只是再现了原文的内容,他的译文只是具有可读性,因为这时译语读者理解原作的主要思想没有难度。只有当译者洞查出作者运用这些文化缺省成分的语言形式的艺术动机并在译文中再现了作者的表达形式,他才有可能忠实地表达原文的美学成分。德国著名语言哲学家、散文作家和文学批评家 Walter Benjamin(1992:79)指出,翻译应该包括原文的符号化的方式(mode of significance),而不只是原文的意义。这一点对文学作品的翻译十分重要。非文学作品的读者可能只满足于作品的内容,而文学作品的读者除了原作的内容外还希望欣赏到原作的"符号化的方式"。因此,译者的重要任务就是要在译文中既要传达文化缺省成分所表达的内容,又要尽可能再现这一语言形式,译者不能为了译文的自然和流畅而随意更改原文的语言形式,否则译文必定会失去原文的韵味而变得枯燥乏味,从而剥夺了原文语言的生动性和生机活力。

为了再现原作艺术意境和揭示作者的风格,译者必须妥善处理作者特有的表现法。这里从狄更斯的小说《董贝父子》中引几段文字加以分析。狄更斯在这几段文字中塑造了两个形象:贪财奴董贝和他五岁的幼儿小保罗。作者一面谴责董贝财迷心窍丧失人性,一面眼泪盈眶地描写了这个被剥夺了童年欢乐的幼儿。但是,狄更斯又对董贝表示怜悯,把这一切罪恶归咎于败坏人性的金钱。只有抓住作者的艺术动机和创作意图,译者才能生动地再现原作那种"含着眼泪微笑"的艺术意境和文学风格。

They were the strangest pair at such a time that ever firelight shone upon. Mr. Dombey so erect and solemn, gazing at the blaze, his little image, with an old, old face, peering into red perspective with the fixed and rapt attention of a sage. Mr. Dombey entertaining complicated worldly schemes and plans; the little image entertaining Heaven knows what wild fancies, half – formed thoughts and wandering speculations. Mr. Dombey stiff with starch and arrogance; the little image by inheritance, and in unconscious imitation. The two so very much alike, and yet so monstrously contrasted.

(Dickens: *Dombey and Son*)

在这种时刻,他们真是炉火照射过的最奇特的一对。董贝先生带着气宇轩昂,一本正经的神气,注视着火焰;酷肖他的小家伙,有一副老气而又老气的面孔,像一个哲人似的,目不转睛、全神贯注地窥视着红红的火光画面。董贝先生满脑子求财图利的复杂计划和打算;小家伙满脑子天才知道的一大堆荒唐念头,朦胧的幻想和飘忽不定的玄想。董贝先生正襟危坐,矜持而傲慢;小家伙也正襟危坐,一半是由于遗传,一半是出于无意识的模仿。两人是如此相像,然而又如此有天渊之别。

On one of these occasions, when they had both been perfectly quiet for a long time, and Mr. Dombey only knew that the child was awake by occasionally glancing at his eyes where the bright fire was sparkling like a jewel, little Paul broke silence thus:

"Papa! What's money?"

(Dickens: *Dombey and Son*)

有一次，他们鸦雀无声地在炉前坐了很长时间。董贝先生偶尔看了看孩子的眼睛，看到熊熊火光在孩子眼里闪耀，犹如珍珠玛瑙一样，这才知道孩子并没有睡去。这时，孩子用这样的话打破沉默：

"爸爸，钱是什么东西？"

Mr. Dombey was in a difficulty. He would have liked to give him some explanation involving the terms circulating medium, currency, depreciations of currency, paper currency, gold bullion, rates of exchange, values of precious metals in the market, and so forth; but looking down at the little chair, and seeing what a long way it was, he answered: "gold and silver, and copper, guineas, shillings, half-pence. You know what they are."

"Oh, yes, I know what they are." said Paul, "I don't mean that, papa. I mean what's money after all?"

"what is money after all!" said Mr. Dombey backing his chair a little, that he might the better gaze in sheer amazement at the presumptuous atom that propounded such an inquiry.

(Dickens: *Dombey and Son*)

董贝先生感到左右为难。他本想对他解释一下什么是流通媒介、通货、通货贬值、纸币、金条、兑换率、贵重金属的市场价值等等；但是，他向小椅望去，知道其间有十万八千里的距离，这才说："钱就是金币、银币、铜币、畿尼、先令、半便士。这些东西你都见过。"

"嗨，这些东西我都见过，"保罗说，"我不是说这个，爸爸。我是说钱到底是什么？"

"钱到底是什么！"董贝先生一面说，一面把椅子向后移动一下，这样，他就可以更加仔细地打量一下这个傲气十足的芝麻大的小人。他感到十分惊奇。这个小人竟然向他提出这样一个问题。

...Florence appeared...The child immediately started up with sudden readiness and animation, and raised towards his father in bidding him good night, countenance so much brighter, so much younger and so much more childlike altogether, that Mr. Dombey, while he felt greatly reassured by the change, was quite amazed at it. ... Mr. Dombey looked after them until they reached the top of the staircase... and passed out of his sight; and then he still stood gazing forwards, until the dull rays of the moon, glimmering in a melancholy manner through the dim skylight, sent him back to his own room.

(Dickens: *Dombey and Son*)

……佛罗伦斯来了……孩子突然变得随和而有生气了。他马上跳起来,向父亲道了晚安,容光焕发多了,年轻多了,也孩子气多了,以致董贝先生虽然大大安心下来,但也十分惊讶。……董贝先生看着他们走到楼梯顶上,不见了,然后,他仍然站在那里,凝视着远方,直到幽暗的灯光穿过黑郁郁的天窗凄凉地射下来的时候,他才回到自己的房间。

在原文中,作者使用了很多他所爱用的表现手法,来表现他对孩子的怜惜以及对董贝的鄙夷和怜悯,其中有夸张法、对照法、排比法、反复法、周折语等。我们知道,作者特有的表现手法总是表现了作者对生活的独特的见解和深刻感受,总是表现了作者对世界的新领悟和新发现以及作者从社会观和审美观上对他所描写的事物的理解和评价。因此,如果没有语言上和艺术上的必要,不主张随便地改变作者特有的表现手法,因为那样往往会降低作品的艺术性,不利于再现作品的艺术意境和作家的形象和风格。在以上所引的《董贝父子》的文字中,有好些地方的确采用了直译的方法,保留了作者特有的艺术表现手法。如:

1. They were the strangest pair at such a time that ever firelight shone upon.
   在这种时刻,他们真是炉火照射过的最奇特的一对。
2. ... peering into red perspective with the fixed and rapt attention of a sage.
   ……像一个哲人似的,目不转睛、全神贯注地窥视着红红的火光画面。

但是,在以上所引的《董贝父子》的文字中,有好些地方译者不得不采用意译的方法。如:

1. ... at his eyes where the bright fire was sparkling like a jewel…
   ……看到熊熊火光在孩子眼里闪耀,犹如珍珠玛瑙一样……
2. …that he might the better gaze in sheer amazement at the presumptuous atom…
   ……他就可以更加仔细地打量一下这个傲气十足的芝麻大的小人……

"jewel"如直译为"宝石",会使人误以为孩子的眼珠在火光照射下真像宝石,其实,这里是暗示董贝财迷心窍,看到什么都像珍珠玛瑙。"the presumptuous atom"如果直译为"傲气十足的原子",意义十分费解,形象也很不鲜明。所以这两处都以意译为好。

此外,在文学作品翻译中,译者还应该把作者特有的表现法和原文语言中最普遍、最习见的表现法区别开来。原文语言中最普遍、最习见的表现法,一般说来,只能用译文中最普遍、最习见的表现法来翻译,不宜于保留原文的表现手法。如上例引文中的一句话:

… and then he still stood gazing forwards, until the dull rays of the moon, glimmering in a melancholy manner through the dim skylight, sent him back to his own room.

这是英语中最普遍、最习见的表现法,并不是作者特有的表现法。因此,最好不要直译为"直到穿过黑郁郁的天窗凄凉地射下来的幽暗的月光,把他送回他自己的房间为止",而应该意译为"直到幽暗的灯光穿过黑郁郁的天窗凄凉地射下来的时候,他才回到自己的房间"。

一般来讲,译者既是原文信息的接受者,同时又是译文信息的发出者,因而译者扮演双重角色。译者必须忠于原文作者,同时又须对译文读者负责。译者无论出于何种情况都应该在原文作者和译文读者之间架起一座桥梁,译者对原文的忠实必须考虑译语读者的接受能力。否则无论译文多么充分地传达了原文作者的艺术意图,读者因为两种语言表现形式的巨大差异以及不具有和原文读者共同的文化背景知识而不能接受译文,那么译文将会是彻底的失败。的确,译者总是在原文作者和译文读者之间面临艰难的抉择,又必须在两者之间找到妥协。Schleiermacher and Weck 指出:

译者处于两种需求的中间,而这两种需求几乎不可能调和。一方面,作者向他呼吁:尊重我的所有权,我的任何东西都不许拿走,不是我的东西也不要错误地归于我。而另一方面,读者也提出自己的要求:尊重我们的情趣,只需把我们喜欢的留下并照顾我们的接受方式(The translator is in the middle of two demands that seem almost impossible to reconcile. On one side, the author calls out to him: respect my property, don't take anything away from me, and don't attribute anything falsely to me. On the other side, the audience demands: respect our taste, give us only what we like and how we like it.)(Schäffner,1995:5)。

在文学作品翻译中,译者在抓住了原作的艺术意境的基础上,就应当力求在译文语言中为这一艺术意境找到完美的语言表现形式。我们知道,由于两种语言的表现形式的差异,原文的语言形式在原文语言中可能是准确、鲜明、生动、自然的,可是,一旦照搬到译文语言中,就未必准确、鲜明、生动、自然了,有时甚至可能引起误解。在这种情况下,译者就必须根据原作的艺术意境,在译文语言中另行寻找准确、鲜明、生动、自然的语言表现形式。

"My lord of Orleans, she shall be yours, if I drag her to the altar with my own hands!"

My Countess of Crevecoeur, a high–spirited woman… could keep silent no longer. "My lord," she said, "your passions transport you into language utterly unworthy. The hand of no gentlewoman can be disposed of by force."

(Scott: *Quentin Durward*)

译文一:"奥尔良亲王,她是你的人了,我拖也要亲手把她拖到教堂里去!"

克雷夫葛伯爵夫人是个勇敢的女人,……她觉得不能再保持沉默了。"殿下,"她说,"你说出的气话有失你的身份。一个贵族小姐是不能被迫去做新娘的。"

译文二:"奥尔良勋爵,我非要她嫁你不可,就是拖,我也要亲手把她拖到教堂里去!"

克雷夫葛伯爵夫人是个见义勇为的贵妇,……她觉得不能不仗义执言了。

"主公,"她启禀道,"你在盛怒之下,就难免食言了。一个名门淑女的终身大事,怎好强人所难呢!"

在该例中,"我非要她嫁你不可"、"见义勇为"、"仗义执言"、"盛怒之下"、"难免食言"、"名门淑女"、"终身大事"、"强人所难"等在译文语言中都是非常准确的用语,不但符合原语作者的艺术动机和创作意图,而且还符合原语中双方说话的场合和身份。

(One evening, in the home of George Sand, Chopin sat playing the piano before an enrapt audience. Suddenly the lights went——but the music continued without a falter. In a few minutes, the lights were turned on again. And there at one piano sat Franz Liszt.)

The company applauded the clever deception, for none could tell when Chopin stopped and Liszt began.

译文一:在座的人无不称赞这种巧妙的骗术,因为谁也不知道在什么时候肖邦停了下来,由李斯特接着弹下去。

译文二:在座的人对这种移花接木的巧妙手法,无不啧啧称赞,因为谁也不知道在什么时候肖邦停了下来,由李斯特接着弹奏下去。

Deception 确有"欺骗"之意,但是,在这个具体场合译为"移花接木的手法"比译为"骗术"要准确得多,更符合原作的艺术意境。

But she was so affectionate and sweet-natured, and had such a pleasant manner of being sly and shy at once, that she captivated me more than ever.

(*David Copperfield*)

译文一:不过她是那么热情,那么好性格,还有那么一种狡猾又羞怯的愉快态度,她比已往更使我着迷。

(董秋斯译文)

译文二:爱弥丽这个小女孩子,感情那么笃厚真挚,天性那样温蔼柔和,行为举止都令人感到愉快,羞涩之中含有慧黠,慧黠之中含有羞涩,因此使得我对她比以前更加倾倒。

(张谷若译文,略有改动)

"sly"一词贬意为"狡猾",褒意为"敏慧",在这里译为"慧黠"才更为准确,更加符合原文的艺术意境。

But you look grave, Marianne, do you disapprove your sister's choice?

译文一:可是,玛丽安,你看上去很严肃;你不同意你姐姐的选择吗?

译文二:可是,玛丽安,你板着个脸;你不同意你姐姐的选择吗?

在该例中,look grave 译为"板着个脸",比译为"看上去很严肃"更准确,更加符合原文的艺术意境。

Miss Sedley was almost as flurried at the act of defiance as Miss Jemima had been; for, consider, it was but one minute that she had left school and the impressions of six years are not got over in that space of time.

(*Vanity Fair*)

赛特笠小姐看见这样大胆的行为,差不多跟吉米玛小姐一样吃惊。你想,她刚刚跨出校门一分钟,六年来受的教诲,哪里能在这么短短的一刹那给忘掉呢?

(杨必译文)

在该例中,impressions 译为"教诲"比译为"印象"更准确,更加符合原文的艺术意境。

…for though feeling almost secure, and with reason, for Charlotte had been tolerably encouraging, he was comparatively diffident since the adventure of Wednesday.

(*Pride and Prejudice*)

……虽说他当场看到夏绿蒂对他颇有情意,因而觉得这事十拿九稳可以成功,可是从星期三那场冒险以来,他究竟不敢太鲁莽了。

（王科一译文）

tolerably encouraging 在这里译为"颇有情意"比译为"颇有鼓励他的意思"更准确,更加符合原文的艺术意境。

I repair to the enchanted – house, where there are lights, chattering, music, flowers, officers (I am sorry to see) and the oldest Miss Larkins, a blaze of beauty.

(*David Copperfield*)

译文一:我来到那迷人的住宅,那里有灯光、谈话、音乐、鲜花、军官们（看见使我难过）,还有最大的拉京士小姐,一个美的火焰。

（董秋斯译文）

译文二:我现在朝那家仙宫神宇走去,那儿灯光辉煌、人语嘈杂、乐音悠扬、花草缤纷、军官缤来（这是我看着极为痛心的）,还有拉钦大小姐,简直是仪态万方,艳如桃李。

（张谷若译文,略有改动）

在该例中,a blaze of beauty 译为"一个美的火焰",十分费解,译文二改译为"仪态万方,艳如桃李",形象鲜明多了,更加符合原文的艺术意境。

"As I must therefore conclude that you are not serious in your rejection of me, I shall choose to attribute it to your wish of increasing my love by suspense, according to the usual practice of elegant females."

(*Pride and prejudice*)

"因此我不得不认为:你这一次并不是当真拒绝我,而是仿效一般高贵女性的通例,欲擒故纵,想要更加博得我的喜爱。"

（王科一译文,略有改动）

在该例中,译者以"欲擒故纵"译 by suspense,不但意思准确,而且符合小说中的人物口吻,再现了原文的艺术意境。

It was an old woman, tall and shapely still, though withered by time, on whom his eyes fell when he stopped and turned.

译文一:他站住,转过身来,定睛一看,是个年迈的妇女。她身材很高,仍然是一副好模样,虽然受了时间的折磨而有点憔悴。

译文二:他停下脚步,转过身来,定睛一看,原来是个上了年纪的妇女。她身材修长,虽然饱经风霜,显得有点憔悴,但风韵犹存。

在该例中,"shapely still"译为"风韵犹存",比译为"仍然是一副好模样"更加生动,更加符合原文的艺术意境。

…and whenever any of the cottagers were disposed to be quarrelsome, discontented, or too poor she sallied forth into the village to settle their differences, silence their complaints, and scold them into harmony and plenty.

(*Pride and Prejudice*)

每逢村民们牢骚满腹,动不动就吵架,或者穷得活不下去的时候,她总是亲自赶到村里去调解他们的纠纷,封住他们的嘴巴,还把他们骂得一个个相安无事,不再叫苦叫穷。

(王科一译文,略有改动)

在该例中,译文把女地主对佃农大施淫威的情景刻画得惟妙惟肖,十分生动,再现了原文的艺术意境。

In the vestibule below was a letter box into which no letter would go, and an electric button from which no mortal finger could coax a ring.

译文一:楼下通道里有一个信箱,但是永远不会有信投进去;还有一个电铃,非得神仙下凡才能把铃按响。

译文二:……还有一个电铃,鬼才按得响。

在该例中,译文二显然比译文一生动,更加能够再现原文的艺术意境。

The only concession he made to the climate was to wear a white dinner jacket.

译文一:他对气候的唯一让步就是穿了一件白色的短餐衣。

译文二:面对酷暑,他也只是稍微通融了一下,改穿了件白色短礼服赴宴。

在该例中,译文一不如译文二自然,因为中国人谁也不会这么说话。因此,译文二更加能够再现原文的艺术意境。

His irritation could not withstand the silent beauty of the night.

译文一:他的烦恼经不起这宁静的良宵美景的感染。

译文二:面对这宁静的良宵美景,他的烦恼不禁涣然冰释了。

在该例中,译文二比译文一更自然,更加符合原文的艺术意境。

In the promotion of this subject, she was zealously active, as far as her ability reached, and missed no opportunity of projecting weddings among all the young people of her acquaintance. She was remarkably quick in the discovery of attachments, and had enjoyed the advantage of raising the blushes and the vanity of many a young lady by insinuations of her power over such a young man; and this kind of discernment enabled her soon after her arrival at Barton, decisively to pronounce that Colonel Brandon was very much in love with Marianne Dashwood.

她撮合起这种事来,只要力所能及,总是不辞辛劳十分热心。只要是她认识的青年人,她从不错过一次说媒拉纤的机会。她嗅觉灵敏,善于发现儿女私情,而且专爱暗示谁家小姐迷住了某某公子,逗得人家满脸通红,心里飘飘然。她凭借这双慧眼,刚到巴顿不久,便断然宣布:布兰登上校一心爱上了玛丽安·达什伍德。

在该例中,译文摆脱了原文语法和词汇的束缚,没有生硬牵强的痕迹,十分自然,充分再现了原文的艺术意境。

一部文学作品,不管长短,都有作者自己的全部生活经历、知识储备、艺术修养和创作生涯做背景,此外,还有作者本民族的文学传统、文化传统、风俗习惯、民族心理和历史环境做背景。对于这些,译者未必都十分熟悉。而且,我们的理解能力还要受到我们自己的世界观、知识水平、生活经验、艺术修养以及当代具体的历史条件的限制。译者,不管有多大才能和学识,总不能说自己对一部文学作品的理解已达到最深刻的地步了吧。因此,我们有必要尽可能保持原作的客观面貌。要保持原作的客观面貌,我们固然必须尊重作者的艺术动机和创作意图,真实地再现原作中的艺术意境。但这只是问题的一个方面,问题的另一方面是原作的语言形式。我们认为,原作作者选择这种或那种语言形式,总是有其事理上或艺术上的内在根据,译者在认识上受到各种限制,常常未必体会得那么深刻。因此,我们固然应当尊重原作的艺术动机和创作意图,从原作的艺术意境出发,享有改变原作的语言形式的自由,但另一方面,译者也应当对原作的语言形式有适当的尊重,在语言条件和艺术考虑许可的范围内,尽量保持对原作语言形式的客观忠实性。

保持对原作语言形式的客观忠实性,有利于译者为译文读者提供一个客观上尽可能忠实的译文,让译文读者自己去理解作品的逻辑内容和形象内容,避免由于译者理解错误或不够深刻而导致对作品内容的歪曲。其次，保持对原作语言形式的客观忠实性，还有利于保存原作的形象和风格。因为文学作品的形象和风格不仅仅取决于作品说了什么，而且更重要的，还取决于作品是怎样说的。因此，一旦改变了原作的语言形式，也就有可能使原作的形象和风格为之减色。

苏轼《花影》："重重叠叠上瑶台，几度呼童扫不开。刚被太阳收拾去，却教明月送将来。"Giles 译为：

Thickly o'er the jasper terrace flower – shadows play;
In vain I call my garden boy to sweep them all away.
They vanish when the sun sets in the west, but very soon
They spring to giddy life again beneath the rising moon!

译诗描写花影同样真切，但是在译诗中，诗人天真潇洒的形象却大大褪色了，而这完全是译诗改变原诗语言形式的缘故。

总之，在文学作品翻译过程中，出于语言上和艺术上的必要，译者常常不得不改变原作的语言形式。但是，在每一次改变原作语言形式的时候，都存在着歪曲原作的危险，正像在刻板地拘泥于原作语言形式的时候，也有歪曲原作的危险一样。因此，在每次改变原作语言形式时，译者都要小心慎重。至于在什么时候需要摆脱原文语言形式的束缚，什么时候又需要保持对原文语言形式的客观忠实性，那完全要根据具体情况，由译者凭借自己的逻辑感和艺术分寸来判断。具体问题具体分析，一成不变的公式是不存在的。

第二节　文化缺省补偿与美学价值保留的悖论

众所周知，翻译与理解有着密切的关系。然而，两者之间也有很大的区别。理解是涉及弄懂文本并进一步看出其某些成分之间关系的智力活动。译者须首先理解作品，因而理解是翻译的先决条件，而文学翻译更是如此。

我们知道，译者在翻译中扮演两个角色：原文信息的接受者（the receptor of the original message）和译文中新信息的发送者（the sender of the new message in the translated text）。译者阅读原文时应该弄懂以下内容：

(1) 信息发送者是谁？（Who says something?）

(2) 信息发送者在讲述什么？（What is the sender talking about?）

(3)信息发送者的受众是谁?(Who is the addressee of what the sender says?)

(4)信息发送者的交际目的是什么?(What is the sender's communicative purpose?)

(5)-(6)交际的时空背景如何?(What is the spatio-temporal setting of the communication?)

(7)信息发送者运用了什么语言学手段来表述他的意向意义?(Which are the linguistic means that the sender employs to get the intended meaning across)

(8)鉴于信息发送者与受众之间具有心照不宣的共同知识,信息发送者在文本中哪些内容无须言说?(What does the sender not say in view of implicitly shared knowledge between himself and addressee?)(Wilss,1996:125)

这里有一个问题:译者对文本的理解有多少可看成是真实可靠而必须融入译文之中的,又有多少应该留给译文读者自己去探索和发现呢? Nida 和 Taber 指出了翻译中的两个问题。第一个问题是超额翻译(overloading translation),是译者在译文中添加了许多自己对原文理解的成分所造成的。他们认为译者在翻译过程中应该避免超额翻译(1969:30)。第二个问题是欠额翻译(overloaded translation)。由于译者对原文的主题知之甚多,因而认为译文读者也和译者一样对原文的主题同样非常熟悉,结果翻译出的译文读者往往读不懂(Nida & Taber,1969:99)。有些译者由于自己本身又是文学批评家,因而更容易生产出超额翻译的译文,而有些译者忽视了译文读者的代表接受能力的信道容量(channel capacity)要比原文读者小这样一个事实,因而生产出欠额翻译的译文,给译文读者留下了太多的文化缺省成分。在翻译中,译者应尽量避免这两种类型的译文。本节将用 Hawkes 的《红楼梦》(*The Story of the Stone*)的译文为例来讨论超额翻译问题,该例的讨论与补偿文化缺省和保留原文美学价值之间的关系有关。在此同时引用杨宪益和戴乃迭的译文与之进行比较。

话说众人看演《荆钗记》,宝玉和姐妹一处坐着。林黛玉因看到《男祭》这一出上,便和宝钗说道:"这王十朋也不通的很,不管在那里祭一祭罢了,必定跑到江边子上来做什么? 俗话说,'睹物思人',天下的水总归一源,不拘那里的水舀一碗看着哭去,也就尽情了。"宝钗不答。宝玉回头要热酒敬凤姐儿。

(曹雪芹,《红楼梦》:604)

杨的译文如下:

Pao-yu was sitting with the girls as everybody watched *the Tale of the Thorn*

Pin. When it came to the scene in which the hero sacrifices to his drowned wife, Tai-Yu remarked to Pao-chai: "What a fool this Wang Shih-peng is! Surely he could offer a sacrifice anywhere. Why must he rush off to kneel beside the river? The proverb says: Things have their associations. But water the whole world over in the last analysis comes from the same source. He could have ladled out a bowl of water anywhere and wept over it to work off his feelings."

Pao-chai refrained from answering, while Pao-yu turned away to ask for some heated wine to toast Hsi-feng.

(Yangs II:45)

Hawkes 的译文如下:

Bao-yu having now taken his place amongst the girls, they and the rest of the company were once more able to give their undivided attention to the players.

The play being performed this occasion was, as we noted at the end of the previous chapter, *the woolen hairpin*, and it chanced that they had reached that section of it popularly referred to as "The Husband's Offering," in which the hero Wang Shi-peng, believing that his wife has drowned herself, goes with his aged mother to the river Qu-jiang to make offerings to her soul. At this point Dai-yu, who was able to guess what the real purpose of Bao-yu's early-morning excursion had been, turned to Bao chai and remarked, in a voice loud enough for Bao-yu to overhear, that she thought Wang Shi-peng a "very silly sort of fellow."

"He could have made his offering anywhere. Why was it necessary for him to go rushing off to the riverside to make it? They say that 'objects aid recall': well, since all the water in the world comes ultimately from a single source, a bowlful of it scooped up anywhere should have sufficed. His feelings could have been just as efficiently relieved by weeping over a bowlful of water as by rushing off to the banks of the river."

Bao-chai made no reply. Bao-yu, who had certainly heard her, turned away and called for hot wine to drink Xi-feng's health with.

(Hawkes II:364)

有一点很明显,即 Hawkes 的译文比杨的译文篇幅大很多,这是由于他在译文中增加了冗余信息(redundancy),结果,他的译文读起来更像是在讲故事。从读者的角度来看,这一译文是成功的,因为它既忠实于原文,语言也流畅,甚至古文功底不很扎实的中国学生读起来比读中文原文还容易。但是,这里出现了一个如何保留原文美学价值的问题。Hawkes 的译文不仅丧失了中国古典文学简洁的特点,而且还由于剥夺了译文读者的想象空间从而损害了原文的美学价值。对照原文,我们可以看出,这是由于 Hawkes 对译文读者的文化缺省补偿过量和他希望把他从原文理解中发现的任何东西传达给译文读者所造成的。与杨的译文相比较,可以看出,Hawkes 的译文累赘繁冗,而杨的译文保留了原文的简洁风格。

的确,在翻译过程中,由于文化缺省的存在,译文读者的信道容量要比原文读者的信道容量小,译者须在译文中增加冗余度(a measure of redundancy)来补偿译文读者的文化缺省以便译文读者对译文获得连贯理解。但是,这并不意味着译者可以在译文中添加他自己的主观倾向和看法。正如金堤和奈达(Jin Di & Nida)指出,译者不是在重写原文,他在译文中不能增加他认为是有用的信息或者删掉似乎是太难的内容,他只能把原文中隐含的结构在译文中加以明确表达(1984:104)。

从 Hawkes 的译文中,我们可以看出他在以下四个方面进行了补偿:(1)扩展了第一个句子,强调了行为的过程;(2)重复了演出戏剧的题目;(3)重述了戏剧的情节;(4)增添了黛玉所讲的一番话的评论。原文中的第一个汉语句子指的是行为的状态,而不是前一章的变化,但 Hawkes 的译文强调了行为的过程,这和中国文学的不同特点有关。第二个补偿与中西方文化的不同特点有关。像《红楼梦》这样的古典小说,每一章的结尾通常激发读者想知道接下来所要发生的事情的好奇心,因而读者想一口气读下去而不会停下来。由于这个原因,作者不会在新一章节的开头提示读者前一章所发生的事件。然而,西方文化没有这样的文化传统,西方读者读完一章后都会停下来休息而不必接着往下读,因而需要提示前一章节所发生的事件。因此,正是 Hawkes 在译文中考虑了中西方不同的文化传统而做出第二个补偿,即重复了前面所演出的戏剧的题目。从以上分析可以看出,Hawkes 做出第一个和第二个补偿的目的就是补偿译语读者的文化缺省。事实上,正是添加了以上两个内容才使得译文读者对译文获得了连贯理解,从而具有了可读性。在第三个补偿中,Hawkes 简要总结了所演戏剧的情节来帮助英语国家的读者熟悉中国戏剧。然而,根据金堤和奈达的观点,这个补偿是没有必要的。他们在《论翻译》(On Translation)一书中指出:

在译文中明示原文隐含的结构并不意味着添加一般的和详细的背景信息。评论性注释可以作为脚注或夹注置入文本中,不能作为文本的一部分和文本混为一体,否则就会使文本不合时宜或表明这样的解释在原文交流中本身就是必不可少的。这种做法会歪曲原文的交际含义(Making explicit what is structurally implicit in the original text does not, however, mean adding general and detailed background information. This would be the kind of commentary notes which could be, of course, added to the text as footnotes or marginal references. Such information should not be incorporated into the text itself. To do so would be to make the text either anachronistic or would suggest that such explanations were necessary in the original communication in order for people to understand. This could falsify the implications of the original communication)(Jin Di & Nida,1984:105)。

进一步来讲,译者只需简单地提及为了溺死的妻子做出的祭奠即可,因为戏剧的情节在文本中本身并不重要。

在第四个补偿中,由于 Hawkes 低估了译文读者的接受能力,因而他在译文中添加了黛玉的评论来帮助译文读者了解她的会话含义(conversational implicature)。Hawkes 在译文中添加了过多的冗余信息,极大地损害了原文含蓄的美学效果并改变了原文简洁的风格。事实上,细心的译文读者读到《红楼梦》的这个情节时肯定知道黛玉是一个什么样的人。她聪明、泼辣,并且喜欢一有机会就逗弄宝玉。在这里,她根本没有必要"猜测"(guess)宝玉早上为何不在,因为她肯定已经打听过了宝玉的行踪,并且比任何人都更加焦急地盼着他的到来。读到这里,读者将会把戏剧中的人物"丈夫"的祭典与宝玉在作品前一章中的祭典联系起来,从而看出黛玉说这番话的讽刺意图。同理,译者也没有必要在译文中特别指明黛玉"对宝玉大声说话以便宝玉能够听见"(in a voice loud enough for Bao-yu to overhear),因为译文读者读到这儿能够根据文本留下的"空白"获得黛玉这番话的隐含意义。在这里,引用伊瑟尔的一番话十分贴切:

如果我们看见了一座山脉,那么我们肯定就不能在头脑中充满想象,因此在头脑中想象一座山脉的前提是山脉本身就不在眼前。同理,在文学文本中我们能想象出并未出现在文本中的事物。文本呈现出的部分给我们提供知识,但正是未呈现的部分提供给我们发挥想象的机会。的确,没有不确定性的成分,也就是文本的空白,我们就无法运用我们的想象力(If one sees the mountain, then of course one can no longer imagine it, and so the act of picturing the mountain presupposes its absence. Similarly, with a literary text we can only picture things which are not there; the written part of the text gives us the knowledge, but it is unwritten part that gives the opportunity to picture things; indeed without the elements of indeterminacy, the gaps in the texts, we should not be able to use our imagination.)(Iser,1980:58)。

由于在文学作品中读者最感兴趣的往往不是作者说了什么而是作者未说的内容,因此,在文学翻译中最值得译者重视的是不要剥夺译文读者发挥想象力的作用。这一点在文学翻译中显得特别重要,因为译文读者阅读外国文学作品并不满足于只能欣赏到译者对原文的理解。翻译文学的新奇性使译语读者不断有新奇的阅读发现,激发他们对文化"他者"的审美兴趣,激活阅读欣赏过程。译文读者阅读外国文学作品,一是希望能欣赏到外国文学特有的韵味,领略到外国文学作品中所蕴含的异国情调,二是希望能充分发挥想象力从而获得原文美学价值的享受。相反,如果译者在译作中因填满了原文的空白而剥夺了译文读者的想象力,那么,其译作便会同嚼过的甘蔗一样,失去了原文的滋味。因此,译者在补偿译文读者文化缺省的过程中不应忽视原作的存在,而应为译文读者留下回味的空间从而更好地展现原作的魅力。

如前所述,读者在阅读中需要填补作者在文本中留下的"空白"。在译文的生产过程中,虽然译者要补偿译文读者的文化缺省,但是他应该尽力在译文中保留原文的"空白"。他应该把他理解原文时所填补的空白转换成留有"空白"的译文,以便译文读者同原文读者一样有机会填补原文的"空白"。因此,在开始翻译前,译者的一项任务便是要发现原文的图式,寻找一种最为有效的方法在目标语言中重新建构原文的文本图式和文本意图,从而使得译文读者同原文读者一样能够欣赏到原作的美学价值并获得美学享受。

在译文中保留文学作品的美学价值与译文读者在理解和阐释译文中充分发挥想象力密切相关。文学翻译不仅对译者是一种智力挑战,而且对译语读者也是一种智力挑战。一方面,译者需要充分发挥他充满智慧的理解力、美学欣赏能力以及语言表达能力,在目标语言中忠实地充分地再现原作的艺术价值。另一方面,译文读者不应该是译文的被动接受者,需要通过译文充分地透彻地理解和欣赏原作的艺术和美学价值,充分发挥他充满智慧的认知能力和艺术想象。因此,译者应当正确处理补偿译文读者的文化背景知识和为译文读者留下通过欣赏原作空白和隐含意义从而发挥想象力的空间之间的关系。译者不能以牺牲原作的美学价值为代价来达到使译文读者阅读译文更加方便的目的。相反,译者应尊重译文读者的智慧和认知能力。

当然,译者在翻译过程中可能会发现原作中文化缺省成分所隐含的诸如具有隐含意义的词汇、象征手法、文字游戏、双关语以及其他修辞手法的美学价值。事实上,译者应该是洞察力最敏锐的读者,能够发现作者所使用的各种把戏,既知道作者何时欺骗读者,同时又能知晓作者的荒诞不经。但是,在文化缺省的补偿过程中,他应该把这些美学价值的东西留给译文读者和文学批评家。译者的任务与文学批评家的任务不同,文学批评家可以在文学批评中明确阐释作品的美学价值以便读者更好地从某一角度来评判作品的优劣,而译者永远不要忘记他是译者,他充当的角色是在原文作者和译文读者之间架起一座桥梁,使译文读者达到原文作者的思想彼岸。译者必须在译文中隐藏起来,让原文作者与译文读者直接对话。虽然译者在翻译中不能避免他个人的参与,但是他应该尽力减少他个人的参与程度,从而让译文读者尽可能地获得原文美学价值的享受。当然,我们应该看到译者在补偿译文读者文化缺省的过程中的为难处境。一方面,不补偿文化缺省吧,译文读者不能对译文获得连贯理解从而留下意义的真空;另一方面,补偿过量吧,又会损害原文含蓄的效果。因此,在翻译文学作品中,译者应该认真审视原作中文化缺省所隐含的艺术动机,努力发现作者的艺术意图,辩证地处理好补偿译文读者的文化缺省和给译文读者留下想象空间之间的关系。译者决不能为了补偿译文读者的文化缺省而牺牲原作的美学价值。在此引用奈达的一番话十分贴切:

> 思想上的诚实要求译者尽可能地避免个人的介入……译者不应该歪曲原文信息以使之符合自己的思想和感情上的观点……因为译者个人的介入与原文作者和原作的意图不相协调,译者应尽力把自己的介入减少到最下的程度(Intellectual honesty requires the translator to be as free as possible from personal intrusions... The translator should never... distort the message to fit his own intellectual and emotional outlook... This being the case, he must exert every effort to reduce to a minimum any intrusion of himself which is not in harmony with the intent of the original author and message.)(Nida,1964:154)。

因此,译者应该通过自己的工作,发挥自己懂得原作语言的优势,努力和译文读者交流原作提供的美学形象。

在文学翻译中,译者是原作的直接读者,既懂源语又懂译语,欣赏原作的美学价值时处于优先的地位。但是,他应该让译文读者自己通过阅读译文去发现原作的美学价值从而获得原作的美学享受。当然,译者也应该考虑译文读者的接受能力,但是为了使译文读起来容易而简化原作的做法是不合适的。即便由于文化缺省的存在,具有较高艺术价值的文学作品对于译文读者不能理解,译者也不能以牺牲原作的美学价值为代价而把译文变得简单易读。在这种情况下,译者应该期望译语读者渗透原文作者的表述去抓住作者的意图。"译者不应该让读者处于平静的状态,让作者靠近读者,而应该使作者处于平静的状态,让读者靠近作者"[The translator is enjoined not to leave the reader in peace and move the writer toward him, but to leave the writer in peace (i.e., untouched) and move the reader toward the writer.](Friedrich,1992:16)。总而言之,译者在翻译中不应填满原作的空白,否则译语读者就没有机会发挥想象力来获得原作美学价值的享受。

从语篇的角度看,语篇中的任何一个单位都是语篇连贯网络中的一个结点。因此,任何一个结点上出现意义真空都会在一定程度上导致与该结点有关的连贯中断。现举例说明:

惯例不是道德。自作正经不是宗教。攻击前者并不是突袭后者。从法利赛人脸上扯下假面,不是对荆棘冠举起不敬的手。

(岳麓版《简·爱》:9)

在该例中,中国读者能读懂的寥寥无几。可惜的是该版的译者并未满足读者的好奇心,没有对文中所包含的文化缺省做任何解释,读者只能根据上下文猜到法利赛人大概与道德有关,而荆棘冠则与宗教有关,至于它们之间究竟存在着什么样的语义和文化关系,则只能留下语义真空。然而,此句中所蕴含的文化缺省对于熟读《圣经》的西方读者来说,却是一目了然。法利赛人(Pharisee)为古犹太教中的一个教派,墨守传统宗教仪式,《圣经》称其为言行不一的伪善者;至于荆棘冠或称荆冠(Crown of Thorns),据《圣经》载,耶稣在被钉上十字架前,士兵们为了戏弄他,把一个用荆棘编的冠冕戴在他的头上。由于中国几乎没有形成圣经文化,因此这一在西方文化氛围中无需言明的喻义留给中国读者的只能是莫名其妙。读者如果不能读懂"从法利赛人扯下假面"和"荆棘冠"中所蕴含的文化缺省,他就会在这两个结点上出现意义真空,从而无法将这两个表达方式之间以及它们同上下文中其他语义单位之间的语义关系连贯起来。如果译者用某种方式将这两个表达方式的语义缺省给读者一个交代,从而将"法利赛人"与"伪善者"相联系,将"荆棘冠"与"宗教"相联系,那么,读者就会很容易地在阅读过程中建立起连贯;而只有建立起了连贯,才有可能对语篇做进一步的理解和欣赏。

然而,任何将原文中的文化缺省给译文读者一个交代,却是一个令译者挠头的悖论。忠于原作者的艺术创造,译文读者可能看不懂;为译文读者着想,又可能会损害原文的审美价值。从下面这两例中我们不难看出译者在面临这一悖论时的艰难选择：

(1) I suspected she might be right and I wrong; but I would not ponder the matter deeply: like Felix, I put it off to a more convenient season.

(Brontë: *Jane Eyre*. ch. 6)

译文一：我想，也许她是对的，我错了。可是我不愿意深入思考这个问题，只好把它留到，以后有机会时我会仔细想想的。

(长春版《简·爱》:48)

译文二：我疑心也许是她对，是我错了；可是我又不愿意深入地思考这个问题；像费立克斯一样，我把它留到以后有便的时候再去考虑。

(上海译文版:51)

译文三：我怀疑她是对的，而我错了，但是我不想把这问题深究下去，也像费立克斯一样，我把它暂且搁下，将来再说。

(脚注——费立克斯：《圣经》中一个遇事拖延的法官。)

(人民文学版:66)

(2) A frequent interlude of these performances was the enactment of the part of Eutychus by some half - dozen of little girls: who, overpowered with sleep, would fall down, if not out of the third left, yet off the fourth form, and by taken up half dead.

(Brontë: *Jane Eyre*. ch. 7)

译文一：在这中间，还往往有一些小插曲：五六个睡着的小姑娘，像犹推古——《圣经》中的一个少年，在听讲道中因困倦而睡着了，结果从三层楼窗台上掉下来摔死了——一样，虽说不是从三层楼上掉下来的，却也是从第四排的长凳上掉下来的，扶起来时已经半死不活了。

(长春版:53)

译文二：在这中间常常出现的插曲是，五六个小姑娘扮演犹推古的角色；她们困倦不堪，即使不是从三层楼上掉下，也是从第四排凳子上掉下，扶起来的时候，已经半死。

(脚注——《圣经·新约·使徒行传》第二十八章第八至九节："我们聚会的那座楼上有好些灯烛，有一个少年人，名叫犹推古，坐在窗台上，困倦沉睡，保罗讲了多时，少年人睡着了，就从三层楼上掉下去，扶起他来，已经死了。")

(上海译文版:56)

该两例中各有一个文化词汇(cultural terms),作者在这两个词汇中所预设的文化缺省是建立在西方浓厚的宗教文化基础上的。对于熟读《圣经》的西方读者来说,原文中的文化缺省简直就像吃饭要用嘴和睡觉要闭眼一样不言而喻。其实,文学创作和文学翻译一样,没有"空白",会担心读者觉得乏味(boredom);"空白"多了,又会担心读者感到吃力(overstrain)(Iser,1986)。从上面的这两句原文的翻译就不难看出译者的为难。译例(1)的译文一和译文三和译例(2)译文一和译文二的译者一定是认为,中国读者不可能读得出 like Felix 和 Eutychus 这两个文化词汇所包含的"空白"或文化缺省,但四句译文却采用了三种不同的译法。译例(1)的译文一采取的是取消"空白"的方法:删。其动机显然是在此处不给读者留"空白",还读者一个阅读的方便。译例(2)的译文一采用的也是取消"空白"的方式,但具体方法却不是删,而是补,而且是在正文内补,也就是把注释搬到正文里来做。译例(1)的译文三和译例(2)的译文二则采用了文内"空白"文外补的方式:即文内直译,文外加注。其动机自然是一方面让读者领略原作者的"符号化的方式",另一方面又利用注释帮助不了解圣经文化的译文读者理解这一文化缺省的构成。与译例(1)的译文一和译文三以及译例(2)译文一和译文二不同,译例(1)的译文二对原文所预设的文化缺省或"空白"是留而不补,而从中所体现出来的信息则是:要么是译者对中国读者的知识结构或语用前提判断失误,要么就是译者本人自己就没有读懂 like Felix 中所包含的文化缺省。其直接后果是读者观之莫名其妙,无法建立起理解语篇所必要的语义连贯。

文化缺省现象对于翻译研究具有重大意义。译者作为文化交流的使者,其目的之一就是要帮助来自不同文化的交流双方克服文化差距(cultural gap)。因此对于那些造成译文读者意义真空的文化缺省,译者有责任采取必要而又恰当的方式来加以解决。从另一方面讲,译者的翻译活动也是一种交际行为,与原作者的交际对象不同,他的交际对象或意向读者是目标文化的读者。因此要想交际获得圆满成功,他一方面要能洞悉原文的文化缺省,另一方面要对自己的意向读者——译文读者的知识结构做出正确的判断,合理地定义自己与读者的共有知识和语用前提。然而,在选择表达策略时,还要考虑原文文化缺省中所蕴含的艺术动机和美学价值,以期在表达时恰如其分地、以最接近于原著的艺术效果的方式,消除读者的意义真空,传达原著所蕴含的语义和文化信息。

第三节　文化缺省补偿方法

一、直译加注

认真审视原文作者运用文化缺省成分所隐含的艺术动机对译者选择文化缺省补偿方法是至关重要的。如果作者有意地使用某些历史典故以及形象化词语等方面的文化背景知识来刻画作品的人物特征或阐释作品的主题,译者应运用"直译加注"(literal translation with a footnote or an endnote)的方法来补偿文化缺省,以便体现原文作者的艺术动机和原作的美学价值。同时,译文读者通过注释解决了意义真空点,沟通了与上下文的关联,从而建立起语篇连贯。此时,如果运用其他补偿方法,可能会破坏原文的隐含意义,剥夺读者发挥想象力的机会。例如:

(1) 宝玉又问表字。黛玉道:"无字"。宝玉笑道:"我送妹妹一妙字,莫若'颦颦'二字极妙。"

（曹雪芹:《红楼梦》）

"And your courtesy name?"

"I have none."

"I'll give you one then." he proposed with a chuckle. "What could be better than Pin-Pin?"

（杨宪益、戴乃迭译）

该例涉及一个中国著名的典故。西施,又名"颦颦",是春秋时期的一大美人。她经常生病,即使皱眉时,也非常漂亮。该典故对中国读者来说是非常熟悉的,理解以上对话不会有问题。但是,西方读者由于不具有这一历史背景知识从而不能看出原文作者的艺术动机。事实上,宝玉送黛玉"颦颦"这一名字,意思是黛玉和西施一样漂亮,身体也和西施一样虚弱。通过分析,我们可以清楚地发现宝玉这一番话的会话含义。实际上,宝玉的会话含义就是作者的艺术动机。因此,在该例中,译者最好运用"直译加注"的方法来补偿文化缺省,以便保留原文的含蓄效果和体现作者的艺术创造。

(2) (After the wedding, Clare and Tess were leaving for their new house. When they were saying good-bye to the others, a cock crowed in their direction.)

"Oh?" said Mrs. Crick. "An afternoon crow!"

Two men were standing by the yard gate, holding it open.

"That's bad," one murmured to the other, not thinking that the words could be heard by the group at the door-wicket.

The cock crew again—— straight towards Clare.

"Well!" said the dairyman.

"I don't like to hear him!" said Tess to her husband. "Tell the man to drive on. Good-bye, good-bye!"

(T. Hardy: *Tess of the D'Urbervilles*)

"哦?"老板太太说。"过晌儿还有鸡叫!"①

场院的栅栏门旁,站着两个工人,给他们把门开着。

"这可不吉祥,"这一个悄悄地对那个说,却没想到,这句话小栅栏门前那群人也能听见。

公鸡一直朝着克莱又叫了一声。

"咞!"老板说。

"这个公鸡真讨厌,"苔丝对她丈夫说,"快叫车夫赶着车走吧。再见,再见!"

① 过晌儿还有鸡叫,这是英国乡下人迷信为不吉利的事情。

(张谷若译:《德伯家的苔丝》)

该例涉及一个英国具有文化特色的迷信:"过晌儿鸡叫"意味着将会发生不吉利的事情。该具有文化特色的表达方式对英国读者来说是非常熟悉的,理解以上对话不会有问题。但是,中国读者由于不具有这一文化背景知识从而不能看出原文作者的艺术动机。因此,原文作者这一具有文化特色的表达方式对译文读者构成了文化缺省。在该例中,译者运用了"直译加注"的方法来补偿文化缺省,保留了原文的含蓄效果,体现了作者的艺术创造。

(3) I look at the sunlight coming in at the open door through the porch, and there I saw a stray sheep — I don't mean a sinner, but mutton — half making his mind to come into the church.

(Dickens: *David Copperfield*)

我看见那里有一头迷路的羊——我所指的不是罪人,是羊肉的羊——颇有进入教堂的意思。

(董秋斯译)

该例中,狄更斯运用了双关语来创造语言幽默。"sheep"一词有两层含义:一个含义是指羊,即一种动物,另一层含义指的是基督教中的罪人(sinner)。在该例的译文中,译者运用了"直译加注"的方法补偿译语读者的文化缺省以保留作者的意图。该例的脚注(footnote)应为:"sheep"一词一语双关,既指羊,又指基督教义中所谓"有罪的众生"。

在翻译元语言(metalanguage)的表达方式时,通常可使用"直译加注"的方法忠实地传达作者的意图,同时又能补偿译语读者的文化缺省,消除理解障碍。如:

(4) Physical teacher: What is matter?

Student: Never mind.

Physical teacher: What is mind?

Student: It doesn't matter.

该笑话涉及两个语言特点:"mind"和"matter"的双层意义。在该例的英译中,译者须向中国读者补偿这两个双关语的背景知识和该例中谈话的语境因素,否则其幽默效果将丢失殆尽。实际上,原文作者就是运用其意向读者的知识,即"mind"和"matter"这两个单词都有两层意义,来实现该对话的幽默效果。因此在该例中,译者须运用"直译加注"的方法来保留该对话的含蓄效果。

在下例中,作者运用了其意向读者的背景知识来创造幽默效果并能使其意向读者发挥想象力来填补文本提供的空白。

(5) "Where's the plantation?" John Wesly asked: "Gone with the Wind," said the grandmother, "Ha, Ha."

(*A Good Man Is Hard to Find* by Flannery O'Connor)

"庄园在什么地方?"约翰·韦斯利问道。

"哈哈!随风飘走啦,"祖母说。

(朱德逵译)

"Gone with the Wind"有两个意义,一个意义是庄园失去了,另一个意义是指1936年十分畅销的小说名。美国读者读到该例时,就会把"Gone with the Wind"和美国内战时期发生的一些事件联系起来,而中国读者由于不具备这样的文化背景知识就不可能理解对话中"祖母"的话语隐含意义(conversational implicature)。因此,译者在翻译时须在注释中向译语读者解释"祖母"的意向意义(intended meaning)以便保留"祖母"的话语隐含意义。

文化特色词语具有丰富的文化内涵意义(cultural connotation)。接受者对信息中的形式和内容的理解和阐释在很大程度上依赖他自己的文化预设,而原文作者实际上就是基于他自己的语言和文化背景来建构信息形式。由于原文接受者与原文作者具有相同的文化预设,他们能够通过源语的语言形式透彻地理解原文的内容并能把语言形式和作者意向的文化内涵意义加以联系,虽然其内涵意义在结构上是含蓄而非明示的。由于译文读者不熟悉源语读者的文化预设,只能根据自己的文化预设来理解译文信息,因而不能理解原文中某一特定语言形式对于源语接受者所具有的真正意义。如果原文中某一特定的文化特色词语对于所讨论的话题或事件发生的语境至关重要,而译者采用直译的手法未能在译语中加以传达,译语读者将不能正确理解原文作者的意图从而不能准确地理解和阐释原作的真正意义,就会导致翻译中大量语义的丢失。为了减少翻译中语义的丢失,译者应在译文中对语言形式进行调整或添加某些相关的文化背景信息以便补偿译语读者的文化缺省。如:

(6)但这些顾客,多是短衣帮,大抵没有这样阔绰。只有穿长衫的,才踱进店面隔壁的房子里,要酒要菜,慢慢地坐着喝。

……

孔乙己是站着喝酒而穿长衫的唯一的人……穿的虽然是长衫,可是又脏又破,似乎十多年没有补,也没有洗。他对人说话,总是满口之乎者也,教人半懂不懂的。

(《孔乙己》)

But most of these customers belong to the short-coated class, few of whom can afford this. Only those in long gowns enter the adjacent room to order wine and dishes, and sit and drink at leisure.

...

Kung was the only long-gowned customer to drink his own standing. Although he wore a long gown, it was dirty and tattered, and looked as if it had not been washed or mended for over ten years. He used so many archaism in his speech it was impossible to understand half he said.

(杨宪益、戴乃迭译)

该例中的"长衫"被译成"a long gown",但"长衫"具有独特的中国文化内涵意义,不为英文的"a long gown"所共有。首先,"长衫"通常是知识阶层(intellectual class)的服饰,而"短衣"为普通劳动者的服装。相比之下,"长衫"和"短衣"在英语文化中不具有这种身份特征。其次,穿"长衫"的人通常比穿"短衣"的人有钱,通常使用的语言更加文气,也许穿"短衣"的普通劳动者根本就听不懂。而在西方文化中"长衫"和"短衣"不具有这样的隐含意义。然而,作者鲁迅正是基于"长衫"这一独特的内涵意义在文中多次运用"长衫"这一文化特色词语来揭示孔乙己的独特个性。根据小说《孔乙己》的描述,穿"短衣"的顾客十分贫穷,只能在柜台边站着喝酒,而穿"长衫"的顾客富有,在餐馆里坐着悠闲地喝酒。孔乙己穿着长衫,本应该坐下喝酒,但他却和穿短衣的人一起站着喝酒。实际上,孔乙己是唯一站着喝酒却又穿着"长衫"的顾客。这一现象表明孔乙己和穿短衣的人一样贫穷,但自认为他应属于知识阶层的一员。为了死要脸面,孔乙己不情愿脱掉又脏又破烂的长衫,说话时总带有知识阶层的味道,满口"之乎者也"之类的文言。作者正是通过"站着喝酒"却又"穿着长衫"这样一个人物的刻画来描绘孔乙己这一贫穷迂腐的人物特点。然而,在该例的翻译中,译者未能在译文中明示"长衫"的文化内涵意义,因而译语读者就不能将"长衫"与"身份与学识"(status and knowledge)加以联想,不能正确地理解小说中孔乙己的悲剧本质。相比之下,John Day 在译文中更好地处理了"长衫"这一文化特色词语,运用了脚注来解释"长衫"的文化内涵意义。脚注为:"long gown were usually worn only by the gentry"。这样,译语读者就能更好地理解原文作者的艺术意图。

在文学作品中,作者经常运用某些形象化的语言形式来创造生动的文学意象。在此种情况下,译者应认真审视作者的艺术动机以便选择恰当的文化缺省补偿方法。Newmark(1981:48)认为,有三种形式的隐喻(metaphor):死亡的隐喻(dead)、标准的隐喻(standard)和新颖的隐喻(original)。新颖的隐喻不是惯例用法,而是作者的独特创造,体现了作者的艺术动机,对读者具有明显的影响。由于新颖的隐喻具有高度的新颖性,作者通常运用它们来反映自己的人生态度和内心的独特感受。因此,译者应在译文中体现作者运用此种隐喻的文化缺省成分所反映的艺术动机和保留原文的美学意象。

汉语中"夏天"一词常给人以"赤日炎炎"这一"夏日可畏"的感觉,而在英国,"summer"却是最温馨宜人的季节,温暖如"春"而不炎热。因而,在诗歌中常具有"温和、美好"等联想意义,如把爱人比作"summer's day",把青春比作"summer morn,summer brave"等。有译者认为,如果要把"Shall I compare thee to a summer's day"(Shakespeare's sonnet)译入夏天是不愉悦的季节的国家的语言,可考虑按照语义译成"春天"或其他季节。但是,Newmark(1988:49 – 50)认为这样的隐喻应该直译,因为这样可使译文读者获知夏天在英国是美丽的季节并了解英国文化,同时又为译文读者留下想象的空间从而更好地展现原文的魅力。我们知道,任何语言文化的读者都具有足够的想象力理解另一语言文化的读者在行为和价值方面有所不同。由于这一隐喻是莎士比亚用来反映他独特的思想并能使读者通过发挥想象力而获得美学享受,就保留原文的意象来讲,直译是最好的文化补偿方法。如果译者认为直译可能会使译文读者难以理解,可以加注阐明英国和中国的地理差异以及莎士比亚对这个隐喻的独特用法。其他如"文内补偿"的方法都会歪曲作者的艺术动机,剥夺译文读者领略原文提供的文本空白(textual gap)的权利。

"直译加注"应视为文化缺省补偿的基本方法或主要方法,理由有三:(1)能较好地传达作者的意图和体现作者的艺术创造;(2)能较好地反映异国风味和情调;(3)能较好地使译文读者获得原作的美学享受。翻译是一种语言活动,需要译者客观的参与,而"直译加注"能较好地实现这一目的。但是我们应该认识到此种方法并不是万能的唯一的方法,本身也有其局限性。译语读者在阅读中会因出现意义真空而不得不暂时中断阅读去查找注释,阅读译文的兴奋惯性不可避免地受到一定的影响。一旦该方法不适合于处理某些文化或历史事实时,译者应该运用其他文化缺省补偿方法有效地解决文化缺省这一翻译问题。

二、文内补偿

该补偿方法又可分为"增益"和"释义"。

1. 增益

增益(contextual amplification)是在译文中明示出原文读者视为当然,而目标语读者却又困惑的意义。此种方法有助于保留原文的文化意象同时又能补偿译文读者的文化缺省。在翻译中,译者把译语读者所必需的文化背景知识融入译语文本中以降低译语的难度,译语读者不必阅读译语文本外的注解就能迅速获得译文的连贯理解,因而阅读的惯性不会受到影响。该方法的运用主要是考虑到译文的清晰和流畅,缺点是原文的艺术表现方式在译文中有所变形,原文因空白消失而剥夺了译文读者发挥想象力的机会。因此,译者在运用这一补偿方法时应格外认真谨慎。如果译语读者获得原文的连贯理解所需要的文化信息不是太多,译者可以为了译文的清晰和流畅起见运用这一方法。如:

(1)"老 Q,"赵太爷怯怯的迎着低声的叫。

"锵锵,"阿 Q 料不到他的名字会和"老"字联结起来,以为是一句别人的话,与己无干,只是唱。"得,锵令锵,锵!"

"老 Q……"

"悔不该……"

"阿 Q!"秀才只得直呼其名了。

阿 Q 这才站住,歪着头问道:"什么?"

"老 Q……现在……"赵太爷却又没有话,"A 现在……发财么?"

"发财?自然,要什么就是什么……"

"阿……Q 哥,像我们这样穷朋友是不要紧的……"

赵白眼惴惴的说,似乎想探革命党的口风。

(《阿 Q 正传》)

"Q, old chap!" called Mr. Chao timidly in a low voice.

"Tra la!" sang Ah Q, unable to imagine that his name could be linked with those words "old chap". Sure that he had heard wrongly and was in no way concerned, he simply went on singing, "Tra la la, tum ti um!"

"Q, old chap!"

"I regret to have killed…"

"Ah Q!" The successful candidate had to call his name. Only then did Ah Q come to a stop.

"Well?" he asked with his head on one side.

"Q, old chap…now…" But Mr. Chao was at a loss for words again. "Are you getting rich now?"

"Getting rich? Of course. I take what I like…"

"Ah Q, old man, poor friends of yours like us can't possibly matter…" said Chao Pai-yen apprehensively, as if sounding out the revolutionaries' attitude.

(杨宪益、戴乃迭译)

在该例中,译者在英语译文中再现了"老 Q"隐含的意义。在中国文化中,人们传统上倡导尊重年老的人。因此,在称呼好朋友、年长者或上司时,中国人通常使用与"老"有关的表达方式以表示尊重。比如,人们通常用"老 + 姓"来称呼要好的朋友。相反,在英语国家中,老(old)意味着虚弱无力,因而在许多情况下,西方人会避免直接提到"老"这个词。"年纪大"会用较为委婉的术语来表达,如用"senior citizen""advanced in age""elderly"等表述一个人上了年纪。因此,如果称呼上了年纪的人为"老某",通常会引起对方的不悦。在《阿Q正传》中,阿Q在赵太爷和他的儿子眼里是一个贫穷无助的无名小卒,赵太爷曾经扇过阿Q一记耳光。革命党已经到了未庄,有权有势的人改变了对阿Q的态度,因为阿Q自称自己就是革命党。为了打听到有关革命党的情况,赵太爷放下架子,称呼"阿Q"为"老Q"。原文中"老Q"实际上意味着赵太爷意欲讨好阿Q。但对于西方读者来说,"老Q"(Old Q)意味着对对方的不尊重。为了避免这种误解,译者对"老Q"这一语言形式做出了某种调整,把"老Q"译成了"Q, the old chap"。英语国家的人通常用名而不是姓来称呼要好的朋友,而"chap"是具有热情意味的俚语表达方式。因此,"Q, the old chap"有效地表达了原文中隐含的亲密情感和作者的艺术意图。

(2)"怎么?到底年青人不知道随时随地留意。嗳,阿驹,你现在是党老爷了,地面上的情形一点不熟悉,你这党老爷怎么干得下去呀!……"

(茅盾:《子夜》)

"You don't know? Naturally a young man doesn't bother his head about such things. But now: you are a party man — one of the elite! If you are going to do your job properly, you must get to know about local conditions…"

(许孟雄、A. C. Barnes 译)

(3) I love the church as one loves a parent, I shall always have the warmest affection for her. There is no institution for whose history I have a deeper admiration; but I can not honestly be ordained her minister, as my brothers are, while she refuses to liberate her mind from an untenable redemptive theology.

(Hardy: *Tess of the d' Urbervilles*)

我爱教会像一个人爱他的父母一样。我永远对它有顶热烈的爱的。任何制度的历史都没有能像这种制度的历史那样使我敬慕。但是有一件,要是它的思想不能从让人没法拥护的"供奉上帝来赎罪"的观念里解放出来,我就不能忠诚地老实地受委任作它的牧师,像我那两个哥哥那样。

(张谷若译)

(4) It was in the neighbourhood of Berkeley Square, and I had come out of a drawing-room, warm, scented and full of "portable property". The hall door was closed behind me, the east wind caught me in the face, and I walked into a child.

这事发生在离贝克莱广场不远的地方。我从客厅里走出来,那儿温暖如春,散发着香水的气味,还有许多贵重的家具和装饰品。大门在我身后紧闭起来。一阵凛冽的东风迎面而来,我险些踩到一个孩子身上。

在该三例中,"党老爷""redemptive theology"以及the east wind都是具有文化特色的用语。但是,作者并不是刻意用这三个文化缺省成分来实现他的艺术动机。因此,译者用了增益方法来补偿译文读者的文化缺省。在例(2)中,第一部分"party man"是"党老爷"的直译,而第二部分"one of the elite"是解释"党老爷"意义的注释。在例(3)中,"redemptive theology"与基督教概念有关。译者为了译文的安排方便和清晰起见,把注释移入译文中向中国读者解释这一文化词语的意义。在例(4)中,我们知道,英国冬天刮东风,而且这种东风还凛冽刺骨,和中国的情况不同。因此,在这里有必要在"东风"前面添加"凛冽的"一类字样。原文作者也是有意要把温暖如春、富丽堂皇的客厅和寒冷的街道加以对比。

(5) Miss Pinkerton... had many charming qualities which that old Minerva of a woman could not see. (*Vanity Fair*)

译文一:平克顿小姐还有许多可爱的品质,不过,这个自以为十分精明的老婆子看不出来罢了。

译文二:平克顿小姐还有许多可爱的品质,只不过这个自以为像智慧女神密涅瓦一样了不起的老婆子看不出来罢了。

很显然,该例中译文二比译文一好。

(6) Phoebe Ann was thin and black, a very umbrella of a woman.
安娜是一个又瘦又黑的女人,上身粗大,下身细长。简直像一把雨伞。

该例中,译者运用"增益"的方法来解释"a very umbrella of a woman":上身粗大,下身细长,简直像一把雨伞。

2. 释义

"释义"(paraphrase)是文内补偿的另一种形式。释义不是逐字逐句翻译原文,而是直接向译文读者解释源语词句上下文中的意味(sense)的一种手段。由于它既能保存原文的信息,又能给译者表达上比较多的自由,因而在翻译中应用较广。如:

(1) 她怕碰一鼻子灰,话到了嘴边,她又把它吞了下去。

(茅盾:《子夜》)

She was afraid of being snubbed, so she would swallow the words that came to her lips.

（2）运涛好久不来信了，一家子盼星星盼月亮。

（梁斌：《红旗谱》）

For many months no letter came from Yuntao till his whole family worried over him day and night.

（3）I advise you not to do business with him — he's as slippery as an eel.

我劝你不要同他做买卖，这个人非常狡猾。

（4）He had been faithful to the fourteen-year-old Victar's daughter whom he had worshipped on his knees but had never led to the altar.

他一直忠于十四岁的牧师女儿。他曾经拜倒在她的石榴裙下，但却没有同她结婚。

（5）I'm too old a dog to learn new tricks.

我上了年纪，学不会新道道儿了。

在某些情况下，作者运用某些具有文化特色的词语，其内涵意义与形式意义完全不同。此时译者在译文中可考虑改变这些表达形式所反映的文化缺省成分的意象以获得对原文的忠实。例（1）和例（2）中的习语表达法"碰一鼻子灰"和"盼星星盼月亮"在汉语中经常广泛使用，已失去了它们的所指意义，而例（3）的 as slippery as an eel 在英语中也是如此。例（4）中的 lead someone to the altar（引到圣坛前面）的形象性移到内容中去了，释义为"与某人结婚"。例（5）中的 old dog 在原文中并无贬意，如直译为"老狗"，则含有贬意，所以不能直译，在这里采用了释义法。

在以上几例中，作者运用这些文化缺省成分，并未花多少时间和精力来创造美学价值，而只是用来表达他想表达的意义。原文读者在阅读时，很少关心其美学价值，而更为关心的是其表达的内容，因为其艺术意象太模糊，不具有很强的感染力，因而不能在头脑中留下深刻的印象。当翻译这类文化特色的词语时，如果原文读者和译文读者不具有相同的文化背景知识，为了方便起见，可考虑采用释义法来补偿译文读者的文化缺省。

（6）我要有个三长两短，你给玉山捎个话！

（杜鹏程：《保卫延安》）

If anything should happen to me, let Yushan know!

（7）你不能戴着木头眼镜，只看一寸远。

（梁斌:《红旗谱》）

The trouble with you is you cannot see an inch beyond your nose.

在例(6)中,"有个三长两短"比喻可能发生意外的不幸事件,保留其喻意,译为 If anything should happen to… 即可。在例(7)中,歇后语"戴着木头眼镜,只看一寸远",前一部分是比喻部分,后一部分是对前一比喻的解释。如果保留原文的比喻形象,在逻辑上是不通的。因此只能意译为 you cannot see an inch beyond your nose。

(8)他写了一封"黄伞格"的信,托假洋鬼子带上城,而且托他给自己绍介绍介,去进自由党。

（《阿Q正传》）

He had written an extremely formal letter, and asked the Imitation Foreign Devil to take it to town; he had also asked the latter to introduce him to the Liberty Party.

（杨宪益、戴乃迭译）

在例(8)中,黄伞格信件是清朝时期官方使用的一种非常正式的信件格式,信里的文字衬有黄雨伞的形状,表示对收信人的一种尊重。根据小说的上下文,我们可以看出,作者并不是运用"黄伞格"这一文化特色词语来构建他的艺术动机和意图,而只是想表明这是一种非常正式的信件格式。实际上,正是黄伞格的"正式"的隐含意义表明了赵太爷的阿谀奉迎的性格。因此,在译文中译者为了方便起见就没有解释黄伞格这一文化特色词语的文化意义,而是采用了释义法把黄伞格译成"an extremely formal letter"。

(9)孔乙己喝过半碗酒,涨红的脸色渐渐复了原,旁人便又问道,"孔乙己,你当真认识字么?"孔乙己看着问他的人,显出不屑置辩的神气。他们便接着说道。"你怎的连半个秀才也捞不到呢?"孔乙己立刻显出颓唐不安模样,……在这时候,众人也都哄笑起来……

（《孔乙己》）

Version One: After drinking half a bowl of wine, Kung would regain his composure. But then someone would ask:

"Kung I-chi, do you really know how to read?"

When Kung looked as if such a question were not worth answering, they would continue: "How is it you never passed even the lowest official examination?"

At that Kung would look disconsolate and ill at ease,…

Then everybody would laugh heartily again,…

（杨宪益、戴乃迭译）

Version Two:…having sipped half a bowl of wine, his face gradually returned to its normal pallor, and some one asked him, "Do you really know the characters?" He looked indifferently at the inquirer, who continued, "If you do, how is it that you would not even get half–way toward a hsitu–tsai degree?"

Instantly Kung I–chi was dismayed,… Again the crowd became hilarious…

（John Day 译）

  在翻译工作中译者应认真审视原文语境下作者的意图,忠实地再现原文中诸如讽刺(sarcasm or irony)等的情绪基调,因为情绪基调能准确地反映作者的某些观点。因此,译者不仅应该在译作中再现原作的语境,还应传达原作词语的精神,而词语的精神就是指的词汇所负载的情感。

  根据鲁迅小说的语境,"你怎的连半个秀才也捞不到"充满了讥讽意味,讽刺了孔乙己穷酸迂腐却又自负的性格特征。就原文中的讽刺意味在译文中的再现而言,译文一比译文二译得更好,更能忠实再现原文的讽刺意味。中国读者都知道"秀才"是明清时期官试中最低的等级,指的是通过了乡试的读书人。换句话说,只有获得"秀才"的人才被称为有学问的人。根据原文,孔乙己是一个失败的人,但他自认为自己是知识阶层的后代,始终保持着知识分子的面子。他效仿有学问的人穿着长衫,说出文绉绉的话,酒店的人没有一个能听懂。此外,因为曾经学习过识字,他十分自负。但是,酒店的顾客都知道他又穷又懒,除了会写几个字以外,没有什么求生的本事。有时,孔乙己还干一些偷鸡摸狗的事。因此,我们可以看出,"你怎的连半个秀才也捞不到呢?"这句话的基本意思就是"既然你连最低的学位都拿不到,你怎敢自吹你是有学问的人"。由此可以看出,该句话充满了讽刺的味道。译文二似乎忠实于原文,但没有用注释来解释"秀才"的含义,因而使得译文读者不知所云。英语读者仅能理解"秀才"是一种学位,却不能把"秀才"与"最低等级"的内涵意义加以联系,结果他们不能领略原文强烈的讽刺意味。而译文一的译者为了翻译的方便和流畅起见,没有运用脚注或尾注来解释"秀才"的文化意义,却运用了释义的手法来补偿英语读者的文化缺省,在译文中突现了"最低的学位"(the lowest degree)的含义,这样,英语读者就能看出原文中说话人的真正意图。

(10) If she did, she need not coin her smiles so lavishly; flash her glances so unremittingly; manufacture airs so elaborate, graces so multitudinous.

(*Jane Eyre*)

如果她真爱他的话,她根本用不着满脸堆笑,不停的递送秋波,这样煞费苦心的故作姿态,千方百计的装出温柔斯文的样子。

(祝庆英译文,略有改动)

原文使用了 coin, flash, manufacture 等字眼,显然具有贬意。这是作者特有的表现手法。在译文中,译者的确无法把这些表现手法直接移植过来,所以只好采用释义的方法,改用一些同样具有贬义的四字格,来大致传达作者的艺术动机和创造意图。

(11) She talked about great people as if she had the fee – simple of May Fair, and when the court went into mourning, she always wore black

(*Vanity Fair*)

译文一:她一开口就是某某勋爵某某大人,那口气竟好像她在伦敦西区贵族住宅有不动产一样。宫里有了丧事,她没有一回不穿孝。

译文二:她一开口就是某某勋爵某某大人,那口气竟好像她生来就是贵族。宫里有了丧事,她没有一回不穿孝。

(杨必译文)

在该例中,原文中的 May Fair(梅费尔)指伦敦西区的高级住宅区。原文作者运用这一文化用语不主要是表现他的艺术动机,所以译者只需在译文中采用释义法解释这一文化用语的含义即可。故译文二比译文一好。

(12) (The gentleness of the English civilization is perhaps its most characteristic...) In no country inhabited by white men is it easier to shove people off the pavement.

译文一:在白人居住的所有国家当中,数在英国最容易把行人推下人行道。

译文二:在白人居住的其他国家当,如果把人碰下人行道,一定会引起麻烦;而在英国,却要好说话得多。

译文一采用直译法,很不自然且容易引起误会,好像在英国可以随随便便把人推下人行道似的。译文二采用释义法,不容易引起误会。

(13) "I— I don't think it would have done for you to— to— one mustn't —er— public opinion—one has to be so careful—so—" it was a difficult road, and she got

mired.

(Mark Twain: *The Man That corrupted Hadleyburg*)

"我,我想你当时承认了,也不见得就完蛋了……呃,绝不能那样……公众舆论……可得多加小心……多多……"话是不好明说的,她吞吞吐吐说到这里就卡壳了。

it was a difficult road, and she got mired 一句只能释义,如果直译为"路很难走,因此,她陷入泥泞之中"就十分费解。

(14) There was that in Rawdon's face which caused Becky to flying herself before him

(*Vanity Fair*)

译文一:罗登的脸色有点那个,所以蓓基立即冲到他面前。

译文二:蓓基一看罗登脸色不对,立即冲到他面前。

(杨必译文)

译文一也能勉强能看懂,但终不及译文二鲜明。

在文学作品翻译中,由于两种语言形式的差异,译者有时不得不采用释义的方法将在原文中的抽象化词语在译文中具体化,从而更好地再现原作的艺术意境如:

(15) Society then had not lost its exclusiveness nor its brilliance.

译文一:当时的上流社会仍然焕发着奇光异彩,也没有失去它的排外性。

译文二:当时上流社会还有一些才华出众的人物,而且依然壁垒森严,不容下层人涉足。

(16) In contrast to Chinese custom, all forms of noise and excitement are out of order.

译文一:同中国的风俗相反,一切形式的喧闹和激动都是不相宜的。

译文二:同中国的风俗相反,捶胸顿足,嚎啕大哭是不相宜的。

(17) He evidently expected to produce a great effect by this rhetorical display.

译文一:他显然想用这种华丽的辞藻造成很大效果。

译文二:他显然想用这种华丽的辞藻一鸣惊人。

(18) From time to time, a beautiful little bronze horse or some other find comes to light, reminding us of the greatness of ancient Greece.

译文一：不时地会有一匹小巧玲珑的青铜马或其他古代遗物出土，使我们想见古希腊的伟大。

译文二：不时地会有一匹小巧玲珑的青铜马或其他古代遗物出土，使我们想见古希腊的盛世伟业。

在(15)、(16)、(17)、(18)译例中，译文二采用释义法，将原文中的抽象化的表达形式具体化，使译文更加鲜明生动，更能反映作者的艺术动机和创作意图，更能再现原文的艺术意境。

(19) He accused her of talking childish nonsense not very flattering to the intelligence of her audience.

译文一：他责备她讲了一些对听众的智慧颇有不恭敬之处的幼稚的废话。

译文二：他责备她讲了一些幼稚的废话，把听众当傻瓜看待。

(20) ("I've told you hundreds of times," said Johnny, slowly, "that I had forgotten that girl, haven't I?")

"About three hundred and seventy-five," admitted the monument of patience.

译文一："大概讲过三百七十五回啦，"这耐心的纪念碑回答说。

译文二："大概讲过三百七十五回啦，"堪称耐心的表率回答说。

在(19)和(20)译例的译文二中，译者根据作品的内容，采用释义的手法，用汉语地道的语言表达形式解释了原文的真实意义，更好地再现了原文的艺术意境。

(21) He started to his feet with the intention of awaking the sleepers, for there was no time to lose.

他倏地一下站起来，打算把睡觉的人都叫醒，因为时间紧迫，必须马上赶路。

(22) He retained… his presence of mind sufficiently to kick Uncle Billy, who was about to say something, and Uncle Billy was sober enough to recognize in Mr. Oakhurst's kick a superior power that would not bear trifling.

他……并没有忘记踢比利大叔一脚。比利大叔本来有话要说，这时头脑也很清醒，知道奥克赫斯特先生这一脚重如千金，便把话咽了回去。

(23) She broke in: "You're neglecting the farm enough already," and this being true, he found no answer, and left her time to add ironically: "Better send me over to the almshouse and down with it… I guess there's been Fromes there afore now."

(*Ethan Frome*)

细娜打断她的话:"得了,地里活已经干得够马虎了。"这倒是句实话,伊坦也没有话说。她顿了顿又语带讥讽的找补一句:"倒不如把我送到救济院里去,万事大吉……我看,弗洛美家里头住救济院的,我也不是头一个。"

(吕叔湘译文)

在以上三例中,译者采用释义的方法,把原文里的弦外之音补译出来,更加能够再现原文的艺术意境,更好地反映了作者的艺术动机和创作意图。在(21)、(22)、(23)译例中译者分别用了"必须马上赶路""便把话咽了回去""我也不是头一个"来解释原文里的弦外之音。

三、归化

"归化"(adaptation)是用蕴含目标文化身份的表达方式取代蕴含源语文化身份的表达方式的文化缺省补偿方法,其长处在于使译文读来比较地道生动。如果原文作者使用如习语、典故等具有鲜明特色形象的目的不主要是体现他的艺术动机,且目标语言中确实又有与出发语言具有相同联想意义的习惯表达法,译者可以使用"归化"法来降低译文的难度。如:

Indeed, in the last hours of his life he (Hilter) reverted to the young man he had been in the gutter days in Vienna and in the early rowdy beer hall period in Munich, cursing the Jews for all the ills of the world, spinning his half – baked theories about the universe, and whining that fate once more had cheated Germany of victory and conquest.

(W. Shirer: *The Fall of the Third Reich*)

的确,他在生命的最后时刻又恢复成为他在维也纳街头流浪时代,以及早期在慕尼黑喧闹的啤酒馆里闲混时代的那个年轻人,把世界上的一切祸害弊端都归咎于犹太人,不断发挥他那半瓶子醋的关于宇宙的理论,叹息命运又一次欺骗了德国,使他得不到胜利和征服的机会。

艺术的形式从根本上来说决定于内容,内容是决定形式的首要的、根本性的条件。但是,内容并不是决定形式的唯一条件。艺术的形式还决定于表现工具的特殊性能。同是给一个人画肖像,如果分别使用国画材料、水彩颜料和油颜料来作为表现工具,其效果必然大不一样。原文和译文的表现工具虽然都是语言,却又是不同的语言。更何况语言这种文学的表现工具又和其他艺术的表现工具有着本质的区别。一个民族的语言总是体现着这个民族认识世界的方式和成果以及这个民族的文化传统和文学传统。由于这个缘故,作为文学表现工具的两种语言之间的差距,远远大于作为绘画表现工具的两种材料之间的差距。这就决定了译文的语言形式和原文的语言形式往往有很大差距,在翻译过程中,面对两种语言形式差距较大的情况,译者不得不在译文中对原文的语言形式做出较大的改变和调整。在该例中,译者用蕴含汉语文化身份的表达法"半瓶子醋的关于宇宙的理论"替代蕴含英语文化身份的表达法"spinning his half-baked theories about the universe"。

现举更多的例子如下:

(1) "On the evening of the 24 th," Manteuffel later wrote, "it was clear that the high-water mark of our operation had been reached. We now knew that we would never reach our objective."

(W. Shirer: *The Fall of the Third Reich*)

曼特菲尔后来写道:"在24日的晚上,已经看得很清楚,我们的行动已经成了强弩之末。我们这时候知道,我们的目标是绝对达不到的了。"

(2) "呸,你这死乌龟!"湘云笑道:"阿弥陀佛!""刚刚儿的明白了。"

(《红楼梦》)

"Pah! You doddering old fool!" she blazed.
"Holy name!" said Xiang-yun. "She understands."

(3) 那起坏人的嘴,太太还不知道呢:心顺了,说的比菩萨还好;心不顺,就没有忌讳了。

(《红楼梦》)

For you know what some of these people are like, your Ladyship. If they feel well-disposed towards you, they'll make you out to be a saint; but if they are not, then Heaven help you!

翻译成语和典故时经常采用归化的方法,以求保持它们特有的简洁性和表现力。

At a stone's throw 一箭之遥

cry up wine and sell vinegar 挂羊头卖狗肉

live a dog's life 过牛马一样的生活

seek a hare in hen's nest 缘木求鱼

There were several straws in the wind. 不无蛛丝马迹可寻。

(该句原文语出谚语"A straw shows which way the wind blows"。)

Among the blind the one-eyed man is king. 山中无老虎,猴子称霸王。

Money makes the mare go. 有钱能使鬼推磨。

Who would have thought of Mr. Mottram doing so well? And so many of his friends, too, that used to stay here? We were entertaining angels unawares. 谁知道摩特兰先生干得那么出色? 还有他那许多朋友,原来都住在这儿的,谁知道呀? 我们真是有眼无珠。

骑墙 Sit on (straddle) the fence.

躺在自己的功劳簿上 rest on one's laurels

鹤立鸡群 Stand out like a peacock in a barnyard

汉语常用排行来称呼亲属关系,英语则习惯叫名字(given name),所以下例的译者对两个称谓作了归化处理:

"四妹,时间不早了,要逛动物园就得赶快走。"

四小姐惠芳正靠在一棵杨柳树上用手帕揉眼睛。

"九哥,他是不是想跳水呢? 神气是很像的。"

(茅盾:《子夜》)

"Huei-fang!" He called. "It's getting late. We'll have to get a move on if you want to see the zoo."

Huei-fang was leaning against a willow, dabbing her eyes with a handkerchief…

"Chih-Sheng, was he going to throw himself into the pond? He looked as if he was."

(杨宪益、戴乃迭译)

有时候译者归化源语词语是因为这些词语在源语里除字面的指称意义外,还有某种重要的联想意义,而在译语里,这些词语只有指称意义,并无相应的联想意义,直译将会造成这种意义的损失。如"鸳鸯"在汉语里是一种象征情侣相伴的水鸟。译成英语一般是 mandarin duck。但 mandarin duck 在英语里只是"a bright-colored, crested Asian duck, sometimes domesticated",并无爱侣相伴的意思。所以霍克斯把鸳鸯译成 lovebirds。据《韦氏新世界辞典》,lovebirds 即"any of various small parrots, esp. of an African genus, often kept as cage birds the mates appear to be greatly attached to each other"。

近日宝玉弄来的外传野史，多半才子佳人，都因小巧玩物上撮合，或有鸳鸯，或有凤凰。

(《红楼梦》)

… in the romances which Baoyu smuggled in to her and of which she was nowadays an avid consumer it was always some trinket or small object of clothing or jewellery…a pair of lovebirds, a male and female phoenix…that brought the heroes and heroines together.

(霍克斯译)

有时候作归化处理又是因为源语指称对象和它在译语里的对应成分各有不同的联想意义。例如，《红楼梦》中女主人公的婢女叫紫鹃。"鹃"让中国读者想起古代蜀中国王杜宇死后化为杜鹃啼血的传说，直译成英文是 cuckoo。但是 cuckoo 一词在英语读者脑中唤起的却是一种不好的联想。首先让人想起它的一个常见的意思是"蠢事"或"疯子"。古希腊喜剧家阿里斯托芬描写过一个想象中由杜鹃建造的空中之城，叫"云雾里的杜鹃国"（Cloud-Cuckoo-Land），用它喻指任何不切实际的乌托邦空想。

言内意义因为同语言资源本身密切相关，因而最难以传译。但若恰到好处地运用归化手段，很多词语的言内意义都可以相当令人满意地译成译语。例如：

I-bar 工字钢

T-square 丁字尺

U-shaped magnet 马蹄形磁铁

V-neck 鸡心领

……两块胛骨高高突出，印出一个阳文"八字"。

…and his shoulder blades struck out so sharply, an inverted "V" seemed stamped there.

再如：

I love my love with an E, because she's enticing; I hate her with an E, because she's engaged; I took her to the sign of the exquisite, and treated her with an elopement; her name's Emily, and she lives in the east.

(Dickens: *David Copperfield*)

我爱我的爱人为了一个 E，因为她是 Enticing(迷人的)；我恨我的爱人为了一个 E,因为她是 Engaged(订了婚了)。我用我的爱人象征 Exquisite(美妙),我劝我的爱人从事 Elopement(私奔),她的名字是 Emily(爱弥丽),她的住处在 East(东方)。

(董秋斯译)

可以看出,董译虽然译了原文的文字游戏,但是中英文相杂,译得有些别扭,甚至有点让人费解。试比较张谷若的归化译法:

我爱我的爱,因为她长得实在招人爱。我恨我的爱,因为她不回报我的爱。我带着她到挂着浮荡子招牌的一家,和她谈情说爱。我请她看一出潜逃私奔,为的是我和她能长久你亲我爱。她的名字叫爱弥丽,她的家住在爱仁里。

除了最后一句中的"爱仁里"译得稍显牵强外,整段译文读起来一气呵成,朗朗上口。译者把原文重复出现的成分——字母 e,统一归化成汉语的双元音 ai(爱),非常巧妙地同时传达出原文的指称意义和言内意义。这种完美的效果用其他补偿手段是很难达到的。

He returned south to make arrangements for their marriage, when, most unexpectedly, his letters were returned to him by mail, with a short note from her guardian, stating to him that ere this reached him the lady would be the wife of another.

(H. B. Stowe: *Uncle Tom's Cabin*)

他当即回到南方去筹备婚礼。可是,完全出乎意料之外,他给她的信件忽然都被退了回来。她的监护人附了一张便笺,说是在他收到信之前,那位小姐早已琵琶别抱。

(黄继忠译:《汤姆大伯的小屋》)

众所周知,琵琶是中国的传统乐器。尽管这里"琵琶别抱"是一个比喻的成语,"琵琶"也不是用其指称意义,但是它引起的联想仍然很怪,因为这个成语中"琵琶"的形象并没有像"司空见惯"里的"司空"那样消失,以至人们在使用"司空见惯"时几乎忘了"司空"指的是什么了,况且原文在这里并没有使用比喻形象。所以,为了保持形象色彩的一致,最好避免使用带有强烈译入语文化特征的表达方式。在这里,可译为"……说在退件到达他手之前,这位女士已经是别人的妻子了"。

The two gigantic negroes that now laid hold of Tom, with fiendish exultation in their faces, might have formed no unapt personification of powers of darkness.

(H. B. Stowe: *Uncle Tom's Cabin*)

这时,那两个高大的黑人把汤姆一把抓住,脸上流露出魔鬼般的喜悦神色(那模样活像是阎罗王再世)。

(黄继忠译:《汤姆大伯的小屋》)

阎罗王是中国冥界的主管,他的出现,给上述译文带来了一股中国味儿。在基督教文化中,相应的职位上坐的却是一个叫撒旦的魔王。显然,在虔诚的基督教徒汤姆大伯的心目中,那两个黑人看上去只会像撒旦而绝非阎罗王,他甚至不会知道阎罗王是干什么的。在美国南方种植园的环境里出现这么一个中国形象,多少总是有点滑稽。如果改为"那模样活像是撒旦再世"或"魔王再世",或许文化色彩更为协调一些。总而言之,如果用译入语文化特有的形象也就是所谓的"归化形象"代替原文中的形象,就有可能使读者产生失调的感觉,以致破坏整个原语文化氛围的完整性,影响译作的艺术感染力。

当然,如果文化色彩不一致是原作者有意而为之,表现了作者的艺术动机和创作意图,那译者就得保持这种不一致,如下例:

"Wait here, darling; I'll nick a rickshaw."

(J. Galsworthy: A Modern Comedy)

译文一:"等在这儿,亲爱的;我去叫辆出租车来。"

(陈冠商等译文)

译文二:"在这儿等,亲爱的;我去弄辆黄包车①来。"

① "弄辆黄包车来",迈克尔他们处处要沾上点东方色彩。这里是说去叫出租汽车。

(汪倜然译文)

很明显,译文一看似自然的"出租车"没有传达出"黄包车"中包含的意思。

归化法不能随意使用,应视作者运用文化缺省成分的意图而定,否则会损害原文作者的艺术创造。除此之外,此种补偿方法会阻碍译文读者欣赏原文所特有的异国情调和原文所蕴含的文化信息。Newmark(1988:96)指出,译者应认识到原文的文化成就,尊重异国以及它们的文化。因此,"归化"法在使用时是有其限制的,超越这一限制,就不能称作翻译,只能称作归化的产物。有时,运用归化法又是不可避免的。但是译者使用该方法时一定要确保原文形象的意义在译文中得到充分表达。我们应该在译文中尽量保留源语的形象或者至少运用其他恰当的补偿方法来再现原文的形象。现以中国成语"同声相应,同气相求"的英译为例。如果采用直译法保留原文的形象,英语读者很难理解其隐喻意义；如果运用"释义法"解释其意义，译文又会变得枯燥乏味。所幸的是，这一文化特色用语在英语中有类似的表现手法。考虑到译文的生动性，可以运用归化法翻译成"Birds of a feather flock together"，原文和译文都意味着"Like attracts like"。

事实上，作者运用文化缺省成分所隐含的艺术动机是选择补偿方法的一个重要策略。翻译就是一个发现的过程，译者在翻译过程中应努力洞察作者运用文化缺省成分的艺术动机。如果译者有意地使用某些典故以及形象化词语等方面的文化背景知识来刻画作品的人物特征或阐释作品的主题，译者应运用"直译加注"的方法来补偿文化缺省，以便体现原文作者的艺术意图。一般而言，原文作者花了较多的时间和精力运用文化缺省成分来创造美学意象，译者应该运用这种方法进行文化缺省补偿以便尊重作者的艺术创造。当然，在进行文化缺省补偿的过程中，译者应视具体情况进行具体分析。以上讨论的补偿方法都是翻译中不可缺少的，且互为补充。总之，译者应该尊重原文作者的艺术动机和美学创造，认真审视原文中文化缺省成分隐含的美学效果，根据原文的具体情况和译文读者的接受能力，灵活选择正确的文化缺省补偿方法。

第四节　文学文本的翻译方法探究

一般来讲，翻译涉及至少三组因素：源语文化与目标语文化、译入语与译出语以及原文作者与目标语读者。翻译实践中，译者通常受到多种因素的影响，总是在掂量各种因素的过程中做出抉择，表现出对某些因素的偏好。有些译者更加重视译文读者，比如奈达和严复都很重视目标语读者，对译文做了某些归化处理以使译文易于接受。奈达在翻译圣经时，把"greeting with a holy kiss"译为"give one another a hearty handshake all round"，因为"握手"（handshake）在目标语中是更为常见的问候方式。同样，严复有意识地把西方的古典作品（比如 Adam Smith 所著的 *Wealth of Nation*，Herber Specer 所著的 *Principle of Society* 以及 Huxley 所著的 *Evolution and Ethics*）翻译成华丽的中文古典文体，目的是为了给当时的士大夫阶层注入西方的改良意识从而改造社会。奈达和严复如此重视目标语读者对译文的接受和反应是有一定道理的。然而，这种翻译方法用于文学作品的翻译就有某些缺陷。首先，文学文本的译文既需要忠实原作的内容，同时还需要忠实原作的风格和语言形式；其次，某些文学作品的作者在写作时是没有考虑个体读者的接受能力的(比如抒情诗歌、乔伊斯所著的《尤利西斯》之类的严肃文学等)。

彼德·纽马克(Peter Newmark)根据比勒(Buhler)和雅各布逊(Jakobson)的文本功能分类,提出了两种翻译方法:语义翻译法(semantic translation approach)和交际翻译法(communicative translation approach)。语义翻译法主要适用于表情性文本(expressive text)的翻译,而交际翻译法主要适用于呼唤性文本(vocative text)和信息性文本(informative text)的翻译。

作为一种有效的交际手段,翻译在克服不同语言和文化的障碍方面发挥了巨大的作用。然而,仅仅强调翻译的交际功能是远远不够的。有些翻译理论家认为翻译的功能就是达到交际功能的对等。这种观点有一定的道理。我们的祖先发明语言的主要目的就是相互沟通交流,因而翻译的最为显著的功能就是实现不同语言不同文化的民族之间的交流。从这方面来讲,我们说"翻译就是交际"是正确的。但是,如果认为翻译所要实现的唯一功能就是交际,那么这种观点也是极端错误的。就语言的功能而言,语言不仅用于人们之间的交际和交流,而且语言还被用来表达个人内心的情感、情绪、态度等。在某些情况下,语言的表情功能(expressive function)比语言的交际功能还重要。就抒情诗歌和戏剧独白为例,其语言就是作者的经历、人生观和世界观的记录,无须考虑其读者的反应和接受。因此,就文学文本的翻译而言,如果原作中的语言功能在译文中没有得以完美的再现,其译作不可能成为令人满意的文学作品的翻译。

纽马克在《翻译的方法》(Approaches to Translation)一书中,表述了他强烈反对"翻译的所有功能就是交际"的观点。对此,他提出了"语义翻译"和"交际翻译"两种翻译方法。纽马克把严肃文学、权威性的言论以及私人书信等归为表情性文本,把新闻、报道、科技文章、事实比风格更为重要的非文学文本等归为信息文本,把那些劝说读者行为的广告、宣传、流行文学以及文告、指示、规则规定等归为呼唤性文本(Newmark,1981:21)。纽马克文本分类如表1(Newmark,1988:40):

纽马克的文本功能分类具有十分重要的意义,一个重要的理由是他认为大多数的文本都是三种功能兼而有之,但具体到某一文本则会侧重某一功能,很少有一篇文章是纯表情、纯信息或纯呼唤的。在表情性文本中,语言的表情功能是第一位的;在信息性文本中,语言的信息功能是首要的;在呼唤性文本中,语言的呼唤功能则是第一位的(Newmark,1981:21)。此外,纽马克指出,语义翻译法和交际翻译法可用于所有文本的翻译,但两种翻译法在不同文本的翻译中享有不同的地位。语义翻译法主要适用于表情性文本的翻译,而交际翻译法通常适用于信息性文本和呼唤性文本的翻译(Newmark,1981:47)。

表 1　语言功能和语篇类别

语言功能 (Function)	表情 (Expressive)	信息 (Informative)		呼唤 (Vocative)
考虑重点 (Core)	作者 (Writer)	事实 (Truth)		读者 (Readership)
作者地位 (Author's Status)	神圣的 (Sacred)	默默无闻的(Anonymous)		默默无闻的 (Anonymous)
		题目 (Topic)	形式 (Format)	
语篇类别 (Type)	严肃、富想象力的文学 (Serious and imaginative literature)	科学 (Scientific)	教科书 (Textbook)	布告 (Notices)
	权威性的言论(Authoritative statements)	技术 (Technical)	报告 (Report)	指示(Instructions)
	自传(Autobiography)	商业 (Commercial)	论文 (Paper)	宣传资料 (Propaganda)
	私人书信(personal correspondence)	工业 (Industrial)	文章 (Article)	推广文字 (Publicity)
		经济 (Economical)	备忘录 (Memorandum)	流行小说 (Popular fiction)

从以上分析我们可以清楚地看出,语义翻译法是以文本为导向的翻译方法。语义翻译法强调在翻译过程中要以作者和原文为中心,密切跟踪作者的思想历程。在语义翻译法的运用中,翻译的单位要尽量小,翻译方法偏重直译,涉及主题或风格标记等的重要表达方式需在译文中得以保留,隐喻,尤其是新颖的、不同寻常的隐喻需在译文中得以再现,译文的长度尽量与原文的长度大体一致(Newmark,1991:11-13)。对于语义翻译法来说应该注意的是:严肃的、富想象力的文学文本只有一个个的读者,而没有一个读者群;译者虽不能完全忽视读者,但翻译中应力求再现文学作品对译者本身产生的效果,而非作品对任何假定的读者的效果。

语义翻译法适用于严肃的、富想象力的文学、权威性的言论、自传、个人书信等的表情性的文本翻译,在译文中尽可能保留原文的重要的而不是所有的语言形式特点。比如哈姆莱特(Hamlet)重要的独白"To be, or not to be"反映了莎士比亚剧作中重要人物哈姆莱特极度矛盾的心理活动,因而原作中重要的语言形式特点应在译文中和内容一起得以再现。但是,如果原文的语言形式在原作中不是十分重要,只有当原文的意义在译文中不受到损失的情况下才需保留原文的语言形式特点。那些具有鲜明文化特色的表达方式是翻译中最为棘手的问题,在处理这样的文化缺省成分时,形式对等往往是以牺牲原文内容为代价来保留原文的语言形式特点的。根据纽马克的文本功能分类,即便是严肃的、富想象力的文学文本,也可运用交际翻译法,即在此种情况下运用某些中性的表达方式来补偿原文的文化缺省,其前提是这些具有文化特色的表达方式在原作中并不十分重要。就汉语的"红尘"为例。一般来讲,"红"通常具有文化隐含意义的形象,但并不意味着"红"在译文中一点要翻出来。"红尘"的"红"并不具有重要的文化隐含意义,不一定要在译文中得以再现。"红尘"的形式对等的表达方式为"red dust",但这样的译文不仅使译文读者感到困惑,而且还传达了错误的信息。相反,如果运用语义翻译法把它译成"dust world"这样的中性词语,就能较好地再现了原文的形式,同时又不至于损害原文的内容。

一般而言,语义翻译的文字水平要体现原文作者的文字水平,而交际翻译的文字水平则着眼于读者易于接受。语义翻译法适用于"表情"文本的翻译,而交际翻译适用于"信息"文本或"呼唤"文本的翻译。无论是"表情"文本,还是"信息"文本或"呼唤"文本,语义翻译法和交际翻译法在处理以下各项文化缺省成分的方法时是相同的:陈年老套的比喻、死的比喻、正常搭配、技术名词、俚语、口语、标准文告、寒暄语、常规的语言。"表情"文本中的"表情"成分(与众不同的句法结构、搭配、隐喻,别出心裁的用字,新词新义等)即使不是直译,也应紧跟原文翻译;但当这些"表情"成分出现在"信息"或"呼唤"文本中时,译者往往把它们常规化,或使它们不显得那么特别(除非是刻意惹人注目的广告)。在"表情"文字中,文化成分往往保留原貌,在"信息"文字中,往往加以保留且用文化中性的词语来解释,在"呼唤"文字中,则改变成译语中的对等成分。写得很糟糕或写得不准确的片段如果出现在"表情"文字中,往往要照译不改,当然,译者应该适当指出原文失实之处。若是使用交际翻译,写得很糟糕或者写得不准确的片段应予以纠正。总之,"表情"文字是神圣的,"信息"和"呼唤"文字则是"默默无闻"的,因为这些文字的作者并不是要运用这些表达法来抒发或阐释他的艺术动机或有意地刻画或塑造某一艺术形象。

文学文本是作者自己抒发感情的结果,是作者深入思考的脑力劳动的产物,是作者个人写作或反思的精神产品。文学作品的语言是作者语言的个体使用,不同于语言的社会使用,因为语言的个体使用只有一个个的读者,而语言的社会使用有一个读者群(readership)。因此,就翻译而言,表情功能的文学文本是在原文作者的层面发生的,而信息功能文本和呼唤功能文本是在读者群层面发生的。语言的个体使用和语言的社会使用的区别有助于我们弄清楚表情功能的文学文本的翻译方法。表情功能的文学文本的翻译是自人类产生翻译活动以来最为棘手的翻译问题,其原因是由文学文本中文学语言的内在特点所决定的:深邃精妙的指示意义和隐含意义,精心设计的语言结构,别出心裁的隐喻语言以及富含美学价值的表达形式。因此,文学作品的语言是个体的,翻译的重点应聚焦在原作语言和作者上,翻译方法为语义翻译法。现以诗人李清照的一首诗为例来进一步阐释。

> 寻寻觅觅,
> 冷冷清清,
> 凄凄惨惨戚戚。
> 乍暖还寒时候,
> 最难将息。

Seek, seek; search, search;
Cold, cold; bare, bare;
Grief, grief; cruel, cruel grief.
Now warm, then like the autumn cold again,
How hard to calm the heart!

该译文体现了内容和形式的完美结合,是具有艺术特质的译文,因为13个重复的单词不仅符合原文的语言形式,而且再现了原文作者悲伤的情感。但是,根据纽马克的语义翻译法,该译文有三点不足。第一,原文是抒情诗,属于严肃文学,归为表情性文本,其文本中心应为原文作者,即第一人称我(I),因此,原文应作如下理解:

> (我)寻寻觅觅
> (我感到)冷冷清清
> 凄凄惨惨戚戚。

乍暖还寒时候

最难将息(我)。

　　既然原文作者写作的目的是慰藉她焦虑悲伤的心情,主语应为第一人称单数,也就是"寻"(seek)和"觅"(search)的逻辑主语。第二,译文接下来的五个形容词只是词汇的堆积,也不符合英语语法。第三,该译文中,词汇重复的目的是实现与原文的形式对等,但其结果只是纯粹的逐字翻译(word-for-word translation)。文学文本属于表情性文本,其写作的目的是为了作者的自我安慰,是无须照顾读者的反应的,也就是说,该类文本的写作目的不主要是建立作者和读者之间的联系和交流。这与奈达的"翻译就是交流"非常不同,奈达十分强调译文的可读性和可接受性,导致了他在圣经翻译中许多原文语言表达方式的丢失,因为圣经的许多隐喻由于文化缺省的存在未能在译文中得以体现。

　　李清照这首抒情诗的翻译难点在于原文韵律形式的再现。原诗的精细结构创造了音乐般的韵律节奏,增强了作者的伤感情绪,这就是该诗的美学价值。许渊冲的译文如下:

> I look for what I miss;
> I know not what it is.
> I feel so sad, so drear;
> So lonely, without cheer.
> How hard is it
> To keep me fit
> In this lingering cold!

　　从该译文中我们可以看出,许渊冲在翻译该诗时尽力再现了原作的词汇效果、想象效果以及音律效果。从原诗的用词方面来看,原文作者非常伤感,因为她不知道在寻觅什么,也感到极不适应乍暖还寒的时节;从想象力的角度来看,一个女人就坐在她自家的窗前,沉思生活的现实和哀婉,流出悲伤的泪水;从原诗音律效果来看,文字的重复表现了作者陷入沉思而忘却了自己的画面。许渊冲的译文无论从词汇或者从想象画面来考察,都更好地再现了原作的意境。从音律角度来看,译诗中"miss""is""it""fit"里的元音/i/都与原诗中的"觅""戚""息"的元音极为相似;译诗的第一行的"miss"和第四行的"cheer"分别与原诗的"觅"和"戚"不仅具有极为相似的元音,而且还具有类似的辅音。"miss""is""drear""cheer""it""fit"的音律,首两行的平行结构以及"so...so"结构都有助于获得原诗类似的韵律效果。

很显然,表情功能的文学文本的主要特点之一就是作者在作品中大量运用比喻性语言。当语言在比喻的意义上使用时,别出心裁的隐喻往往使译者感到十分棘手。新颖的或别出心裁的隐喻是原文作者脑力劳动的产物,往往反映了作者的艺术动机,需要译者在译文中加以再现。现以鲁迅的诗《哀范爱农》为例:

哀范爱农

风雨飘摇日,余怀范爱农。
华颠萎寥落,白眼看鸡虫。
世味秋荼苦,人间直道穷。
奈何三月别,竟尔失畸躬。

该诗的第二行"白眼看鸡虫"(you glare at chicken pecking up worms)里的"鸡"和"虫",意指那些争权夺利、趋炎附势的小人犹如鸡啄昆虫一样贪得无厌。该诗作者运用了一个中文典故,隐含了双关语和隐喻。从下列译文中我们可以看出译者如何再现这一双关语和隐喻的。

An Elegy on Fan Ai-nung

(July 22, 1912)

In these days buffeted by wind and rain.

How I cherished the memory of you, Fan Ai-nung!

Early streaked with grey is your thinning hair,

You glare at a snobbish today with disdain. ①

Things taste as bitter as sow-thistles in autumn,

Where is a proper place for an upright man?

Alas! Only after three months of separation,

Why a man so unyielding like you is gone forever?

① The snobbish today refers to Ho Chi-chung, Fan-Ai-nung's colleague. Ingratiating himself with Fu Li-chen, the new principal of the Shaohsing Normal School, Ho squeezed Fan out of his job. As Ho's given name Chi-chung has the same pronunciation as the Chinese for "chicken and insects," Lu Hsun here uses it as a pun to satirize Ho's preying upon people in lower positions. "chicken and insects" was once used as a metaphor in Tu Fu's poem "Binding a Chicken," hinting at those who were preying upon one another. These poems on Fan Ai-nung were first published on August 21,1919 in *the Minhsing Daily* published in Shaohsing under Lu Hsun's penname Huang Chi. In the postscript, we can find Lu Hsun's amusement with this pun which he referred to as an "extremely wonderful ironical masterstroke" ever used in his poetry writing.

通过认真分析原诗,译者决定在译文中增加了很长的注释。如果没有这一注释,译文读者根本不能读懂"白眼看鸡虫"这一双关语和隐喻,而这恰恰是原文作者鲁迅的艺术创造的体现。虽然原诗写作的目的只是作者抒发其内心感受,而不必顾及读者的反应,但是译文也应该尽力使译文读者具有原诗的必要文化背景知识,以便领会和欣赏原作的艺术美感以及诗人奇妙的讽刺手法和独特的美学价值。

在表情功能的文学文本的翻译过程中,译者应该尽力在译文中再现原作的风格。风格是作家、艺术家在创作中所表现出来的艺术特色和创造个性。作家、艺术家由于生活经历、立场观点、艺术素养、个性特征的不同,在处理体裁、描绘形象、表现手法和运用语言等方面都各有特色,这就形成作品的风格。作家的风格就是作家的精神面貌的显现,最佳的社会观、审美观和创作个性的表现。作者的风格就是作者的形象,就是作者作为社会人和艺术家的风貌。作者的风格总是要具体表现在文学作品的语言形式中,也就是表现在一定范围内的词语、句型、修辞手法和艺术手法的性质及其重复频率中。

欧阳修名句"月上柳梢头,人约黄昏后",何等富于诗意!何等富于柔美的风格!有人译为:

The moon rose above the willow tops,
And we met after dusk as we promised.

Bynner 译为:

The moon climbed to willow tops.
I trysted her at yellow dusk.

Bynner 的译文更好地传达了原诗的柔美风格,主要原因就在于 trysted 一词比 promised 富于诗意。

《马丁·伊登》中有一段文字如下:

Her knowledge of love was purely theoretical, and she conceived of it as lambent flame, gentle as the fall of dew or the ripple of quiet water, and cool as the velvet-dark of summer nights. Her idea of love was more that of placid affection, serving the loved one softly in an atmosphere, flower-scented and dim-lighted, of ethereal calm.

(*Martin Eden*)

她对爱情的理解纯然是理论的,把它看着一股摇曳的火焰轻柔有如露珠的滴落或静止的水面上的涟漪,冷澈有如天鹅绒般黑的夏夜。她把爱情看得更像是平静的温情,在一个花香馥郁、光影迷离、虚无缥缈、万籁俱寂的氛围里,被拿来温柔地献给心爱的人。

(吴劳译文,略有改动)

原文的优雅的风格主要表现在一连串优雅的形容词和名词上。译文大体上也能再现这种优雅的风格。

华盛顿·欧文的名作《瑞普·凡·温克尔》中有一段文字描写卡茨基尔的景色:

Every change of season, every change of weather, indeed, every hour of the day, produces some change in the magic hues and shapes of these mountains, and they are regarded by all the good wives, far and near, as perfect barometers. When the weather is fair and settled, they are clothed in blue and purple, and print their bold outlines on the clear evening sky; but sometimes when the rest of the landscape is cloudless, they will gather a hood of gray vapors about their summits, which, in the last rays of the setting sun, will glow and light up like a crown of glory.

(*Rip van Winkle*)

每一季节的转换、气候的每一变化,乃至一天中每一小时的转变,都会使这些山峦的万姿千态有所变换,因此远近的主妇把它看作精确的晴雨表。天气晴朗平静的时候,山峦呈现出一片蓝紫颜色、鲜明的轮廓印在傍晚的碧空云际;但有时,四处万里无云,山顶上会聚着一团灰雾,在落日的余晖照耀下,就像一顶灿烂的皇冠射着异彩。

(万紫、雨宁译文,略有改动)

原文的绚丽风格就在于某些绚丽的词语和某些修辞手段,如明喻、隐喻等,译文也能生动地再现原文的绚丽风格。

海明威的《老人与海》中有这样一段文字:

The boy went out. They had eaten with no light on the table and the old man took off his trousers and went to bed in the dark. He rolled his trousers up to make a pillow, putting the newspapers inside them. He rolled himself in the blanket and slept on the other old newspapers that covered the springs of the bed.

He was asleep in a short time and he dreamed of Africa when he was a boy and the long golden beaches and the white beaches, so white they hurt your eyes, and the high capes and the great brown mountains. He lived along that coast now every night and in his dreams heard the surf roar and saw the native boats come riding through it. He smelled the tar and oakum of the deck as he slept and he smelled the smell of Africa that the land breeze brought at morning.

(*The Old Man and the Sea*)

孩子去了。他俩吃饭的时候，桌子上连个灯都没有。孩子走开以后，老头儿脱掉裤子，摸黑上了床。他把裤子卷成枕头，把那些报纸塞在里边，然后用军毯裹住身子，睡在破床弹簧上面的旧报纸上。

他不久就睡去，梦见了他儿童时代所看到的非洲，迤长的金黄色的海滩和白色的刺眼的海滩，高耸的海岬和褐色的大山。现在，他每晚住在海边，在梦中听到了海潮的怒号，看见了本地的小船从海潮中穿梭来去。睡着的时候，他闻到了甲板上柏油和填絮的味道，闻到了地面上的风在早晨送来的非洲的气息。

(海观译文)

海明威的简洁明了的风格在于简短的句型和简明的行文。译文再现了这种简洁明了的风格。

《名利场》中有这样一段文字：

"Madam,—after her six years' residence at the Mall, I have the honour and happiness of presenting Miss Amelia Sedley to her parents, as a young lady not unworthy to occupy a fitting position in their polished and refined circle. Those virtues which characterize the young English gentlewoman, those accomplishments which become her birth and station, will not be found wanting in the amiable Miss Sedley, whose industry and obedience have endeared her to her instructors, and whose delightful sweetness of temper has charmed her aged and her youthful companions."

(*Vanity Fair*)

"夫人——爱米丽亚·赛特笠小姐在林荫道(女校)已经修毕六年，此后尽堪至府上风雅高尚的环境中占一个与她身份相称的地位，我因此感到万分的荣幸和欣喜。英国大家闺秀所特有的品德、在她家世和地位上所应有的才学,温良的赛特笠小姐已经具备。她学习勤勉,性情和顺,博得师长们的赞扬,而且她为人温柔可亲,因此校内外无论长幼,一致喜爱她。"

(杨必译文)

这是林荫道女校校长平克顿小姐给该校女生爱米丽亚的母亲赛特笠夫人的一封信。这封信的矫饰风格在于句子冗长,咬文嚼字。信中两个否定结构 not unworthy to occupy 和 will not be found wanting 的目的在于表现平克顿小姐拿腔捏调的文风。译文大体上再现了原文的矫饰风格,但把两个否定结构改译成肯定结构,使信件的矫饰风格稍有减弱。

第五节 文学翻译中译者与作者的共生关系

翻译,作为讲不同语言的不同民族的文化载体,在现代世界具有十分重要的意义。传统上讲,在译者和原文作者的关系问题上有两种观点。一种观点认为译者的地位低于原文作者,另一种观点则恰恰相反,认为译者的地位高于原文作者。随着翻译的研究发展和深入,又有了新的观点,并引起了译界的广泛关注。该观点强调了译者和作者的平等地位,苏珊·巴斯耐特(Susan Bassnett)就是持有这种观点的人之一。作为英国的翻译理论家,她把译者和作者之间的关系想象地描述为"……(在翻译中),一种共生现象产生,译者和原文作者在一个神秘的有机关系中融合为一体,他们不再是两个分离的实体,而是融为一个整体"[… (in translation), a symbiosis takes place and the translator and author of the source text are fused in a mystical orgasmic relationship where they cease to exist as separate entities and become one.](Bassnett,1996:11)。这种把译者和作者的关系看作为共生关系的观点强调了译者在翻译过程中的重要作用,要求译者与原文作者融为一体并产生共鸣。

文学翻译的过程一般划分为理解和表达两个阶段。理解就是探求原作艺术内容的过程,而表达就是探求译文语言形式的过程。不论理解还是表达,都要求达到主客观的一致。理解时,要力求做到译者对原作艺术意境的主观认识同原作客观存在的艺术意境相一致。表达时,也要力求做到译文中再现的艺术意境同译者心目中的原作艺术意境相一致。由此可见,理解是表达的前提:没有客观、正确、深刻、透彻的理解,就不可能有客观、正确、深刻、透彻的表达。

理解并不是一件很容易的事。在理解过程中，需关注原文作者的艺术意图以及原作的创作背景。一部文学作品，不管长短，都有作者自己的全部生活经历、知识结构、艺术修养和创作生涯作背景，还有作者本民族的文化和文学传统、风俗习惯、民族心理和历史环境作背景。对于这些，译者未必都十分熟悉。文学作品是用语言创作的一种艺术，是用艺术形象反映生活的艺术之一，而艺术形象作为生活的反映，本身就蕴含着多方面的含义，并不是只能有一种独一无二的理解。作为欣赏家的译者本身也有自己独特的经历遭遇、个性特点和情感体验，因此，不同的译者会对同一艺术形象形成不尽一致的理解。关于理解的困难性，中国著名翻译家傅雷说得更是透彻。他说："总之译事虽近舌人，要以艺术修养为根本：无敏感之心灵，无热烈之同情，无适当之鉴赏之能力，无相当之社会经验，无充分之常识（即所谓杂学），势难彻底理解原作，即或理解，亦未必能深切领悟"（傅雷，1979/3）。现举一例，来说明这个问题。

李白《哭宣城善酿纪叟》："纪叟黄泉里，还应酿老春。夜台无李白，沽酒与何人？"库珀（Arthur Cooper）译为：

> Vintner below Fountains Yellow,
> "Spring In Old Age", still do that vintage?
> Without Li Po there on Night's Plateau,
> Which people stop now at your wineshop?

在这里，库珀对原诗个中意味不甚了解，结果，译诗也就索然无味。原诗本意是说，李白是纪叟的知音；纪叟在九泉之下已经无处寻找这样的知音了。所以，翁显良把最后两联改译为：

> …Where in the realm of eternal night could
> You find such a connoisseur?

这个例子足以说明，在文学翻译中，求得客观、正确、深刻、透彻的理解，是多么困难，又多么重要！为了这个缘故，译者除了深入钻研原著以外，还应该在动手之前，对作者的生平、时代背景、文化传统等有全面的了解，这样才能与原文作者融为一体建立共生关系，才能对原著有深刻的理解和感受。

在对原作获得准确理解的基础上，译者就需要用目标语言灵活自如地表达原作，这就意味着译者应该在译文中再现原作，而不只是保留原作的形式，因为逐字翻译就会失去原作的精神。从这个观点来看，翻译就是一个再创造的过程。

理解和表达是互相渗透、往返反复的统一过程,不能截然分割开来。译者在理解的时候,总是不自觉地挑选表达的手段;在表达的时候,也总是不自觉地进一步加深理解。茅盾说:"好的翻译者一方面阅读外国文字,一方面却以本国语言进行思索和想象;只有这样才能使自己的译文摆脱原文的语法和语汇的特殊性的拘束,使译文既是纯粹的祖国语言,而又忠实地传达了原作的内容和风格"(茅盾,1954)。下面举几个善于摆脱原文语言形式的束缚的例子。

1. But oh, Mr Osborne, what a difference eighteen months' experience makes.

(Thackeray: *Vanity Fair*)

奥斯本先生,你不知道这一年半里我学了多少乖。

(杨必译文)

2. She is just as rich as most of the girls who come out to India. I might go farther and fare worse, egad!

(Thackeray: *Vanity Fair*)

跟那些出国到印度去的女孩子比一比,她不见得穷到哪儿去。说不定我左等右等,反而挑着个不如她的。

(杨必译文)

3. "By Jove, she has taste!" exclaimed Henry Lynn.

(*Jane Eyre*)

"嚄,她还挑肥拣瘦呢!"亨利·利恩嚷道。

(祝庆英译文)

4. ... and she is bursting with repletion; have the goodness to serve her as auditress and interlocutrice.

(*Jane Eyre*)

她(指罗切斯特收养的女孩阿列代)憋了一肚子的话,行个好,去跟她唠叨唠叨,听听她说话吧。

(祝庆英译文,略有改动)

译者理解原文,就像人们欣赏绘画一样。人们欣赏一幅画时,眼睛先是停留在画布上,停留在线条色彩上,第二瞬间就深入到画内的艺术意境中去。但是,为了进一步欣赏这一意境,眼睛又回到了画布上来,然后又马上深入到意境中去,如此循环不已,一步比一步有更深刻的理解。译者理解原文也是这样。译者先是看到原作的词语,马上就深入到原作艺术意境中去,跟着又回到词语上来,又深入到意境中去……与原文作者处于共生关系中,一步比一步有更深入的理解。译者应该学会与作者建立共生关系从而与作者在思想感情上产生共鸣,学会看到言语之中的现实,学会看到原作语言形式之中的艺术意境,学会看到原作中反映的社会生活。形式主义者的错误,就在于他们只注意到原作的语言形式,而没有注意到其中的生活映象,因而往往歪曲这一生活映象,或者不能真实地反映这一生活映象。例如:

1. Consequently Mr. Micawber was soon overcome, that he mingled his tears with hers and mine;…

(Dickens: *David Copperfield*)

译文一:结果密考伯先生不久就伤感得把他的眼泪同她的和我的混合起来了……

(董秋斯译文)

译文二:结果是,一会儿米考伯先生也受不住了,和她和我,眼泪对流起来了。

(张谷若译文)

2. The idea of … roaming up and down with little Emily, telling her my troubles, and finding charms against them in the shells and pebbles on the beach, made a calm in my heart.

(Dickens: *David Copperfield*)

译文一:想到自己……同小爱弥丽游来游去,把我的烦恼告诉她,向海滩上的贝壳和石子中寻求镇压烦恼的符咒:以上念头在我心中造成一种平静。

(董秋斯译文)

译文二:我一想到……重新和小爱弥丽一块儿东荡西游,把我的烦恼都告诉她,在海滩上找蛤蜊壳和石头子儿,来解除烦恼,我的心情就平静下来。

(张谷若译文,略有改动)

例1中的译文一非常费解,三个人的眼泪怎么混合起来了呢?译文二就较好地再现了原文的意境。例2中的译文一也非常费解,沙滩上的贝壳和石子怎么会有符咒呢?译文二就较好地再现了原文的意境。

译者力求与作者建立共生关系从而在译文中反映原作的生活映象时,还应对原作进行语言分析和逻辑分析。只有当语言上和逻辑上都说得通的时候,译者的理解和表达才是正确的。实践证明,把对原作的语言分析和对原作的逻辑分析结合起来,乃是文学翻译中正确理解原作的基本方法。语言分析和逻辑分析,二者必须兼顾,缺一不可。如果只注意语言分析,而不对原文所讲的事物之间的逻辑关系进行分析,原文往往是不可理解的,因而译文的表达也是不充分的。如果只注意逻辑分析,而不对原文进行包括语法分析、词汇分析、语音分析和修辞分析的语言分析,译者就会以自己的逻辑代替原文作者的逻辑而误导译文读者。现举两例来加以说明。

1. A gentleman is, rather than does. (He is interested in nothing in a professional way. He is allowed to cultivate hobbies, even eccentricities, but must not practise a vocation. He must know how to ride and shoot and cast a fly… But there are weaknesses in the English gentleman's ability to… rule us today. He usually knows nothing of political economy and less about how foreign countries are governed…)

(T. H. Pear: *English Social Differences*)

本例中的第一句,用词平常,语法简单,但是,孤立起来看,译者就无法理解这一句的意义。只有结合后文(括号里的句子)所叙述的内容进行逻辑分析和判断,才知道"a gentleman"是指"贵族","is"是指"游手好闲"(本意是指"存在"),"rather than does"是指"无所事事"。全句可译为:"贵族们优游终日,无所事事。"

2. 华兹华斯有一首名诗,叫"The Solitary Reaper"。其中有一段原文如下:

> Behold her, single in the field,
> Yon solitary Highland lass!
> Reaping and singing by herself;
> Stop here, or gently pass!
> Alone she cuts and binds the grain,
> And sings a melancholy strain;
> O listen! For the vale profound
> Is overflowing with the song.

译文一:

> 你看!那高原上年轻的姑娘,
> 独自一人正在田野上;
> 她时而停下,又轻轻走过,
> 一边收割一边在歌唱。
> 她独自在那里又割又捆,
> 她唱的音调好不凄凉;

你听！你听她的歌声
在深邃的峡谷久久回荡。

（顾子欣译文）

译文二：

看！那边的田野里，
苏格兰姑娘她独自一人，
一面收割挥镰，
一面尽情歌唱。
这边停停，
又飘然远去。
她一边独自割谷捆扎，
一边唱着一支忧伤的歌。
哦，听！歌声洋溢回荡在深谷。

（梁守涛译文）

这首诗的两个译文都没有注意到原诗第四句是祈使句，因此都错译了。这就是不注意语言分析，以自己的逻辑分析代替作者的逻辑的结果。郑诗鼎将该诗改译如下：

你看！高原上那年轻的姑娘，
独自一人在田野上，
一边收割，一边歌唱。
你停停步！要不就悄悄走过！
她独自割来独自捆。
她唱的音调好不凄凉。
你听！你听她的歌声
在深谷里悠悠回荡。

在与作者融为一体建立共生关系的过程中，译者不但要分析作者的世界观、审美观、思想倾向性，还要分析原文作者的创作意图、艺术手法以及作者和作品所描写的人物的思想情感。现举例来加以说明。

英国诗人拜伦有这样两行诗：

Maid of Athens, ere we part,
Give, oh, give me back my heart!

译文一：雅典的姑娘，在我们离别之前，
请、啊，请把我的心儿交还！
译文二：雅典的姑娘呀，我们这就要永离永分，
请你还我呀，那颗心！

在原诗中的"part"和"heart"，"part"是一个典型情景：离别；"heart"是一个典型形象：痛苦的心。用这两个词押韵，突出了重点，抒情色彩浓烈。单从这种艺术考虑来看，译文二比译文一略胜一筹。

再看下面一段文字：

The seasons came and went and they revolved around Joshua. He was the center of Jennifer's world. She watched him grow and develop day by day and it was a never-ending wonder as he began to walk and talk and reason. His moods changed constantly and he was in turn, wild and aggressive and shy and loving.

(*Rage of Angels*)

译文一：冬去春来，乔舒亚一年年长大了。他是詹妮弗生活中的核心。她望着儿子一天大似一天，一天比一天懂事；看他学走路，学讲话，乃至变得通情达理起来，心中始终感到惊异不已。他的情绪变化无常，时而凶野，咄咄逼人，时而羞涩，伶俐可爱。

译文二：寒来暑往，冬去春来，一年四季仿佛围绕着乔舒亚旋转。他成了詹妮弗生活的中心。在她的眼皮底下，他一天天长大起来：看着他蹒跚学步，咿呀学语，逐渐懂事，她天天都感到惊喜不已。他呢，情绪变化无常，时而凶野，咄咄逼人，时而羞涩，逗人喜爱。

"They (seasons) revolved around Joshua"一句还含有"乔舒亚成了世界中心"的寓意，暗示妈妈把乔舒亚惯得不得了。译文一忽视了这种艺术手法，所以译文一不如译文二译得好。

再举一个例子。

... The reader's hair stands on end when he reads in the final pages of the novel that the heroine, a dear old lady who had always been so kind to everybody, had, in her youth, poisoned every one of her five husband.

(*A Skeleton in Cupboard*)

译文一：……书中的女主角，一个和蔼可亲的老太太，待人一向那样慈祥，年

轻时却曾接二连三地毒死了她的五位丈夫。读者在小说的最后几页了解到这个情况，不禁毛发倒竖。

译文二：……读者读到小说的最后几页，不禁毛发倒竖：原来，书中的女主角，一个和蔼可亲的老太太，待人一向慈祥宽厚，年轻时却曾经接二连三地先后毒死她的五位丈夫。

原文采用了悬念手法，以加强效果。译文二注意到这种艺术手法，因此胜过第一种译文。

文学翻译中，译者要根据原作的描述，印证自己的直接和间接的生活经验，唤起自己的形象记忆和情绪记忆，凭借自己的想象力、联想力、情感和理解力，完全沉浸在原作的艺术意境中去，如见其人，如闻其声，在自己的大脑里，重新创造出和原作的艺术意境大致一样的审美意象来。在这种审美意象中，既包含作者的审美体验，也包含译者的审美体验。

从美学上讲，文学翻译中译者的审美体验和作者的审美体验是能够统一起来的。作者审美体验的对象是大自然和一定的社会生活，而译者审美体验的对象是文学作品，也就是文学作品中反映的大自然和一定的社会生活，即艺术现实和艺术意境。作者的审美体验包括观察体验和艺术构思两个阶段。其中，艺术构思在译者的审美体验中一般是不存在的。但是，观察体验阶段在译者的审美体验中却是存在的。文学翻译的译者所观察和体验的就是文学作品的艺术意境以及译者在自己的经历中所遇到过的类似的生活情境。译者审美体验和作者审美体验的相似性是两者可以在译者脑海内的审美意象上面统一起来的基础。解释学理论认为，理解不是单纯的接受过程，而是一种积极的创造性过程。这一过程可以称之为译者和作者之间的"视界交融"。"视界"就是一个人从他已有的知识和经验出发所能理解的可能范围。在译者对原作的理解过程中，总是存在着两种视界。理解既不是译者完全放弃自己的视界，进入原文的视界，也不是简单地把原文的视界纳入译者的视界，而是译者从自己的已有的视界出发，不断地扩展自己的视界，与原作的视界互相融合，形成一个全新的视界。理解过程是一种可以扩展译者的意识世界的同化过程。理解不是要把我们有限的理解能力强加于原文，而是向原文敞开自己，从中接受一个扩大的自我。在文学翻译中，所谓译者与作者的共生关系也就是译者和作者的"视界交融"，即译者审美体验和作者审美体验交融在一起。

作家经过观察体验和艺术构思两个阶段，在自己的脑海里形成一定的审美意象后,还要用文学语言把这种审美意象物化为一定的语言符号体系。在作者笔下,这种语言符号体系同作家脑海中原来活跃着的审美意象,具有大致等值的关系。因此,文学翻译中译者凭借自己的头脑里的信息储备,把作家提供的语言符号体系在自己的大脑中重新转换为同作家脑海中原来的审美意象大致一样的审美意象。这就是译者的审美体验和作者的审美体验最大限度地结合起来,深入到原作的艺术意境中去,也就是译者和作者之间的共生关系,心神交融,合为一体,达到心灵上的契合。现举例说明。

1. Forms leaned together in the taxis as they waited, and voices sang, and there was laughter from unheard jokes, and lighted cigarettes outlined unintelligible gestures inside.

(Scott Fitzgerald: *The Great Gatsky*)

译文一:车里边的人身子依偎在一起,说话的声音传了出来,听不见的笑话引起了欢笑,点燃的香烟在里面造成一个个模糊的光圈。

译文二:那些坐在出租汽车里等候开车的人,影影绰绰地依偎在一起。他们情语绵绵,虽不知在窃窃私语什么,却可以听见他们的嬉笑声。还可以看见点燃着的香烟头随着他们的手势一闪一闪地跳动。至于他们的手势都表示什么意思,那就不得而知了。

译文二的译者用自己的眼睛看见了原作中的艺术意境,所以该译文比译文一生动。

2. The sky, now overcast and sullen, so changed from the early afternoon, and the steady insistent rain could not disturb the soft quietude of the valley; the rain and the rivulet mingled with one another, and the liquid note of the blackbird fell upon the damp air in harmony with them both.

(*Rebecca*)

天空这时黑云密布,阴阴沉沉,和下午三四点钟的时候大不一样,雨又不住地下着,但这却惊扰不了山谷的静谧;雨声和溪水声交融在一起,画眉的婉转的曲调在湿润的空气中回荡着,和雨声、溪水声相应和。

(陆乃胜译文,略有改动)

译者用自己的耳朵听见了原作中的艺术意境,因此能对这一艺术意境进行绘声绘色的再现。

3. ... and, after all, I believe she meant no harm; for when once she made you cry in good earnest, it seldom happened that she would not keep you company, and oblige you to be quiet that you might comfort her.

(*Wuthering Heights*)

而且,话又说回来了,我相信她没有恶意,因为她一旦把你真惹哭了,她很少不陪着你哭,而且叫你不得不收了眼泪再去安慰她。

(陆乃胜译文)

在这个例子中,译者对原作艺术意境可谓洞察秋毫,曲尽其妙。

4. Between two tall gate – posts of rough – hewn stone (the gate itself having fallen from its hinges at some unknown epoch) we beheld the gray front of the old parsonage terminating the vista of an avenue of black ash – trees. It was now a twelvemonth since the funeral procession of the venerable clergyman, its last inhabitant, had turned from that gateway towards the village burying – ground. The wheel – track leading to the door, as well as the whole breadth of the avenue, was almost overgrown with grass, affording dainty mouthfuls to two or three vagrant cows and an old white horse who had his own living to pick up along the roadside. The glimmering shadows that lay half asleep between the door of the house and the public highway were a kind of spiritual medium, seen through which the edifice had not quite the aspect of belonging to the material world. Certainly it had little in common with those ordinary abodes which stand so imminent upon the road that every passer – by can thrust his head, as it were, into the domestic circle. From these quiet windows the figures of passing travelers looked too remote and dim to disturb the sense of privacy. In its near retirement and accessible seclusion it was the very spot for the residence of a clergyman, a man not estranged from human life, yet enveloped in the midst of it with a veil woven of intermingled gloom and brightness. Iy was worthy to have been one of the time – honored parsonages of England in which, through many generations, a succession of holy occupants pass from youth to age, and bequeath each an inheritance of sanctity to pervade the house and hover over it as with an atmosphere.

(Nathaniel Hawthorne: *Preface to Mosses from an Old Manse*)

一条大路,两旁白蜡树成林,路尽头可以望见牧师旧宅的灰色门面,路口园门的门拱已不知哪一年掉下来了,可是两座粗石雕成的门柱还巍然矗立着。旧宅的故土是位德高望重的牧师,现已不在人世,一年前,他的灵枢从园门里迁出,移向村中的公墓,也有不少人执拂随行。园门里的林荫大路和宅门前的马车道,杂草蔓生,偶尔有两三只乌鸦飞来,随意啄食,在路旁觅食的那头老白马,也可以在这里吃到几口可口的美餐。宅门和公路之间,都是隐约朦胧的树影,远远望去,似乎人鬼异世,这座旧宅也不是属于这个世界的了。通常贴近路旁的住宅房子,看上去总是亲切近人,行人路过,似乎觉得伸进头去即可看到家庭融泄之乐,这座宅子的气象,可不大相同。这里环境十分幽静,从窗子望出去,一片静穆,即使有人路过,也像是模模糊糊,隔了一个世界,不足以扰乱宅内的宁静。这样一个地方,离开村子不远,又如此僻静,正是适合于牧师的住宅,牧师先生不能远离人群,可是他虽结庐人境,他生活的周围似乎罩上一层明暗夹杂的幕,其神秘不是凡人所能窥测的。一座房子能够成为世代相传牧师之家,是很幸运的。那位任圣职的屋主,在这里从青春住到老年,再将房子传给下一代的牧师,自有一种圣洁之气四周弥漫,上下罩笼,与俗人之所居,也就大异其趣了。

翻译评论家林以亮对这段译文做出这样的评论:"读者在读了原文之后再回过头去读译文,就会立刻觉得原作的一股'圣洁之气'跃然纸上。这再也不是普普通通的翻译,而是原作美感经验的再度创作。我们如果拿原文和译文再多读几遍,就会觉得译者和原作者达到了一种心灵上的契合,这种契合超越了空间和时间上的限制,打破了种族上和文化上的樊笼,在译者而言,得到的是一种创造上的满足;在读者而言,得到的则是一种新奇的美感经验"(林以亮,1974)。

译者与作者融合于一体,处于一种共生关系中,也就是要与作者一起享有共鸣力。有些译者缺乏共鸣力,总是不能让自己的思想感情同作者和人物的思想感情打成一片,总是不能让自己的想象力按照原作者的规定情境去翱翔,总是以自己的思路去代替作者的思路,以自己的想象去代替作者的想象。译者一定要加强美学意识方面的修养,因为只有充分理解了原文作者的美学体验和人物刻画,译者才有可能做好文学翻译,才能在译作中充分表达作者的思想感情和精神灵感。要充分理解原作,译者要力求从美学的角度阐释原作,要力求考虑文学作品的美学实质。否则,译者不可能和原文作者融为一体,也就不可能完成文学作品的再创造的任务。只有把译者自己的灵魂和作者的灵魂融合在一起,才能产生伟大的翻译艺术品。

要与译者产生共鸣,译者要力求走出自己的主观世界进入作者的主观世界,这也意味着译者通过原作的文字、句子以及段落等语言形式来欣赏文学作品所反映的基调和精神,从文学的角度和语言学的角度来决定原作所反映的风格。译者还要力求运用想象力和逻辑思维能力从而构建原文作者的主观世界。译者好比演员,进入人物的精神世界,运用他超高的表演艺术在舞台上把人物角色表演得栩栩如生。文学作品的翻译也是一样,译者首先要充分、完全、准确地理解原作的内容和风格,然后运用超高的翻译艺术来再现原作。译者必须同时保持作家和译者的双重身份,就像表演艺术家一样既要进入角色,又要同时以演员的身份看待角色一样。译者既要能"钻进去",又要能"钻出来":既要能钻进作品的艺术意境中去,按照作者和人物的思路来思考,按照作者和人物的感情来感受,又要能钻出来,回到译者自己的高度上来表现作者和作品所表现的人物角色。共鸣力,也称为移情作用(empathy effect),对于理解文学作品的各个人物角色具有特殊的意义。为了更好地理解人物角色,译者需要重新体验各个人物的思想历程,和各个人物一起思维和行动,与他们同甘苦共命运。因此,译者的角色就好比是一个演员,所不同的是他要担当文学作品中的所有人物角色的扮演任务。

翻译不是纯粹的创造性活动,而是一种对原作的操纵,是一种再创造的活动。理解是一项普通的工作,因为任何人都能理解一个文本,然而理解也有正确和错误之分。但是,如果把一篇译文看作是对原作的再创造,那么,这篇译文应该是最好的译作。此外,作者创作出来的文学文本也是一种理解和阐释,只不过作者理解和阐释的是真实的世界,而译者理解和阐释的是作者的文本。因此,我们可以得出这样的结论:译者和作者具有相同的工作特点。在理解和阐释原作的过程中,译者应尽力与作者建立共生关系,与作者融为一体。随着这种共生关系的发展,译者不再是译者,而成了目标语言的作者。因此,译者在文学作品翻译过程中,不仅是在翻译文学文本的语言,而更为重要的是,代替原文作者与目标语读者直接交流。

有人认为,译者很难与原文作者建立共生关系,因为他们有各自不同的文化和语言背景、各自的风格特征和性格特点、各自的语言表达方式。从某种意义上来说,这是对的。但是,在文学作品的翻译过程中,译者可以暂时放弃自己的不同方面去迎合作者以及作品的特点。好的翻译家犹如优秀的演员,他们也有自己的个性特征,但在舞台表演时,他们马上就忘记了自己的个性特征,进入人物的精神世界,完美地再现人物角色的个性特征。同样,一个优秀的翻译家在翻译中同样可以忘记自己的存在,尽力学习、模仿原作从而再现原作。在译者与作者之间建立共生关系的过程中,真正的译品其实就是神秘的共融中诞生的"新生儿"(newborn baby),既有作者的特征,又有译者的特征。因此,翻译作品不可避免地受到译者和作者的影响,这就强调了译者在译文的再创造过程中的参与作用。事实上,正是因为译者的辛苦劳动,我们的世界才更加丰富多彩。

第四章

文化功能理论:文化缺省补偿策略

翻译是现代社会极为重要的活动,是讲不同语言的人们交流思想和情感的手段。当今世界科技、政治、贸易、管理和文化等不同领域的国际交流更加频繁,而这些必需的国际交流都是建立在更加广泛的不同文化之间的理解的基础之上的。因此,在跨文化交流领域需要越来越多的笔译和口译方面的专业人才。

随着社会的发展,人们的思想更加解放,视野不断开阔,因而跨文化交流中的障碍、敌意和偏见正在不断消除,正在被平等和相互理解的观念所取代。跨文化交际研究已成为翻译研究的焦点,在不同民族的思想交流方面起着重要的作用。全世界每年有大量的文本被翻译成各种文字,这充分证明了翻译在国际交流方面是一个十分重要的因素,因此我们完全有理由认为翻译的目的和特点就是不同思想和不同文化之间的交流。任何文化都是在和另一个文化的关联中存在的,每一文化都会经历产生、发展、繁荣和衰退阶段,因此没有哪一文化总是处于支配其他文化的地位。同样,也没有哪一文化对另一文化总是处于单向的影响或渗透,实际情况是两种文化总是相互影响和渗透。即使某一文化暂时处于强势,对另一文化的影响相对较大,但这样的影响也是相互的。因此,翻译要遵守"求同存异"(seeking the common ground while reserving difference)的原则。

第一节 翻译的文化功能

以不同的语言为载体的异质文化的存在为翻译活动的发生提供了可能性,因为不同文化背景、操不同语言的人们毕竟有相互沟通、交流的需要。需要产生运动,文化交流的需要催生了翻译活动。这种跨语言、跨文化的沟通和交流若不靠翻译则很难想象能得以完成。翻译与文化的关系从来都是双向的,一方面翻译由特定文化环境的需要所引发并受该文化环境的制约,另一方面,翻译又参与建构新的文化。若就一个国家、一个民族的文化发展而言,翻译对其施予的影响不可小觑。翻译参与构建目的语文化、丰富和发展目的语文化。赖肖尔在分析外来文化借助于翻译对英国文化产生的影响时这样说过:"任何国家的文明,来自外来影响的产物总是多于本国的发明创造,如果有人要把英国文化中任何受外国影响或源于外国的东西剔除掉,那么,英国的文化就所剩无几了"(韩江洪,2006:30)。季羡林先生的分析则更为精辟:"英国的汤因比说没有任何文明是能永存的,我本人把文化(文明)的发展分为五个阶段:诞生,成长,繁荣,衰退,消逝。问题是,既然任何文化都不能永存,都是一个发展过程,那为什么中华文化竟能够成为意外呢?我想,这里面是因为翻译在起作用。我曾在一篇文章中说过,若拿河流来做比较,中华文化这一条长河,有水满的时候,也有水少的时候,但却从未枯竭。原因就是有新水注入。注入的次数大大小小是颇多的,最大的有两次,一次是从印度来的水,一次是从西方来的水。而这两次的大注入依靠的都是翻译。中华文化之所以能长葆青春,万应灵药就是翻译。翻译之为用大矣哉!"(季羡林、许钧,1998/4:210)在文化转型期,翻译与目的语文化之间的互动关系尤为突出。目的语社会的主流文化或因外族入侵,或因社会发生动荡而面临危机,出现相对意义上的文化真空。外族的优秀文化往往被介绍进来以填补真空,满足目的语社会对新文化的需要(韩江洪,2006:32)。翻译一方面推动了文化转型,而文化转型又从另一方面促进了翻译事业的繁荣。翻译作为一种跨文化的交际活动,自古以来就与文化发展和文化转型结下了不解之缘。历史表明,无论是汉唐时期的文化鼎盛,还是晚清时期的文化近现代化转型,无论是"五四"时期的文化现代化转型,还是20世纪80年代以来的改革开放,翻译活动始终站在民族发展的前沿,一次又一次的翻译高潮推动了主体文化发展的进程。

面对盛气凌人的"西方中心论",如果为了表示反抗,而提出一种针锋相对的"东方中心论",以另一种居高自傲的心态来贬低西方文化,否定西方文化,甚至自大地认为某个世纪是"中国人的世纪",这与"西方中心论"如出一辙,也不是文化交流的态度。在多元文化的共生共存已成为现实的今天,要想真正实现异质文化形态间的对话、交流与融合,参与文化交流的人们必须具备的基本态度就是平等和互相尊重,这是不同的文化形态之间达成有效文化交流,实现文化共同繁荣的前提。

乐黛云曾指出:"19世纪与20世纪两百年的历史已经证明,用某种文化来'吞并'或'统一'另一种文化都不大可能,或者其结果是灾难性的。西方文化终于不能同化东方文化,也不能综合各种文化,造成新的'世界文化'。我们面临的是一个文化多元共生的现实"(乐黛云,1999:12)。无论是"西方中心论"还是"东方中心论",都不能在异质的东西方文化之间架设起一座真正的沟通桥梁,不可能实现东西方之间的"传承"。承认这种多元共生的文化现实并设法使它们相互沟通才是应有的态度。

现以赛珍珠的中国题材作品为例。在赛珍珠的中国题材作品中,她面对中国文化这种与西方文化异质的文化,她的主要文化交流策略就是"求同存异",并以此来达到自己的文化交流目的。最能反映出赛珍珠在文化上"求同存异"的事例莫过于她对中国人的宗教态度的理解。赛珍珠是一个美国传教士的女儿,自小就接受基督教的熏陶,并且始终与教会团体有密切的联系。但在她的小说中,她并没有为了求同,将中国人都写成了基督教,也没有一味求异,将中国人写成了异教徒。在她的中国题材作品中,也写了中国人的宗教生活,写了儒家在中国人心灵中的影响,写了中国人的求雨、求子、乞求丰年等与西方人完全不同的宗教活动,这是"异"的一面,但从下面的话里,又可以鲜明地看到她"求同"的一面。"我很清楚父亲对佛教的基本看法……两千年前,所有宗教都有手足之情,宗教领袖和信徒常在一起交流思想。我父亲认为,耶稣既懂得孔子的学说,又知道佛经,因为孔夫子和耶稣的圣训几乎同出一辙"(赛珍珠,1991:69)。她正是从她父亲那里继承了宗教同源的观点来维护中西文化在宗教意识上的相似性,她甚至将孔子比作天上的上帝,把圣母玛利亚看作是观音娘娘的妹妹。

由此,赛珍珠这种在中西方文化之间"求同存异"的文化交流策略,正好解决了跨文化交流过程中的异质性和沟通之间的矛盾:"求同",突破了异域的接受者心理上的预存立场,破除了"异质"的壁垒,给真正异质的文化因素的相互交流铺就了较为平坦的道路;"存异"维护了文化之间的异质性,维护了文化之间的个性特色,丰富了接受者的文化视野。

如果只求同而不存异,就会抹杀异质文化之间的异质性,用一种文化取代另一种文化,用一种文化误读另一种文化;只存异而不求同,只会沦落为文化猎奇,异质因素就将是人们沟通的巨大障碍。因此。只求同而不存异和只存异而不求同这两种跨文化交流的方法都不能实现真正的文化沟通。

翻译中译者应该坚持"非民族中心主义"(non-ethnocentric)的态度,因为这种态度可以更大程度地兼容文化差异。既然译者处于"原文的发起人和信息的最终接受者这样一个长长的交流链——人类跨越文化疆界的纽带——的关键中心"(Schäffner,1995:6),就应该担负起清除由于两种文化差异造成的跨文化交际的障碍。今天,人类已进入了新的世纪,不同民族和不同文化和平共存,科学和技术迅猛发展,给我们提供了更多相互交流的机会。我们比历史上任何时候都更需要相互理解。为此目的,我们更需要摒弃民族中心主义和各种偏见。由此看来,翻译不仅是语言符号的解码和编码,而且还涉及不同文化之间的交流,旨在促进不同民族之间的相互理解。

从跨文化的角度看,翻译研究还有许多事情可做。跨文化交流为翻译工作者提供了一个全新的视角,使他们能够站在一个新的高度从而把翻译研究向前推进。翻译使东西方文化交流成为可能。不幸的是,在中国的文化翻译方面极不平衡,外国文化的翻译数量远大于中国文化的翻译数量,其最简单的原因就在于中国人了解西方远多于西方人了解中国,因此译者有责任振奋精神把更多的中国文化介绍到国外以便让更多的外国人了解中国和中国文化。从这个意义讲,把中国文化介绍到西方世界并不意味着要消除外国文化,而是和外国文化在同一层面上共存。只有这样,翻译工作才能促进东西方民族之间的相互交流。

众所周知,翻译,尤其是文学翻译的功能之一就是促进文化交流,通过这种交流使人们对民族文化有所了解。不同的文化之间应该是平等的,因此不同文化之间的交流也应该是平等的。平等就意味着尊重。这种尊重既有对出发文化的尊重,也有对原作者艺术创造的尊重。仅从目标文化出发,置出发文化的实际于不顾,一味迎合目标语读者的接受方便,以致用目标文化的价值观强行归化出发文化,这是一种不尊重出发文化的行为,从某种意义上讲也是不尊重读者的行为,因为这种译法掩盖了原文的文化与艺术事实,实际上是对译文读者的蒙骗。目前,人们对翻译中的这种文化霸权主义行为已开始有所反思。这种反文化霸权主义的翻译思潮一反以往那种以读者为中心的归化式或透明式翻译方法,强调对原著的艺术创造和文化体现的尊重,主张采用阻抗式翻译(resistant translation)来揭示出发文化和目标文化之间的差异(Venuti,1992:12-13)。中国翻译界反文化霸权主义的体现就是翻译中由来已久的反归化倾向,只不过没有用反霸权主义这一名词而已。而且广大中国译者的实际行为也表明多数中国译者是反文化霸权主义的。

文本的功能也应放在广泛的社会背景下加以考查,即考察文本是如何影响文化背景下的社会结构和社会功能的。翻译使目标文化呈现出源语文化的画面,因而可以说翻译对目标文化有着深远的影响。人们从哪里获得关于异国文化的知识?又是怎样知晓异国文化与本国文化是不同的呢?人们可以身临异国文化或阅读异国文化背景中生产的原文文本来获取关于异国文化的知识。除此以外,人们还可以通过翻译这条途径来获得关于异国文化的知识。Venuti(1995a:10)指出,翻译最重要的作用就是文化身份的形成,翻译对构建异国文化具有深远的影响。翻译文本应关心他人文化和文化的整体性注视,力图展示异域文化生活方式的整体图景,通过对异域文化的整体性描绘,让读者"身临其境",了解某一现象、状态、行为、颜色、心理和方式等对于当地人的意义,通过文化他者自己的眼睛来观察和认识他们的文化系统和意义系统。译者应该像旅行家和探险家一样,如实、整体性地记录异域文化的生活方式。比如你看到的龙就是龙,而不说成虎或独角兽,你看到的是红色就是红色的,而不说成绿色或别的什么颜色。虚心地了解龙和红色在当地人眼里的意义,对他者的符号和象征系统满怀敬重和敬畏,而不是用自己的文化词汇去构建他人的生存体验,去代替他人言说。由此可见,在把异国文化传达给目标文化的读者的过程中,翻译起着至关重要的作用。

翻译史的研究表明,翻译对促进不同民族之间的文化交流和建构异质文化方面有着十分重要的作用。中国的"五四"运动见证了前所未有的大规模的外国作品和西方作品的翻译,而这些作品大部分都是以现代白话文翻译的,其语法和句法结构都极大地受到西方语言的影响,因而现代汉语在表现形式上不可避免地在某种程度上都表现出某种异国情调(foreignness and strangeness)。同理,广泛地把中国作品翻译到西方语言也极大地帮助了西方读者了解中国文化。纽马克(Newmark,1991:74)指出:

汉语中许多谈话都以"你多大年纪?""你结婚了吗?""你是干什么的?""你收入怎样?"的问话开始,可能会使西方读者感到不安而产生文化休克,但这样的问话与西方惯常的令人作呕的应酬话比起来,可能是更为有趣的招呼用语,效果会更好。通过翻译,汉语的这些表达方式都可为非中国读者所接受。(The fact that in Chinese, many conversations start with "How old are you?" "Are you married?" "What's your job" "How much do you earn? "may disconcert a Western reader, may cause temporary cultural shock but it is salutary and productive of more interesting conversation than the customary nauseating Western phaticisms. Through translation, this may break through to non-Chinese readerships.)

翻译激发了文学创作的革新和实验。翻译文学在中国文化中占有极为显著的地位。中国文学的发展受到外国文学文体极大的影响,清朝末期文学的显著特征就是大量介绍和翻译了西方小说,而翻译小说包括政治小说、历史小说和社会小说等等。大规模地翻译西方小说的一个结果就是小说成了现代中国文学十分流行的文学文体,其地位从边缘走向中心,其社会功能受到显著的重视。实际上,小说对中国的社会和政治进步都起着极为重要的作用,其中科幻小说和侦探小说的引进填补了中国文学的空白,满足了中国读者的知识需求,同时有助于传播科技知识和破除封建迷信。正是通过各种文体的相互渗透和影响,一个地区或一个国家的文学创作才得以丰富和发展并获得新的形式。一个民族要发展,离不开文化的发展,而文化的发展既要依靠自身的力量,也必须吸纳外来文化,纯粹自给自足的文化是没有生命力的。中外文化发展史表明,翻译是吸收异质文化的重要途径。

既然翻译促进文化交流,形成文化身份,对社会发展和变革有着深远的社会影响,那么什么才是一篇好的译文呢?Berman 认为一篇质量差的译文具有民族中心主义的倾向,即"在翻译的幌子下,对外国作品的异国情调实行系统的否定"(1992:4)。一篇好的译文旨在采取开放、对话、杂合和去中心的态度,使本国语言文化呈现出原文文本的异国情调,从而限制这种民族中心主义的否定态度(Berman,1992:5)。翻译是存在的方式,通过这种方式,读者可以欣赏到原作的异国情调。一篇好的译文能使读者领会原作的同时仍保留原作的异国情调(Berman,1992:224)。翻译的根本目的在于,在文本的书写过程中与他者建立关系,通过外来的东西来滋养自身。这与任何一个文化中的种族中心主义的模式是背道而驰的,因为每个种族中心主义盛行的社会都希望保持自身文化的纯洁性,并为此沾沾自喜。翻译的本质在于洞开一个新的世界,它是与源语文化之间的一场对话,一种杂交,一种对中心的消解。阅读一部译作,就仿佛是异域文化中的一场经历,如果在这场经历中所见所闻与自己在家乡的所见所闻非常相似,那么这次异域的经历就失去了它本来的意义。

外来文化客观上存在着"异",翻译时也因而产生一个"存异"的问题。但存异不是保存"不可理解"的东西,而是在如实地保存着不同的东西的同时,处理得让读者能够理解"异"之所在及其含义。莎士比亚在《哈姆雷特》中谈及戏剧的目的性时,说了一段对文化翻译也极有启发的话:"...the purpose of playing, whose end, both at the first and now, was and is, to hold, as 'twere, the mirror up to the nature; to show virtue her own feature, scorn her own image, and the very age and body of the time his form and pressure."(W. Shakespeare. *Hamlet*, *Prince of Denmark*. Act Ⅲ. Scene Ⅱ. from *The Works of William Skakespeare*, New Amsterdam Book Company, New York, 1897, p.806)("……演戏的目的,从前也好,现在也好,都是仿佛要给自己照一面镜子;给德行看一看自己的面貌,给荒唐看一看自己的姿态,给时代和社会看

一看自己的形象和印记。")(卞之琳译)

莎士比亚的这面"镜子",映照出来的不只是"自然"的外观,而且是真实地反映生活,时代的"年轮"和印记。尽管古希腊哲学家苏格拉底和格罗康进行对话时早已描述过"镜子""自然"和"摹仿"之间的关系,西塞罗和贺拉斯也认为"喜剧是人类关系的镜子",但镜子的深刻含义和价值却在不断抗拒时间尘土的覆盖中磨洗得更加明亮,成为一面能照出一切的镜子。当代翻译理论家和比较文学家乔治·斯坦纳在其名著《通天塔:语言和翻译面面观》中指出:

Though his interpretations were largely erroneous, Ficino found in Plato an enhancing mirror, a more splendid but fully recognizable image of his own and his contemporaries' features. A common humanity made translation possible (Steiner,1976:246).

尽管菲奇诺对柏拉图的译述错误特多,但他从柏拉图的著作中发现一面放大的镜子,把自己和同时代人的面貌映照得更加清晰可辨。人类的共性使翻译成为可能。

菲奇诺生活的年代,比莎士比亚早一个多世纪,他的哲学思想和创作道路也与莎士比亚迥异,但他从翻译柏拉图全集和解释柏拉图主义的整个工作中得出的有关"镜子"的见解,却是意味深长的。

鲁本·布劳尔(Reuben Brower)有一段发人深思的话:

But however free the version, a difference remains: between the act of 'making' a version or 'doing' a translation falls the shadow of another text. There are of course as many kinds of relation between poet translator and original as there are poets. Lattimore thinks of the other language as target, and aims quite consciously to impart to English readers some flavor of that otherness. (Browning aims so closely that he misses.) By contrast, there are poets who translate Russian poetry without knowing Russian, as the Elizabethans translated Greek literature from versions in Latin and French. Still, at least the shadow of a shadow is there; the mirror held up to nature is held up to the reading or the memory of reading a printed text in a language usually not the writer's first or even second language. Part of the excitement of doing a translation is the feeling of foreignness, even of the obscurity, of the haunting original (Brower,1974:13–14).

在这里,也即在翻译的领域里,"给自然照一面镜子"意味着阅读和理解非作者本族语的文本,而激发译者着手从事移译工作的,则是那萦绕着心怀的原著中的异域情调。

莎士比亚这面镜子的深刻意义,在许多作家、艺术家的论著中都有极其精辟的阐述。塞缪尔·约翰生(Samuel Johnson)在其《莎士比亚戏剧集》的序言中说:"莎士比亚超越所有作家之上,至少超越所有近代作家之上,是独一无二的自然诗人。他是一位向他的读者举起风俗习惯和生活的真实镜子的诗人。"别林斯基指出:"一个民族的诗歌是一面镜子,在这面镜子里,反映出它的生活,连同全部富有特征的细微差别和类的特征。"(别林斯基《伊凡·瓦年科讲述的"俄罗斯童话"》)

说来启发意义格外深长的是,有些语言学家和艺术家也从个别的专业学术活动和探索中,发现有关"镜子"的涵义。诺姆·乔姆斯基指出:

One reason for studying language — and for me personally the most compelling reason — is that it is tempting to regard language, in the traditional phrase, as 'a mirror of mind.' ...A human language is a system of remarkable complexity… A normal child acquires his knowledge on relatively slight exposure and without specific training. He can then quite effortlessly make use of an intricate structure of specific rules and guiding principles to convey his thoughts and feelings to others, arousing in them novel ideas and subtle perceptions and judgments. For the conscious mind, not specially designed for the purpose, it remains a distant goal to reconstruct and comprehend what the child has done intuitively and with minimal effort. Thus language is a mirror of mind in a deep and significant sense. It is a product of human intelligence, created anew in each individual by operations that lie far beyond the reach of will of consciousness (Chomsky, 1976:4).

人们对人类语言所做的解释及有关的理论,有这样那样的看法是完全正常的。乔姆斯从他的语言学理论出发,在论述人类的认识力时认为"语言是心灵的一面镜子"却有新的含义——他指的是语言是人类智力的产物,每个人重新获得它,是通过不以意志或意识为转移的程序的。所以这面镜子另有更深一层的重要意义。

我们之所以不厌其烦地列举了许多作家的"镜子"与"自然"的关系的论述,无非要说明一个问题:对外来文化的理解,应争取像镜子那样反映自然。人们知道,每一种文化都同特定民族有着特殊的历史"血缘"关系,不是外来的东西所能随意改变或代替的。翻译中以此代彼、以我代人,在不少情况下既不合适,也"代"不了,而且如上所述,有碍于交流和相互了解。"代"的实际含义是"融合",是"归化",这从整体上说是不科学的。17世纪法国人让巴蒂斯特·德尼往人身上输羊血,发生了死亡事故,因为当时人们对于血型系统和血型分类及其在医学上的应用还缺乏知识,不懂得输血时供者与受者双方的血型必须相同或相容,否则会导致溶血或凝血的致命后果。不同文化具有不同的思想基础、不同的价值观和世界观,因此,不同文化间的翻译,如果任意拿自己的东西去代替别人的东西,把一种异质的文化"血液"输入到另一种文化的"血液"中去,这无异于往人身上输羊血,得到的不是文化交流,而是文化"凝血"。也许有人会认为,拿自己的东西去代替别人的东西,容易在读者中取得"喜闻乐见"的效果。这种看法未必全面。"喜闻乐见"不同于因循守旧,不要把读者看成是不能接受新事物、缺乏理解力和想象力的人。这里有一个发人深思的有趣的例子:3世纪兴起于波斯的摩尼教(Manichaeism),是按照东方传统的二元论建立起来的,它把世界视为光明与黑暗进行永恒斗争的场所,而生命的意义则在于帮助光明战胜黑暗,善战胜恶。这意味着在摩尼教的教义里,宏观世界和微观世界两个体系合而为一了。在宗教史上出现了一个绝无仅有的现象:摩尼教把原来属于基督教、诺斯替教(Gnosticism)、琐罗亚斯德教(Zoroastrianism)、袄教(Parsiism)和佛教的思想,兼收并蓄,纳入自己的机体,并宣称自己是所有宗教的继承者。在摩尼教的经籍里,亚当和挪亚、琐罗亚斯德和佛陀、亚伯拉罕和耶稣,全都成了摩尼的先知或先驱。这是典型的"宗教综合倾向"。摩尼教徒随意把不同的外国神灵摆进自己的万神殿,或把他们和摩尼教的高级法师或抽象信条相提并论,拼凑到一起。摩尼教的法师为了传教的需要,不顾所在国历史文化传统的不同,硬把那里的传说、神话、宗教信条和观念拿来"为我所用",企图在所在国的听众和读者中取得"喜闻乐见"的效果。也正因为这样,在中世纪的伊朗的抄本里,用叙利亚文写的摩尼原著中的人物,起的是伊朗的名字:称始祖为阿胡拉·玛兹达,称滋养万物之神为密多罗等。在中亚的残卷里,摩尼常常被描绘成佛的最后化身,此外还提到另一些佛和菩萨的名字。在东亚,摩尼教的神学文章经常采用佛经的形式,而在欧洲,则取希腊护教论或书信的形式。这种煞费苦心、舍异求同的巨大"入乡随俗"的努力,并没有给摩尼教带来些许的好处,刚好相反,它把别人和自己都变得面目全非,难怪几乎所有和摩尼教有过接触的宗教,都倾向于把它视为自身的异端。其所以如此,说来也不难理解,因为摩尼教也和其他宗教一样,有着自己的教义和原则,可是传教时为了达到目的而不择手段,只要对我有利,便可不分彼此,弄得你中有我,我中有你,出现了体系混乱。在这种情况下受到抵制和非难是理所当然的。这就难怪到了5、6世纪,摩尼教在西欧基本上已经绝迹,而12世纪前后在中国也已到了烟消云散的境地。

这个例子对文化翻译很有借鉴意义。上面我们指出"入乡随俗"的原则不宜直接地应用到文化翻译中去,这里面有个互相尊重的问题——既尊重别人的历史,又尊重别人的民族感情,而归根到底,也是尊重自己的历史文化,尊重自己的读者,相信他们对原著的文化信息具有必要的理解力和鉴别力。所以一定要应用"入乡随俗"的原则的话,那么它应该是个逆向的"入乡随俗"。

翻译应该保留原文的异国情调,并通过与异域文化的接触丰富民族文化。过分透明的译文会阻碍译文读者领略原文的异质文化,译者应尽量保留原作的"风姿"。其实,在文学译本读者的阅读心理中,因好奇而猎奇的阅读动机占了不小的部分。人们不满足于一切已成定式的东西,所以总喜欢能看到一些反定式的背离,这在语言上表现得尤为突出,很多以往翻译教师们认为不可直译的表达方式早已被所谓"70后""80后"和"90后"所颠覆,如以往课堂上老师说 meet one's Waterloo,不可译成"遭遇某人的滑铁卢",而要译成"遭到惨败",born with a silver spoon in one's mouth,不可译成"含着银匙出世",brain storm 不可译成"大脑风暴",等等,认为那样的翻译是死译、硬译、呆译,但打开当今的报纸和网页,我们不难发现这些表达方式均已被中文的原创作品以死译的形式广为传用,甚至成为一种时尚。施莱尔马赫指出:

有一种内在的必要性驱使我们大量地翻译,它清楚地表达了我们人民的特殊呼声;我们不能回到过去,我们必须继续前进。只有大量地移植异域的植物之后,我们的土壤本身才变得越来越肥沃;我们的气候才变得越来越和煦,正因为如此,我认为我们的语言只有通过与外语的多方面接触才能保持蓬勃发展、四季常青,才能完全激发其生命力,但是由于我们北欧人的惰性,我们很少去尝试(Schleier-macher,2004:62)。

施莱尔马赫的该段文字英语原文为:

An inner necessity, in which a peculiar calling of our people [the Germans] express itself clearly enough, has driven us to translating *en masse*; we cannot go back and we must go on. Just as our soil itself has no doubt become richer and richer fertile and our climate milder and more pleasant only after much transplantations of foreign flora, just so we sense that our language, because we exercise it less owing to our Nordic sluggishness, can thrive in all its freshness and completely develop its own power only through the most many – sided contacts with what is foreign.

关于这种"内在的必要性",诗歌翻译家赫尔德(Herder)对哲学和语言问题深有研究,他清楚地体察到一种愈来愈强的异域文化对于德意志民族的影响力。在谈到外来语和母语的关系问题时,他形象地写道:"学习异族语言并不意味着忘本,周游列国也并不是想彻底改变自身的风俗习惯。"这对翻译来说有两层含义:其一,翻译如果盲目崇外,必然丧失自我;其二,充分地再现异族语,是为了完善自身的语言(许钧,2001:248)。赫尔德也清醒地意识到本族语在文化上的局限性,并力图借助外来语来弥补本族语的缺陷。由此可以看出,在赫尔德那里,译者的任务不是把作者从国外带到读者的面前,相反,译者要带着读者到国外去,把读者引领到原作者的面前,即使路途遥远、旅程艰难也毫不顾忌,只有亲身经历这样的旅程,才有可能寻到源语文学或是源语文化中的宝藏。在赫尔德看来,对于异域的文本,译者应该忠实地传达,以资借鉴,扩充本民族的语言。在谈到异族语言与本族语言的关系时,他写道:"每当我徜徉于异国的园林,总想摘下几朵那里的鲜花来装点我亲爱的祖国语言……"(许钧,袁筱一,1998:120)。而要想对自己的语言有所扩展,就要通过忠实地再现异族语言来实现。如果在翻译中对异族的语言进行排斥,总是用自己的语言去表达异域的新鲜事物以及新鲜的思想、概念,语言的扩展就无从谈起。

继赫尔德之后,歌德对于翻译的思考揭开了德意志民族文学与世界文学交融运动之大幕,他所提出的"世界文学"的概念反映了他的文化心态,这种开放的文化心态使歌德十分推崇异化翻译,提出了翻译的三类型说:第一类是为了解异域文化,以本土术语表达外来思想,采用散文体;第二类为进入异域文化语境,挪用外来思想,采用"仿拟体";第三类完全认同原文,放弃本民族特色,这是翻译发展到最后阶段、层次最高的一类,即异化翻译(Goethe,2004:64 – 65)。歌德在谈到外来介入给文学提供活力时指出:

In the end every literature grows bored if it is not refreshed by foreign participation. What scholar does not delight in the wonders wrought by mirroring and reflection? And what mirroring means in the moral sphere has been experienced by everyone, perhaps unconsciously; and, if one stops to consider, one will realize how much of his own formation throughout life he owes to it (Berman,1992:65).

"翻译的本质是'意义'的翻译,即翻译文本的全部内容。一旦从这一观点来看待翻译,翻译就成了浅薄的语义调解"(Essential to translation would be the transmission of "meaning", that is, the universal content of any text. As soon as this is postulated, translation acquires the shallowness of a humble mediation of meaning.) (Berman, 1992:187)。这样的翻译就是以牺牲原文中具有鲜明文化特色的形式和所指为代价,在所谓"内容"层面上进行的翻译。事实上,翻译应涉及两个方面:从狭义的角度来讲,翻译就是把一种语言所表达的内容转换成另一种语言的内容;从广义的角度来看,翻译是把一种语言的文化内涵转换成另一种语言的文化内涵。毫无疑问,翻译的一个基本原则就是对原文的忠实。根据这个原则,翻译应忠实于原文所表达的内容和文化信息。译者必须以适当的方法辩证地处理好翻译所涉及的这两方面。然而,如果从文化交流的角度来看,译者的任务便是把一种语言的文化内容转换成另一种语言的文化内容。因此,译文是否忠实于原文在很大程度上取决于译者对两种语言的把握程度以及对两种语言所表达的文化内容的细微差异的高度敏感。看来,翻译不可避免地会遇到文化问题和文化的表达问题。

第二节　文化转型与翻译策略定位

文化转型是指在某一特定的历史条件下,文化的发展表现出明显的断裂或危机,同时进行急遽的重组和更新。这一时期即称为文化转型期(乐黛云,1998)。中国文化和西方文化在其历史发展的进程中都经历过几次大规模的文化转型。西方文化几次比较显著的转型是:希腊—罗马时期的文化转型;文艺复兴时期的文化转型;19世纪至20世纪资本主义全球性发展阶段的文化转型。中国历史上几次影响较大的文化转型是:春秋战国时代的诸子百家争鸣;汉唐时期佛教的传播;鸦片战争后的文化近代化转型;五四时期的文化现代化转型;改革开放时期的文化当代化转型。20世纪是一个风云变幻的世纪,在这个世纪的下半叶,"政治冷战"转向"泡沫经济",到世纪末进一步转向"知识经济"和"文化对话"。左右人类政治、经济和文化生活的不再是冷战式的二元对立,而是多重文化政治经济因素的"交互整合"。在全球文化多元化这种大气候之下的中国,由于实行改革开放,走社会主义市场经济的现代化强国之路,香港、澳门回归,加入世贸、申奥、信息时代、知识经济,跨入了一个崭新的文化圈。当今的中国,处在世界文化多元化的总体氛围中。文化论争的尖锐冲突,大众传媒的不断扩张,全球化市场的分裂和重组,以及以经济为主轴的世界舞台的日益复杂化,这些都使中国文化的发展既面临着挑战也充满着机遇。

文化转型与翻译是一种互动关系。首先,翻译能够激发、推动和加快文化转型。随着翻译理论界对文化研究的深入，人们已经意识到一个不可忽视的事实，几乎每一次大规模的文化转型都打上了翻译的烙印。例如，罗马帝国征服希腊之后，通过大量翻译希腊的文化典籍，在吸取希腊文化精髓的基础上，建立了自己的先进文化体系；日本在被美国军舰打开国门之后，大规模翻译中国和西方文献，从意识形态上，加快了日本从封建社会文化向资本主义文化转型；中国在五四运动之后，通过翻译从苏俄学到了马克思主义，对推动中国人民进行反帝反封建的运动和加快中国现代化的进程具有深远的历史意义。

其次，文化转型需要通过翻译吸收异质文化达到重构本土文化的目的。文化转型使原有的主体文化不再占据文化的中心位置，主体文化发生了断裂，形成了文化空白。这种断裂和空白需要吸收异质文化来填补，并重构新的主体文化，因此肩负起这一历史使命的就非翻译莫属了。正如福柯（Foucault）指出："翻译话语的'主体'所面临的是不安全的处境，对于主体，它意味着对自我的整合性的否定。在主体不能自给自足的时候，'他者'也不能自足，主体就会发生弥散，与他者聚合"（许宝强、袁伟，2001：6），重构新的主体。

一、文化转型与翻译定位的必要性

在当前的文化转型期，对于翻译研究这门长期以来被压制在学术理论"边缘地带"的学科，其前途如何把握将是翻译理论研究和文化研究工作者需要认真予以思考的中心问题。翻译理论界首先要以理性开放的心态去面对文化的多元竞争。21世纪新人文主义的重要内容是坚持文化的多元共存，力求不同文化之间互补、互识和互用，以避免尖锐的文化冲突酿成新的不幸，同时抵制以消灭人类文化多样性和丰富性为目的的趋同论，即提倡各文化之间"求同存异"和"平等对话"，反对"文化霸权主义"（cultural hegemony）和"民族中心主义"（ethnocentrism）。中国文化在这历史关头，不能退回到民族中心主义的思维模式之中，而只能在吸收优秀异域文化的基础之上，丰富和发展本族文化，与文化霸权主义抗争。

在当前的文化转型期，要实现文化的"求同存异"和"平等对话"，对翻译这种跨文化交际活动来说，既是前所未有的机遇，也是历史性的挑战。为实现这一目的，翻译工作者必须对自己所进行的活动定位，对自己的形象定位，否则译者不是有意无意地帮了"文化霸权主义"的忙，就是把自己框死在"民族中心主义"的思维模式里。诺贝尔文学奖的获得者——印度诗人泰戈尔（R. Tagore）的译作曾在英国风靡一时，然而他的名誉经不起时间考验，泰戈尔很快就成了众矢之的，因为"从他所译的英文作品中，我们看到的是另一个泰戈尔，他是殖民主义者的一个可卑的跟随者,因为他把自己拴在文化霸权的绳子上,以一种仆人对主子的口吻译他的诗。他那种牺牲印度文化为代价去迎合英文读者的译法使他的作品遭受了毁坏性的灾难"(Bassnett & Lefevere,1990:63)。可以说,泰戈尔受到抨击不是因为翻译水平不高,而是因为他对殖民时期翻译的使命认识不够,使自己无意识地成了文化霸权的帮凶。由此可见,对于翻译功能的定位以及翻译中文化缺省补偿策略的研究是一个紧迫的问题,因为翻译是一种有目的的文化交流活动,理论上的盲从无益于文化的平等对话和求同存异的真正实现(王大来、张景华,2002/3:104)。

在文化转型期,文化的多元化打破了文化的疆界,也打破了学科的疆界,大量新的理论和方法被引进。翻译研究应该从字面的转换拓展为对文化内涵的阐释,因此翻译本身就是一个文化问题,尤其是涉及两种文化的互动关系和比较研究。到 20 世纪末,东方文化已经崛起,与西方文化共存共处的同时,"西方中心主义"文化本身已出现某种危机,西方一些有识之士开始逐步认识到东方文化的价值内涵。因此"弘扬东方文化和开展东西文化对话已成为翻译工作者义不容辞的任务"(王宁,2000/1:13)。文化转型期的翻译,相对于文化稳定期,最大的差异就是文化转型期的翻译更注重文化阐释,以满足人类的文化交流的需要。因此,在文化多元化的时代,翻译更应该体现出其文化交流功能,但这种交流必须建立在平等对话的基础之上。在过去几十年中,文化交流的最明显特征是弱势文化对强势文化的引进和输入形成了文化上的"逆差"。以我国为例,把外国文化介绍到中国无论从数量上还是质量上来说远远胜过把中国文化介绍到外国。中国在西方人眼里还是一个十分神秘的字眼。要打破这种局面,翻译界必须把握东方文化崛起和文化多元化这个契机,吸收外国先进文化为己所用,并把中国文化推向西方世界,从而完全打破西方中心主义的神话,使世界真正进入一个文化多元共生、平等交流的时代。

二、文化转型与翻译策略定位

翻译不仅仅是语言之间的转换,更重要的是文化之间的交流。翻译究竟是应该以源语文化为归宿还是以目的语文化为归宿?是"异化"好还是"归化"好? 韦努蒂(Venuti)和奈达(Nida)是这两派的代表人物,这两派似乎都有自己的道理,因此也有人认为这两种方法并不互相矛盾,而是互为补充。所以对于文化翻译的策略一直是翻译理论界感到困惑的问题,其根本原因是没有把这两种方法置于特定的历史和文化环境中去考察。

在文化转型期,文化缺省补偿策略究竟采用"归化"法好,还是"异化"法好?提倡"归化",理由不外乎有两条:其一,归化可以保持本族语的纯洁性,抵制外来文化的入侵;其二,可以消除目的语读者对源语文化的理解困难。如果这种策略运用到文化全球化和文化多元化的时代,显然是不合时宜的。

首先,归化造成了文化阻隔,尤其是在文化转型期,这种策略具有典型的文化霸权主义和民族中心主义倾向。文化霸权主义通过所谓的归化篡改弱势文化,对弱势文化的精华,要么只字不提,要么蜻蜓点水一笔带过,对弱势文化的垃圾却大做文章。例如英国在印度殖民时期,东印度公司的翻译通过归化丑化本土文化,篡改印度历史,掩盖殖民冲突,召唤殖民文化。殖民者还认为"土著民之诚不足以信,雇佣他们做翻译是极其危险的事"(许宝强、袁伟,2001:125-144)。民族中心主义通过归化抬高本土文化的地位,认为本土文化优于异域文化,其结果是既阻碍了优秀异域文化的引入和移植,又阻碍了本土文化向异域的传播。特别是弱势文化夜郎自大,只会延缓本土文化的发展和更新,使本土文化永远处于世界文化的边缘。提倡归化的译者通常披着"通顺"的面纱攻击异化,指责异化的译文生硬难懂。在20世纪30年代,鲁迅先生与"新月派"之间就所谓的"硬译"展开的论战,鲁迅以一种激进的态度,在《鲁迅全集》第10卷的《译文序跋集》中,表明了翻译必须贴近原文的立场。硬译本是梁实秋强加给鲁迅翻译的一个否定性的判断,它的潜台词是"死译"。而硬译的功能,正如瞿秋白在给鲁迅的信中所强调的,除了介绍"其内容给中国读者之外,还有创造新的现代言语的功能"。从某种意义上来说,鲁迅、瞿秋白的立场与福柯所说的"主体"与"他者"的"聚合"论不谋而合。如今重新阅读他的翻译论,令人惊讶的是发现里面竟隐藏着如此丰富的理论资源。历史发展到今天终于证明了他们当时的立场是正确的,瞿秋白在给鲁迅的信中说:"中国的文或话,法子实在太不精密了,换一句话,话是脑筋,有些糊涂。要医这病,我以为只好吃一点苦,装进异样的句法去,古的、外省或外府的,外国的,后来便可以据为己有"(《鲁迅全集》第371页)。倘若没有当年的那场激烈的论战,"子曰诗云"之类的语言何以进行今天科学论文的写作。所以,在新一轮文化转型到来之际重新反思过去,对于采取何种翻译策略以及文化缺省补偿策略应该有所启示。

其次,异化不仅是反对文化霸权主义和抑制民族中心主义的策略,而且是把本土文化推向世界的积极手段。韦努蒂指出:"异化的翻译能够抑制民族中心主义对原文的篡改,在当今的世界形势下,尤其需要这种策略上的文化干预,以反对英语国家文化上的霸权主义,反对文化交流中的不平等现象。异化的翻译在英语里可以成为抵御民族中心主义和种族主义,反对文化上的自我欣赏和反对帝国主义的一种形式,维护民主的地缘政治关系"(郭建中,2000b/1:50)。韦努蒂反对英美传统的归化,提倡异化,其目的是发展一种抵御以目的文化占主导地位的翻译理论和实践,因此韦努蒂称异化为"抵抗式翻译"。这种翻译策略不仅可以吸收外来文化为己所用,还可以把民族文化推向世界。19 世纪 30 年代的捷克翻译家约翰·包尔林(John Bowring)为了实现本民族的文化复兴,他一方面以异化为策略翻译欧洲文献,把西方文化介绍给本国人民。另一方面,他又从另一个角度,使自己的使命充满了神秘感,他通过异化的翻译把鲜为人知的捷克文化带到西方文明的光芒之下,他的努力为民族的文化发展和复兴做出了贡献。

再次,全球文化的多元化使人类的文化交流越来越频繁,使人们的求异心理越来越强烈。信息高速公路是"后大众传播时代"的产物,它不仅使发达国家的最新技术迅速推进到第三世界,也对全球文化的多元化和文化交流起着促进作用。当代信息传播的时效性、思想方式的全球性和生活方式与文化方式的同步性,使大量英语词汇被直接音译成汉语,语音层上的有"克隆""网吧""伊妹儿""沙龙""欧佩克"等;甚至一些英语文化词语如"掉鳄鱼眼泪"(shed crocodile tears)、"塞得像沙丁鱼罐头一样"(It was packed like sardines)等也在汉语杂志报刊中登上大雅之堂;我们还发现圣诞节、情人节、快餐等相继走进我们的生活。与此同时,中国文化也开始走向世界,例如西方来华的留学生逐年增加,国外也出现了研究中华文化的"汉学热"和"中医热"等。可以说,现阶段的中外文化交流完全是双向的。事实说明,任何一种文化都需要吸收异质文化的精华,丰富和完善自身的语言文化,同时将自己的语言和文化介绍出去。因此,这种求异心理也是双向的。在文化转型期,各种文化共存,相互竞争,这种求异心理比文化稳定期更为强烈。所以,在文化转型期,译者无论是译入还是译出,都要力求保留原作的风姿,满足文化交流的需要和人们求异心理的需要。

在西方殖民主义者为了满足自己的贪欲大肆掠夺殖民地、视殖民地人民生命如草芥的背景下,阿尔贝特·施韦泽提出把"敬畏生命"作为最基本的伦理原则;在人类为了自己的生存和贪婪恣意毁坏森林、杀戮动物、造成大量种群灭绝或濒临灭绝的背景下,人们开始意识到施韦泽的"敬畏生命"应该成为对待包括动物在内的一切生命的最基本的伦理信条;在人类文化趋同、语言以每两周一门的速度从世界上消失的后殖民全球化背景下,我们提出把"尊重差异、敬畏文明"作为跨文化交往中对文化他者所应该担当的最基本的伦理道义。

这种伦理道德意识的觉醒是在当今全球化趋势不断增强的情况下出现的,也可以看成是对全球化和一体化的一种抵抗姿态。关于全球化的讨论,尤其是关于人类多元文化在世界经济和政治一体化过程中的前途和命运问题,一直存在两派对立观点。一派观点认为,全球文化并不是世界各地文化平等参与、融合的结果,而倾向于形成一种霸权式的主导文化,担心"全球的文化差异被挤进一个主导的枯竭的同质化的文化之中"(约翰·汤姆林森,2002:105)。另一派则对一个单一的全球社会和文化充满热情,乐意看到地方语言和文化的消亡,因为,"文化没有在根本上与差异结合在一起,文化也不是普遍概念本身的对立面。人类可能存在着某种共同的、潜在的存在状况,它对这个星球上的所有人都适用,在此基础上可能还有某种普遍的价值观"(约翰·汤姆林森,2002:98)。

在这里,我们认同前一种观点。所谓"普遍的价值观",也不过是汤姆林森所批评的种种前现代种族中心主义的现代版本,不过是自身价值的投射,包含着"强取中心的恶意"。在意识形态批评中,马克思就曾经揭露资产阶级把自身特殊利益装扮成全人类普遍利益的伎俩。政治哲学家约翰·格雷指出,有关人类普遍文明的观念是启蒙运动有关人类历史进步的普遍原则的一部分,它"把文化差异当作物种的昙花一现或是附带现象,是历史中的一个过渡阶段"(Gray,1997:177)。他还说,普遍主义是西方知性传统中最"基础的"文化原则,它出现在"苏格拉底对受审视生活的规划中,出现在基督教对所有人类进行赎罪的使命中,出现在启蒙运动对普遍的人类文明进步的规划中";它是"西方知性传统中最无用、同时也是最危险的一种形而上的信仰",即相信"地方的西方价值观对所有文化和所有民族都具有权威性"(Gray,1997:158)。正是出于这种信仰,世界历史将走向终结,终结于西方的资本主义市场经济制度和自由民主的政治制度。

诚然,西方资本主义自由市场已覆盖全球;但这正是西方长期以来努力把非西方文明纳入自身体系的结果,是历史的偶然发展而已,并不是人类不可避免的必然命运。对于全球现代化的本质,叶维廉一针见血地指出:"全球化在本质上是过去殖民活动换汤不换药的重新部署,其行径亦步亦趋地翻版了工业革命时期货物过剩欲求打开世界市场而对第三世界展开的侵略,只不过采用了另一种瞒天过海的手段而已"(叶维廉,2002:146)。把自己特定的社会模式说成是人类发展可依循的最合理的、唯一的普遍模式,把自身利益伪装成全人类的利益,这只能是一种自我中心主义的操控,不可能是全人类的福祉。事实上,消费经济所造成的对资源的掠夺和浪费、对环境的污染和破坏已经产生严重后果,享受着现代便利的人们也并没有感受到比前现代时期更多的幸福。

正是在这种背景下,人们开始认识到全球化的"文化帝国主义"性质,开始认识到某种主导的价值观、消费观和生活方式对边缘的、脆弱文化的遮蔽和威胁,开始对同质化产生怀疑和恐惧。也正是在这种背景下,人们开始注意到一个令人震惊的当代现象:语言的加剧死亡。

一种语言的霸权导致其他语言的消亡,这是一种历史必然吗?凭借这种单一语言的巴比塔人类能登入幸福、和睦的天堂吗?人们的回答是否定的。致力于保护地方语言和文化的思想家乔治·蒙比奥特认为,只有维持语言和文化的差异性,才能促进世界和平。他说:"如果语言灭亡了,随之而来的是意义的消失,这就损害了所有人要维持和平、使生活富有意义的能力……没有多元主义也就不可能有和平。在社会中,就像在生态系统之中一样,多样性是稳定性的基础"(Monbiot,1995:13)。

对于全球化浪潮下的各种文化,乐黛云坦言自己的观点,文化"不应该一体化。文化从来就是多元的,各个人类群体的生存环境不同,传统和习惯不同,文化也就不同。保持多元文化,也就是保持一种文化生态。我们都很注意自然生态的保护,要有各种动物,各种植物,各种不同的品种维持一种自然的均衡,这叫作自然生态。文化生态也是一样,必须有不同文化相互启发,相互促进,才可以有发展的前途。……没有树林的覆盖,没有多样化的自然发展,没有各种生物的相生相克,那么就会变成一片自然的沙漠。文化也是一样,如果我们没有不同文化之间的'和而不同',没有'和实生物,同则不继'的原则,我们的文化也会变成文化沙漠"(乐黛云,2003:307-308)。充分尊重和平等对待文化他者世代相传的语言、思想、信仰、知识、习俗、法律、技艺、价值、象征符号中与自己不同的地方,这才是人类的福祉。

三、文化转型与译者形象定位

在不同时代不同文化语境下,译者都被赋予了不同的形象,这些形象可以在一定程度上反映当时的时代背景和文化背景。在考察译者的形象时,我们还要结合当时的时代、文化背景,历史地、全面地加以剖析。各种文化要增进了解,消除隔阂,必须通过译者的努力才能实现,所以在文化转型期,对译者的形象加以定位是很有必要的。译者的典型形象可以归纳为以下几类:

第一,"征服者",这是哲罗姆(S. Terome,340—420)所宣称的,"将原文的思想内容视为囚徒,用征服者的特权将其移植到自己的语言之中"。这一名称反映了罗马时代各民族之间战乱频繁、各文化之间是征服与被征服的关系。第二,"画家",德莱顿(J. Dreden,1631—1700)用绘画来比喻翻译,主张译者应该尊重源语文化,他指出原作者的意思"神圣不可侵犯",在翻译中,源语文化与目的语文化是平等关系。第三,"媒婆",这是 1920 年 12 月郭沫若在给《时事新报·学灯》编辑李石岑的信中提出来的,他在信中称,"我觉得国内人士只注重媒婆,而不注重处女,只注重翻译,而不注重产生。……处女应受到尊重,媒婆应稍加遏抑"。郭沫若用"处女"比喻创作,"媒婆"比喻翻译,体现译者处于译文与原文之间,协调源语文化与目的语文化的关系。第四,"盗火者",这是鲁迅在 1930 年 3 月发表的《"硬译"与"文学的阶级性"》一文中,提出了普罗米修斯这一译者形象,说明了译者在介绍外国优秀文化方面所起的伟大作用(屠国元、肖锦银,1998/2)。

在文化转型期,各国文化多元共生、平等互补,所以译者对于翻译,既要警惕文化霸权主义的倾向,又要防止民族中心主义那种妄自尊大的倾向。"征服者"的形象是典型的文化霸权主义话语。"画家"的说法体现了对源语文化的尊重,也体现了源语文化与目的语文化的平等关系,所以它相对于"征服者"显然是一种历史的进步,但这种说法还不足以体现译者在文化转型期的使命感。"媒婆"的形象虽然有一定道理,但也不可取。郑振铎于 1921 年 6 月 10 日在《文学旬刊》上发表了一篇"杂谈"《处女与媒婆》来与郭沫若争论,"把翻译的功能看差了","处女(指创作)应当尊重,是毫无疑义的。不过视翻译的东西为媒婆,却未免把翻译看得太轻了","翻译的大功用不在于此"。"翻译在一国的文学史变化更急骤的时代常是一个最需要的人","引进户外的日光和一切美丽的景色,这种开窗工作便是翻译者所努力去做的!"(陈福康,1992:224-227)所以,在中国文化现代化转型这一"更急骤的时代",鲁迅先生对译者形象的定位与郑振铎所说的"打开窗户引进户外的日光和清气和一切美丽的景色"的翻译工作者是完全一致的。鲁迅认为译者的形象应该是这样的:

人往往以神话中的 Prometheus 比革命者,以为窃火给人,虽遭天帝之虐待不悔,其博大坚忍正相同。但我从别国里窃得火来,本意却在煮自己的肉的,以为倘能味道较好,庶几在咬嚼者那一面也得到较多的好处,我也不枉费了身躯……然而,我也愿意于社会上有些用处,看客所见的结果仍是火和光(陈福康,1992:289-290)。

这是一个非常震撼人心的形象,反映了鲁迅博大坚忍的品格。从翻译的角度来看,似乎不完全贴切,但在文化转型的历史背景下,这种翻译的目的论,是与时代相适应的。在当前的文化转型期,要真正实现各民族文化多元共生、平等对话,译者的形象应该既是"画家"又是"盗火者",只有这样,各民族文化才能平等对话,既能从外国文化中吸取精华,为自己所用,又能在繁荣民族文化的基础上,把民族文化推向世界,促进全球文化的共同繁荣。

古人云:"文章合为时而著。"翻译,作为第二次创作,也应该反映时代的变化和需要。人类进入21世纪,科技的进步、现代传媒的发展和经济的全球化把世界文化的发展推进到一个新的历史阶段。而对全球文化的多元化和东方文化的崛起,文化界提出了把文化的"平等对话"和"求同存异"的口号作为文化交流的准则。笔者认为,作为文化交流的重要手段的翻译,要以繁荣民族文化和世界文化作为目的,以文化的平等对话和求同存异为原则,采取偏重异化的策略。文化转型期的翻译工作者既要有"画家"的责任感——忠实地表达源语文化,又要肩负起"盗火者"的使命——吸收外国先进文化。

第三节　译文读者文化探索享受的获得

一般说来,对文化缺省的处理有两种方法:一种是以源语文化为归宿,另一种是以目标语文化为归宿,即异化和归化。异化意味着使译文读者接近异国文化,使译文读者看出异国文化与本族文化的不同。归化意味着使异国文化紧贴目标文化读者,使目标文化读者毫无困难地阅读译文。换言之,归化就是为了方便目标文化读者,用目标文化代替源语文化。

施莱尔马赫指出,有两种翻译方法:译者要么尽可能不去打扰作者,而让读者向作者靠拢;要么尽可能不去打扰读者,而让作者向读者靠拢。前一种方法就是我们所说的"异化",后一种方法就是我们所说的"归化"(郭建中,2000a:191 - 192)。归化法是译者为了制造透明、通顺的译文而将异域文化的差异性降低到最低程度的翻译策略。而异化法是指译者为了故意对目标文化的规范进行冲击而保留原作中一些差异特征的翻译策略。"异化法"和"归化法"是以译者向原作者靠拢还是向译文读者靠拢来划定的。向原作者靠拢的译文为"异化"的译文,相应的翻译策略为"异化"的翻译策略;相反,向译文读者靠拢的译文为"归化"的译文,而相应的翻译策略为"归化"的翻译策略。

有人认为异化不能消除译文读者对源语文化理解上的困难。这种观点首先忽视了文化的兼容性;其次,这种观点把归化视为翻译中解决文化缺省的唯一手段。例如:"Where there is smoke, there is fire." 中文读者是见过 "fire" 和 "smoke" 的,这种具有文化兼容性的成语,又何必译成"无风不起浪"呢? 对翻译中文化缺省所造成的理解困难,可以通过阐释法来解决,倘若运用归化法,译文读者永远不能从根本上理解源语文化,更谈不上从心理上接收源语文化。

当两种语言所表达的文化价值差异巨大时,归化的问题在跨文化翻译中就显得尤为突出。《红楼梦》中刘姥姥的一句中国习语"谋事在人,成事在天",杨宪益和夫人戴乃迭将其译为"Man proposes, Heaven disposes",而霍克斯将其译成"Man proposes, God disposes"。杨保留了原文"天"(Heaven)的形象,传达了道家的观念和中国封建时期乡村妇女的信仰。霍克斯为了补偿英语读者的文化缺省,把"Heaven"形象转换成了"God"形象,认为信仰基督教的读者可以更容易地接受这一形象。但是这一形象转换虽然适合西方读者的心理文化,却歪曲了旧中国乡村妇女的宗教信仰,因而是不恰当的。把《圣经》从希腊文翻译成英文,有些译者认为在英语中"demon-possessed"(着了魔的)的自然对等就是"mentally distressed"(精神苦恼的)(Nida & Taber, 1969:13)。然而,这只是一种文化翻译,没有把圣经时代人们看待事物的观点和文化观念加以考虑。同样,译者不应该把"祝您圣诞节好,求上帝保佑您万事如意"改译成"祝您春节好,求菩萨保佑您万事如意"。"译者应该记住他的任务是语言翻译而不是文化翻译"(Nida & Taber, 1969:13)。

一个大家都很熟悉并反复讨论的例子是霍克斯(David Hawkes)对《红楼梦》的翻译。当他把《红楼梦》翻译为 *The Story of the Stone* 介绍给西方读者的时候,为了让西方读者更容易接受并欣赏中国这部古典名著,采用了许多归化的翻译方法。就拿《红楼梦》第一回的《好了歌》为例,译者对中国文化中特有的一些表达方式的翻译就有普遍化、归化的倾向。比如在《好了歌》中,对译者来说最大的障碍是"神仙"、"孝顺"等词,在译文中分别被霍克斯处理为 salvation 和 grateful。"神仙"是道教的概念,按道教的说法,是修道成功的人,与西方基督教宣扬的人死后的救赎而享永生有一些相似之处,因而被翻译为 salvation,但是这种用基督教中的概念去代替中国道教的做法只能误导西方读者,掩盖了两种文化在宗教上的差异。"孝顺"在中国文化中也有着特定的文化内涵,指尽心奉养父母,完全顺从父母的意志。在译文中译者对它们进行了抽象化处理,用一个非常抽象的词来代替这个本来具有特定内涵的词汇,将它处理为 grateful,其结果是把原文中反映汉语文化的差异性的东西给一笔勾销了。在杨的译文中杨宪益夫妇在其译本 *A Dream of Red Mansions* 将这两个词分别翻译为: immortal 和 filial,较好地保留了汉语文化的差异性。

目标语的词语在特定的情景里载荷着特定的文化背景情味,源语的情况也是如此。现在倒转过来,让原来载荷自己独特的历史文化的目标语,去代替源语载荷它的文化,连同它的感情色彩等。目标语这一方面所有的,往往为源语那一方所无,源语读者由于历史文化背景的种种因素,在阅读本国作品时产生强烈反应的东西,对目标语的读者来说,可能引不起同样的反应。但这完全不是由于译者理解上或表达上的缺陷造成的,而是因为一方的语言文化里所有的往往为另一方所无。译者不能"无中生有",一方的语言文化里非常敏感或牵动感情的事物,对另一方不能直觉地产生类似的作用,译者无权为了产生"等效"而随意改动形象。例如以养猪业为畜牧业主体的国家,翻译《圣经》时如把"牧羊人"改为"牧猪人",把"羊群"改为"猪群",也许能在他们的读者中间产生"等效"。但从文化功能的角度上看,却是不合适的,因为在基督教文化里面"牧羊人"(牧人)用以喻耶稣,而"羊群"则喻教徒,都变成了"猪",是和那个文化背景不相容的。所以"读者反应"在翻译工作中虽有其积极意义的一面,但也存在着它的局限性,这是必须注意到的。为了进一步探讨这方面的问题,让我们再看个例子:自然界有许多奇山异水和美景秀色,人们只要置身其中便能够欣赏。但有些自然风光,除了他本身的自然美所具有的普遍欣赏价值外,还注入一些特殊的民族历史文化事件,带来种种不同的背景情味和感情色彩,产生特殊的欣赏价值。一个普通的外国旅游者登上了庐山,也会为那里的自然美景所吸引而流连忘返,但他并没有感受到一个中国人所感受到的一切:对中国人来说,它不只是自然美景,而且是文化名胜。人们在欣赏大自然风光的同时,脑海里会浮现出谢灵运、李白、孟浩然和历代诗人咏庐山的诗篇,还会想起五代后梁名画家荆浩的《匡庐图》和无数画家卷轴中令人神往的看得见和看不见的庐山面目。这种情况正如敦刻尔克(Dunkirk)不单是一个法国海港,而滑铁卢(Waterloo)也不单是个比利时的地名:它们除了地理意义之外,还包含着历史文化上的种种背景和联想。文化背景是一种非常复杂的现象,在日常生活中,错误或虚假的东西一经发现便会被抛弃,失去它的意义或作用,但文化领域里的情况却不那么简单。苏东坡游赤壁,错把湖北黄冈市西北江滨的赤壁山,当成孙权和刘备联军击败曹操的赤壁(武昌县西赤矶山),于是写出了著名的前、后《赤壁赋》和《念奴娇·赤壁怀古》一词。有些画家也据此为题材,画出了雄壮或优美的卷轴。南宋朱锐的《赤壁图》和马和之的《后赤壁赋图》即其例。尽管后人考证出苏东坡弄错了地点,可是《赤壁赋》和《念奴娇》的文学价值并不因而受到损害,而黄冈市那个"弄错了的"赤壁山,却因此在地理意义之外,增添上一层文化意义,具有特殊的游览价值和历史价值。也可以说,特殊的历史原因造成特殊的文化现象,产生特殊的文化价值。在这里出现的"读者反应"或"游览者的反应",中外肯定是不"等效"的。

功能对等是以读者反应的程度来定义的,其概念的中心思想就是"大致的同等反应"(substantially the same response),基本点就是"将原文文本的读者的理解和欣赏的方法与译文文本的接受者的理解和欣赏的方式加以比较"(Nida,1993:116)。最小功能对等的定义是:"译本的读者在理解译本时应该达到能感知原文文本的读者理解和欣赏原文文本的程度"(Nida,1993:118)。最大功能对等的定义是"译文文本的读者应该基本上能以原文读者理解和欣赏原文的方式来理解和欣赏译文文本"(Nida,1993:118)。功能对等理论要求译者把关注点指向接受者的反应而不是原文。奈达认为这样就可以避免源语和译语、意义和形式、直译和意译、异化和归化之争。检验译文的优劣就是看潜在读者(potential reader)对译文的反应。奈达还把翻译比作某种意义上的市场研究,认为无论产品在理论上将有多么好,外观有多么美丽,消费者对其反应不好,该产品也是不能被接受的(Nida & Taber,1969:163)。在此意义上讲,奈达的这一理论是可行的,译者确实应考虑译文读者并预估译文对译文读者可能产生的反应,因为如果译文没有可读性,从译文读者的角度来讲肯定是一种失败。

如果翻译问题仅仅涉及信息传递和语言结构的转换,那功能对等无疑是十分有效的。然而,语言毕竟是文化的产物,作为语言作品的文本更是文化的直接反映。我们注意到,功能对等论在处理语言中的文化因子时,往往显得有点捉襟见肘。根据 Nida 的功能对等论和乔姆斯基的生成语法,同一深层结构可以用不同的表层结构来表达。Nida 与乔姆斯基转换理论的不同在于,Nida 的表层结构涉及两种语言,因此必然涉及两种文化;而乔姆斯基的表层结构则只涉及一种语言。于是,我们看到,在 Nida 的转换理论中,汉语中的"雨后春笋",可以译成英语的 to grow like mushrooms(像蘑菇一样生长)(Nida,1993:121),因为这两种表层结构表达的是同一深层意义,即新生事物大量出现。它的另一个著名的例子就是将英语中的"上帝的羔羊"译成爱斯基摩语的"上帝的海豹"。但在乔姆斯基的转换生成理论中,我们却不可能看到具有同一深层意义 die(死)的 pass away(表示"死"的书面语)和 kick the bucket(表示"死"的粗鄙语)之间的相互转换。

社会语言学和人类文化学的研究表明,语言是一种文化活动,而不同文化之间的差异则是无可辩驳的客观实在。读者同等反应论的问题就在于掩盖不同语言之间的文化差异,实际上是将整个理论建立在不同文化之间存在着一一对应关系的这一前提之上(Snell-Hornby,1988:16,22)。尽管 Nida 本人已明确地意识到文化差异的存在及其对翻译过程的影响,然而他的这一意识最终还是被他以宗教传道为目的而追求文化大同的文化对应论的倾向所淹没。

语言是文化的镜子,文化的方方面面均在语言中有所反映。然而,不同文化果真存在着一一对应的异质同构现象吗？文化学研究表明,不同文化间的差异是绝对的、必然的,相同则是相对的、偶然的。如果说"雨后春笋"与 to grow like mushrooms 这一对表达方式中所蕴含的文化差异可用异质同构的理论来打发过去的话,那么由于文化的差异而导致的概念空缺又如何解释呢？在这种情况下,译者又如何让他的读者获得与原文读者相同的反应呢？比如说,在中国文化中,亲朋好友结婚,大家要"凑份子",新娘子过门时要蒙上"红盖头",还要吃"枣子、花生",这些词语中所包含的文化因子大概很难在英语中找到异质同构对等物。总不能把"红盖头"译成 wedding gown（婚纱）,把吃"枣子、花生"译成喝 Champagne（香槟）吧。像这样的文化词语（cultural terms）,在翻译中一般多采用音译或直译加注的方法来处理。英美读者只有在读了注释之后才能理解其中的语义和文化内涵。试想,这样的反应能说与土生土长的中国读者的反应一样吗？从认知心理学的角度看,对于上述表达方式,中国读者的长期记忆中贮存着这些表达方式所反映的文化事实的原型（prototype）,因此在碰到这些词语时,这些原型就会被立即激活;而英美读者的长期记忆中不存在这样的原型,只能通过注释去建立原型,而这种通过注释来建立的原型又远不如在生活中通过亲眼所见来建立的原型丰满和生动。在这种情况下,中国读者因为有生活原型可以恢复（retrieve）,因此其认知反应自然而亲切;英美读者由于没有相关的原型可以恢复,而只能重新建立,因此其反应则陌生而新奇。无论从认知的过程还是结果上看,英美读者对这些词语的反应与中国读者都是不相同的。

不同文化中的读者对于自己所处的社会与文化有着独特的敏感性。读者的这一独特的文化敏感性正是在创作语言作品时的语用前提（pragmatic presupposition）。因此,用某一种语言创作的作品只有生活在这种语言文化环境中的人才能做出作者所期待的反应,而且这种反应也只能是大致相同。俗话说得好,读《哈姆雷特》,一千个读者,就有一千个哈姆雷特。可见,以译文读者和原文读者是否具有同等反应来衡量翻译质量的标准就更显得有点不切实际了,至少从语篇整体效果上看是这样。衡量翻译优劣的标准显然不能这么简单。另一方面,不同的文化在不同的历史时期又有着不同的文化需求,因此同一部语言作品在不同的文化背景中,会产生不同的反应。例如,英国作家伏尼契的《牛虻》这部描写革命志士的作品在中国读者中的反应就远比该作的原文读者要强烈得多。另外,英国作家哈葛德的爱情小说 Joan Haste 的两个中译本《迦因小传》和《迦茵小传》20 世纪初在中国读者中所引起的强烈伦理乃至政治反应想必也远远超出了作者本人的期待。

关于奈达的功能对等,纽马克(Newmark)(1988:49)有着自己的理解和观点。他认为对等效果是一个重要的翻译概念,在某种程度上可适用于任何文本的翻译,但其重要性的程度是各不相同的。如果原文读者和译文读者的文化背景相差甚远,译者在翻译中须先向译文读者添加某些注释和文化对等语以便译文读者熟悉源语文化。即便通过这种方式补偿译文读者的文化缺省,也不能帮助译文读者获得和原文读者同样的反应,因为读者文化知识的积累对于理解和欣赏译作非常重要,对于中国古典文学作品尤其如此。读中国古典文学,面对浩如烟海的文化背景知识,即便中国读者也只能在他的知识能力范围之内理解和欣赏作品,同时还须把自己的想象力和生活经历融入作品之中。因此,同等效果的原则对译者来说是一个很高的标准,是一种理想化的结果,在实践中难以做到。

由此不难看出,文化差异的客观存在是谋求译文读者和原文读者同等反应的难以逾越的鸿沟,至少在目前的历史阶段是如此。功能对等论的致命弱点就在于将不同文化之间存在着一一对应的关系以及由此而产生的一一对应的读者反应作为理论的前提,这一前提显然是错误的,因为它实际上否认了文化差异的客观存在。

用功能对等的方式进行翻译固然可以在一定程度上抑制语言和文化差异给译文读者所造成的阅读障碍,但同时也造成了另一种障碍,即文化交流的障碍。功能对等式的翻译展现在译文读者面前的往往是目标文化的文化标记,而不是出发文化的文化标记。换句话说就是用目标文化的文化标记来包装来自出发文化的语义内容。很显然,这样的翻译会在一定的程度上使译文失去原有的文化身份。

这就给我们提出了一个问题,即翻译的功能是否仅仅是信息交流。翻译界在这一问题上已经达成共识:翻译的功能既是信息交流,也是文化交流,而从根本上讲,信息交流实际上也属于文化交流的范畴。那么,从微观上讲,将:In the country of the blind, the one-eyed man is king 译成"蜀中无大将,廖化充先锋"能算是文化交流吗?从宏观上讲,我们可以举哈葛德的爱情小说 *Joan Haste* 为例。该小说在20世纪初先由蟠溪子译出,取名为《迦因小传》。在该译本中凡有违中国伦理道德标准的男欢女爱的情节,特别是女主人公未婚先孕的情节,均被译者在译文中隐去了。于是,这部经过译者伦理归化的译作因尽合当时中国的伦理标准而受到了封建文人的热烈欢迎。几年后,林纾也将该作译出,取名为《迦茵小传》。在这一译本中,凡被蟠溪子刻意删去的那些情节均被如实地译了出来。结果,该译作和译者受到了当时的封建文人的恶意攻击,作品中无辜的女主人公被斥为"淫贱卑鄙,不知廉耻","情界中之蟊贼"(寅半生,1907/11)。若以功能对等论的标准来衡量,显然林译所引起的读者反应与原文读者的反应不同,其反差之大远甚于蟠译,因此蟠译要优于林译。这一结论无疑是荒唐的。从文化交流的角度看,只有忠实原作但却引起读者一片鼓噪的林译才是交流,而掩盖原文真相但却博得读者一片赞誉的蟠译,毫不夸张地说,实际上是对译文读者的蒙蔽和欺骗。表面上看起来,这里所举的两个例子不属于同一类问题。其实不尽然。作为独立语言单位出现的 In the country of the blind, the one-eyed man is king 和作为小说出现的 *Joan Haste* 都是语篇。*Joan Haste* 的两个中译本作为两个语篇,在涉及 *Joan Haste* 的形象问题上,用寅半生(寅半生,1907/11)那充满封建意识的话来说,蟠译本的语篇宏观命题(macroproposition)是"清洁娟好",而林译本的宏观命题则是"淫贱卑鄙,不知廉耻":同一原著同一人物,在两个中译本中,被赋予了两个截然不同的形象。这与 In the country of the blind, the one-eyed man is king 的两种译文相比,从翻译策略上看,并没有什么两样:一个归化,一个异化。

不懂外语的读者之所以要读文学译作,其目的之一就是要通过译作来领略异族文化。虽然归化式翻译的目的是为了满足读者的另一需要,即阅读顺畅的需要,但我们却不能因此而伤及文化的交流,无意之中蒙骗了译文读者。殊不知,被蒙骗者总有一天会知道事实的真相,例如,刚学英语时,老师告诉我们中国的"龙"就是英语的 dragon。然而,我们终究会知道那喷着火吐着烟长着翅膀(不是像天使的那种洁白的羽翅,而是像蝙蝠的那种肉翅)的撒旦式恶魔 dragon 无论从外形上,还是从寓意和象征上,都与中国的"龙"相去甚远。也许,从动物学的角度上看 dragon 和"龙"有着类似的渊源,都源于爬行类动物家族。然而,动物学上的渊源和文学及文化上的意象毕竟不能同日而语。曾经有学者就振振有词地考证,中国的"麒麟"就是英语的 unicorn。幸亏西方神话中那顶着根尖角的白马被早早地译成了"独角兽",否则又不知有多少中国读者被误导。但在某些善用功能对等的诗歌翻译大师的笔下,"麒麟"已经西化成了 unicorn。有理由认为,业已开放了的中国再也不会轻易地接受"龙/dragon"式的误导了。其实,文学家们对于这类归化式的翻译早已深恶痛绝,著名文学家 Nobokov 在论及普希金诗歌的英译时就曾指出,在诗歌翻译中,除了"最生硬的字面翻译",其他都是(对读者的)欺骗(Steiner,1976:241)。此语虽有失偏激,但针对为追求功能对等而不惜掩盖原文的文化身份的归化式翻译而言,也并非完全没有道理。

不同文化之间的文化差异的存在是一个不争的事实。对于这一客观存在的事实我们只能以客观的态度去面对它。毋庸赘言,交流有助于社会的进步。像以上所举的蟠译的《迦因小传》和林译的《迦茵小传》，在涉及伦理文化这一问题上，是蒙蔽式的蟠译有助于中国社会的进步，还是交流式的林译有助于中国社会的进步，历史已做出了明确的答复。有学者就曾指出，有两本书导致了中国革命，其中一本就是冲击中国封建伦理文化的林译《迦茵小传》(另一本是《茶花女》)(邹振环，1996：188)。这一说法虽可能有失偏颇，但它毕竟表明了文化交流在社会发展中的极其重要的地位。此外，交流还可以丰富目标语言。我们汉语中的词汇就有不少是来自于交流式的引进，英语也是如此。如果我们按 Nida 的功能对等的"圣经"翻译理论来规定我们的翻译，那本着别人家有的我家都有的狭隘意识，见着"雨后春笋"，就译 to grow like mushrooms，见着 In the country of the blind, the one-eyed man is king，就译"蜀中无大将，廖化充先锋"，那我们的语言中将不再有"掉鳄鱼的眼泪""武装到了牙齿"这样的进口语言产品了，我们的语言将从此断绝外来的营养。

既然如此，"雨后春笋"又何必译成 to grow like mushrooms，而 In the country of the blind, the one-eyed man is king 又何必译成"蜀中无大将，廖化充先锋"。其实，该两例可分别译成 like bamboo shoots after rain，"盲人国里，独眼为王"。若担心译文读者误解或看不懂，加个注释言明个中究竟，一回生，两回熟，久而久之，就可更多地了解异族的文化，又可丰富目标语的表达方式。

当然，翻译策略的选择最终还是要视原著的文本和翻译的目的而定。有些文体(如文学翻译)的翻译除了要追求内容之外，还要追求"异国情调"和表现形式的审美价值，故原文表达方式中的文化因子不可轻易消解或置换，功能对等的翻译策略则主要用于处理语言结构上的差异；而有些文体的翻译(如科技翻译)只追求内容的准确和表达形式的流畅得体，并不在乎什么"异国情调"，对于这样的文体自然要以功能对等的归化式翻译为主，以求信息传递的有效和迅捷。

不可否认，文化之间的交流是一个漫长的过程，不可能一蹴而就。因此，在翻译实践中，就存在着一个度的问题，既不可走归化的极端，也不可走异化的极端。就文化差异而言，不可能大家今天统一了思想，明天就在各自的翻译中将所有涉及源语文化的因素全都如实地体现出来。不同的目标文化对于源语文化有不同的接受状态，而不同的文化接受状态和交际目的对于源语文化的文化因子又有一定的选择偏向，换句话说，源语文化中的不同范畴和类型的文化因子在目标文化中享有不同的准入优先。至于哪些文化因子的准入次序要优先于其他因子需要进一步研究。就目前的翻译理论现状而言，重要的是广大翻译学者和翻译工作者能否认识到文化交流在翻译中的重要地位。这会直接关系到翻译，特别是文学翻译的策略取向。

译者不应该为了"功能对等"而随意改变原文的形象。功能对等原则是以读者为中心的,因为该原则过分强调译文读者的同等反应。当然,译文是否能为译文读者所理解应是译者首要关心的问题。但是过分强调这一原则会严重地阻碍译文读者欣赏原文的异质文化,使译文读者难以了解原文所蕴含的文化信息,因为根据功能对等原则对译文做出的文化缺省补偿太显而易见,好像译文中所谈到的事情就发生在本国或本地区。结果,异国文化的痕迹消失殆尽。例如,根据功能对等原则,"上帝的羔羊"可译成爱斯基摩语中"上帝的海豹",因为在爱斯基摩语中没有"lamb"这类的东西(Nida,1964:223)。这样的文化缺省补偿虽可获得对等效果,但从文化交流的角度来看,译者为了补偿译文读者的文化缺省随意改变了原文的文化意象,因而是不合适的。这样的译文归化了原文的异质文化而具有严重的缺陷。事实上,译者为了照顾译文读者的接受能力而归化了原文的异质文化,译文读者就失去了阅读译文的意义,因为异质文化本身就是原文意义的组成部分。因此,功能对等原则虽然在处理翻译中所涉及的语言差异方面有着积极的意义,但在处理文化方面有其局限性。Venuti 认为,通顺式(fluency)的翻译策略会掩盖不同文化之间的差异,实际上是一种文化帝国主义(cultural imperialism)的行为(1995b:20)。因此,他主张采用阻抗式策略(resistant strategies),通过阻抗式翻译来反映不同语言文化之间的差异,反对以"帝国主义式的归化"(imperialistic domestication)(1992:13)来掩盖那些造成读者理解困难的语言和文化差异。在《翻译和文化身份的形成》一文中,Venuti 指出,抑制外国文本的语言文化差异常常会使翻译失去意义(1995a:9)。

来自不同语言文化背景的人们往往有着不同的思维方式、不同的叙述模式、迥异的语言结构和不同的文化源流,而这些差异不可避免地会在译文中反映出来。翻译是文化之间进行交流的媒介,用一种语言文化把另一种语言文化的文本再现出来,译文不可避免地反映出两种语言、文化的特征。翻译的目的在于将他文化中的差异性传达过来,翻译的文化交流之所以产生,主要是为了满足文化的需要。"翻译不是要把本来就异于'我'的东西化解掉,并使之转化为'我'。因为,那实质上既背离了人的本质要求,又破坏了翻译的(跨)文化目的;既然是'同',何必要'译'?"(蔡新乐,2002:247),翻译也就失去了存在的意义。从文化交流的角度来讲,翻译的对象就是源语文本中的差异性,通过把原文本中语言、文学和文化等不同层次的差异性传达过来,使目的语文化与源语文化进行真正意义的接触、碰撞和融合,既为两种语言文化之间达成理解和共识准备了条件,同时又对目的语文化来说也是一种丰富。蔡新乐认为,翻译的目的在于:"译'异',将'异于我'、'不同于我'甚或'异质于我'的'他/它'向'我'引入,并使之成为增强'我'的能力、扩大'我'的容量、壮大'我'的思想且最终提升'我'的'存在力量'的因素"(2002:247)。

第四节 文学翻译中异域文化特色的再现

世界各民族的文学都有自己的特点,或者说都有本民族的特色。文学作品必须体现本民族的文化特色,这一点有着十分深远的意义。一方面,文学作品起着记录和展现本民族文化的作用,有助于维系和发展本民族文化。正因为有了不同文化的存在,世界文学才丰富多彩,得以繁荣。另一方面,文学作品的民族文化特色为文学作品增添了生命力。一部文学作品,只有将作者自己熟悉的生活、他所生长于其中的那种文化、他基于此种生活和文化生发出来的想象和思考,以形象的方式呈现在读者面前,才能获得持久的审美魅力。

在文学翻译中,译者应该以文学形象的方式再现源语的文化氛围,使翻译作品呈现出某种异域文化色彩。在阅读文学翻译作品的过程中,译文读者脑海中浮现的应该是一副外国人活动于外国环境中的生动景象,并由此感受到一种异域文化氛围。就文学效果而言,在阅读文学翻译作品的过程中,译文读者应该获得一种陌生和奇异的感觉,实际上,就是外国文学作品所特有的那种外国味儿。文学翻译作品中那些具有异域文化特色的细节描写在译文读者心目中引发联想和想象,随之塑造出迥然不同于本民族文化的异域形象,异国风味即由此而生。

文学欣赏的基本特点是通过形象去感觉,而文学创作的基本特点是通过形象去表现。没有形象,文学作品就是说教的而不是文学的,更谈不上什么文学特性。我们知道,文学作品展现外国文化的方式与旅游手册的介绍大不相同,二者的效果也相差甚远。旅游手册是把事实直接告诉读者,而文学作品是让读者通过文学作品所创造的心理画面即文学形象去观察异域文化中的人是如何生活的,去感受那种身临其境的气氛。因此,在文学翻译中,译者应尽力通过大量的源语文化细节的描写再现原作的文学形象,从而保持原作的异域文化特色。

如果说原作的文化价值是记录文化,那么在译作中,这种价值就变为介绍文化,或者说文化交流。文学翻译作品中异域文化的展现,使译文读者能够了解世界上其他地方的人是如何生存和思考的,这有助于促进各民族之间相互了解。实际上，没有某种形式的翻译，文化交流就不能实现，而文学翻译在各民族之间的文化交流的过程中起着重要的作用。从这个意义上讲，文学翻译的一项重要任务就是介绍异国文化，促进文化交流。

就文学作品的审美价值而言，在原作中，它指的是作者通过成功地描写本民族文化而达到的艺术美和读者对这种艺术美的审美愉悦。在译作中，这种异域文化色彩的审美价值可以从两个方面来理解：第一，它是原作审美价值的再创造；第二，它是译作独有的审美价值，或者从更广的意义上说，它是文学翻译作品所独有的价值。译文读者从一部文学翻译作品中至少可以获得两种收益：第一，获取关于异国文化的知识，增进对异国文化的了解；第二，满足好奇感，欣赏由陌生的外国场景、人物和事件构成的异国气氛，从中获得文化探索的愉悦。

文学翻译作品的异国情调表现为一种异域感，一种源语文化所特有的氛围，其实质是原作中蕴含的文化内涵。保留这种异域文化氛围有助于增进文化交流、保持外国文学的美学特色、提高译文的忠实程度。从这个意义上说，文学翻译的文化价值和艺术价值都可以在异国情调中得到体现。

文学作品的原作所携带的文化信息有时会为本土读者所忽略，有时甚至作者自己都可能没有注意到，这是他们对那些他们自己文化中的事物太熟悉的缘故。然而，这些文化信息转译到译作中以后，很难逃过译文读者的眼睛。原文作者有可能写出一部包含大量文化信息的文学作品却对此不甚在意，但是，如果译者希望自己的译作能够忠实于原作，为读者展现原作的真实面貌，包括原作的艺术魅力、文化氛围以及文学效果，他就应该尽最大努力去充分理解和再现原作的文化信息和意义。如果译者不看重或没有意识到这些文化信息的价值，在译作中没有尽力再现原作的题材、情节和人物等描写所具有的异国情调的魅力，那么原作中许多细节的描写所呈现出的那种令人神往的异域风味就会消失殆尽。

语言和文化密不可分，所有的语言活动中都蕴含着社会文化意义，而翻译又是文化交流不可缺少的语言活动，那么译者就不应该只盯住语言本身，而应该密切关注原文语言材料中蕴含的文化价值，并设法把这种价值充分移译到译作中去。试看下例：

"Take you the wampum, and our love."

(J. F. Cooper: *The Last of the Mohicans*)

译文一："给你贝壳串珠换吧，还有我们的敬意。"

第四章　文化功能理论：文化缺省补偿策略　｜135

（宋兆霖译文）

译文二："让她用东西来赎吧。我们也愿为你祝福。"

（金福译文）

这时一位受人尊敬的印第安酋长请求一个残暴的土人释放一名女俘虏。wampum是一种用磨光的贝壳珠子串成的项链，被北美印第安人用作货币或装饰品。

显然，作者在此是有意识地选用了这种东西，借以表示酋长的诚意和他对俘虏的同情。这个印第安人用的词 wampum 承载着丰富的文化信息，像一滴水，折射出当时印第安社会的经济状况、商业习俗，以及印第安人的价值观念。在小说的上下文中出现这个词，有助于渲染特定的人文环境，烘托这一场景的特定历史气氛。关于对印第安人的新认识、这一情景中的形象、读者对人物的理解、读者对故事本身和异域风情的欣赏——所有这一切构成了这段故事的审美价值和文化价值。显然，wampum 这个词在这些价值的实现中起着不容忽视的作用。译文一把 wampum 译成"贝壳串珠"，与译文二把 wampum 译成"东西"相比，更能够给译文读者一种新鲜感、具体感，使译文读者在加深了对人物性格、故事情节的了解之外，从形象化的异国习俗中领略到一种奇异的美，因此较为成功地保留了原作的文化价值和美学价值。由此看出，译文二把 wampum 译成"东西"，既损失了原文的文化价值，又损失了原文的审美价值，损失的东西实在太多了。

The slanting light of the setting sun quiver on the sea like expanse of the river; the shivery canes, and the tall, dark cypress, hung with wreaths of dark, funeral moss, glow in the golden ray, ...

（H. B. Stowe: *Uncle Tom's Cabin*）

译文一：夕阳的余晖闪耀在辽阔如海的河面……两岸摇曳的甘蔗以及高大的黑藤萝树（上面挂着一圈圈黑黝黝、阴森森的藓苔藤）在金色的晚霞中闪闪发光。

（黄继忠译文）

译文二：落日的斜晖，在海洋般宽广的河面上荡漾；颤动的藤竹，和那高高的、阴沉沉的杨树，上面悬挂着阴森的一圈圈浓暗色的苔藓，都在金色的余晖里放光。

（张培均译文）

译文三：一日逾午，日脚斜穿云罅而出，直射江上芦港。芦叶倒影，万绿荡漾于风漪之内，景物奇丽，江光如拭。……

（林纾等译文）

在文学翻译中，译者应对潜在的"文化干扰"有所意识，尽可能确切地译出原文中的文化信息,提高译作的文化忠实程度。在该例中,原作 Uncle Tom's Cabin 的背景是19世纪的密西西比河流域,甘蔗是当时那一带种植园的主要经济作物之一,因此形成该地区的场景特征和文化特征。译文二将 canes 译为藤竹,丢失了原作中的这一重要形象,影响了文化特征翻译的准确性。译文三中"芦叶"的形象与原作相去甚远,根本没有传达出原文中的这一形象的文化特征。相比之下,译文一较好地保留了原文的形象,传达了原文中的场景特征和文化特征。

我们知道,由生动的描写唤起的联想、想象等形象思维活动是文学欣赏的主要方式,文学的基本特征就是用形象来产生感染力,因为"……在自然和生活中没有任何抽象地存在的东西;那里的一切都是具体的……艺术的创造应当尽可能减少抽象的东西,尽可能在生动的图画和个别的形象中具体地表现一切。"(展凡,1987/1)因此,文学语言的特征就是形象化和富于感情。对于文学翻译来说,译者的着眼点就是通过再现原作的生动形象,达到保持原作艺术魅力和美学欣赏价值的目的。可以说,只有这样的文学译品才具有文学价值。通过再现原作的艺术形象,译作在保持原作艺术感染力的同时,也传达了原作形象中蕴含的文化信息。试看下例:

"I had a letter from Wilfrid yesterday. Would you like him? He's still out there, but I could hold the sponge for him in church."

(J. Galsworthy:*A Modern Comedy*)

译文一:"我昨天收到威尔弗里德的信。你说他好吗?只是他仍然在那边,不过,我可以到教堂里去代表他。"

(汪倜然译文)

译文二:"我昨天收到威尔弗雷德的一封信。你愿意他做吗?他仍然在国外,不过我可以在教堂里代他拿海绵①的。"

①拿海绵:按照英国教会的仪式,婴儿受洗礼时,不浸在水里,而只是洒点水作为象征;"拿海绵"即做孩子教父的意思。

(陈冠商等译文)

在该例中,说话者正和妻子商量为初生的孩子找一位教父。译文一只译出了"拿海绵"这一动作的目的(即"代表他")而没有译出"拿海绵"这个动作的具体细节,因此而失去了原文生动的艺术形象。译文二在保持了原文生动的艺术形象(hold the sponge for him)的同时,也传达了这一形象中蕴含的文化信息。相比之下,译文二比译文一更为忠实,也更为传神,同时,既没有影响译文的可读性,又向读者介绍了有趣的异国风俗,增长了译文读者的知识。

…"try a little spruce;'twill wash away all thoughts of the colt, and quicken the life in your bosom…"

(J. F. Cooper:*The Last of the Mohicans*)

译文一:……"喝一点儿吧,它可以使你完全忘了那匹幼马的事情,而在你心里增添一些活力。……"

(金福译文)

译文二:……"喝几口云杉酒吧,它可以冲洗掉你对那匹小马的一切思念,而在你的心头增添一些活力。……"

(宋兆霖译文)

在该例中,译文一丢失了原文的细节,减少了原文的异域文化色彩和生动的艺术形象。而译文二把 spruce 译为"云杉酒",把 wash away 译为"冲洗掉",不但保持了原文中形象的艺术感染力,而且还传达了原文形象中蕴含的文化信息,使译文读者在阅读译作时获得了美学价值和文化探索的享受。在文学翻译中,保持原作的艺术形象,尤其是保持原作艺术形象的异域性,显得尤为重要,因为文学作品的异国文化气氛就是由一个个具体的异域形象烘托起来的,文学作品的故事就是发生在由外国环境中包围起来的外国人中间。

在文学翻译中,译者应尽力实现原作的艺术价值和文化价值。为了最大程度地重塑原作的文化氛围,译者应尽可能保留原作的文化信息,以再现其文化特色。文学作品中的异域文化风味,从本质上看就是原作文化特征在译作中的表现。因此,在文学翻译中,尽量保留原作的文化特征是非常必要的,否则就会使文学作品中原有的文化价值和美学价值遭受重大损失。但是,在文学译品中再现原作的文化特色应该以译文读者的接受能力为界限。如果文化翻译过度,译作就有可能因过于古怪而失去其文学感染力。在文学翻译的具体情况下,译者还应在保留源语文化特色与译文读者接受能力之间找到一个平衡点。译者应尽力避免文化欠额翻译(culturally under-translated)和文化超额翻译(culturally over-translated)。文化欠额翻译和文化超额翻译都是不平衡的产物,即没有把握好保留源语文化特色和译文读者接受能力之间的平衡点。如果在文化上和语言上读者接受都无困难,而译者没有把原文的异域文化特色忠实地转译出来,就造成文化欠额翻译或文化翻译不足;相反,如果译文因直译而引起文化上的费解、误解或反感,或引起语义超载,造成行文阻滞,就会走向另一个极端,即文化超额翻译或文化翻译过度。

就翻译对策而言,最常遇到的情况就是归化和异化之间的取舍。归化是用译入语的表达方式和形象来替换原作中的表达方式和形象,使之本族化。异化是将不同于译入语及其文化习俗的原作中的表达方式和形象再现出来,译作因此带有异域感。如果译者完全凭借自己的"先结构"去理解原文中的一些文化事项,就很可能出现对某些文化事项理解上的偏差。为了把偏差降低到最低的程度,使译文尽最大可能再现原作的异域文化特色,译者必须诉诸自己的全部知识、所有能够查阅的参考资料和上下文中提供的一切线索,而归化的译法则必须限制在一个最小的范围之内。

试看下面的几个例子:

街上越来越热闹了,祭灶的糖瓜摆满了街……

(老舍:《骆驼祥子》)

译文一:The streets were becoming more and more bustling and busy; the roadways were covered with displays of candied melons used in the sacrifices to the God of the Kitchen Stove…

(*Rickshaw Boy* translated by E. King)

译文二:The streets were growing livelier all the time, with displays everywhere of candy made into the shape of melons to honour the Kitchen God,…

(*Camel Xiangzi* translated by Shi Xiaoqing)

在该例中,"糖瓜"既不是糖水里煮过的瓜,也不是上面涂了糖的瓜,所以译文一显然是错译。译文二符合原文中"糖瓜"的文化意义,只是稍显啰唆,如译成"melon–shaped candy",就更为简洁。

On the top floor Wilfrid was standing in his open doorway, pale as a soul in purgatory.

(J. Galsworthy: *A Modern Comedy*)

译文一:在顶楼上,威尔弗雷德站在开着的房门口,脸色苍白得像一个在炼狱里受苦的灵魂。

(陈冠商等译文)

译文二:威尔弗里德站在楼上他的敞开的房门口,面孔苍白得像地狱里的幽灵。

(汪倜然译文)

在罗马天主教里,人死后灵魂必须先到 purgatory(炼狱)里去,在那里为生前所做的错事接受惩罚以求净化,直到具备了升入天堂的资格,而 hell(地狱)是恶人死后灵魂接受惩罚的地方。也就是说,炼狱里的灵魂经过磨难可以得到净化,而地狱里的灵魂就没有这种机会了。因此,谁也不愿意误入地狱。作者高尔斯华绥的风格之一就是象征主义的描写手法,他在这里故意用了 purgatory 一词,因为故事里的威尔弗雷德爱上了朋友的妻子,在热恋与忠诚之间饱受煎熬,正打算离开这个国家。总之,暂时还没有理由把威尔弗雷德打入地狱。译文二不但失去了原文的文化信息,而且还违背了原文作者的艺术动机和创作意图,从而损失了原文的文学信息和艺术价值。

"……这小姐芳名叫做雏鸾,琴棋书画,无所不通。"

(曹雪芹:《红楼梦》)

译文一:"…only one daughter Chu-luan who was thoroughly accomplished in lyre-playing, chess, calligraphy and painting…"

(*A Dream of Red Mansions* translated by the Yangs)

译文二:"… an only daughter called Chu-luan, a very accomplished young lady who excelled in everything she turned her hand to, whether it was performing on the qin or playing Go or painting or calligraphy…"

(*The Story of the Stone* translated by D. Hawkes)

在中国古典文学里,"琴"指的是一种特殊的弦乐器,现在叫"古琴",弹时须平放,这一点与古希腊的弦乐器 lyre(七弦琴,古竖琴)正相反,二者没有什么共同之处。在汉语里"琴"可以作为弦乐器的统称,而英语里就没有这种词,所以这里最好用音译的方法(如觉得有必要可以加注)来翻译原文句中的"琴"。译文一把中国古代一位足不出户的少女与希腊竖琴联系在一起毕竟有些古怪。同样,原文句中的"棋"指的是中国特有的围棋。与弦乐器的情况不同,英语中的 chess 可以作为一个统称的词用。但是既然特指围棋的 Go 已经收入英语辞典,为什么不用它来翻译原文句中的"棋"呢?通过比较可以看出,Hawkes 选用的 qin 和 Go 在所指意义和文化色彩上都是准确的,都符合原文的语境。

Dickens 的小说有句话 How many winter days have I seen him, standing blue-nosed in the snow and east wind!(在许多的冬日我都看见他,鼻子冻得发紫,站在飞雪和东风之中!)有人认为这里的 east wind 要译成"西风"或"朔风",因为在中国,东风是温暖的春风,而西风或北风才带来冬天。但是,这种归化的译法不但会使译文读者对英国的自然地理特征产生误解,而且还失去了在译文中传达英国的异域文化的机会。

"And if he is here," said Rowena, compelling herself to a tone of indifference, though trembling with an agony of apprehension which she could not suppress, "in what is he the rival of Front－de－Boeuf? or what has he to fear beyond a short imprisonment, and an honourable ransom, according to the use of chivalry?"

(W. Scott: *Ivanhoe*)

"就算他是在这里,"罗文娜道,她勉强用无所谓的口气说着话,其实她由于压抑不住心头的忧虑,不免有些震颤,"他又怎能是弗朗·德·别夫的对头呢?按照武士道的规矩,他无非暂时受到囚禁,然后交付一笔体面的赎金就完事,还有什么可怕的事情呢?"

(刘尊棋等译文)

在该例中,译者把 chivalry(骑士精神)译成"武士道",可能是考虑到中国读者更熟悉"武士道"。但是"骑士精神"和"武士道"之间整整隔了一块大陆,文化色彩大相径庭,信奉的精神也相差甚远。总之,无论从文化色彩上还是语义上看,这种译法会使人产生错误理解。

Mary took the kettle to the well, and soon re-appearing, placed it over the stove, where it was soon purring and steaming, a sort of censer of hospitality and good cheer.

(H. B. Stowe: *Uncle Tom's Cabin*)

译文一:马丽拿着锅子到井边,马上就装了水回来放在炉子上,不久水便咕嘟咕嘟烧开了,似乎在表示殷勤待客的欢乐喜悦。

(张培均译文)

译文二:玛丽提着水壶到井边去,不多一会儿就回来了。她把水壶放在火炉上;没有多久,水壶就卜卜地冒起汽来,好像一只殷勤而爽神的香炉①似的。

① 西方教堂中有一种香炉,用铁链吊在空中,来回摇摆,散发香味。

(黄继忠译文)

在该例中,译文一的意思和文化色彩都没有什么问题,但效果比译文二要弱得多,原因就在于译文一不必要地采用了将细节化入上下文的做法,放弃了原作中十分鲜明的文化形象和艺术形象。实际上,译文一的原文细节的丢失造成了源语文化色彩的丢失。试看下例:

Marks, who was anxiously and with much fidgeting, compounding a tumbler of punch to his own peculiar taste,…

(H. B. Stowe: *Uncle Tom's Cabin*)

译文一:马尔克斯心神不定,急于要将一大杯混合酒,调和得适于他自己的特殊口味……

(张培均译文)

译文二:麻克斯……另一方面则手忙脚乱地调配着一杯合自己口味的喷趣酒①……

①喷趣酒,一种用酒、开水、柠檬、糖和香料调制的饮料。

(黄继忠译文)

同样,在该例中,译文一因丢失细节而放弃了原文中十分鲜明的文化形象和艺术形象,造成原语文化色彩的丢失。

第五节 文化缺省补偿中的文化因素

语言是一定社会的文化产物,"语言的确在某些方面反映社会的文化"(Nida & Reyburn,1981:13)。语言作为文化的本质部分,和文化密不可分,反映文化并传播文化。因此,语言和文化相互关联,不能主观地加以分离。翻译中文化总是影响信息转换的重要因素。

没有哪一种语言的文本能离开某一文化语境而独立存在,而文化语境就是源语文化中文本与文化因素相关联的方式。即便所有的语言符号从语义上都译成了不同语言符号的系统,源语文本与源语文化的关系也不能通过译语文本与译语文化的关系得以再现。这一事实要求译者在选择合适的策略和方法补偿译文读者文化缺省的过程中特别关注文化因素。

正因为翻译涉及两种不同语言中两种不同文化之间的转换,就很自然地产生了语言与文化之间关系的问题。正如 Juri Lotman 所说的:"没有一种语言不是植根于某种具体的文化之中的;也没有一种文化不是以某种自然语言的结构为其中心的"(Lotman & Uspensky,1978/2)。语言与文化是不可分割的。没有语言,文化就不可能存在。语言也只能反映文化才有意义,因为翻译首先涉及的是意义,而词只有与文化相关联才有意义,这就要求译者在进行语言操作的时候,具有深刻的文化意识。

在翻译过程中,不同文化在各自语言中的积淀会明显地显现出来,相互冲突,这就要求译者认真审视文化因素。语际翻译中文化冲突是不可避免的,甚至是无法超越的,从某种意义上讲,翻译的焦点就是处理文化冲突。文化因素通常体现为两种语言形式:具有文化特色的词语和形象语言的冲突。具有文化特色的词语和形象是文学语言的重要组成部分。但这两者本身通常都具有鲜明的文化特色,也就是说,它们在很大程度上依赖于某一特定的社会文化背景。由于它们都跟特定的语言和文化紧密关联,所以与非文化特色的表达方式相比,具有更强的艺术感染力。然而,在译文中找到合适的对等表达法是非常困难的,因为在很多情况下,源语读者所熟知的东西对于目标语读者而言可能就知之甚少甚至根本不知所云。因此,在翻译理论和实践中,恰当地处理文化因素的问题就显得格外重要。

翻译实践中两种语言之间的文化因素冲突有四种冲突模式:模式1,阻隔式(the blocking model);模式2,变通式(the modulation model);模式3,放行式(the go – ahead model)和模式4,结合式(the integrating model)。在阻隔式中,目标语的文化规范构成了一个"过滤器",其功能有时强到把源语中具有文化特色的因素完全阻隔使其最终在目标语文化中完全消失。在变通式中,源语中的文化因素仅仅是部分与目标语的文化规范不相兼容,需改变形式才能进入到另一种语言体系中。在放行式中,源语中的文化因素,尽管与目标语的文化规范不相兼容,但因其具有强势,可以不顾目标语的文化规范而强制性地进入到目标语文化中。在结合式中,源语中的具有文化特色的因素与目标语的文化规范相互妥协,结果使得两者都发生改变,而这种改变通常是通过弱化源语中的文化因素和目标语的文化规范来实现的。模式1中目标语文化在翻译中占主导,模式3中源语文化在翻译中占主导,而模式2和模式4则体现了跨文化交际中的文化融合的趋势。由于跨文化交流日趋频繁和密切,模式2和模式4很有希望在将来获得优势。

在具体的翻译实践中有许多因素决定了译者究竟应该采用何种模式。一般说来,在以下情况下,译者倾向于模式1(阻隔式):第一,由于源语文化因素具有鲜明的语言、历史或文化特色,难以找到途径进入目标语文化;第二,目标语读者在文化和政治方面非常敏感,以至于拒绝接受源语文化;第三,译语读者阅读译文的目的只是为了获得原文的内容而不是为了获得异域文化探索的享受;第四,目标文化十分独裁,对翻译作品实行严格的审查限制。比如,汉语中就有许多表示自谦的表达法,如:鄙人、寒舍、拙文、贱内和老朽等。这些表达法是在中国长期的封建文化传统中形成的,意思是要做人低调,不能炫耀自己。与这种对自己的价值过分低估相反,汉语中也有许多表示对别人十分尊敬的表达法,这在西方人的眼里有时实为有些夸大其词,如:拜读大作、大札等。在这些具有鲜明中国文化特色的表达法中,译者很难期望英语读者获得对以上这些词语的正确理解。换句话说,这些表达法具有十分鲜明的文化特色,难以找到途径进入目标语文化,译者在翻译实践中往往会选择模式1(阻隔式)来处理以上文化因素。

在下列情况下,译者倾向于选择模式3(放行式):第一,源语文化因素对目标语文化有非常强的吸引力,目标语读者为了获得异域文化探索的享受更愿意读到反映异域情调的译文;第二,目标语读者受教育程度较高,想了解源语文化的真实面目;第三,源语文化有政治和经济上的优势;第四,在目标语中找不到对等的表达法,译者不得不在译文中创造新的术语。有些具有文化特色的表达法来自中国的哲学、宗教、医学以及体育传统等,如阴阳、八卦、五行、气功和太极拳等。这些词语深深根植于中国文化,一旦离开中国文化背景,就显得毫无意义,在西方文化中根本找不到对等的表达法。然而,这些表达法对英语文化背景的读者具有深深的吸引力,他们渴望了解反映异域文化情调的中国文化。在翻译实践中,译者可采用模式3(放行式),来满足外国读者渴望能读到反映中国文化特色的译文。

在某些情况下,译者对源语文化和目标语文化持有平等的态度,认为应该向目标语读者介绍源语文化因素,同时又不至于使目标语读者产生文化休克,或目标语文化乐于接受源语文化但同时又想保持自己的文化规范。在以上两种情况下,译者倾向于选用模式2(变通式)和模式4(结合式)。

从以上分析中可以看出,文化因素对于翻译策略的选择有着决定性的作用。在翻译过程中,必须根据源语文化因素和目标语文化规范的可兼容性以及其他因素选择正确的方法来进行文化缺省补偿。与目标语文化规范相兼容的文化因素构成了语际翻译的基础,相互兼容的文化积淀的信息较容易在目标语文化中找到对等的表达方式。而包含较多独特文化积淀的信息则必须先经过一个修正调整的过程,才能使得目标语读者易于接受。因此,译者必须认真对待文化因素的处理。事实上,文化因素决定了文化补偿方法的选用,因为文化因素决定了译者是否、在何种程度上以及以何种方法对各种意象进行调整,以便于目标语读者既能获得连贯理解,同时又能最大限度地获得文化探索的享受。

第六节　文化缺省补偿方法

一、直译加注

中国唐代诗人孟郊有首诗,原文如下:

欲去牵郎衣,

郎今到何处?

不恨归来迟,

莫向临邛去!

Fletcher 的译文如下:

You wish to go, and yet your robe I hold.

Where are you going — tell me, dear — today?

Your late returning does not anger me,

But that another steal your heart away.

实际上,这里"临邛"是一个典故,构成了一个独特的文化意象。诗人用"莫向临邛去"表明女主人公希望其丈夫不要在外另结新欢。在翻译中,如何处理这个典故确实是一个棘手的问题,而 Fletcher 在译文中回避了"临邛"这个文化意象。这样一来,译文仅仅传达了原诗中包含的信息,却失去了原文的韵味,更重要的是失去了将中国文化中的一个重要特征介绍给西方读者的绝好机会。在该译例中,译者最好运用直译加注(literal translation with a footnote or an endnote)的方法来对目标语读者的文化缺省做出补偿,以便他们一方面有机会欣赏异国文化,另一方面也有机会去运用想象力获得审美的愉悦(王大来,2007/8: 146 - 147)。

Elliott, the costume too large now for his emaciated frame, looked like a chorus man in an early opera of Verdi's. The sad Don Quixote of a worthless purpose.

(S. Maugham: *The Razor's Edge*)

埃略特的躯体已经消瘦,穿上这身宽大的衣服,活像威尔地早期歌剧里的合唱员。无谓奔波的可悲的堂吉诃德[①]啊!

① 西班牙作家塞万提斯(1547—1616)长篇小说《堂吉诃德》中的主人公。

(秭佩译:《刀锋》)

在该例中,译者采用了直译加注的方法来对目标语读者的文化缺省做出补偿,以便他们有机会欣赏异国文化从而获得异域文化探索的愉悦。

在翻译中,"注解"是一种能使译文读者欣赏到异国文化的文化补偿方法。直译加注是为了向译文读者介绍原文文化的有关知识,增进他们对原文的了解。张谷若先生在译哈代名著《德伯家的苔丝》时,就用脚注的形式介绍了许多基督教的重要观念和英国的风俗习惯。虽然大多数的普通读者不太会在意这些小注解,但是有兴趣的读者却对它们评价极高。张谷若先生始终遵守这一原则帮助不熟悉英语小说历史和文化背景的中国读者更好地理解原著。比如:

The May‐day dance, for instance, was to be discerned on the afternoon under notice, in the disguise of the club revel, or "club‐walking" as it was there called.

(*Tess of the d'Urbervilles* by Hardy)

譬如现在所讲的那个下午里,就可以看出五朔节舞①的旧风以联欢会(或者像本地的叫法,游行会)的形式出现。

(张谷若译)

① 五朔节舞:英国风俗,五月一日奏乐吹号,采取树枝、野花装饰门窗。在草地上竖立五朔柱,围柱跳舞,并选举五朔后。此风古时极盛,现在穷乡僻壤上还有举行的。

的确,张谷若先生的小注释解决了许多令译者感到棘手的问题。这样的注释不会打断读者的阅读过程,还会有助于读者了解外国文化。梅绍武在评论纳博科夫的翻译原则时说,纳博科夫并不喜欢用意译法,而是坚持使用直译加注释或注解的方法。他所翻译的普希金《叶甫盖尼·奥涅金》的译文有 4 卷,共 1200 页,但译文只有 228 页,其余的都是注释和注解(梅绍武,1993/4)。当然,这只是诗歌翻译的极端情况,很少的译文会有如此多的注释,也没必要这样做。但我们可以看出,在翻译外国文学作品时,直译加注确实是一种文化缺省补偿的行之有效的方法,可以使译文读者在领会译文时获得文化探索的享受。

具有文化特色的词语,尤其是习语和典故都具有鲜明的文化风味,因而能唤起原文读者内心的特别感受。在翻译这样的词语时,译者最好采用直译加注的方法来补偿译文读者的文化缺省。虽然,任何翻译都会有语义内容的损失,但直译加注的方法可以把翻译中的文化亏损减少到最小的程度。比如将"我只会马走日,象飞田"译成"I only know the most basic moves","马走日,象飞田"那种中国棋文化的风采就会丢得精光。但是如果译者添加注释对英语读者解释这一中国文化背景,文化亏损就会被限制在最小的程度。当然,译文都会失去某些东西,尤其会丢失源语中的形式美和声音美,也就是说,绝对对等是不可及的。但是,如果在某些情况下运用直译加注的方法来补偿译文读者的文化缺省,相对对等还是可以在不同的层面上取得,这取决于译者的文化能力、美学修养以及翻译技能等。如:

(1)他活着的时候,人都叫他阿 Quei,死了以后,便没有一个人再叫阿 Quei了,那里还会有"著之竹帛"的事。

(《阿Q正传》)

During his lifetime everybody called him Ah Quei, but after his death not a soul mentioned Ah Quei again; for he was obviously not one of those whose name is "preserved on bamboo tablets and silk."

Note: A phrase used before paper was invented when bamboo and silk served as writing material in China.

(杨宪益、戴乃迭译)

(2)但从我的文章着想,因为文体卑下,是"引车卖浆者流"所用的话,所以不敢僭称,便从不入三教九流的小说家所谓"闲话休题言归正传"这句套话里,取出"正传"两个字来……

(《阿Q正传》)

… but since I write in vulgar vein using the language of hucksters and pedlars, I dare not presume to give it so high-sounding a title. So I will take as my title the last two words of a stock phrase of the novelists, who are not reckoned among the Three Cults and Nine Schools. "Enough of this digression, and back to the true story";….

Note: The Three Cults were Confucianism, Buddhism, and Taoism. The Nine Schools included the Confucian, Taoist, Legalist, Moist, and other schools. Novelists, who did not belong to any of these, were considered not quite respectable.

(杨宪益、戴乃迭译)

(3) "Why didn't you?" said Miss Ophelia, "You ought not to put your hand to the plough, and look back."

(H. B. Stowe; *Uncle Tom's Cabin*)

"你为什么不那么做呢?"奥菲丽亚小姐问道,"你不应该手扶着犁向后看啊。"①

①出自《新约圣经·路加福音》第九章第62节。"手扶着犁向后看"是犹豫不决的意思。

(4) The Egypt of one family was the Land of Promise to the family who saw it from a distance, till by residence there it became in turn their Egypt also; and so they changed and changed.

(*Tess of the d'Urbervilles* by Hardy)

这些农田工人总觉得自己住的地方是埃及,总老远看着别的地方是福地①,到了他们搬到那个福地住下以后,于是那个福地就又变成了埃及了。因此他们年年搬动,老没有安停的时候。

①古以色列人,流落埃及,备受虐待,常思觅迁居,上帝示意摩西以福地,遂率众出埃及,到了迦南。见"旧约""出埃及记"第一至十六章。

(张谷若译)

(5) The Mississippi! How, as by an enchanted wand, have its scenes been changed since Chateaubriand wrote his prose-poetic description of it, as a river of mighty, unbroken solitudes, rolling amid undreamed wonders of vegetable and animal existence.

(H. B. Stowe: *Uncle Tom's Cabin*)

密西西比河!夏多布里昂①曾以散文诗的体裁,把它描绘为一条奔驰于一望无际、渺无人烟的大荒原间的河流,两岸繁殖着各种难以想象的奇花异卉、珍禽怪兽;那以后,仿佛有人挥动魔杖,使大河两岸的景物变得多么厉害啊。

①夏多布里昂(Chateaubriand,1768——1848),法国作家。此处指他在其小说《啊妲拉》中对密西西比河一带的描绘。

(黄继忠译文)

(6) He threw up the window, batted them, balloon after balloon, into the night, and shut the window down.

(J. Galsworthy: *A Modern Comedy*)

他把窗子朝上抬起①,把这两只气球,一只接一只地,拍到黑夜里去,然后拉下窗子关好。

①英国因气候关系,窗子像火车上的窗子那样上下开关。

(陈冠商等译文)

客观地讲,翻译作品中文学典故和习语里的形象所带来的异国情调是非常明显的。这些形象在读者心目中直接唤起对异域文化事物或人物的联想,与之相关的背景知识可以进一步使译文读者对原作中呈现的异域文化有更多的了解。

"I shall try my best," he said quietly; "but I'm not naturally Solomon at six stone seven."

(J. Galsworthy: *A Modern Comedy*)

译文一:"我将尽力而为,"他平静地说,"但是我天生不是一个六石七磅体重的所罗门①。"

①所罗门:古以色列王国国王大卫之子,以智慧著称,这里喻为聪明人。

(陈冠商等译文)

译文二:"我一定尽力而为,"他安静地说,"但是我只是个只有九十一磅重的凡人。"

(汪倜然译文)

很明显,译文二更流畅自然、更容易懂,但是 Solomon 包含的文化信息丧失了。在这里,从翻译的文化功能角度来讲,译文一更能够向译文读者传达原文的文化信息。

Again that indefinable mockery, as if he had something up his sleeve. Soames looked mechanically at the fellow's cuffs—— beautifully laundered, with a blue stripe;…

(J. Galsworthy: *A Modern Comedy*)

译文一:又是那种难以形容的嘲笑,仿佛他袖口里已有什么似的①。索米斯机械地看看这家伙的袖口—— 洗烫得很漂亮,上面有一条蓝色的条纹……

①意指暗中已有应急的打算。

(陈冠商等译文)

译文二:又是那种难以形容的嘲弄神气,仿佛他有什么锦囊妙计似的。索米斯不由看看他那袖口——浆洗得很漂亮,有一道蓝条子……

(汪倜然译文)

该例有两个连贯的形象,一个是成语里的"袖子"(sleeve);另一个是后一句里的"袖口"(cuff)。译文一保留了原文作者的精心安排,在内容衔接、保持原文语言特色等方面都是成功的。相比之下,译文二怎么会突然转到"袖口"上去就很难让人理解。

在文学翻译中,典故、习语中的比喻性形象宜以直译为主,因为形象不仅具有文化价值,而且有助于在译作中重现源语文化氛围,对丰富译入语的表达手段也有重要意义。当然,译者还须考虑比喻形象在译入语文化中的可接受性,避免因文化和语言差异造成的误解和费解,以及文化色彩上的不协调。除非源语形象在译入语中难以接受,否则应尽量保留比喻性形象以传达源语的文化信息,同时为丰富译入语提供素材。

(1) "Go!" said the old chief to the scout, in a tone of strong disgust:"thou art a wolf in the skin of a dog. I will talk to the 'Long Rifle' of the Yengeese."

(J. E. Cooper:*The Last of the Mohicans*)

"去吧!"老酋长用极其厌恶的声调对侦察员说,"你是一只披着狗皮的狼。我要和英国佬的'长枪'说话。"

(宋兆霖译文)

(2) "I will," said Michael earnestly:"I promise you. I'll Dutch – oyster the whole thing. What's your line going to be?"

(J. Galsworthy:*A Modern Comedy*)

"我一定照办,"迈克尔热心地说,"我向您保证。我会像荷兰牡蛎那样把整个事件包得很紧的。你打算怎么办?"

(汪倜然译文)

(3) The impossibility of getting anything serious from this young man afflicted Soames like the eating of heavy pudding.

(J. Galsworthy:*A Modern Comedy*)

这个年轻人做什么事情都不认真的态度,使索米斯像吃了不消化的布丁似的苦恼不堪。

(陈冠商等译文)

在以上三例中,原文形象在译入语中没有什么难以接受的地方,因而在译文中都保留了原文的文化形象。如果放弃源语中的形象,译文就会造成文化信息的丢失。

下面的两个例子里,译文一比较生动,而且内容丰富。

(1) "Elderson used to have a fine voice——sang solos. It's a foghorn now, but a good delivery still."

(J. Galsworthy:*A Modern Comedy*)

译文一:"埃尔德逊从前有条好嗓子,——唱过几次独唱。现在可像一支雾号[①]了,不过唱起来姿态还是不错。"

[①]雾号,船只在大雾中用以警告他船的号声,这里指嗓子变粗哑了。

(汪倜然译文)

译文二:"埃尔德森过去一直有一条好嗓子——独唱。现在是一种又粗又响的嗓音,不过唱歌的腔调依然很不错。"

(陈冠商等译文)

(2) "Now," said George, "get him in again. I don't know when the flag'll fall."

(J. Galsworthy: *A Modern Comedy*)

译文一:"现在,"乔治说,"叫他再进来。我不知道旗子什么时候降落①。"

①意为不知道什么时候要死。

(陈冠商等译文)

译文二:"现在,"乔治说,"再叫他进来。我不知道啥时候去了。"

(汪倜然译文)

下面一例的译文略去了原文以非比喻的方式提及的一位著名的古代词人和他的作品,失去了向译入语读者介绍源语文化的机会。

"我们早看见了,还待你说,"淑华抢着回答道,便伸手到背后去把自己的辫子拉过来,一面玩弄,一面仰头望着天空的明月,放声唱起苏东坡的《水调歌头》来。

(巴金:《家》)

"No need for you to tell us. We saw it long ago," said Shuhua. She pulled her long braid forward over her shoulder. Toying with it, she looked up at the moon and began to sing an old tune.

(*The Family* translated by S. Shapiro)

在《家》这部小说里,有多处涉及这样的中国古代经典文化,用于表现小说中角色的文学修养。此处情景的前后并没有语义超载的情况,简化至此,实无必要。此例的译文不但难以再现原文作者的艺术动机和创作意图,而且还失去了向英语读者介绍中国经典文化的绝好的机会。

下列几例中的译文一不仅保留了原文的形象,再现了原语的文化氛围,而且还可以丰富译入语的表达方式。

(1) It may be that like most of us he wanted to eat his cake and have it.

(S. Maugham: *Th Razor's Edge*)

译文一:可能他就和我们多数人一样,又要吃饼子,又要留着看。

(周煦良译文)

译文二:也许像我们大多数人一样,他是既要马儿跑,又要马儿少吃草。

（秭佩译文）

（2）But you see their imagination is deficient. Their really creative energy would go into a pint pot.

(J. Galsworthy: *A Modern Comedy*)

译文一：但是你知道他们是缺乏想象力的。他们真正的创造力大概进入一品脱的酒壶里去了。

（陈冠商等译文）

译文二：可是，你知道，他们是缺乏想象力的。他们把真正的创造力花在钻牛角尖上。

（汪倜然译文）

（3）The Forsytes! Except "Old Forsyte", he never saw them; and "Old Forsyte" was closer than a fish.

(J. Galsworthy: *A Modern Comedy*)

译文一：那些福赛特家的人！除了"老福赛特"之外，他从来没有看到过他们；而"老福赛特"的嘴巴是比鱼还要紧的。

（陈冠商等译文）

译文二：这些个福尔赛家的人！除了"福尔赛老头"，他从未见过他们；福老头的嘴却守口如瓶。

（汪倜然译文）

在翻译中，译者需不懈追求的目标之一就是要努力使目标语读者尽可能地与源语读者融合在一起，尽可能多地理解原文语言文化背景下形成的一系列重要文化习俗、文化观念、文化价值以及重要思想等。如果原文中某种浓厚的文化韵味或者独特的文化意象未能在译文中得以传达，译文将会显得干涩乏味，因为原文的意义会有较大的损失，而且就翻译的文化交流功能而言，这样的处理则是完全的失败。实际上，任何翻译都不可能抹掉外国文化背景的痕迹（Nida, 1964: 167）。

如果原文中含有一些很重要的对目标语文化有非同一般的吸引力的文化因素，而且这种文化因素正为目标语读者所追寻且易于接受，或者译文的目的是为了向目标语读者介绍某种异国文化，这时就应该采用直译加注的方法来对目标语读者的文化缺省进行补偿。比如某些具有文化特色的词语源于中国的社会生活和政治制度："文革"（the Cultural Revolution）、"大锅饭"（the "big pot" system）和"五讲四美"（Five Stresses and Four Points of Beauty）等。这些术语蕴含着丰富的中国特有的政治含义,很难在译语中得以传达。虽然有人建议采用以上括号里的英语译文,但这样的译法不可能使译语读者懂得这些术语的内涵意义和联想意义,除非他们对中国的事情有足够的了解。由于在翻译这些术语时把源语中的文化因素置入目标语文化中的欲望十分强烈,大多数译者倾向于前面所提到的模式3。为了确保译文的可读性,译者可添加小注解来为译文提供恰当的文化背景信息。渐渐地这些具有中国特色文化的词语就进入了目标文化环境,为目标语读者所熟知并加以应用。

的确,这种文化缺省补偿方法对于丰富目标语言文化十分有用。有些食品和饮料的名字就是通过这样的方法进入目标文化的,结果像"馄饨""豆腐"等进入了西方文化,而像"热狗""可口可乐"等在中国已家喻户晓。英语中"shed crocodile tears"过去译为"猫哭老鼠",目的是忠实于原文的内容,经过翻译界的争论后又译为"掉鳄鱼的眼泪",目的是忠于原文的形式。虽然这一译法起初不为中国读者所接受,但现在已进入了中国人的日常生活之中。过去"维纳斯"等需加注释,现在显然无此必要了,至少在面对大众的文学作品中不再需要。译文读者接受的动态性是一种客观存在,它对语言和文化的发展起着积极的作用。由于有了这种可变的、宽容的读者准备或期待,才有可能使译作中"起初似乎并不恰当的说法会逐渐变得完全可以接受"(Expressions which may at first seem inappropriate may come to be fully acceptable)(Nida,1964:215)。例如汉语中大量的外来词如"幽默"(humour),浪漫(romantic),以及一些表达法如"过去是、现在是、将来仍旧是"(It was,is,and will ever be…),"武装到牙齿"(armed to the teeth),"给牵着鼻子走"(to be led by the nose)等。由此看出,汉语中许多新的表达方式就是通过这种文化缺省的补偿方法进入中国文化的。

尽管"直译加注"的补偿方法有益于目标语读者了解异国文化,但在翻译中也不宜过度使用。如果脚注和尾注过多,目标语读者为了获得理解,而不得不中断阅读过程去查找注释,阅读的兴奋惯性不可避免地受到一定的影响,阅读速度也会相应降低。

二、文内补偿

1. 增益

相对而言,增益(contextual amplification)在某种程度上弥补了"直译加注"补偿方法的缺陷。这种方法有助于保持源语的文化意象,同时又能为目标语读者提供有关文化背景信息。此方法的优点在于可以让目标语读者不必中断阅读过程,并能迅速建立连贯,阅读的惯性不会受到影响。缺点是:(1)原文的艺术形式在译文中有所变形,隐性的含蓄变成了显性的直白,甚至拖沓、冗长;(2)文内可用于语篇外文化介入的空间有限,读者只能从文内获得有限的文化背景信息;(3)原文含蓄的审美效果也会因译文透明式(transparent)的处理方法而受到削弱。

运用增益法时,译者先是直译具有文化特色的词语,然后把脚注或尾注置入文内以补偿译文读者的文化缺省。当译者认为在译文中置入简短的文化信息比文外用注解的方法来得容易和方便时,他就可能采用增益法。增益法的理论根据是句子的深层结构转换成表层结构时某些成分的省略。当代一些具有代表性的语言学家们认为:所有的语言都有深层结构;各种语言在深层结构上比之在表层结构上要相似得多;深层结构中含有句子的所有语义和句法解释。所以为了把握作者的意思,译者须把原文的表层结构还原成深层结构。在此过程中,原文表层上省略的成分会显现出来。这些成分虽然对源语读者来说是不言自明的,但对于译语读者,却可能是理解原文信息不可缺少的。当出现这种情况时,译者就可以而且应该在译文表层结构中将它们明确地表达出来。

有人说翻译就是翻译意义,这种说法有一定的道理。然而在翻译某些比喻性词语或历史典故这样的具有鲜明的文化特色词语时,译者处于两难的境地,因为这些词语都有着表层结构和深层结构。举例来说,如果我们把"三个臭皮匠,顶个诸葛亮"译成"Even three cobblers can surpass Zhuge Liang",其表层结构得以传达,而其深层结构在译文中丢失殆尽。如果把其译成"Many heads are better than one"或"Collective wisdom is greater than a single wit",其基本意义得以保留,但其两个文化意象——"臭皮匠"和"诸葛亮"在译文中因受到扭曲而丢失殆尽。在这种情况下,译者应考虑运用一种能够使译文读者吸收这一中国文化的方法来补偿译文读者的文化缺省。因此,该译例中恰当的方法是采用把注解置入文内的增益法,其译文为"Three cobblers with their wits combined surpass Zhuge Liang the master mind"。这样,原文中的意义和意象在译文中都得以保留。

汉语中"下中农"和"上中农"两词过去一直成"lower-middle-peasants"和"upper-middle-peasants",外国人看了不知所云。如果译文稍加增益,说明"上"和"下"是指什么,译成"lower-middle-income-peasants"和"upper-middle-income peasants"就好理解了,因为英文中有这样的说法:

The House Ways and Means Committee re-jiggered tax legislation to give middle and upper middle income taxpayers more relief than Carter wanted.

(*U. S. News and World Report*)

陕西省旅游局编的旅游点介绍《西安》上有一帧照片的说明是"华清池龙吟榭",译者处理得较好,译成:

Long Yin Xie (a pavilion built specially for emperors to recite poetry) in the Hua Qing Pool.

再如:

(1)我说二三百两银子,你就说二三十两!"戴着斗笠亲嘴,差着一帽子!"

(吴敬梓:《儒林外史》)

When I say two or three hundred taels, you say twenty or thirty! It's like kissing in straw helmets — the lips are far apart!

这里的歇后语"戴着斗笠亲嘴,差着一帽子"前一部分以直译的方法处理,后一部分则以意译法处理,原文的形象喻义都清楚地表达了出来。

(2)她一个单身人,无亲无故……

(曹禺:《雷雨》)

But this girl Mei was all by herself and far from home, without a single relative or friend to help her.

"无亲无故"译为 without a single relative or friend, 同时补充上 to help her, 点出含义,使全句述意完整。

(3)王冕一路风餐露宿,九十里大站,七十里小站,一径来到山东济南府地方。

(吴敬梓:《儒林外史》)

Braving the wind and dew, Wang Mian traveled day after day past large posting stations and small, till he came to the city of Jinan.

汉语成语"风餐露宿"中的"风"和"露"分别直译为 wind 和 dew, 而"餐"和"宿"则不能直译,只好根据其含义意译为 braving。

(4)一九二八年夏提出了六项注意:一、上门板,二、捆铺草,三、说话和气……

(《毛泽东选集》四卷,1186 页)

In the summer of 1928 he set forth Six Points for Attention: (1) Put back the doors you have taken down for bedboards; (2) Put back the straw you have used for bedding; (3) Speak politely;…

译例(4)叙述的是中国 20 世纪 30 年代共产党领导的军队晚上经常向当地老乡借门板睡觉这样一个历史背景,而这一段历史为中国读者所熟知,阅读时不会产生问题,而西方读者由于文化缺省的存在不可能获得连贯理解。因此,译者在译文中运用了增益手法,添加注解"you have taken down for bedboards"和"you have used for bedding"来补偿译文读者的文化缺省。

再举三例:

(1)一面彼此见了礼,归坐献茶。未及叙谈,那长府官先就说道……

(《红楼梦》)

After an exchange of bows and verbal salutations, the two men sat down and tea was served. The chamberlain cut short the customary civilities by coming straight to the point.

(杨宪益、戴乃迪译)

(2)我是三茶六礼定来的,花轿抬来的啊! 那么容易吗? ……

(《离婚》)

I married him with the proper ceremonies — three lots of tea and six presents — and was carried to his house in a bridal sedan! Is it so easy for him to toss me aside?

(杨宪益、戴乃迪译)

(3)"姜太公在此,诸神回避,"淑华接口嘲笑道。众人大声笑起来。

(巴金:《家》)

"Old Master Chiang, the famous ghost exorcizer, is here. All spirits disperse!" cried Shu-hua sarcastically, and everybody laughed.

(S. Shapiro: *The Family*)

在译例(1)中,译者在文内用了"bows and verbal salutations"来补充解释"彼此见了礼";在译例(2)中,"三茶六礼"先是译成 ceremonies,然后用"three lots of tea and six presents"来解释"ceremonies";在译例(3)中,译者先把"姜太公"译成"Old Master Chiang",然后用"the famous ghost exorcizer"来解释"Old Master Chiang"。在该三例中,译者采用了文内补偿文化缺省即增益的手法使译文读者获得了连贯理解,同时又能使译文读者基本了解这一中国文化信息。

但是在运用增益法来补偿译语读者的文化缺省过程中,译者应确保文内的文化补偿内容符合简洁的要求,不能随意增添原文中所不具有的文化信息,只需在译文中明示原文隐形的文化背景知识,否则会极大地增大译文的语言形式,译文成了冗长的评论。

2. 释义

当翻译中所涉及的两种文化因素非常相似或者源语文化因素十分重要,我们就有必要去忠实于源语中文化特色词语的表达形式和意象。但是,如果源语文化因素与源语语言本身关系很紧密,或者跟特定历史和文化密切相关而很难将其置于另一种语言中去,这时就不能把源语的形式强加于目标语,否则将可能产生歪曲源语含义的尴尬表达形式。在这种情况下,可以改变原文中的意象和形式,来达到忠实于源语文化因素中所包含的意义的目的。源语的形式应该做何种程度的改变以保留其含义,取决于翻译中所涉及的两种语言间的文化差异程度。两种文化的差距越大,形式改变也就越大。在目标语文化中不存在源语中所提及的事物,或者两种语言背景下的同一事物具有不同的联想意义的情况下,如果源语作者使用的文化因素在源语中没有重要到会产生一种艺术意象,可以采用叫作"释义"(paraphrase)的文化缺省补偿方法来对目标语读者的文化缺省进行补偿。翻译成语和典故时,常常采用释义手段,因为直译加注的办法往往使译文(尤其是文艺作品)显得笨重、啰唆,而且很多成语和典故连一般源语读者也未必知晓,逐字译出往往并不必要。例如:

(1)右翼骨干 nucleus of the right wing

(2)那么,我们就停滞了,我们就是肯定片面性了,就是同整风的要求背道而驰了。

We could be stagnating and would be approving one-sidedness and contradicting the whole purpose of rectification.

译例(1)中如用 backbone 来译"骨干",会有"翼"和"脊梁"两个形象难以相配的困难("翅膀的脊梁")。译例(2)中如用"run counter to"来译"背道而驰",也会与 stagnating 一词相矛盾。(既然停滞怎么会朝反方向走?)译者用释义手段避免了这些矛盾。再举几例如下:

(1)The study had a Spartan look.

这间书房有一种简朴的气象。

(2)自古说:"晚娘的拳头,云里的日头。"

(吴敬梓:《儒林外史》)

A stepmother is always cruel.

(3)未庄遍例,倘如阿七打阿八,或者李四打张三,向来不算一件事,必须与一位名人如赵太爷相关,这才载上他们的口碑。

(《阿Q正传》)

In Weichuang, as a rule, if the seventh child hit the eighth child or Li So – and – so hit Chang So – and – so, it was not taken seriously. A beating had to be connected with some important personage like Mr. Chao before the villagers thought it worth talking about.

(杨宪益、戴乃迪译)

(4)所以过了几天,掌柜说我干不了这事,幸亏荐头的情面大,辞退不得,便改为专管温酒的一种无聊职务了。

(《孔乙己》)

So after few days my employer decided I was not suited for this work. Fortunately I had been recommended by someone influential, so he could not dismiss me, and I was transferred to the dull work of warming wine.

(杨宪益、戴乃迭译)

(5)他信步走到窗前,把头伸出窗外去望,看见觉英、觉群和淑英、淑华、淑贞、淑芬几姐妹在阶上踢毽子,觉民也加入在里面踢。

(巴金:《家》)

He put his head out of the window and looked around. There were his two boy cousins Chueh – ying and Chueh – chun, his sister Shu – hua, his girl cousins Shu – ying, Shu – chen and Shu – fen. His brother Chueh – min was there too. The children were taking turns kicking up a small feathered pad with the inner side of the foot. The point of the game was to see who could kick it up the most times without letting it fall to the ground.

(*The Family* translated by S. Shapiro)

试看下例:

"I know, Dad," she said, "I'm a selfish pig. I'll think about it…"

(J. Galsworthy: *A Modern Comedy*)

译文一:"我知道,爹,"她说,"我是头自私自利的猪。我会考虑这个问题的……"

(汪倜然译文)

译文二:"我知道,爸爸,"她说,"我是个自私自利的蠢人。我会考虑这件事的……"

(陈冠商等译文)

该例中,译文一直接把"pig"译为"猪",是和原文的语境不相适应的。在中国人心目中,"猪"作为比喻形象总是与肮脏、愚蠢、下作等贬义相联系,绝少用于自己身上,更不用说该例中的说话者是一位大家闺秀、社交明星了。即使明知道她是在痛责自己,中国读者也很难想象一位如此身份的贵妇人会说出这种话来。译文二采用意译法,在译文中把"pig"释义为"蠢人",更符合原文的艺术语境,更好地传达了原文的文化信息。

以下几例的比喻性习语在汉语中目前还不能直译,因为直译还不能为目标语读者所接受,译者只好在译文中运用了释义的文化缺省补偿方法来使译文读者获得连贯理解。译文一和译文二均可,视具体情况可采用不同的译法。

(1)"You'd better realise," he said,"that the fat is in the fire."

(J. Galsworthy: *A Modern Comedy*)

译文一:"你最好能明白,"他说,"事情已经搞糟了。"

(陈冠商等译文)

译文二:"你还得明白,"他说,"闯了大祸啦。"

(汪倜然译文)

(2)... and he suddenly looked at Michael: "Look here, it's no good keeping gloves on. I'm desperate, and I'll take her from you if I can."

(J. Galsworthy: *A Modern Comedy*)

译文一:……这时他突然看着迈克尔:"你看,掩盖真相没什么好处。我不顾死活了,只要我能够,我要把她从你那儿夺走。"

(陈冠商等译文)

译文二:……说着他突然看着迈克尔:"你瞧,咱们不必假情假义了。我是豁出去的了,如果我能的话,我就要把她从你那里带走。"

(汪倜然译文)

(3)"Give us a chance, constable; I'm right on my bones…"

(J. Galsworthy: *A Modern Comedy*)

译文一:"给我们一个机会吧,警官;我已经走投无路了……"

(陈冠商等译文)

译文二:"给我们一个机会吧,警官;我是穷得淌淌滴了……"

(汪倜然译文)

试看下例:

"… What do you say?"

"I?" said Soames. "I only know the chap's as cool as a cucumber…"

（J. Galsworthy：*A Modern Comedy*）

译文一："……你认为怎样？"

"我？"索米斯说。"我只知道这家伙泰然自若……"

（陈冠商等译文）

译文二："……你觉得怎样？"

"我？"索米斯说。"我只知道这家伙阴得像只黄瓜……"

（汪倜然译文）

在汉语里，"阴"用于人的时候，有"阴沉"（gloomy）、"阴险"（treacherous）的意思，但很难把这两个意思和黄瓜或"冷静"（cool）联系在一起。对译文读者而言，这听起来很怪，也很难理解。译文一采用了释义法，但是放弃了原文的形象从而失去了原文的生动，损失实在太大。如果将译文二改译为"冷静得像只黄瓜"就可以了，这样既保留了原文的形象，又不至于在多大程度上增加译文读者的难度。

试看下列两个译例：

（1）Look at the chaps in politics and business, whose lives were passed in skating on thin ice, and getting knighted for it.

（J. Galsworthy：*The White Monkey*）

你看看那些政界商界的家伙们，他们整个一生都是在风险中度过的，可是都封了爵位。

（2）A fine old… gentleman with a face as red as a rose.

（Kingsley：*The Water-Babies*）

一位满面红光的漂亮的老绅士……

在例（1）中，skating on thin ice 没有直译成"如履薄冰"，而是用释义法把它译成"风险"，因为，在汉语中，"如履薄冰"是"谨慎从事"的意思。在例（2）中，as red as a rose 也不宜直译，而是用释义法把它译成"满面红光"。

释义手段虽然运用范围很广，但源语词语在上下文里很重要或者本身是源语文化的重要概念时，却不宜采用。例如英国钦定本圣经在19世纪时曾经做过修订。修订者误以为圣经中提到的洗礼都是用一种方式进行的，亦即把受洗者浸到水里，于是就把所有出现"施洗礼"的地方（baptize）都译成"施浸礼"（immerse）。

连施洗约翰(John the baptist),给基督施洗礼的圣徒也变成了"施浸礼者约翰"(John the immerser)。这种武断的释义处理显然是不妥当的,因为洗礼的方式除了将受洗者浸入水中以外,还包括往受洗者身上泼水或洒水。同样的道理,在正式文本里把"中统"(the Bureau of Investigation and Statistics of the central Executive Committee)和"军统"(the Bureau of Investigation and Statistics of the Military Council)笼统译为"the secret service bureaus of the kuomintang and the Kuomintang Military Council",也是不能接受的。

释义指的是向目标语读者解释源语中文化因素的含义。因其既能保留源语的信息,又能在翻译过程中赋予译者较大的自由度,所以在文化补偿中已被广泛采用。然而,也有几种情况不适合使用此方法:(1)源语中的文化因素非常重要;(2)源语使用文化因素旨在创造艺术意象或者构建艺术上的空白以给源语读者留下想象的空间。此时,我们最好采用"直译加注"的方法来进行文化补偿。

三、归化

归化(adaptation)是用蕴含目标文化身份的表达方式取代蕴含源语文化身份的表达方式,以达到忠实再现原文意义的目的。采用归化法,译者用与源语有相同使用频度,但一般都有某种译语文化色彩的词语来翻译源语文化特色词语。此种译法可使译文读起来比较地道和生动,其目的在于用目标文化习用的表达方式来替代陌生而费解的源语表达方式。典型的例子就是 Milky Way 和"银河"的互译。当众多翻译家们在嘲笑"牛奶路"的译者连 Milky Way = "银河"这样的常识都不知道的时候,他们已不知不觉地走进了因文化缺省冲突而造成的另一个误区。请看下面两例:

(1) A broad and ample road, whose dust is gold
And pavement stars, as stars to thee appears
Seen in the galaxy — that Milky Way,
Thick, nightly, as a circling zone,...

(Milton: *Paradise Lost*)

译文:一条广大富丽的路,尘土是黄金,
铺的是星星,象所见的,
天河中的繁星,就是你每夜所见的,

腰带般的银河……

（朱维之译《失乐园》）

再看下面汉译英译例：

(2) 差池上舟楫，窈窕入云汉。

（杜甫：《白沙渡》）

译文：Passing an uneven pass I come aboard the boat
Up into the Milky Way,…

（吴钧陶译）

中国的读者看到例(1)的译文会纳闷，银河怎么成了"黄金路"？同样，西方的读者看到例(2)的译文也会觉得奇怪，Milky Way 上怎么还能撑船？必须指出的是，文化背景不同，人们认知结构中的文化图式（cultural schema）也不同。中国人看到"银河"的字样时，占据其文化图式中的空位的是"牛郎""织女""大河"和"鹊桥"等。而西方人在看到 Milky Way 时，他们的文化图式中可能会出现"赫拉的乳汁""奶路"，或"通往宙斯宫殿的乳白色道路"等。也就是说，"银河"和 Milky Way 在各自语言中的文化图式是完全不同的。从以上例句中至少可以看出，在西方人的文化逻辑中，Milky Way 是旱路，而在中国人的图式中，"银河"则是水路。这种储存在我们记忆中的认知模式会在不自觉中影响我们对事物的认识，规定我们的思维方式和语言表达。因此，在中国的文学作品中我们就没见过拿银河当大路，而且是黄金大道来逛的，而在西方文学中我们则没见过在 Milky Way 上扬帆撑船的。由此不难推断：当作者在其语言创作中含有对读者文化图式的预设时，如果我们用蕴含着不同文化图式的表达方式取而代之，就必然会导致文化误读（cultural misreading）。可见，译者想归化原文，以求连贯，结果却事与愿违，其尴尬之处，与"牛奶路"相比，不过是五十步笑百步而已。一般来说，像这类文化色彩较明显的现象，还是用文外补偿的方式比较稳妥。就拿 Milky Way 来说吧，如果这个词在初始引进的过渡时期里，能用恰当的直译（如"奶路""仙奶路"或"神奶路"），再配上恰当的注释，可能早已被我们的语言所吸收。当然，我们不可否认 Milky Way 和"银河"在很多情况下可以互译，但前提必须是原文没有预设文化图式。

英语里有一些习语和汉语的一些习语采用相同或极其相似的形象或比喻，表达相同或极其相似的喻意。如"隔墙有耳"和 walls have ears，"一帆风顺"和 plain sailing，"煽风点火"和 to fan the flame(s)，"泼冷水"和 to throw cold water on…等。遇到类似这种情况，就不妨借用英语同义习语来译。但在借用英语习语时，必须

注意两种习语各自的特点,避免在时代、地点、条件、民族习惯和色彩等方面与原作的上下文形成矛盾。现举例如下:

(1)如今便赶着躲了,料也躲不及,少不得要使个"金蝉脱壳"的法子……

(曹雪芹:《红楼梦》)

Well, it's too late to hide now. I must try to avoid suspicion by throwing them off the scent…

成语"金蝉脱壳"借用 to throw (put) somebody off the scent,形象虽不同,但喻义相近,都含有"用计脱身"之意。

(2)只有大胆地破釜沉舟地跟他们拼,还许有翻身的那一天!

(曹禺:《日出》)

All you can do is to burn your boats and fight them in the hope that one day you'll come out on top.

汉语成语"破釜沉舟"借用英语 to burn one's boats 来表达,无论在内容、形式、色彩等方面都十分吻合。汉语成语"破釜沉舟"和英语成语 to burn one's boats 背后的故事不同:前者与两千多年前中国的英雄项羽有关,而后者是关于古罗马皇帝尤里乌斯·恺撒的。尽管如此,两者之间的互译没有什么文化色彩上的问题,因为这两个名字都没有出现在成语里。但是,如果将"破釜沉舟"译为 to cross the Rubicon 就值得商榷了,因为 Rubicon 这个地名显然不是中国的,有可能造成不协调。

(3)我没想到他对同志们的批评竟充耳不闻。

I didn't expect him to turn a deaf ear to the comrades' criticism.

"充耳不闻",这里借用英语同义习语 to turn a deaf ear to 来表达,也很妥帖。

译者在运用归化法时,切记不要套用译入语中文化色彩十分强烈的表达法。如把"一将功成万骨枯"译为 What millions died that Caesar might be great. 就文化色彩而言就十分不协调,因为在一个明显的汉语语境里,Caesar 的形象必然造成与整个环境的失调。又如,与"谋事在人,成事在天"对应的英语成语是 Man proposes, God disposes. 英译汉时问题不大,因为与 God 对应的"天"看上去不是很明显,但是汉译英时,最好用 Heaven 取代 God,成为 Heaven disposes,因为在中国的背景下 God 是有误导作用的。

"Stab and bludge! Importance awaits you at the end of the alley." But he had restrained his irreverence till the moment of departure.

(J. Galsworthy: *A Modern Comedy*)

译文一:"刺吧！鬼混吧！你们死后就会身价百倍了。"不过他直到临走的时候才说出这些无礼的话来。

(陈冠商等译文)

译文二:"刺吧！用棍打！等你翘了辫子就会一举成名了。"但是,他把他这些失敬的话都憋到临走的时候才说出来。

(汪倜然译文)

在该例的两个译文里,译者都发现很难保留原来的形象,尽管原文的文化色彩不是很强。译文一把它译为一个不带文化色彩的短语"死后",尽管不如原文生动,也不像原文那样是个成语,可还是比译文二里的"翘辫子"这个带有强烈的中国色彩的译法要合适,因为即使对中国读者来说,译文二听起来也有些奇怪,因为它有一点江浙方言的味道。此外,把辫子的形象和一个现代英国人联系起来是不可想象的。

文学作品的民族性在于生活画面的民族特点。我们主张保持这种生活画面的民族特点,尤其不主张在译文中使用反应目标语言的民族事物和概念的词汇。李白《忆东山》:"不向东山久,蔷薇几度花！白云还自散,明月落谁家？"Fletcher 译文如下:

To Tung Shan Cave so long I have not been!

How often have its roses filled with bloom!

Its silver clouds all pass away unseen.

Descends Diana there… To visit whom?

Diana 是罗马神话中的月亮和狩猎女神,通常译为狄安娜,这种具有强烈西方文化色彩的词汇出现在李白的诗中,是极为不合适的。

文学作品的民族性还在于那个民族的传统的文学手法和文学体裁。译者应在可能范围内尽量保持这种手法和体裁。例如,中国民歌中的"兴"(联想)就是一种传统的文学手法。《诗经》中《关雎》头两段:"关关雎鸠,在河之洲。窈窕淑女,君子好逑。参差荇菜,左右流之。窈窕淑女,寤寐求之。"

Waley 译文如下:

"Fair, fair," cry the ospreys

On the island in the river.

Lovely is the noble lady,

Fit bride for our lord.

In patches grows the water-mallow;

To left and right one must seek it.

Shy was this noble lady;

Day and night he sought her.

Bynner 译文如下:

On the river-island—

The ospreys are echoing us

Where is the pure-hearted girl

To be our princess?

Long lotus, short lotus,

Leaning with the current,

Turns like our prince in his quest

For the pure-hearted girl.

Waley 的译文保存了这种文学手法,处理得较好。Bynner 抛弃了这种文学手法,所以译诗很不自然。

中国民歌中还有排比的文学手法。如《木兰词》中的"爷娘闻女来,出郭相扶将;阿姊闻妹来,当户理红妆;小弟闻姊来,磨刀霍霍向猪羊"。Waley 将这种文学手法加以移植,译为:

When her father and mother heard that she had come,

They went to the wall and led her back to the house.

When her little sister heard that she had come,

She went to the door and rouged her face afresh.

When her little brother heard that his sister had come,

He sharpened his knife and darted like a flash

Towards the pigs and sheep.

一个民族的俗语、谚语、成语之类往往反映出这个民族的文化传统和文学传统。在文学翻译中,应该根据语言上的考虑和艺术上的考虑,在可能范围内加以移植,以保持作品的民族性。如果语言上或艺术上不许可,译文读者又不能接受,就不要勉强移植,可采用归化法或其他方法来补偿译文读者的文化缺省。在以下四例中,译者采用了直译法,在可能范围内移植了原文的形象,保持了原作的民族性。

(1) An' after all her brignin' – up an' what I tol' her an' talked wid her, she goes teh d' bad, like a duck teh water.

我生她养她,叮咛来嘱咐去,她还是去干那种丑事,跟鸭子下水一样上了瘾。

(2) Men sent flowers, love notes, offers of fortune. An still her dreams ran riot. The one hundred and fifty! The one hundred and fifty! What a door to an Aladdin's cave it seemed to be.

(*Sister Carrie*)

男人给她送花,送情书,送时运。可是她还梦幻无边。这一百五十块钱!这一百五十块钱!真像藏神灯的山洞给阿拉丁打开了大门。

(3) Joe, a clumsy and timid horseman, did not look to advantage in the saddle. "Look at him, Amelia dear, driving into the parlour window. Such a bull in china – shop I never saw."

(*Vanity Fair*)

乔斯胆子小,骑术又拙,骑在鞍子上老大不像样。(奥多太太说道:)"爱米丽亚,亲爱的,快看,他骑到人家客厅的窗子去啦。我一辈子没见过这样儿,真是大公牛到了瓷器店里去了。"

(4) Oh, but his wrath was up!

"Look here! What do you suppose I told you the names of those points for?"…

"Well to—— to—— be entertaining, I thought."

This was a rag to the bull, He raged and…

(Mark Twain: *Life on the Mississippi*)

哦,他火起来了!……

"喂!你知道我把那些海岬的名字告诉你,是什么意思?……"

"这个——是——是说着好玩的,我想。"

这话简直是朝着牡牛摇晃红布,火上加油。他一下子勃然大怒……

试看下例:

"The words of the Delaware are said," returned the sage, closing his eyes, and dropping back into his seat, alike wearied with his mental and his bodily exertion. "Men speak not twice. "

(J. F. Cooper: *The Last of the Mohicans*)

译文一:"达拉瓦尔人的话已经出口,"那长老答道,他闭上眼睛,又坐了下去,仿佛他的身体和精神都已感到疲乏似的。"男子汉说的话是不能改变的。"

(金福译文)

译文二:"达拉华人说出的话很难收回!"塔姆农德为难地说,他一下子靠在他的椅子背上,仿佛十分疲乏的样子。"大丈夫一言既出,驷马难追!"

(青竹译文)

译文三:"达拉华人的话已经说出口啦,"老族长答道,他闭上眼睛,坐了下去,仿佛精力和体力都已相当疲困。"男子汉言无二诺啊。"

(宋兆霖译文)

在翻译成语时,原文中的成语结构一般是很难在译文中重现的,但是译者应该尽力使译文精炼而富于节奏感,读起来像个成语。在该例中,译文一听起来不像是成语;译文二用了一个中国成语,但文化色彩没有强烈到与上下文不协调的程度;译文三译得较好,因为它很精炼,在结构上与原文也很相似。

"归化"(adaptation)是指根据目标语所反映的心理文化改变源语中的形象和形式,来达到忠实地再现原文意义的目的。这种补偿方法可以帮助目标语读者消除理解上的障碍,从而连贯地理解译文。如:

(1) They will be ice – skating in hell the day when I vote the aid for them.

要我投票赞成给他们以援助,除非太阳从西边出来。

(2) There's a people's court waiting for him. His God – damned head is going to be separated from his God – damned neck.

人民法庭正等着他。狗头就要和狗脖子分家哩。

使用归化手段时有两点需要注意:

1. 从原作者的角度来看,要避免归化后的成分使译语读者对原文信息或源语文化产生不正确的理解。

有人举过一个《圣经》翻译中的例子,可以用来说明这一点。《路加福音》第9章第61 – 62节是:

… still another said, "I will follow you, Lord; but first let me go back and say good

– bye to my family." Jesus replied, "No one who puts his hand to the plough and looks back is fit for service in the kingdom of God."

又有一个人说:"主,我要跟从你,但容我先去辞别我家里的人。"耶稣说:"手扶着犁向后看的,不配进上帝的国。"

希腊文的 arotron 意思是"犁",汉译文译成"犁"是没有问题的,但在把《圣经》译成没有见过犁田工具的民族的语言时,译者就必须考虑如何处理这个词语。所以,在非洲坦桑尼亚的尼亚库萨语译本里(1960 年版),这个词被译成锄头(ikumbulu)。

试看张谷若先生在译《苔丝》时是如何处理同这个说法有关的一个暗引的:

He (Alec) regarded her (Tess) silently for a few moments, and with a short cynical laugh resumed, "I believed that if the bachelor apostle, whose deputy I thought I was, had been tempted by such a pretty face, he would have let go the plough for her sake as I do!"

他说到这儿,静静地瞅了她几晌,又发出了一声短促的冷笑,说,"我本来以为我就是那位独身大弟子①的代表了,我敢说,要是那位大弟子受过这么一副美丽面貌的诱惑,他也准得跟我一样,为了她而放弃了耕犁②。"

① 指圣保罗而言。
② 耕犁,指宣传天国的道而言。"新约""路加福音"第九章第六十二节:"耶稣说,手扶着犁而往后看的,不配进上帝的国。"

这里张谷若先生保留了源语的形象,而用注释的方法交代了暗引的出处,阐发了它的隐含意义。这种处理方法把西方文化中一个重要观念的知识介绍给读者,这个知识在读者接触别的西方作品时也是不无用处的。

相比之下,霍克斯在译《红楼梦》时,有时就太强调了译文可读性的一面,而忽视了译文正确传达中国文化中某些重要特征的一面。举例来说,汉语中的"红"在霍克斯看来不是一个好字眼,因为西方人心目中的红色总是和殉难和流血联系在一起,因此他把"怡红公子"译成"Green Boy",而"怡红院"就变成了"Green Delights",殊不知中国文化里的"红",无论在心理上还是在物质上都具有强烈的现实性。中华民族心目中的"红"总是和"吉祥"(如"红运")、喜庆("红白喜事"、"红榜")联系在一起。来华访问的外国游客,肯定会对中国传统建筑和装饰中红色的大量运用留有深刻印象。在曹雪芹这部传世名作里,"红"还特别暗示着爱情。霍克斯把它归化成西方人喜欢的"绿",就失去了向英语读者介绍中国文化一个重要特征的合适机会,而且很可能使读者对原文产生误解,以为作者用"Green Boy"这个称号暗示主人公缺乏经验和不谙世故(因为这正是英语中 green 一词的联想意义)。

2. 从译语读者的角度来看,"归化"成分的文化色彩一般应较被归化成分的文化色彩为弱。如果两者的文化色彩同样强烈,甚至反过来,那就极可能使译语读者产生时代或地域错误(anachronism)的感觉,觉得不伦不类,滑稽可笑。例如有人认为,外国人叫一声"上帝",中国话就可译成"阿弥陀佛",林语堂译《卖花女》时就把"Lord forbid!"译为"阿弥陀佛",把"God of Heaven!"译为"观音菩萨"。原文和译文都有明显的文化特异性,读者稍加追索,就难以接受。汉语成语"说曹操,曹操就到"有时可以译成"Talk of the devil (and he will appear)",但后者却不能译成"说曹操,曹操就到"。下面一些生硬的归化译法都是因为忽略了这一点而造成的:

as rich as Croesus 陶朱猗顿之富①

①Croesus 是公元前 6 世纪时吕底亚的最后一个王国。陶朱(指范蠡)和猗顿分别为春秋和战国时期的大商人。

在该例中,"Croesus""陶朱""猗顿"这几个名词都带有浓厚的文化色彩,不宜对译。

Danniel 包青天

the Napoleon of crime 罪犯中的楚霸王

lying on his back 坦腹高卧

诸葛亮 Solomon

干女儿 goddaughter

"归化"是一个比较复杂的问题,它同原文的性质和预想中的读者的文化水平等因素都有关系。翻译讨论中的许多争议(例如比喻形象的转换或保留,译诗要不要民族化等)也都来源于此。我们提出了上面两个尺度,是基于这样的信念,即好的译者应在忠于原作者和忠于读者之间找到最佳的平衡点。

有很多因素决定是否需要改变源语文化因素的意象,一般说来,在以下情况下需要改变文化因素的意象:(1)贴近的、形式对等的译文可能导致误解;(2)在译文中必须做出某些形式改变,特别是当译文以目标语文化为中心时;(3)直译会产生语义上的欠额翻译而不能为目标语读者理解。决定是否在译文中改变意象的原则取决于以下几个因素:(1)原文的类型;(2)文化意蕴在原文中的重要性;(3)翻译的目的;(4)译文读者的类型。例如,如果译者强调其译文的可理解性,他就可能在译文中采用归化法来处理原文的文化意象,以达到对译文读者的文化缺省做出补偿的目的。

然而,"归化"会使目标语干涩乏味,虽然能传达源语的意义,但会阻碍目标语读者理解原文所反映的异国情调。当源语中所蕴含的意象、修辞手法和色彩等在上下文中并不是关注的焦点,而且能够在目标语中找到一种能跟源语中意象较好对应的意象时,就可以采用这种方法来进行文化缺省补偿。另一方面,译者不可以用具有浓厚的文化意蕴的词汇来替代原文中的文化意象,因为这样做会使译文和原文互为矛盾。

翻译的困难主要是因为在源语和目标语之间难以找到完全对应的表达方法,而译者又不得不就选用何种文化缺省补偿方法做出抉择。在翻译中,有许多因素影响着文化缺省补偿方法的选用。因此,译者必须认真审视翻译中所涉及的全部因素以便做出最佳的选择来处理文化缺省成分。事实上,根据文化因素选择补偿方法是文化缺省补偿的一个重要策略,译者应努力洞察源语中的文化因素,并将之与目标语文化背景中的文化因素加以对比,以便找出恰当的文化缺省补偿的处理方法。从文化交流的角度来看,在文化缺省补偿过程中应尽力使译文读者欣赏到源语所特有的异国情调和源语所蕴含的文化信息,而不能因补偿过量使他们失去获得文化探索的机会。总之,应认真审视源语中的文化因素,根据源语的具体情况和译文读者的接受能力,灵活选择正确的文化缺省补偿方法。

第七节 文学翻译的语言自然性和翻译腔

任何艺术都有自己的假定性。你要欣赏某种艺术,你就得接受它的假定性。比如你看一部用汉语配音的美国电影,里面的人是美国人,事情是美国的事情,并且也发生在美国,但是每个角色却是满口地道的、自然的中国普通话。这在现实世界中是难以想象的,但在艺术中是可以接受的,而且也是必要的。如果电影中美国人讲一些不自然、似通非通的中国话,观众倒觉得莫名其妙。在文学翻译艺术中,也有这种语言上的假定性,也就是假定原文作者和文学作品中的人物都是讲地道、自然的目标语言,译文读者也同意这种假定。译文的语言必须十分自然,这就是文学翻译中要求的语言自然性。

翻译就是叫外国人说中国话(或者叫中国人说外国话),而且这种中国话或者外国话还必须是地道、自然的中国话或者外国话,否则中国读者或者外国读者就看不懂。语言自然性就是语言习惯性。译文的语言形式必须符合译文的语言习惯。原文语言中最习见最自然的表现法,在译文中也必须用译文语言中最习见最自然的表现法来翻译。

文学翻译中的翻译腔(translationese)是指那些因过于接近原文语言结构而无法为译入语读者接受的译文。翻译腔之所以不可取,从根本上说是因为:一方面,这些外来的语言结构和表达方式有悖于译入语约定俗成的语言习惯;另一方面,无论从必要性的角度还是丰富译入语的角度来看,这些结构和表达方式都没有什么价值。试看下例:

Michael felt a twinge of sympathy, unusual towards that self-contained grey figure.

(J. Galsworthy: *A Modern Comedy*)

译文一:迈克尔对于这个不易冲动的、灰白头发的人,感到一种难得有的同情的痛苦。

(陈冠商等译文)

译文二:迈克尔感到起了一种同情心,他对这个不爱说话的老人,倒是难得有这种感情的。

(汪佩然译文)

译文一连续两个长定语,每个长定语中又各自包含着两个"的"字,一口气四个"的",这使译文读起来很费劲。比较而言,译文二在中国读者看来就比较自然,因为它定语短,同时结构富有动态感。译文一只有一个谓语动词"感到",而译文二有两个谓语动词:"感到"和"有",而汉语谓语动词比英语谓语动词多正是汉语句法的特点之一。

在文学翻译中,有些外国表现法直接移植过来,简直叫人啼笑皆非。这时就必须用译入语语言中习见自然的表现法去代替原来的表现法,以避免译文中翻译腔的出现。以下译例中,译文一都是具有翻译腔的译文,在文学翻译中应尽力避免,译文二符合文学翻译中的语言自然性。

(1) This season saw an ominous dawning of the tenth of November.

译文一:这一季节看见十一月十日的不祥的破晓。

译文二:在这个季节,十一月十日黎明时分的景象是个不祥之兆。

(2) The thought that one day he might return to his native country has never de-

第四章 文化功能理论:文化缺省补偿策略 | 171

serted him.

译文一:有朝一日重返故土的念头从来没有抛弃过他。

译文二:有朝一日重返故土的念头始终在他的头脑中萦绕着。

(3) The guerrilla warfare gripped Ukrain.

译文一:游击战斗争攫住了乌克兰。

译文二:游击战斗争在乌克兰如火如荼地展开了。

(4) He crashed down on a protesting chair.

译文一:他猛然地坐到一张吱吱地发出抗议声的椅子上。

译文二:他猛然地坐到一把椅子上。椅子被压得吱吱作响。

(5)(Father declared that he might be fond of cousin Mary without wanting to hear so damned much about her.) He said she cropped up every minute.

(Clarence Day: *Life With Father*)

译文一:他说,她可时时刻刻都蹦了出来。

译文二:他说,妈妈可时时刻刻都把玛丽表妹挂在嘴边。

(吕叔湘译文)

(6)… but then sudden fit of anger seized him.

译文一:突然,一阵愤怒攫住了他。

译文二:他忽然怒从心上起。

(7) We must claim extraordinary insight for Hegel.

译文一:我们必须为黑格尔要求非凡的洞察力。

译文二:我们不能不说,黑格尔有非凡的洞察力。

(8) A luxuriant tan bespeaks health and glamour.

译文一:丰润的棕色皮肤诉说着健康和魅力。

译文二:丰润的棕色皮肤是健康和魅力的标志。

(9) He could hold her entranced before a ledge of granite while he unrolled the huge panorama of the ice age…

译文一:他可以站在一片花岗石面前,展开冰期的全景,叫她出神忘倦。

译文二:他可以站在一片花岗石面前,讲解整个冰期的情况,叫她出神忘倦。

(10) The announcement of the pact shrieked at Byron and Natalie from the news placards in the Rome airport.

译文一:罗马机场新闻牌下公布的缔约消息,向科伦和娜塔丽尖声嘶叫着。

译文二：在罗马机场下,科伦和娜塔丽从新闻牌上看到了触目惊心的消息——条约缔结了。

(11) Darkness released him from his last restraints.

译文一：黑暗把他从最后的顾忌中解放出来。

译文二：在黑暗中,他就再也没有什么顾忌了。

(12) Ethan, a moment earlier, had felt himself on the brink of eloquence; but the mention of Zeena had paralysed him.

(*Etham Frome*)

译文一：伊坦早一刻觉得自己的话就处在边沿,但是一提细娜的名字,好像再也张不开嘴来。

译文二：伊坦早一刻觉得自己的话多得很,但是一提细娜的名字,好像再也张不开嘴来。

(吕叔湘译文)

(13) The cat, who had been a puzzled observer of these unusual movements, jumped up into Zeena's chair.

(*Etham Frome*)

译文一：那个猫儿一直是这些和平常不同的行动的莫名其妙的观察者,这个时候一跳跳上细娜的椅子。

译文二：那个猫儿一直莫名其妙地在旁边看着这些和平常不同的行动,这个时候一跳跳上细娜的椅子。

(吕叔湘译文)

(14) He was not sorry to assure himself of Jothan's neutralizing presence at the supper table, for Zeena was always "nervous" after a journey.

(*Etham Frome*)

译文一：他乐意饭桌上有个约坦起中和作用,因为细娜出门回来总是有点"神经"。

译文二：他乐意饭桌上有个约坦打个岔儿,因为细娜出门回来总是有点"神经"。

(吕叔湘译文)

(15) But it was surprising what a homelike look the mere fact of Zeena's absence gave it.

(*Etham Frome*)

译文一：但是,说也奇怪,单单细娜出门的事实就使房间变了样,像个家了。

译文二:但是,说也奇怪,细娜一走开,这间屋子立刻换了个样,像个家了。

(吕叔湘译文)

(16)(His scrupulously clean shirt was always fastened by a small diamond stud.) This display of opulence was misleading.

(*Etham Frome*)

译文一:这种有钱有势的外观可以叫人误入歧途。

译文二:你可别误会他当真是个富翁。

(吕叔湘译文)

(17)I shouldn't wonder if they got married some time along in the summer.

(*Etham Frome*)

译文一:如果他们今年夏天什么时候结婚,我不会感到惊奇。

译文二:说不定他们今年夏天就要结婚,也可未知呢。

(吕叔湘译文)

(18)Zeena had at her fingers' ends the pathological chart of the whole region.

(*Etham Frome*)

译文一:细娜手指间有全区的病理图。

译文二:这个区里谁生什么病,细娜都可以说得一清二楚,历历如数家珍。

(吕叔湘译文)

语言的自然性并不是一个固定不变的范畴,而是一个流动性的范畴,总是随时间和条件而变动。同一表现法今天不自然,明天就自然了,在这个语言环境下不自然,在另一个语言环境下就很自然。试看以下两例:

(1)(He had always been more sensitive than the people about him to the appeal of natural beauty.) And even in his unhappiest moments field and sky spoke to him with a deep and powerful persuasion.

(*Etham Frome*)

甚至在他最苦闷的时候,田野和天空还是能给他深深有力的感召。

(吕叔湘译文)

(2)And everything, everything in the house— the kitchen table with the round black marks of hot iron pots, the green washstand with the white daisies painted on it, the cupboard with the cups from which no one ever drank, the dark pictures on the wall— everything spoke of a long life that had been lived in this now tenantless house, of the grandad and granny, of the children who pored over their textbooks at the table, of quiet winter and summer evenings.

(The People Immortal)

里面每一物件,屋子里每一物件——曾被灼热的铁壶烫起了圆的黑印的厨房里的桌子,有白色雏菊的绿色的洗脸台,放着从没有用过的杯子的杯碟橱,挂在墙头的旧画片——这一切物件都诉说了这一座现在没有人住的屋子有过如何久长的历史,都诉说了乃祖考妣以至在桌上留下了他们的教科书的孙儿女们曾经如何生活于斯,曾经度过了多少安静的严冬炎夏的黄昏。

(茅盾译文)

在例(1)中,spoke 译为"诉说",就不自然,在例(2)中,译为"诉说"就很自然。

从以上译例可以看出,翻译腔会造成译文的生硬、不自然,并因此有碍于译文重获原作的文学感染力;同时,翻译腔作为一种语言习惯,会侵害译者对语言的敏感,由此形成在译文中造成歧义甚至错译的温床,阻隔翻译的文化功能和译文的交际功能的实现。

当然,在不违背译文可接受性的前提下,在译作中呈现出外国文学作品的一些语言特色,即具有一定程度的翻译腔,这实在是一种很自然的现象。在译作中适当保留一定程度的翻译腔有助于重现原作的文化色彩。由于文学翻译作品的语言仍应以符合译入语的规范和习惯为主要要求,因此,译作的语言风格实际上是两种语言的有机结合,其主体为自然流畅的译入语,辅以生动新鲜的异域表达方式。这种风格不会造成理解困难,因为语言总体是自然的,同时,用直译方法保留下来的原语表达,使译作语言带有新奇的异国特色。这样的译文读起来不会枯燥,而会非常有趣。事实上,译文读者不会反对在译文中保留一定程度的异国语言特色。

在文学翻译中,我们坚持文学译品的语言自然性,但同时希望有一定程度的翻译腔。这涉及译文语言问题的两个方面:语言规范性和语言革新性。在文学翻译艺术中,语言规范性就是指译文应该遵守译文语言的规范;而语言革新性就是指文学翻译可以而且也必然要适当地输入新的表现法。实际上,语言发展的过程就是规范和革新的斗争和协调。革新要突破规范,规范要约束革新;革新突破规范后,又会出现新的规范。规范和革新总是在不断地斗争着。而语言革新和丰富化的一个重要源泉就是一种民族语言和另一种民族语言之间的桥梁——翻译。

在译作中呈现出外国文学作品的一些语言特色,即输入某些新的表现法,对译入语的发展是十分有益的。新的表现法如果是译入语所需要的,一味反对输入是徒劳无功的。因此,我们主张根据需要和适用两项原则来适当地输入新的表现法。另一方面,我们也反对在不需要和不适用的情况下滥用新的表现法,因为那会损害译入语语言的纯洁性。我们应该知道,在规范性和革新性的斗争中,规范性毕竟是主要方面。忽视语言规范性就必然破坏语言自然性。一切事物都有一定的限度,过犹不及。文学翻译中的语言自然性也有自己的限度,它应以不阻碍翻译的文化功能的发挥和不损害文学译品的民族性为限。这就是说,文学译品的语言不能够"不自然",也不能够"过分自然"。文学译品读起来应该既像原本,又像译本。这就是说,文学译品应该语言自然,没有生硬牵强的痕迹,又保存着原作的异国情调。

第八节 中国文化特色词语英译探析

中华五千年文明史给人类留下了丰富的人文知识及文化遗产,有着丰富的文化积淀,形成了许多文化特色的表达方式。文化特色词语跟特定的语言和文化紧密关联,在很大程度上依赖于某一特定的社会文化背景,具有含义精辟,形象鲜明,表达生动,民族特色突出等特点。正因为如此,文化特色词语作为语言的一种特殊现象,在译文中找到合适的对等表达是比较困难的。本节试图通过翻译实例探讨中国文化特色词语英译的翻译策略,目的是要求译者要培养文化敏感意识,在翻译实践中努力洞察文化特色词语所隐含的文化背景信息并与目标语文化背景知识加以比较从而在译文中找出恰当的文化特色词语的处理方法。

一、中国文化特色词语

翻译实践证明,翻译是一种跨文化交际活动。汉语民族和英语民族由于地域不同、历史不同和文化背景不同,对同一事物的理解也存在着很大差异。待翻译的内容,在中国可能人人皆知,在国外却可能闻所未闻。我们知道的某个城市或某个企业,在国外读者那里可能连它的大概方位或行业都未必了解。我们熟悉我国国内的人物和事物,外国人熟悉他们国家的人物和事物,作者在写作时就会省去一些与其意向读者共享的文化背景知识。因此,对于原文读者来说是显而易见的文化背景知识,对于译文读者就构成了文化缺省成分。由于作者与其意向读者享有共同的文化背景知识,作者在写作过程中可以省去一些对双方来说是不言而喻或不言自明的文化信息,被缺省的成分虽然不在文本中出现但却被读者视为存在于文本之中。从语言交际的角度看,文化缺省的目的是为了使语言简洁,从而提高交际效率。然而文化特色词语所涉及的文化背景知识具有鲜明的文化特色,并且存在于语篇之外,因而对于不同语言文化背景的读者造成语义真空,他们因缺乏应有的文化背景知识无法对文本获得连贯的理解。

二、翻译策略及方法

在翻译实践中,应该认识到,在像翻译这样的跨文化交际活动中,原文作者和译文读者由于生活在不同的社会文化环境中而不具有共同的文化背景知识。原文中文化特色词语所隐含的文化缺省成分的存在使得我们不得不面对这样一个事实:原文作者在写作时是不为译文读者的接受能力着想的。然而,在很多情况下,译者在翻译实践中没有注意到源语文化特色词语所隐含的文化缺省成分,结果他们所译出的译文对译文读者构成了语义真空。此外,由于汉语文化特色词语所涉及的文化背景知识不同于英语读者的文化背景知识而引起的翻译误读比语法之内的东西更难发现,因而造成译文读者对原文更严重的错误理解。因此,在翻译实践中,译者应当充分注意文化特色词语所隐含的文化缺省成分并有意培养文化缺省意识,主动、有意识地替目标语读者考虑,在翻译过程中着眼点要适当高一点,角度要适当中立一些,对文化特色词语描述的对象所隐含的文化缺省成分要在译文中加以适当补偿。

1. 直译(literal translation)

汉语中有些概念、术语、机构名称和其他名词,在英语国家有着相同或类似的表达法,另外一些虽然是中国的甚至是中国特有的,但是中西两者之间存在明确的相互对应的关系,具备相互转换的可能性,所需要的就是发挥译者的灵活性,找出其规律性。这些属于完全对等词,翻译时找到各自的对应词即可,无须解释或加注。但是有一类中国文化特色的表达方式,含有丰富的文化形象、民族色彩和语言风格。刘宓庆指出:"汉语重实,重形象,多用具体的表现手法"(1992:320)。汉语中的形象比比皆是,在有些方面可能比英语更灵活些,如:"九牛二虎""大刀阔斧""排山倒海""惊天动地""脱钩"和"挂钩"等。英译时可优先考虑保留形象。只要这种形象能够被英语读者理解便可保留,以便他们欣赏到中国特色的语言形象。例如"班门弄斧"不一定要译成英语的 teach the fish to swim。如改译成 show off one's skill with the axe before Lu Ban — the master carpenter,更便于外国读者品尝到中国语言形象的独特之处。"如雨后春笋地生长",有人翻译成 grow like mushrooms。虽然原文和译文都表示数量多,且生长迅速,但英语的 mushroom 常含有"迅速灭亡"之意,如 mushroom fame、a mushroom millionaire。由于原文形象鲜明,直译又不会引起译文读者误解,不违背译文表达习惯,所以不必套用西方成语,可直译为 spring up like bamboo shoots after a spring rain。但是,直译必须以不引起译文读者误解和不违背译文表达习惯为前提。

2. 增益(contextual amplification)

增益就是增添原文中文化特色词语所隐含的文化背景知识,为目标语读者提供有关文化背景信息。增添的文化背景信息可以用脚注(footnote)或尾注(endnote)的方式放在译文外,也可以采用文内注解的方式放在译文内。前者更加有利于目标语读者了解异国文化,但也有其缺陷。如果译文脚注或尾注过多,目标语读者为了理解原文意义而不得不中断阅读去查找注释,阅读译文的兴奋惯性不可避免地受到一定的影响,阅读速度也会相应降低。后者的优点在于可以让目标语读者不必中断阅读过程,对译文迅速建立连贯,阅读的惯性不会受到影响。当译者认为在译文内添加一些简单的文化信息比用脚注或尾注来得更为方便的时候,可采用文内注解。

具有文化特色的词语,尤其是习语和典故都具有鲜明的文化风味,因而能唤起原文读者内心的特别感受。在翻译这样的词语时,读者最好采用增益的方法来补偿原文中文化特色词语所隐含的文化背景知识。虽然,任何翻译都会有语义内容的损失,但增益法可以把翻译中的文化亏损减少到最小的程度。在翻译实践中,应根据文化特色词语所隐含的文化背景知识的重要程度,选用增益法在译文中为目标语读者增添必要的社会文化信息,以便满足外国读者渴望能读到反映中国文化的译文的要求。现以实例说明。

(1)状元红酒源于唐宋,盛于明清,系中国古老名酒。

Zhuangyuan Hong, the Number One Scholar Red, is one of China's best–known traditional liquors. Its early production was known as far back as in the Tang and Song Dynasties, and became nationwide popular in the Ming and Qing Dynasties.

(2)深圳经济特区发挥了很好的窗口作用和辐射作用。

Shengzhen Special Economic Zone (SEZ) has served the nation well as a showcase of opening–up, a gateway of international exchange, and a powerhouse of economic growth.

在例(1)中,the Number One Scholar Red 是对 Zhuangyuan Hong 的解释,译

文在"唐宋"和"明清"后同时添加了 Dynasties，也是为了给译文读者提供必要的文化背景信息。在例(2)中，译文用了 as a showcase of opening-up, a gateway of international exchange, and a powerhouse of economic growth 来解释中国人熟知的"窗口作用"和"辐射作用"，为译文读者提供了必要的社会文化背景信息。在翻译中，我们认识到，对源语读者来说是不言而喻或不言自明的表达方式，而目标语读者并不了解。因此，翻译时必须增添必要的文化背景信息以补偿源语中文化特色词语所隐含的文化缺省成分。

3. 释义(paraphrase)

采用释义法就是向目标语读者解释原文中文化特色词语所隐含的含义来处理源语中的文化因素。因其既能保留原文的信息，又能在翻译过程中给译者较大的自由度，所以释义法在翻译文化特色词语时得到广泛采用。释义法用于翻译比喻性词语时要求译者要抓住内容和喻义这一重要方面，牺牲形象，结合上下文灵活地传达原意。现以实例说明。

(1)你们(中层干部)是上面的领导与下面的群众之间的桥梁。

该例句的原文在汉语中是很通顺的。但直译为英语有困难，因为原文中有两个矛盾的形象："上面的"与"下面的"是垂直关系，而"桥梁"则是水平走向。汉语中形象较多，是一种形象的语言，而英语是一种重视逻辑思维的语言。译者应从英汉两种语言的思维方式以及比喻形象的异同为切入点考虑该例的翻译。现给出两种译文如下：

译文(1): You are a bridge between the leadership and the masses.

译文(2): You are a link between the leadership above and the masses below.

(2)市场商品丰富多彩。

The market has an adequate supply of commodities.

在该例中，"丰富多彩"从字面上有"五光十色"的形象，但由于此类形象在汉语中使用过于频繁，读者在脑海中未必会去细细咀嚼这一形象。如果试图保留"丰富多彩"这一文化形象，直译为 The market has a colorful display of commodities，译文显得过于华丽，不符合英语的表达习惯。通过对该文化特色词语在英汉两种语言中所涉及的文化因素的比较，可以看出，还是用释义法舍弃原文中的形象译为 The market has an adequate supply of commodities 更能表达原文的语义信息。

语言并不完整、明白无误，语言中存在着种种矛盾、差异和不明显的东西，即语言的能指和所指之间的差异性(廖七一，2000:74)。曾利沙认为："语言的这种矛盾性在不同的语言中具有不同的反映和可接受性"(2006/3)。因此,在翻译实践中,应当对源语所表达的文化内容高度敏感,根据源语的具体语境选择合理的翻译方法,以使译文顺畅。

4. 套译(corresponding)

套译又称为"借用""移植",是一种比较灵活的翻译方法。虽然不同的民族有不同的文化背景,但是他们的许多思想、情感、经验是相同、相通、相近的。套译是指应用英语里已有的单词、短语和表达方式等,在内容和形式两方面忠实、准确地传达汉语原文的信息,克服文化因素造成的交际障碍。例如用 mystery-shopper 来翻译"暗访",用 cowboy university 来指代那些缺乏师资、设施、校舍、纯粹以赚钱为目的的所谓"大学"。不讲信誉、以骗为主的公司可以称为 bucket shop。把"白条"译为 IOU(I owe you)。把"龙头企业"意译为 leading business 或者借用为 flagship business。港台报纸称某些媒体的有偿新闻为"pay" journalism,pay 一词加了引号,也有的称为 checkbook journalism。那么"黑哨"似乎可译为 checkbook refereeing。灵活采用"套译"方法,公共汽车上的"老弱病残孕专座"似乎可以译为 Priority Seats。因此,在翻译实践中,译者应当在平时阅读英美媒体时注意收集一些表达方式,在翻译汉语文化特色词语时,就可以采用套译法移植一些外来表达方式,帮助目标语读者消除理解上的障碍,从而使他们能够对译文获得连贯理解。

套译的标准和关键是一个"度"或"得体"的问题。新词语层出不穷,无论是汉语还是英语,都是一个令人头痛的问题,但是如果经常上网转转,注意收集西方传媒里的流行话,在翻译实践中有意地加以引用、应用,在翻译中国文化特色的表达方式时可以收到事半功倍的效果。

(1) 回译成英语

一些当初译自英语的普通名词,翻译时须回译成英语词,这与专有名词的回译是一样的。如:

专卖店 exclusive agency; franchised store

对冲基金 hedge fund

可视电话 picturephone

业绩奖励 performance incentives

生态农业 environment-friendly agriculture; eco-agriculture; eco-farming

扫描器字典 quickionary

转基因食品 GM food(genetically modified food)

一揽子融资方案 financing package

（2）采用对等表达式

可以采用英语的类似表达方式来灵活地翻译汉语中的一些新词语,例如西方人的社会保险和社会保障比较发达和完善,翻译中国在这方面的文本时可以借用英语中的现成说法。我国正在改革社会保障体系,讨论文稿中常见的"欠账太多"不好译,容易形成有关个人欠账的印象。阅读外刊时注意到美联储主席 Alan Greenspan 说起 the accrued unfunded liabilities of the social security system,发现正是我们想说的意思。又如：

拳头产品 blockbuster products, hit products, spearhead products
双职工 dual-income family, double-income family
宽限期 grace period
情况、局面 scenario
消费信贷 consumer credit services
薄利多销 small profit & quick return
铁杆客户 committed long-term customers
插播广告 commercials, commercial inserts, commercial plugola
流动人口多的社区 highly transient neighborhoods/communities

例句:他们是这个公司的负责干部。

译文 A:They are the responsible cadres of this company.

该例句是一句具有中国特色的表达方式。英语 cadre 通常作集体名词用,指构成某一政党、组织、部队的骨干力量,很少指个人。responsible 作前置形容词修饰"人",作"可信赖的""可靠的"或"认真负责的"解,如 He is a responsible teacher。它在引导后置定语修饰"人"的时候才可以作"负责某项工作的"解,如 He is the man responsible for that。而 responsible 在修饰"工作"或"职务"时它含有"需负责任的"意思,如 He has a responsible position at the giant state company。该例句的"负责干部"是指"担负一定领导职务的干部",相当于通常所说的"领导干部",不能用 responsible 作前置定语修饰 cadres。现给出三种译文,其中译文 C 和译文 D 是运用套译法译出的译文,这三种译文孰优孰劣要视具体的源语语境而定。

译文 B:They are the people responsible for the management of this company.

译文 C:They are the captains at this company.

译文 D:They are the top executives of this company.

(3)套用英语中类似的表达式

举例如下:

禁渔 fishing ban
禁渔期 no – fishing season
康居工程 affordable housing program
跨省项目 interprovincial projects
行业排名 industry rankings
货币分房 the own – as – you – pay housing system
赢得市场 to carve a niche market
"豆腐渣"工程 a project built with skimped materials
保单失效率、漏交率 policy lapse rates

在文化特色词语的翻译实践中,译者要经常关注国外语言使用动态,为一些虽已有现成译文,但这些译文语言已显陈旧过时或不尽地道的常用词汇和表达提供新译,即顺应语言使用潮流,及时掌握目前英美报刊中高频率出现词汇,在汉英翻译时加以应用,增加读者对译文语言的认同感和亲近感。如:众人参加旨在献计献策的"集体讨论会"或"群策会",用 group discussion 来译显得平淡、陈旧,而如今英语表示同样意思的词是更为生动传神的 brainstorming session,翻译时可使用。如:

(1)下周二召开集体献计献策会,研究我们的新产品。

We're holding a brainstorming session on our new product next Tuesday.

(2)在一次由总经理、营销主管及公司会计师参加的三人集体讨论会上,公司有了新名称。

A brainstorming session between the managing director, the marketing director and their accountant produced a new name for the company.

profile 这个词如今在英语里使用频率非常高,常用于指个人或公司的"简介、概况"及由其引申出来的"个人档案"和"形象"之意。该词可用于翻译"公司概况、公司简介",替换目前一成不变的 company introduction 这一译文。如:

该商务杂志内容包括招聘广告、公司概况和出口动向。

Contents of this business magazine include job vacancies, company profiles and export news.

此外,high-profile(引人注目、大张旗鼓)及(keep a) low profile(保持低调)也常见于报端。showcase这个词如今常在英语中用来表示"展示,展现(精华)"。翻译时可用它来替换略显平淡的show。如:

"中国传奇"艺术节以音乐、戏剧及展览形式展示中国传奇的精粹。

"Legends of China" Festival showcases Chinese legends with music, drama and exhibitions.

"现代化建设"旧译modernization construction,而英美人在形容一种大家参与、为实现某种目标共同努力的大规模运动时多用drive一词(a determined effort to do sth. esp. by a group of people),他们在提到我国现代化建设时也都用这个词,即modernization drive,翻译时可采用。如:

进行社会主义现代化建设,需要尊重知识,尊重人才。

In our drive towards socialist modernization, we must respect knowledge and talented people.

"敬业精神"旧译devotion,如今英语中流行的表达是commitment(hard work or involvement in something that comes from a real interest or belief in it)一词。它与"敬业精神"的实质更为相符,翻译应采用。如:

这是一种崇尚敬业精神的企业文化。

This is a company culture of commitment.

"策划"通常译作plan,plot,如今也常用mastermind。如:

这部文献片由他策划并撰写解说词。

He masterminded the documentary and wrote an oral commentary for it.

"生产基地"通常译作production base。除此之外,还可译作如今常见于原版书籍的production facility,facility一词作"buildings for a particular activity(供特定用途)的场所"解。如:

该集团公司是四个公司里最大的,在全国拥有15个生产基地。

The group is the largest of the four companies, with 15 production facilities throughout the country.

关于"某某公司、企业"的翻译,国内见诸报端的往往是 company,corporation, firm,enterprise,business。实际上,英语里根据公司性质的不同,还有其他表达。 operator 指运营公司,如:

This is an operator offering corporate hospitality services.

这是一家提供企业社交/公关服务的专业公司。

holdings 指(用于公司名称中)控股公司,如:British Motor Holdings (BMH),英国汽车控股公司。

consultants 指(用于公司名称中)咨询公司,如:BGT Marketing Consultants, BGT 营销咨询公司。

service 指商业性服务公司,如:office design service 办公场所设计公司;travel service 旅行社;translation service 翻译公司。

agency 指代理公司,中介公司,如:a market research agency 市场调查代理公司;an advertising agency 广告代理公司;a recruitment/employment agency 职业介绍所;a commercial property agency 房地产中介公司。

"管理人员"常被译作 managerial staff。实际上,英语里更多见的是用 management staff 或直接用 management,翻译时可采用。如:高层管理人员 senior management;中层管理人员 middle management;基层管理人员 junior management;经理部及全体员工 management and staff。

scenario 也是如今高频率出现的词,表示"(未来可能发生的)局面、情况和趋势",翻译时可根据具体语境,用来替换或代替 situation。如:

经济全球化和贸易自由化的进程,可能出现两种发展趋势。

There are two possible scenarios for the process of economic globalization and trade liberalization.

(4)套用国内权威译法

禁渔期 closed fishing season

对外口径 unified version for the public

配套政策 supporting policies

综合国力 comprehensive national strength

住房零首付 zero-yuan first payment (for apartments)

知识经营管理 knowledge-based operation and administration

多投资者多收益 more returns for more investment(套用"多劳多得"的译法 more pay for more work)

翻译就是一个发现的过程,在翻译实践中,译者应当努力洞察源语中文化特色词语所隐含的文化因素和社会文化背景知识,并将之与译语文化背景中的文化因素和社会文化背景知识加以对比,以便找出恰当的文化特色词语的处理方法。译者还应努力培养文化缺省意识,在翻译中主动地并有意识地替目标语读者考虑,思考在译文中以何种程度,以及以何种策略和方法对文化特色词语的文化意象进行调整,以便于目标语读者在接受译文的同时,又能获得文化探索的机会。

第九节　成分分析法的应用

纽马克指出,翻译就词汇意义来讲是由意义成分的转换构成的(translation may be said to consist lexically of a transfer of sense – components)(Newmark,1981:27)。意义成分的转换涉及三个阶段,如图 4 – 1:

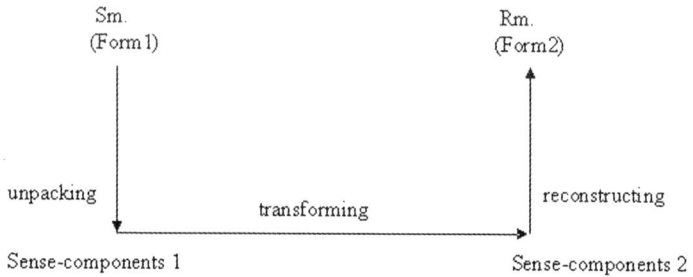

图 4 – 1　意义成分转换涉及的三个阶段

图示的三个阶段包括:拆卸(unpacking)、转换(transforming)和重构(reconstructing),拆卸与原文信息的意义成分的分析有关,转换意味着把源语的意义成分转换成目标语言的语义成分,而"重构"意味着用适合于目标语言读者的语言形式再现源语信息中的意义成分。

翻译中的成分分析在某种意义上与语义学中的成分分析有所不同,语义学的成分分析主要是语境外的成分分析,即把单词的意义分解成最小的成分(Leech,

1981:23)。比如,"女孩"(girl),作为一个独立的术语,由下列基本成分组成:(1)女性,(2)年龄为 3 到 35 岁,(3)可能未婚(Newmark,1981:30)。

但是,译者角度的成分分析在某些情况下应该是在语境内所进行的成分分析。译者应认真审视语言语境和情景语境强加给某个词语的语义特征(Newmark,1981:29)。某些词汇在语境外可能具有多个意义并且每个意义又有它自己的一组成分。既然原文中词汇项的真正意义是由事件发生的语境决定的,那么意义成分也应该由其语境来决定。

以"对联"为例,文本外的"对联"至少有两个概念意义(conceptual meaning),因而至少有两组意义成分如下:

1. 字句
1)字或句对称
2)以两行为单位
2. 挂件
1)细长纸幅或竹片或木片
2)垂直悬挂
3)两件为一套
4)写或刻有对称字句

对比之下,以下三个句子中"对联"的概念意义各不相同,意义成分也各不相同。

(1)一边的对联已经脱落,松松的卷了放在桌上,一边的还在,道是"事理通达心气和平"。

(《祝福》)

(2)门墙上挂着一幅木对联,红漆底子上现出八个隶书:"国恩家庆,人寿年丰"。

(《家》)

(3)宝玉道:"如此说,则匾上莫若'蘅芷清芬'四字,对联则是:"吟成豆蔻诗犹艳,睡足荼䕷梦亦香。"

(《红楼梦》)

例句(1)和(2)中的"对联"指的是"挂件"的意义,而例句(3)指的是"对联"的"字句"意义,因此例句(1)和例句(2)中"对联"的意义成分显然与例句(3)中"对联"的意义成分有很大的不同。假如译者没有把原文信息中的语境因素加以考虑,就可能把某些不必要的或不恰当的意义成分翻译到目标语言中,就不可避免地产生翻译错误。因此,在第一阶段的"拆卸"过程中,译者应该在原文语境下进行意义成分分析,这样,译者就能判断出应该把哪些意义成分转换到目标语言中。

值得注意的是语义学中的成分分析只与词汇项的概念意义有关,而翻译中文化特色词语的成分分析还涉及原文信息中的内涵意义。如前所述,由于文化缺省的存在,在翻译中应把原文中重要的隐含的意义结构在译文中加以明示,因此,译者应该把源语语境下重要的文化特色词语的内涵意义分解成最小的意义成分,以译语最自然的语言形式再现这些意义成分以及概念意义成分。如:

闰土来了……颈上套一个明晃晃的银项圈,这可见他的父亲十分爱他,怕他死去,所以在神佛面前许下心愿,用圈子将他套住了。

(《故乡》)

根据《现代汉语词典》(1977)的解释,项圈的意义成分包括:(1)环形物;(2)金属制品;(3)套于颈部;(4)多为妇女儿童使用。但是在本例中项圈有着特殊的内涵意义。过去中国人认为戴项圈能驱邪并带来好运。闰土的父亲就是因为戴项圈的这个作用才让闰土戴银项圈的。如果在译文中不能传达项圈的隐含意义,译语读者就不能理解"套一个明晃晃的银项圈"和"这可见他的父亲十分爱他,怕他死去"之间的逻辑关系。因此,译者应把项圈的"吉祥物"这一意义成分加以考虑。

现给出杨宪益和戴乃迪的译文如下:

Jun – tu had come,…a gleaming silver necklet round his neck,showing that his father doted on him and,fearing he might die,had made a pledge with the gods and buddhas,using the necklet as a talisman.

在译文中,"吉祥物"的意义成分是由英语单词"a talisman"再现的,这样,译语接受者就能理解"项圈"的大部分意义。

对文化特色词语进行意义成分分析后,译者应该把这些意义成分转换成目标语言。"转换"阶段实际上就是译者寻找源语和接受语之间在深层语义结构上的对等表达方式的过程。通常情况下,源语的意义成分在接受语中有相对应的表达方式。比如,在句子"一边的对联已经脱落,松松的卷了放在桌上,一边的还在,道是'事理通达心气和平'"中,"对联"至少由四个成分组成:(1)带轴的纸条;(2)垂直悬挂;(3)以两件为一幅;(4)写有对称字句。这些成分译成英语为:(1) a long narrow piece of paper with rollers；(2) hung vertically；(3) a pair of the paper stripes；(4) written with a couplet。在对源语词汇项的分解中，译者有可能在译语中找不到相对应的表达方式，因此，他不得不继续把成分分解成更小的成分，直到在译语中找到相应的表现形式。现举例说明。在例句"他是我的本家，比我长一辈，应该称之曰'四叔'，是一个讲理学的老监生。"中的"监生"包括两个主要成分：(1) 生员和(2) 国子监。但是，"生员"和"国子监"都很难译成英语。因此，应该把"生员"进一步分解成：(1) 学生和(2) 通过了乡试；"国子监"也应该继续分解成：(1) 学校和(1) 国家最高级别。这样，"生员"可译成：(1) student 和(2) pass the county examination；而"国子监"可译成：(1) school 和(2) the highest rank in the country。因而译者就能在对"监生"的意义成分的第二次分解中找到译语的对等表达形式(equivalent)。

成分分析的主要目的就是在译语中重新配置源语词汇项的成分以便获得源语词汇项的最恰当的对等。但是，不是所有的意义成分都需要在译语的表层结构中得以重构，因为如果所有的成分都在译语中再现，译文将变得冗长和复杂，译语读者阅读的兴奋惯性会受到极大的破坏。译者在选择重构的语义成分时应考虑该词汇项在语境中的重要程度，还要考虑译文简洁的要求(Newmark, 1981: 28)。举例说明如下：

……房里也映得较光明，极分明地显出壁上挂着的朱拓的大"寿"字，陈抟老祖写的；一边的对联已经脱落，松松的卷了放在长桌上，一边的还在，道是"事理通达心气和平"。

(《祝福》)

…The room also appeared brighter, the great red rubbing hanging on the wall showing up very clearly the character for longevity written by the Taoists Saint Chen Tuan. One of a pair of scrolls had fallen down and was lying loosely rolled up on the long table, but the other was still hanging there, bearing the words: "By understanding reason we achieve tranquility of mind."

(杨宪益、戴乃迭译)

在该例中，如前所述，"对联"由四个主要成分构成：(1) 带轴的纸条(a long narrow piece of paper with rollers)；(2) 垂直悬挂(hung vertically)；(3) 以两件为一幅(a pair of the paper stripes)；(4) 写有对称字句(written with a couplet)。根据原文语境，很容易看出"对联"并不是原文中的主要词汇，而成分(2)、(3)、(4)在某

种程度上已分别由译文的"hanging on the wall","one…the other…"以及"bearing words"间接地表达,似乎只有"对联"的形状在源语的语境的交流中起着重要的作用。因此,译者把成分(1)和成分(3)加以结合,译成"a pair of scrolls",再现了原文的真实语境。

在成分分析中的"重构"阶段,译者可运用的方法有意译法(liberal translation)和部分修饰直译法(partially modified literal translation)。运用意译法时译者可通过使用描述性的词汇(descriptive phrases)在译语中实现源语文化词汇的等值。在运用部分修饰直译法时译者可通过修饰类属词(generic word)在译语中实现源语文化词汇的等值。这里的意译就是把原文中文化特色用语的基本成分在译语中重组成一个简短的词组,而部分修饰直译法就是直译类属成分(generic component),然后选择某些表示对比的成分(contrastive component)来修饰这个类属词。

"重构"阶段实际上就是译者灵活运用和发挥的过程。运用意译法时,译者根据语境分析首先找出源语文化特色用语中最为重要的意义成分,然后在符合译语语法结构的基础上重新组织这些意义成分,但重新构建这些意义成分时一定要做到符合逻辑,语言要简练。在不同语境下,源语中的同一文化特色用语可以在译语中有不同的表达方式。以"秀才"为例,"秀才"至少有如下三个意义成分:(1)考生(candidate);(2)通过官场考试(pass the official examination)和(3)在乡试级别上(at the county level)。在以下译例中,"秀才"的译文在某种程度上各不相同。

(1)甚而至于对于两位"文童"也有以为不值一笑的神情。夫文童者,将来恐怕要变秀才者也……

(《阿Q正传》)

… thinking even the two young "scholars" not worth a smile, though most young scholars were likely to pass the official examinations.

(杨宪益、戴乃迭译)

(2)那是赵太爷的儿子进了秀才的时候,锣声镗镗地报到村里来,因为他和赵太爷原来是本家,细细的排起来他还比秀才长三辈呢。

(《阿Q正传》)

This was after Mr. Chao's son had passed the county examination, and to the sound of the gongs, his success was announced in the village… since he belonged to the same clan as Mr. Chao, and by an exact reckoning was three generations senior to the successful candidate.

（杨宪益、戴乃迭译）

(3)我也曾问过赵太爷的儿子茂才先生,谁料博雅如此公,竟也茫然。

（《阿Q正传》）

I once put this question to Mr. Chao's son, the successful county candidate, but even such a learned man as he was baffled by it.

（杨宪益、戴乃迭译）

(4)难道真如市上所说,皇帝已经停了考,不要秀才与举人了。

（《阿Q正传》）

Perhaps what they said in the market – place was really true: "The Emperor has abolished the official examinations, so that scholars who have passed them are no longer in demand."

（杨宪益、戴乃迭译）

意译法中运用的描述性词汇在处理诸如某些习语、典故以及比喻性的词语的文化缺省时是很有帮助的。如果源语这些表达方式不是作者故意用来体现他的艺术动机,或这些表达方式甚至对源语读者来说也不甚熟悉,译者就可以采用意译法来直接阐述其意义。而采用"直译加注"的补偿方法将会使译文显得不自然和累赘。译者可以抛弃这些表达方式的基本语义成分,把它们的意义成分打包成译语中简短的表达形式。如:

夫"不孝有三无后为大",而"若敖之鬼馁而",也是一件人生的大哀。

（《阿Q正传》）

As the saying goes, "There are three forms of unfilial conduct, of which the worst is to have no descendants", and it is one of the tragedies of life that "spirits without descendants go hungry."

（杨宪益、戴乃迭译）

在翻译某些文化特色用语时,还可使用一种特殊的描述词汇,即采用"文化替代"(cultural substitute)的方法来补偿译文读者的文化缺省。"文化替代"运用译语中的形象或比喻来替代源语中的形象或比喻,可使译文更为生动地道,同时保留源语的简洁,尤其可用来处理某些习语和典故。如:

(1)阿Q便迎上去,小D也站住了。"畜生!"阿Q怒目而视的说,嘴角上飞出唾沫来。

(《阿Q正传》)

As Ah Q went up to him, Young D stood still. "Stupid ass!" hissed Ah Q, glaring furiously and foaming at the mouth.

(杨宪益、戴乃迭译)

(2) 阿Q这时很吃惊,几乎"魂飞魄散"了:因为他的手和笔相关,这回是初次。

(《阿Q正传》)

Ah Q was now nearly frightened out of his wits, because this was the first time in his life that his hand had never come into contact with a writing brush.

(杨宪益、戴乃迭译)

(3) "这实在是叫作'天有不测风云',她的男人是坚实人,谁知道年纪青青,就会断送在伤寒上?"

(《祝福》)

"It was really a bolt from the blue. Her husband was so strong, nobody could have guessed that a young fellow like that would die of typhoid fever."

(杨宪益、戴乃迭译)

(4) 钉棺材钉时,"子午卯酉"四生肖是必须躲避的。

(《孤独者》)

…and when the coffin was nailed down, people born under certain stars should not be near.

(杨宪益、戴乃迭译)

然而,译者在运用"文化替代"的方法来补偿译语读者的文化缺省时,应特别谨慎,否则会破坏原文作者的艺术动机和剥夺译文读者文化探索的机会。在原文中的文化特色用语的形象、比喻和色彩等不是原文语境的中心,同时译语中的表达形式又能较好地再现原文意义的情况下,译者可采用此方法。

"部分修饰直译法"经常被用来在译语中保留原文的文化形象,同时又能使原文中隐含的文化内涵意义在译语中得以明示。该方法也可用来处理某些含有中心词(head word)的文化负载词汇项。比如,"湘妃竹""剪绒花""城隍庙"和"罗汉豆"这几个词就各自含有"竹""花""庙"和"豆"的中心词。这些中心词在英语中都各自有相应的意义准确的对等item。因此,译者先把这些中心词直译成英语,然后添加某些对比性的成分来修饰中心词。实际上,源语中心词就是源语词汇项中表示类属的意义成分,在译语中可以找到其相应的词汇来表达其意义。中心词

是在同一个语义场中几个词汇项里出现的分类词,而对比成分是那些区分同一语义背景下的各个词汇项的那些成分。图示如下:

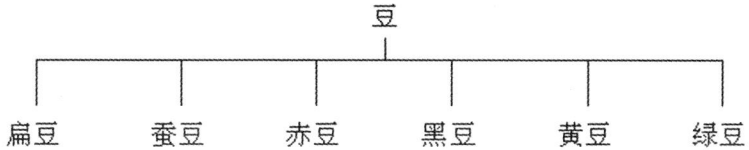

该组的所有词都属于"豆"这一属类,把扁豆、蚕豆、赤豆、黑豆、黄豆以及绿豆区别开来的对比成分与某一豆类的形状和颜色有关。如果某一文化负载词汇项里的中心词在译语中有一相应的对等词,译者就可以分析这一中心词的修饰成分以便找出其对比成分,这样就可能在译语中找到恰当的对等表达方式。修饰部分通常与源语词汇项的大小、形状、数量、颜色、风味、材质、功能和目的等等有关,可根据源语语境选出最为适合的修饰语。举例说明:

(1) 修饰外表(modified as to appearance)

七斤一手捏着象牙嘴白铜斗六尺多长的湘妃竹烟管,低着头,慢慢地走来,坐在矮凳上。

(《风波》)

In one hand Sevenpounder held a speckled bamboo pipe, over six feet long, which had an ivory mouth – piece and a pewter bowl. He walked over slowly, hanging his head, and sat on one of the low stools.

(杨宪益、戴乃迭译)

(2) 修饰风味(modified as to taste)

倘肯多花一文,便可买碟盐煮笋,或者茴香豆,做下酒物了。

(《孔乙己》)

Another copper will buy a plate of salted bamboo shoots or peas flavored with aniseed, to go with the wine.

(杨宪益、戴乃迭译)

(3) 修饰用途(modified as to use)

……抬到男家闹得拜不成天地的也有,连花烛都砸了的也有。

(《祝福》)

… some when they have been carried to the man's house go through the ceremony, and some even smash the wedding candle sticks.

（杨宪益、戴乃迭译）

(4) 修饰材质 (modified as to material)

"我先前并不知道她曾经为了一朵剪绒花挨打……"

（《在酒楼上》）

"I did not know before that she had been beaten on account of a spray of artificial flowers…"

（杨宪益、戴乃迭译）

(5) 修饰功能 (modified as to function)

不料这秃儿却拿着一支黄漆棍子——就是阿Q所谓哭丧棒——大踏步走了过来。

（《阿Q正传》）

Unfortunately this "baldhead" was carrying a shiny, brown stick which Ah Q called a "staff carried by the mourner."

（杨宪益、戴乃迭译）

(6) 修饰颜色 (modified as to color)

"一斤绍酒。——菜？十个油豆腐，辣酱要多！"

（《在酒楼上》）

"A catty of yellowwine, Dishes? Ten slices of fried bean curd, with plenty of pepper sauce."

（杨宪益、戴乃迭译）

(7) 修饰目的 (modified as to purpose)

是的，我也还记得我们同到城隍庙里去拔掉神像的胡子的时候，连日议论些改革中国的方法以至于打起来的时候。

（《在酒楼上》）

Yes, I still remember the time when we went together to the Tutelary God's Temple to pull off the images' beards, how all day long we used to discuss methods of revolutionizing.

（杨宪益、戴乃迭译）

(8) 修饰作用 (modified as to role)

阿Q说是赵太太要看的,而地保也不还,并且要议定每月的孝敬钱。

（《阿Q正传》）

When Ah Q explained that Mrs. Chao wanted to see it, the ti-pao did not return it, but further more demanded a certain sum of money each month as a present.

（John Day 译）

有时,由于译语语法结构的限制,没有足够的修饰语来清晰地表达源语词汇项的主要意义。此时,译者可采用"类属词+修饰语+注释"的办法来提高译文的质量。如:

(1) 谁知道他将"而立"之年,竟被小尼姑害得飘飘然了。

（《阿Q正传》）

Who could tell that close on thirty, when a man should "stand firm", he would lose his head like this over a little nun.

Note: Confucian said that at thirty he "stood firm". The phrase can later be used to indicate that a man was thirty years old.

（杨宪益、戴乃迭译）

(2) "先生,——我家宝儿什么病呀?"
"他喘不过气来,鼻翅子都扇着呢。"
"这是火克金……"

（《明天》）

"He can't breathe, his nostrils are twitching."

"The element of fire overpowers that of metal…"

Note: The ancient Chinese believed that there were five elements: fire, wood, earth, metal, and water. Doctors also considered that the heart, lung, liver, spleen and kidney corresponded to the five elements. Here Dr. Ho is saying that heart trouble had affected the lungs.

（杨宪益、戴乃迭译）

以上所述方法和技巧都是汉译英中常见的文化负载词汇项的处理方法和技巧,需根据原文和译语的具体语境在实践中加以正确运用。

第五章

目标语言文化接受语境：文化缺省补偿策略

第一节 意识形态对翻译策略的操纵

翻译无论是作为文化现象、思想活动，或是作为一项职业、一种知识技能，总与所处的时代密不可分。当前，翻译被认为是一种跨文化的交际行为。研究文化与翻译的关系，大致可以从两方面着手：一是从宏观方面进行研究；二是从微观方面进行研究。从宏观方面来研究文化与翻译，就是要看看翻译对一个国家、一个民族的文化发展产生了怎样的影响。一种文化是怎样被移植到另一种文化中去的，或者说，两种不同的文化是怎样逐步结合起来的。当前的翻译研究派就十分重视这些问题的研究。从微观方面来研究文化与翻译，就要看看哪些文化因素影响和制约了翻译。翻译不仅要克服语言的障碍，更要克服文化的障碍。我们就得看看译者怎样既要克服语言的障碍，又要达到文化交流的目的。

在以往的翻译理论研究中，人们一直把翻译看作是一种从文本到文本的封闭过程，是两种语言之间文字上的转换。但是翻译活动从本质上讲，是两种语言文化之间的交流和转换。源语文化和目标语文化中的诸多因素对于翻译文本的选择、翻译方法的确定以及译本的最后形态都起到至关重要的作用。以往我们对于这些起到影响作用的文化因素重视不够。它们一向被置于边缘的位置，最多也只是被纳入语言学研究，似乎研究语言就是研究文化了。但是，任何翻译活动都不是在真空里进行的，任何翻译作品在目标文化中的接受也不是在真空里实现的。翻译活动涉及译者、译文读者和目的语文化中的文学规范等诸多因素。译者在翻译过程中所做出的每一个选择都要受到这些外部因素的左右与摆布。翻译理论工作者在试图挖掘双语转换规律的过程中还应花大力气去研究影响制约译者选择的种种社会、历史和文化等外部因素,从描述的角度去准确地分析和解释翻译活动为什么会出现某种现象以及译者为什么会采用某种特定的翻译策略。

翻译的过程是一个译者不断进行选择的过程,影响译者选择的既有语言差异等内部因素,也有社会、历史和文化等外部因素,而往往外部因素产生的影响更具有决定性的意义。挣脱文本的藩篱,站在社会、历史和文化的高度去审视翻译问题和翻译中的文化缺省补偿问题,有助于人们从总体上把握问题的实质,使翻译理论研究取得一些实质性的进展。只有把翻译放置到更为广阔的文化背景中进行研究,强调历史意识和文化观点,才能抓住问题的实质。苏珊·巴斯内特和勒菲弗尔在1990年出版的翻译理论文集《翻译、历史及文化》(Translation, History, and Culture)中率先提出翻译理论研究中的"文化转向(cultural turn)"的问题。他们声称,"翻译的操作单位既不是单词,也不是文本,而是文化"(Bassnett & Lefevere,1990:12)。"文化转向"为翻译研究增添了一个重要的维度。翻译不再被看作是文本之间的转换,而是目的语社会中的一种独特的政治行为、文化行为和文学行为。翻译研究学派认为,翻译研究中最重要的不是首先考虑词语的对等,而是要研究在哪种情况下算是对等的,又是哪些社会、文学和思想意识因素使译者做出特定的选择。文学翻译的研究在本质上是社会的、历史的研究。谢莉·西蒙(Sherry Simon)指出,"八十年代以来,翻译研究中最激动人心的进展当属为'文化转向'的那一部分"(Simon,1996:7)。而根茨勒(Edwin Gentzler)更把"文化转向"的提出看作是"翻译研究领域的一项真正具有突破性意义的成果",以及翻译理论研究时代来临的标志(Bassnett & Lefevere,1998:XI)。

勒菲弗尔(Lefevere)认为,"翻译就是对源语文本的改写",并且"改写"(rewriting)超越了语言文字转换层面,体现了意识形态和诗学形态对翻译的操纵,就是说,社会意识形态(ideology)、诗学观(poetics),还有赞助人(patronage)等诸多语言外因素,就像一只"看不见的手"(王东风,2003/5),始终操纵着翻译的全过程。翻译必然涉及文化输出和译入语社会意识形态的摩擦和碰撞,免不了意识形态对其过程的干预。因此,在翻译过程中,译者不能单纯考虑语言层面的操作,更为重要的是,译者还需关注政治和文化等诸多语言外因素的作用,还需考虑意识形态的介入。从意识形态这一角度探究或解释翻译的内在规律,不失为一条有力途径。从意识形态出发,就能使我们看清一些隐藏于文本之后、语言之外却自始至终主导着翻译的诸多因素,解决一些语言层面难以处理的问题,为翻译研究提供更为广阔的空间和视域。

意识形态必然介入或操纵翻译,因为翻译不是在真空中进行的,两种语言在两种文学传统的语境下发生碰撞,译者周旋于两种文学传统之间,心中必然有一定的目的,按照自己的主张进行翻译,不可能是中立的、客观的(Lefevere,2006:11)。翻译中大多语言文字的修改和调整,并非出于文本内因素的考虑,而恰恰是文本外诸多因素直接介入的结果。译出语和译入语具有各自独特的政治、历史、国情和文化,在向不同政治体制、不同意识形态、不同文化传统和观念、不同社会条件和历史背景的国家和民族输入译出语独具特色的国情风貌、文化传统、伦理道德、政治主张、社会现状等的过程中,两种语言文化背景下的主流意识形态和诗学观念必然产生冲突。从这个意义上来讲,翻译本身就是介入目标文化的重要板块。

根据勒菲弗尔的观点,意识形态是一种观念网络,由某一历史时期所接受的看法和见解构成,影响着读者和译者对文本的处理。意识形态由"规范人们行为的形式、习惯和信条构成,呈格栅状"(Lefevere,2004a:16)。将意识形态引入翻译研究,这为我们对人类的文化精神产品(原作与译作)、文化政治活动和意识形态进行辩证的考察提供了可能。意识形态以不同的语言形式隐藏在语篇之中,以各种隐蔽方式潜移默化地影响着作者写作、译者翻译以及读者解读文本。意识形态引入翻译研究,开启了翻译研究的另一扇窗,为我们认识翻译的本质提供了新的理论视角,并为理解与阐释译作中的增删、改写和置换等现象提供了新的研究思路。而诗学形态则指一种文学艺术的美学观念体系,由两部分组成:一是文学手段、文学体裁、作品主旨、原型人物和情境、象征等的总和(inventory);二是一种文学观念,即文学在整个社会体系中扮演的角色或应该起到的作用。并且,诗学功能受制于意识形态,在意识形态的作用下在文学系统内产生功能(Lefevere,2004a:26-27)。而体现意识形态或权力(power)意志的赞助人,则对文学阅读、文学写作和文学改写以及翻译起着"促进或阻止"(further or hinder)的作用,赞助人通过各种管理机构,如学术团体、审查局、评论杂志和教育机构等,至少对文学作品的发行(即使不是文学写作)进行控制,使那些关注诗学的"专业人士"俯首听命于赞助人所处时代和社会的主流意识形态(Lefevere,2004a:15)。在翻译过程中,意识形态规定着译者采用的基本策略,为译者解决源语"论域"(universe of discourse),也称为"文化万象",即原文中的社会文化因素,包括客观事物、观点、原作者熟悉的社会习俗和语言表达(linguistic expression)方面的基本问题提供决策(Lefevere,2004a:41)。翻译是不同语码之间的转换,更是不同文化之间的交流与对话,因而必然受到诗学、意识形态和赞助人的操控。诗学作为文学艺术的观念体系与意识形态密不可分,而意识形态又是赞助人或权力的意志体现。因此,勒菲弗尔的操控"三要素"中意识形态最重要,诗学和赞助人都涉及意识形态问题,是意识形态的具体体现。

纵观中外翻译史可以看出,翻译既是个人行为更是社会行为。译者采取的翻译策略,固然有他个人的原因,但这并不完全是他个人的问题,还与其所处社会的主流意识形态操控直接相关。所谓主流社会意识形态,指的是一个国家或社会里占主导地位的政治、社会、文化、伦理、审美和价值观等倾向,它通过译者的主体意识来影响其翻译策略与翻译方法的选择。众所周知,中西读者文化熏陶是不一样的,其生活方式、传统习惯、思维方式以及宗教信仰也是不同的。任何译者在翻译时都自觉或不自觉地为他们心目中的读者群服务。"翻译不是在真空中进行的,译者作用于特定历史时期的特定文化之中。他们对自己和自己文化的理解,是影响他们翻译方法的诸多因素之一"(Lefevere,1992c:14)。由此观之,意识形态决定了译者个人和目的语社会的思想构架,通过思想观念和世界观决定读者和译者阐释文本的基本方式和译者翻译策略和方法的选用。

译者除了选择受制于接受语境的主流意识形态和诗学观念的约束外,还可以挑战这些约束,"可以用与彼时彼地主流诗学或意识形态不相合的一种方式来改写文学作品"(Lefevere,2004a:13)。改写理论认为,没有一个文化的诗学或意识形态是单一的,相反,它们总是由一种主流趋势和其他各种反向或外围趋势所组成。一个文化的中心诗学和意识形态与外围之间总是处于紧张或交战的状态,有时中心力量再次确定其统治地位,有时外围力量接管或至少驱逐中心力量(Lefevere,2006:86)。由于引进的文学翻译作品处于"本土作品(因此必须服从主流诗学)"和"外国作品(因此可以相应地免于主流诗学规则的控制)"之间的交界处,因此它在目标语文化中是具有某种免疫性的。正是这种模糊的地位使得译作可以渗透踏上颠覆(主流诗学)的征程(Lefevere,2006:129)。想挑战主流意识形态和主流诗学观念的译者也正是利用这一点,从源语文化中挑选声望较高的作家的作品来进行翻译,而这些作家"碰巧"创作了与译者的新诗学观相合的作品(Lefevere,2006:129)。

翻译作品力图摆脱主流意识形态和诗学思想的约束进而主动影响接受语境下的主流意识形态和诗学思想的例子是很多的。Venuti(1995b:300)在翻译意大利诗人米洛·德·安吉利斯(Milo De Angelis)的作品时,采用了抵抗式的翻译策略,创作出了一种既不同于英美文化也不同于意大利当时流行的诗学规范,形成了一种对两种文化语境都具有陌生感的新语言。古今中外的翻译实践说明,译者可以通过选择不同于主流意识形态或主流诗学的译材,或者采用与其不相合的翻译策略来改写文学作品,进而对主流意识形态或主流诗学观念施加主观能动作用,向目标文化引进新的思想观念、新的文学体裁和表现手法。

长期以来,说到翻译,必然要提"忠实"。追求译文与原文"形"、"神"皆同,忠实不二,似乎是译者天经地义必须努力达到的标准。传统翻译观认为翻译只是两种语言间的转换。然而,这种传统研究无法解释翻译中出现的种种"不忠"现象,特别是翻译中对原作的增删和改动行为。语言和文化相互制约,相互影响,相互依存,翻译研究实际上就是文化互动的研究。"翻译活动始于语言,又终于语言;它以语言为形式,以文化为内容,以文化的交流与沟通为目的。因此,语言翻译过程中文化因素的理解与处理便成为十分重要的课题"(包惠南,2000:13)。翻译过程及结果受译者个人的文化观和社会主流意识形态两方面因素的影响,两个因素交互影响,最终通过译者这一行动主体对文本的介入或干预,导致翻译行为和结果的不同。译者作为特殊的读者,对原作有诠释的权利和义务。

第二节　接受语境下的文化缺省补偿策略

如果文本意义只是涉及读者对文本所表达的思想、情感以及意图等因素获得准确而完美的理解,如果阅读活动所涉及的各个要素之间的关系只是以作者或文本为中心(author – centred or text – centred),那么对文学翻译中接受语境的讨论将毫无意义,因为这样一来,文本作者就成了文本理解和阐释的权威,译者的任务只是获得作者或文本本身预先设定的"完美"答案从而用目标语言实现原文的意义。在接受理论(the reception theory)看来,意义不是一个等待发掘的"东西",而是文本与读者之间的相互作用或"对话"。伊瑟尔(Iser)指出,意义不再是被定义的东西,而应该具有被体验的效果,读者永远不能穷尽文本潜在的全部意义,这就意味着我们有必要把意义看作是发生的某种东西(something that happens)(1978:22)。文本根本不具有规定的或权威的解读,读者由于和原文本处于不同的历史阶段和不同的角度,可以依据自己的特有方式对文本做出不同的理解和阐释,这样就消解了原文本和原作者的权威,强调了文本与世界的互动作用,也就是说,读者不能独立于文本所处的世界对文本做出理解和阐释。在文本的理解过程中,应把各种情景因素加以考虑,尤其应重视社会文化语境。译者不应把文本的理解像传统的翻译概念那样局限于作者可能的意图,而应更加关注接受语境的各种因素(Wang,2011/4:348)。

在对文本意义的理解和阐释中更加关注读者的作用这一转换对翻译有着重大的意义,因为译者首先是原文的读者,他对原文做出的理解和阐释就是作者和语境共同作用的结果。翻译不是在独立于它处的社会和文化语境下发生的,不能局限于文本本身(Wang,2011/4:348)。实践证明,翻译是一种社会文化活动,不是发生在真空中的一个价值中立的机械转换过程,也不是单纯语言层面上的技巧转换。用西方功能翻译理论的话来说,翻译是一种"跨文化活动"(cross-cultural event)和"交际互动"(communicative interaction),并且从来就是一种"目的性行为"(Nord,2001:1),这种目的性体现出强烈的意识形态和诗学倾向,因为"翻译,从根本上讲,就是从本土文化意识形态输入异域文化的意识形态"(王东风,2003/5)。因此,译者不应该被视为被动的接受者,而应该被看作是积极的参与者和建构者。如果把翻译视为独立于接受语境的活动而几乎不与社会现象相联系,译者就成为一名技工,他的任务就是用目标语言中一连串的相等物来替换源语文本中一连串的表达方式,而不是建构目标语社会中包括新意识形态和诗学在内的新文化的调节者(mediator)和积极参与者(Wang,2011/4:349-350)。

勒菲弗尔(Lefevere)认为处于某一历史阶段和社会背景中的接受语境,包括社会物质背景、政治形势、经济系统、民族文化政策、社会意识倾向和文学传统等,不仅是决定译者翻译/改写的内容和方法的重要因素,而且更为重要的是,还有助于在目标文化中形成翻译的交际功能。因此,他一方面认为翻译不是在真空中进行的,同时又强调翻译也不是在真空中接受的(Lefevere & Bassnett,2001:3),翻译是为某一社会的意识形态和诗学服务的。意识形态和诗学观念是限制译文生产和接受的两个主要因素。"翻译活动绝不是文人雅士书斋里面的消遣或文字游戏,翻译的过程受各种权力话语的制约从而使译本成为一种人为操纵的产物,是一个以译者为一方而以目的语社会中意识形态和诗学为另一方的谈判的产物"(吕俊,2001:98)。勒菲弗尔指出,"翻译是对原文文本的改写(rewriting)。所有的改写,无论其意图如何,都是对某种意识形态和诗学的反映,并通过意识形态和诗学对文学进行操纵,使其在特定的社会中以某种方式发挥作用。改写即操纵,在操纵的过程中为权力服务……"。(Lefevere,1992c:xi)。至于什么是翻译,图里(Toury)认为翻译就是在目标系统中被视为译文的目标语言言说(1985,20)。图里认为判断一个文本是否是翻译在很大程度上是看目标语接受者是否把它视为翻译,而不是看它和原文本在多大程度上等值。由此看出,图里和勒菲弗尔扩宽了翻译研究的范围,否定了翻译就是用目标语言替代源语文本语言这一传统的翻译概念,强调了正是接受语境因素决定了译者所采用的翻译策略和翻译文本的形态。

译者作为社会的一员,他的翻译动机总是受到社会动机的影响,总是受到社会意识形态、主流诗学以及赞助人或权力的控制。可见,"翻译并不只是一扇对另一世界打开的'窗口',或诸如此类一些人们笃信的常规说法。相反,翻译是一个开放的渠道,常常带有几分强迫,将异域文化的影响经由这一渠道扩散到本土文化,挑战本土文化,甚至颠覆本土文化"(Lefevere,2004b:2)。因此,翻译不能不顾及目标语社会和时代的主流意识形态和诗学观念,不能不顾及本土文化氛围下大众的接受心理。不顾目标语的接受语境强行输出,把源语中的接受方式强加给目标语读者的做法是行不通的。由此可见,译者在对翻译策略和翻译方法做出抉择时,常常是意识形态或诗学观念操纵着译者的行为,就像一只"看不见的手",让译者"对这来自异域文化的价值观做出自己的判断,然后决定转达的策略,是直截了当,还是曲达其义;是'削鼻剜眼',还是另起炉灶"(王东风,2003/5)。从这个意义上讲,不论是坚守源语价值观的"直截了当",还是顺从译语文化的"曲达其义",都是意识形态或诗学观念操纵的必然结果。

译者既然生活在某一社会文化背景中,就意味着他不得不受到这一社会文化规范的影响。译者受到社会文化规范的影响可能是这样的:他会有意识地遵守代表他生活的社会文化背景的主要文化习俗、价值和动机等的某些社会文化规范,同时他又会有意无意地根据自己的偏好背离这些社会文化规范。一个社会通常有好几个同等重要的社会文化规范,译者可能遵守某些社会文化规范而置其他社会文化规范于不顾。在社会文化规范这个极其复杂的系统中,译者必须对他要遵守的社会文化规范进行定位从而确定翻译策略。实际情况是,译者可能在某种文学活动中形成了自己的"期待视野"(horizon of expectation),也有可能因坚持主流诗学思想或文学规范而产生自己的"期待视野"。在理解和翻译文学文本时,译者可能把自己的"期待视野"以一种规约的方式融入文本的"期待视野"之中,也有可能由于发现了文本的不规约特点,采用一套他认为更加适合的理解策略或翻译策略来修正自己的"期待视野"。在某种情况下,译者由于受到某种政治或思想的权威的鼓励或压制,采用某种特殊的理解策略和翻译策略来理解和翻译文本,以迎合某些读者的口味(Wang,2011/4:349-350)。为了更好地说明意识形态和诗学观念对翻译策略的影响,勒菲弗尔提出了"折射文本"(refracted text)的概念。所谓"折射文本"就是"为了特定的读者作过处理或改编的文本以使译本符合诗学的和意识形态的标准"(Edwin Gentzler,2001:136)。如给孩子们看的简写本,为拍电影而重新编写的文本,都是典型的折射文本。在补偿译文读者的文化缺省的过程中,译者在拟译文本的选择以及某些思想观念的译入和译出方面享有某些自由。例如,在引进外来思想时,译者可根据源语文本是否符合他的期待视野来选择所译材料,也可根据自己确定的翻译策略来删减、增补、改写、评论或保留某些内容。这就是说,译者可以在更加广泛的意义上进行翻译,根据不同的翻译目的,从不同的翻译角度,以不同的文学风格,在不同的程度上对源语文本进行改写或归化(Wang,2011/4:350)。

传统的翻译理论向来推崇等值论,即译文和原文的语义对等,但由德国的Reiss、Vermeer、Nord等学者提出的译文功能理论为翻译研究提供了一个新的视角。功能理论认为翻译是一项有目的(intentional)的交际活动。他们把这种目的称之为Skopos。Skopos为希腊语,其原意为意图、目的、目标、功能。Skopos理论将翻译定义为"在目标环境中为目标目的和目标读者而生产的目标情境中的文本"(Nord,1997:12)。Skopos理论认为翻译并非完全是一个语码转换的过程,即对源语进行转码的过程,而是人类行为的一个特定模式,它有一定的目的,并且这个目的是在翻译之前就已经预定。"译者的任务是为了一个既定的目的在不同的语言和文化群体之间搭起一座理解的桥梁"(Wilss,1996:32)。决定翻译过程的,既不是原文或原文在源语受众上产生的效果,也不是原文作者所赋予原文的功能,而是由根据发起者或主顾的需要决定的目标文本的目的所决定的。

翻译的目的大致可以分为:译者的目的、译文在目标语文化中的交际目的以及某种翻译方法或策略所要达到的目的(如直译以突显源语的语言结构特点)。每个文本都有其特定的目的,译者按照文本所处的语境和文本本身的功能来进行翻译。也就是说,译者在整个翻译过程中的参照系不应是功能对等翻译理论所强调的原文及其功能,而应是译文在译语文化环境中所要达到的一种或几种交际功能。

根据Skopos原则,翻译的过程应以译文在译语文化中实现其预期功能为标准。忠实于原文并不等于逐字逐句的直译,译文的忠实性并不排除为使原作的形式、气氛和深层意义得以用另一种语言再现而进行的适当调整。译者应根据译文不同语篇的预期功能,抓住原作意图,灵活选择相应得当的翻译策略,决定处于特定语境中的哪些原文语篇信息可以保留,哪些必须根据接受语境进行调整,根据译文读者的需要,或直译,或意译,或删减。

翻译中把目标语言文化的接受语境纳入翻译策略抉择的考虑范畴,是一种不同于"忠实于"原文的传统翻译观念。译者根据具体的需求对原文中相关信息的数量和内在价值以及文学风格、文学种类等做出或隐或现的修正,因而较少地具有原文的明显痕迹。换句话说,这样的翻译与传统的翻译概念相比,由于较少地受到源语文本的限制,能够为译者提供更多的创造性翻译的空间,因而相对原文的偏离更能容忍。的确,目标文化系统存在的各种因素以及译者的意识形态和诗学观念起着一个过滤器的作用,决定译者在翻译过程中运用何种翻译策略来补偿译文读者的文化缺省。在众多补偿文化缺省的方法中,归化(adaptation)或改写(rewriting)是译者经常使用的方法。归化意味着译者根据目标系统中的接受语境所反映的文化改变源语文本中的形象和形式,用目标文化身份的表达方式替代源语文化身份的表达方式,以便传达源语文本的真正意义。这种方法有助于消除目标语读者理解译文的障碍,从而更好地获得对译文的连贯理解。有许多因素决定译者必须改变源语文化因素的形象。一般来说,在以下情况下,译者倾向于使用归化的方法来补偿译文读者的文化缺省。第一,由于源语文化因素具有鲜明的语言、历史或文化特色,难以找到途径进入目标语文化;第二,目标语读者在文化和政治方面非常敏感,以至于拒绝接受源语文化;第三,译语读者阅读译文的目的只是为了获得原文的内容而不是为了获得异域文化探索的享受;第四,目标文化十分独裁,对翻译作品实行严格的审查限制(Wang,2011/4:350)。

语言文化极大地受到心理文化的影响,而心理文化指的是人们的心理、行为、信仰、感知、价值观念、思维模式等。也就是说,语言的使用与语言使用者的心智有很密切的关系。因此,在补偿译文读者的文化缺省过程中,译者应把译文读者的心理习惯加以考虑(Wang,2011/4:350)。不论是汉语民族,还是英语民族,都喜欢把动物的形象用于明喻或隐喻的修辞手法中。但是,在大多数情况下,在大多数情况下,在选择动物的象征意义方面,汉语民族和英语民族有着很大的差异。现以动物"熊"(bear)为例。汉语民族和英语民族对"熊"这种动物有着非常不同的联想意义和隐含意义。对于英语民族来说,"熊"可能被认为是"凶猛的"或"危险的",动物园或野生公园的熊可能被认为是"淘气的"或"顽皮的"。但是,"熊"在英语里不具有与汉语民族相同的联想意义和隐含意义。对汉语民族来说,"熊"意味着"愚蠢的""无能的""无用的"。从这个例子可以看出,英语民族和汉语民族对于多数动物有着不同的联想意义和象征意义。在翻译两种语言文化中含有形象意义和象征意义极为不同的词语和表达方式时,我们应该根据接受语境的具体情况在两种语言中找出"文化对等表达"(cultural equivalents),而不是直接向目标语读者传达原文的象征性的形象(symbolic images)。也就是说,在这种情况下,译者应考虑采用"归化"(adaptation)的翻译策略来补偿译文读者的文化缺省,以使译文在目标语接受语境下易于接受。

翻译是一种跨文化交际活动。不同的民族在长期的实践中形成了自身固有的、独特的文化传统或思维模式。在文学翻译中，译者应该充分考虑翻译的接受语境和译文读者的可接受能力，使译文在展示原作主旨和意蕴的同时，更加符合译文读者的审美趣味，从而在原作和译作之间架起一座沟通的桥梁。为了加强译文的可读性，进一步促进源语文化融入目标语文化之中，译者往往会采用文化意象替代的策略（即归化策略）对译文进行重构，从而达到文化传递的目的。

少妇甜甜地一笑，道："别吹了，再吹就成了麒麟了！"

（莫言：《师傅越来越幽默》）

The woman smiled sweetly. "Slow down," she said. "The next thing you'll be telling me is that they're a pair of unicorns!"

(*Shifu, You'll Do Anything for a Laugh* translated by Howard Goldblatt)

在该例中，原文中的"麒麟"就构成了英文读者的文化缺省。"麒麟"是中国民俗文化中的一种仁兽，是人们根据想象自行刻画的一种动物。外形集各种动物之长，常取长寿、平安、吉祥之意，深受中国人民喜爱。民间亦有"麒麟送子"的传说。英语单词 unicorn 是西方文化中的"独角兽"，外形似马，头生鹿角，全身纯白，象征高贵纯洁，独角意指神示。由此看来，"麒麟"和"独角兽"这两种极具文化特色的意象外形大不相同，且在中西方文化中彼此缺失，无法完全对等。但其在各自文化环境中受喜爱的程度和美好的象征意义却具有很大的相似性。在该例中，少妇旨在让贩卖者停止吹嘘，勿将普通之物神化。译者采用了意象替换的归化策略，摒弃西方文化中没有的东方意象"麒麟"，以"独角兽"unicorn 取而代之。在补偿译文读者文化缺省的同时，译文突出了原文的象征意义，也满足了此处源语的语境要求。

（1）有时候他的心里也忐忑不安，不知道自己是在造孽还是在积德。

（莫言：《师傅越来越幽默》）

There were times when he felt uncomfortable, uncertain if he was a saint or a sinner.

(*Shifu, You'll Do Anything for a Laugh* translated by Howard Goldblatt)

（2）他听着他们的哭泣想象着他们的故事，肯定是感伤的故事，是个爱情悲剧，因为这样那样的原因，有情人没成眷属。很可能是天南海北两离分，这次是千里迢迢来幽会。从这个角度上看，他想，我这就是积德嘛！

（莫言：《师傅越来越幽默》）

As he listened to the sobs and whimpers, he thought about their story: it had to be a sentimental one, a romantic tragedy. For a number of reasons, marriage was not in the cards for them. Maybe, after being separated by a vast distance, this man and woman had come together to meet secretly. Viewed from that angle, he thought, I'm actually a good Samaritan.

(*Shifu*, *You'll Do Anything for a Laugh* translated by Howard Goldblatt)

在该两例中,译者都采用意象替换的归化策略来补偿译文读者的文化缺省。"积德"是东方佛教文化用语,表示人们为了求福而多行善事,之后必有好报。而 saint 和 Samaritan 是西方基督教文化中的"圣人"和"乐善好施的人"。在例(1)中,"造孽"和"积德"是一组相对的词,译者在翻译时选择 saint 和 sinner 不仅在形式上对称,在意义上也有一定程度的对等。在例(2)中,"积德"强调"做好事",而 Samaritan 意为"乐善好施的人",两者在意义也构成了对等。在该两例中,译者遵循译文可读性的理念,关注西方读者的可接受性,根据目标语言文化接受语境运用文化意象替代的归化策略来补偿译文读者的文化缺省,不仅消除了译文读者因佛教文化与基督教文化的差异而形成的理解困难,还极富神韵地传递了"积德"的深层内涵。此外,译者运用词性转换将原文中的动词转换为名词,将东方文化中的抽象"积德"概念转换为两个具体的基督教文化符号,符合西方读者的审美情趣,还因其具体形象的强烈画面感,使得译文读者更易理解和接受。

"你这算什么主意?"他说,"你这是让师傅去耍死狗!"

(莫言:《师傅越来越幽默》)

"What kind of idea is that?" Ding said. "Are you asking me to go put on an act?"

(*Shifu*, *You'll Do Anything for a Laugh* translated by Howard Goldblatt)

"耍死狗"是极具地域特色的山东方言,表示无赖行为。英汉两种语言对于"狗"的比喻意义和联想意义不尽相同,中文中与"狗"相关的词语多有贬义,通常与卑劣行径相联系,如"狼心狗肺""鸡鸣狗盗""狐朋狗党""走狗"以及"狗眼看人低"等。英语中与"狗"相关的成语或俗语多含褒义,"狗"通常是积极形象的代表,狗善良友好,真诚聪明,勤劳肯干。人们通常视狗为最好的宠物和伙伴。love me, love my dog(爱我就爱我的一切)、work like a dog(卖命地工作)可以充分表达狗在西方人心目中不可取代的地位。所以,在补偿译文读者的文化缺省中,如果将"耍死狗"译为 act like a dog,西方读者可能会理解成如狗一般友好,那么与原文的意思就大相径庭,而且原文所要表达的"耍死狗"的意思也就消失殆尽。在该例中,译者根据目标语言文化的接受语境把"耍死狗"译成 put on an act。该英文词组表示装模作样的意思,虽然无法传达出原文"耍死狗"的夸张程度和意象效果,也没能传递出原文的乡土特色,但却行之有效地避免了中英传统思维习惯的不同而产生的文化冲突。

"但我表弟还是挺不错的,就是有点怕婆子,"小胡像唱歌似地说,"怕婆子,骑骡子啊!"

(莫言:《师傅越来越幽默》)

"But my cousin's a great guy. A little hen-pecked,that's all." Then,in a sing-song voice,he added,"When a man's wife rules,he sleeps with the mules!"

(*Shifu*,*You'll Do Anything for a Laugh* translated by Howard Goldblatt)

"怕婆子"是一个极具乡土特色的词汇,意为"妻管严",在该例中,出现了两次。在补偿译文读者的文化缺省中,译者根据目标语言文化的接受语境把第一个"怕婆子"译为英语中具有相同意义的词 hen-pecked,以利于西方读者理解,进而为后句第二次出现该词做好铺垫。原文"怕婆子,骑骡子"读起来朗朗上口,富有韵律。译者的翻译"When a man's wife rules,he sleeps with the mules!"在形式上和意义上都尽量向原文靠拢,并且前后对称,押尾韵。而"骑"字译者并没有译为英文的 ride,而是译为 sleep,说明译者对中国乡土特色具有较为深刻的理解,将夫妻关系隐晦而巧妙地表达出来,真是妙手偶得。

面对英汉两种语言在语法结构、表达方式及思维习惯等方面的巨大差异,译者既要关注原文语境,将原作内容流畅地传递给译文读者,又要考虑目标语言文化的接受语境,通过各种方法对原文进行创造性重构,在尽可能的范围内补偿译文读者的文化缺省,从而大大地提高译文在目标语言文化接受语境中的可读性。文学翻译工作者应当具有更加主动的文化自觉和翻译自觉,关注接受语境和目标语读者的文化差异、文化缺省以及阅读习惯等,相对减弱不同文化的陌生感,这样才能架起中西方文化之间的文化桥梁。

与海外文学在中国受欢迎的程度相比,中国文学及文学作品在海外的传播和普及并不理想,究其原因,语言和文化的天然隔阂让许多西方读者望而却步或避而远之。无论在文化传统还是语言形式上,中外文学都存在很大差异。"我们看来十分优美动人的篇章,也许在外国读者眼中就会变成连篇累牍、不知所云的'天书'。"(季进,2014:31)对译者来说,语言障碍或许可以用不同方法破除,但文化鸿沟却并不容易被跨越。文化负载词在汉英两种语言里有时会有对应,有时只能寻得相近词汇,但更多的时候存在文化缺省。在把中国优秀的文学作品介绍给西方读者的过程中,文学翻译工作者不得不考虑目标语言文化的接受语境,不得不考虑目标语读者的接受能力。

(1)你一定来,一定!我还得和老钵去接洽一回。地方还是在我的家里。那傻小子是"初出茅庐",我们准可以扫光他!你将那一幅竹纹清楚一点的交给我吧!

(鲁迅:《鲁迅全集》)

You can't let us down! Now, I've still got stuff to sort out with Bo, but it's at my place as usual. The idiot's hardly out of nappies—— he'll be a lamb to the slaughter. Just give me the marked mahjong tiles.

(*The Real Story of Ah–Q and Other Tales of China: the complete fiction of Lu Xun* by Julia Lovel)

(2)这实在是叫作"天有不测风云",她的男人是坚实人,谁知道年纪青青,就会断送在伤寒上?

(鲁迅:《鲁迅全集》)

Heaven truly moves in mysterious ways. We all thought her husband looked strong enough for anything, but there he was—— carried off by typhoid, in the prime of life.

(*The Real Story of Ah–Q and Other Tales of China: the complete fiction of Lu Xun* by Julia Lovel)

中西方存在文化差异,这就意味着译文读者不可避免地存在文化缺省。在将一种文本移植到另一种文化中去时,文学翻译工作者应该考虑译文读者的认知能力和目标语言文化的接受语境,权衡源语文化中的思想内涵,采用适当的文化缺省补偿策略,努力使译文的内容和表达形式都更容易被译文读者接受和理解。例(1)中的"初出茅庐"和例(2)中的"天有不测风云"都是中国语言文化中常用的习语,前者语出《三国演义》第三十九回,"直须惊破曹公胆,初出茅庐第一功!"指刘备三顾茅庐请诸葛亮出山助他打天下,初次用兵时便设下计谋大获全胜,后多比喻一个人初入社会,缺乏历练。该词出现在原文中意味着"涉世不深,对麻将赌博不精通"。在对译文读者的文化缺省进行补偿的过程中,译者并未采用字面对等的翻译,也未采用直译加注的方式对这个暗含典故的词语进行解释,因为前者会妨碍译文读者对原文的理解,后者会降低译文的流畅度。因此,译者根据目标语言文化的接受语境采用"归化"的补偿策略,选用英语习语"hardly out of nappies"

来表达"初出茅庐"的意思,该英语短语可解释为"乳臭未干",用其取代原文的文化意象,生动形象,基本上做到了使译文读者得到与原文读者相似的阅读体验。在(2)中,译者采用"归化"的文化缺省补偿策略,将"天有不测风云"译为"Heaven truly moves in mysterious ways",既传达了原文的意思,又符合西方读者的目标语言文化接受语境。

我想你红绿贴是一定已经带来了的,我通知过你。那么,大家都拿出来……

(鲁迅:《鲁迅全集》)

I presume you've brought the wedding certificates I asked you about. Let's have both sides'…

(*The Real Story of Ah – Q and Other Tales of China*:*the complete fiction of Lu Xun* by Julia Lovel)

在该例中,原文的"红绿贴"涉及中国的地方民俗,对西方读者构成了文化缺省。译者既要清楚原文中的风俗,又要根据目标语言文化的接受语境用合适的表达方式把它传达给目标语读者。"红绿贴"指绍兴地区旧时男女双方订婚时互相交换的用红绿纸书写的帖子。旧时男女不能自由恋爱,须经媒人沟通,男女两家初合其意后,女方将自己的出生年月日时(即"八字")由媒人送给男家。八字一般用毛笔写在一张红纸上。男方得到八字后,请算命先生"合八字",如果八字相合,经过见面相亲等程序,双方满意后须履行一道订婚手续,即互换红纸庚帖,而红贴外面包的木盒必须是红面绿里,因此称为"红绿贴"。在译例中,译者权衡了原文的思想内容和目标语言文化接受语境,并没有对"红绿贴"这一词汇所涉及的地方民族进行解释,而是采用"释义"的策略将其译为"wedding certificates"。一方面,如果对这一风俗加以脚注或尾注,读者会被迫停下来去了解这个特定地区旧时的风俗,严重影响阅读的流畅性。另一方面,即使译者对此进行详细注释,这个充满中国文化特色的习俗也很难为西方读者所理解,而通过意译把帖子的实际作用翻译出来,虽失去了原文的中国地方风俗文化,也并不完全切合原文,但并不影响整体意思的表达,也更能被目标语读者所理解和接受。

副市长激昂地说:同志们,我们工人阶级的双手能够扭转乾坤,难道还挣不出两个馒头吗?

(莫言:《师傅越来越幽默》)

With mounting excitement, he added, "Comrades, if members of the working class can reverse the course of events with their own two hands, it shouldn't be hard to find a way to make a living, should it? "

(Shifu, You'll Do Anything for a Laugh translated by Howard Goldblatt)

"扭转乾坤"取自中国传统文化典籍《易经》。《易经》以阴阳理论为基础,以八卦为模型,指导人们从整体的角度去认识和把握世界。"扭转乾坤"中"乾坤"就是八卦中的两卦,分别表示"天"和"地",继而得出"扭转乾坤"即改变天和地的位置,引申为从根本上改变整个局面。即使是受中国传统文化熏陶多年的中文读者,真正能将《易经》的真谛领悟通透的人也为数不多,普通的英语读者就更难理解了。译者综合权衡了目标语语言文化的接受语境,采用"归化"的文化缺省补偿策略,把"扭转乾坤"译为"reverse the course of events"。译者虽然没有译出"乾坤"二字,在忠实性上似乎有所欠缺,但却把握了该词的深层含义。因此,与其耗用大量笔墨介绍历史文化背景,勉强译出让译文读者似懂非懂的译文,不如将这种有文化特色的信息进行转换,译出该成语的真实含义。虽然这样对中国传统文化有所摒弃,但译者能够站在译文接受者的角度,以译文读者的可接受性为导向,也不失为一种明智的选择。

由此可见,译者有可能有意、刻意地对原文进行增、减、修改,以达到某种特定目的。在翻译过程中,译者有着一定的操作空间,这表现在:"个别之处按下不提,装聋作哑一番,或只是轻描淡写,敷衍了事。如果需要,也可竭尽渲染之能事,浓墨重彩地突出与之意识形态相吻合的部分。翻译的'隐恶扬善'在所难免,译者在有意无意之间都会为之,至于何为'恶',何为'善',也不总是黑白分明,常倒是见仁见智的事,然而译者的主观能动无疑不可否认,而且首先是主观的反应,译者毕竟占了先,可以先入为主地'导'读者"(孙艺风,2003:7-8)。可见,译者并非如镜子一样,忠实地将原文意思不走样地传达给译文读者。即使译者希望做一个隐形的译者,译者的能力、译者的主体特征、译者的文化立场和译者的偏见等都会使译者在译文中留下自己的印记。

下面的一个段落选自介绍天津大学的电影配音材料,其风格对于英语文体来说显得过于华丽。既然电影配音材料的交际功能不过是向观众提供可信赖的信息,译者把这种文字浮华的文体加以删减,译为朴实的说明文体。其中文文本的划线部分在英语译文中要么给予忽视不译,要么采用意译的方法,这样译出的译文更加符合英语语言的接受语境。

天津师范大学是一所综合性的重点高等师范院校,诞生于1958年,<u>随着共和国的成长,她也历经磨砺,走过了三十多年的风风雨雨</u>。三十多年来,一批批德才兼备的教学、科研和管理人员汇集在这里,<u>怀着振兴天津,振兴教育的希冀,在这块土地上默默耕耘</u>。<u>春华秋实,硕果累累</u>,两万多名教育教学人才走出学校大门,<u>足迹遍及全国,桃李满天下</u>。他们献身教育,殚思竭虑,为<u>撑起教育的脊梁,托起明天的太阳</u>。

Founded in 1958, the University has entered its fourth decade with a remarkable record of both hardship and achievements. It is now ranked as one of the key institutions of teacher training in China. [Along with the growth of the Republic, she has stormed 30 difficult years of wind and rain.] In the past thirty years, hundreds of talented teachers, researchers and administrators have gathered and worked here [in the hope of rejuvenating Tianjin and education, and they silently plowed on this piece of land] in a continuous endeavour to meet the ever – increasing demands for educators both in Tianjin and the rest of the country. [Flowers bloom gloriously in spring, and fruits hang heavy in autumn.] More than 20 thousand students have graduated from the University and are now teaching nationwide. [Their footprints are all over the country and they bear fruits like peaches and plums all over the world.] They have dedicated their wisdom and energy to the educational needs of the country [to prop up the backbone of education and the rising sun of tomorrow] in the firm conviction that the future of China lies in the education of the younger generation.

在话语方式和接受习惯方面,汉英存在巨大差异。西方话语推崇表面上看似平白无华、质朴自然,实则精心构筑的修辞文本,倾向于使用质朴自然、无雕饰、不造作、有真情实感、在平实中显生动、重客观,表述事实和传递具体信息的文字,不提倡文字表达中过分张扬、空洞无物、重复堆砌。受这样一种修辞文化熏陶的西方受众,也自然形成了这样一种观念:对词语的过分雕饰将冲淡话语的感染力,令人感到虚情假意、华而不实。从而形成不喜修辞中充斥大话、假话、空话,忌口气过于严厉或过于夸张,不喜用词强烈华丽,感情色彩过于显露的接受习惯。

中国的修辞传统则不同。由于六朝骈体文的影响,以及民族自豪感和喜热闹、好面子的传统民族心理,加上传统和当代政治生活和社会文化生活的影响,汉语修辞讲究词句整齐对仗、声韵和谐,重视凝练概括、含蓄浓缩,喜欢辞藻华丽、渲染烘托,大量使用比喻意象。这一传统反映到汉语行文上,往往表现为用词华丽,喜欢使用抽象、铺张的比喻、形容词、套语和诗词成语,大量使用均衡对称的并列结构、修饰性词语和渲染烘托性的语言,常有夸大、拔高、煽情的倾向。这些都是汉语语境中常见、汉语普通受众也习以为常、甚至喜闻乐见的形式。在许多中国人的观念中，华丽抒情的文体和热情奔放的语言具有文采和感染力，在汉语语境中得到普遍认同。

毋庸置疑的是，忠实原文的翻译才是好的翻译。但是，忠实并不是愚忠。由于中西方存在固有的语言和文化差异，在把中国文学译介到西方国家的过程中，如果一味地追求机械的忠实，译文可能会不符合英语的表达习惯和目标语言文化的接受语境，使人感到晦涩难懂。在中国文学走出国门的过程中，译者须弄清楚译文读者的文学传统欣赏什么、排斥什么，根据译文读者的接受语境，挑选符合英语读者理解习惯的词汇和表达方式，对文学原作进行调整。如果不考虑国外受众的思维共性、心理习惯、信息需求和言语表现方式等因素，翻译出来的文学作品就不会得到译文读者的认同，从而造成文学翻译的失败。英国著名翻译理论家Mona Baker(2000:219)也有相同的论述：理解语篇的能力取决于读者或听众的期望和生活经历。不同社会、甚至同一社会里的不同个人或群体都有不一样的经历，对于事物和情景的组合方式及相互联系持有不同的态度。在某个社会中具有意义的某种联系，在另一种社会中可能毫无意义。中国文学外译涉及跨文化言语交际，涉及东西方不同的修辞传统，包括文化背景、价值观念、社会心理、风俗习惯和语言习惯等诸多因素。要实现文学译品的预期功能，首先要引起受众对译文的兴趣，这就涉及文学译品的认同问题。因此，在中国文学外译过程中，贴近国外受众对中国信息的需求，贴近国外受众的思维习惯，尽力符合目标语言文化的接受语境，与受众之间建立起"认同"，是改善中国文学外译质量的根本。

试看下面一段文字的翻译：

对于我们每个人来说，有了志气，才能有奋斗目标和发展方向，才能志存高远，信念不移，真正做到"富贵不能淫，威武不能屈，贫贱不能移"；有了正气，才能不被一些腐朽思想和文化腐蚀，才能一身正气，两袖清风，真正做到"立党为公不私心，待人处事不偏心，勤政廉洁不贪心"；有了勇气，才能不唯书、不唯上，而唯实，在实践中摸索和总结规律，才能与时俱进，开拓创新，真正做到"扑下身子摸实情，挺起腰杆说实话，尽心尽职办实事，开动脑子求实效。"

Only with an aspiration can every one of us have a goal in life to strive for, for it can make us far-sighted and strong-willed, and never yielding to anything like riches or honors, power or force, poverty or hardship. Only with integrity can a cadre remain upright and incorruptible, for it can make us loyal to the Party, impartial to the people, and hand – clean in powers. Only with courage can a cadre keep pace with the times and blaze new trails in a pioneering spirit to seek the truth through practice, instead of following blindly the book or superiors.

  这段文字的中文文本秘书腔十分浓厚，带有追求辞藻华丽、句式新奇和刻意渲染的倾向。倘若站在英语目标语言的接受语境的角度来看，这类文章是不宜直接对外输出的，它会与西方的意识形态和诗学观念格格不入，强行输入只会造成文化上的剧烈冲突，破坏和干扰文本意欲达到的交际功能和社会效应，得不偿失。因此，在翻译中补偿这类文本的译语读者的文化缺省时，译者应该考虑目标语言文化的接受语境，根据目标语言和译者的意识形态和诗学观念对原文文本进行改写或归化。从该例的译文可以看出，译者对源语的省略和调整是出于政治和意识形态的考虑，这可以说明，原文中这种典型的中国官场文风是不宜强加于西方读者的，译者应该站在译语文化的高度，考虑诸多语言外文化因素，突出翻译的社会功能及其接受效果，对原文予以改写。

  由于我国对外来先进文化和优秀文学作品一直有强烈的需求，这就意味着外国文学作品在向中国传播时不需要过多考虑接受度的问题，但反过来情况却大不相同。我们的翻译家恰恰容易忽视这一点，只注重把原作翻译好，而较少关心译作在我国的传播与接受问题。但是，"在国外，尤其在西方尚未形成像我们国家这样一个对外来文化、文学有强烈需求的接受环境，这就要求我们必须考虑如何在国外，尤其是西方国家培育中国文学和文化的受众和接受环境的问题"（谢天振，2014:3）。中国不乏优秀的作品，但是中国文学的翻译作品对母语为英语的大众来说始终不易接受，尤其在英语文化中的地位并不乐观，因此我们首先要改变西方读者的传统观念，某种程度上说，注重调和中英之间的语言和文化差异，注重译文的可读性和可接受性。中国文学作品要想真正走出去，必须要考虑目标语言文化的接受语境，必须要考虑作品是否能在西方世界得到认可和接受。如果仅仅是将作品译出去，却没有西方读者去读，当然不能说中国文学走出去了。当然，我们也不应该奢求立竿见影，毕竟要消弭中西方文学文化差异、消除西方读者对中国文学的某些偏见和成见非一朝一夕之事。中国文学走出去不是一蹴而就的，也不是一厢情愿的，我们要承认和接受一个循序渐进的过程，在逐渐积累中推动中国文学文化真正走向世界。

  翻译中的译文读者的阅读目的对于译者选择何种文化补偿策略和方法也是十分重要的，因为译文读者类型不同，翻译中的接受语境也会发生相应的变化。

美国汉学家葛浩文(Goldblatt)指出:"我认为一个做翻译的,责任可大了,要对得起作者,对得起文本,对得起读者……我觉得最重要的是要对得起读者,而不是作者"(季进,2009/6:46)。以旅游翻译为例。诺德(Nord)在谈到一篇西班牙萨贡托市(Sagunto)旅游小册子(tourist leaflet)的翻译时曾指出,由于原文用大量篇幅介绍了该市"鼓风炉林立"和"重工业"发展的景象,这种宣传对西班牙人可能具有吸引力(大工业的高度"文明"),但对于想逃离工业污染寻找西班牙阳光的西方人而言,这一类宣传只会适得其反。"如目的语文本的类似形式不能产生与原文相应的效果,那原文本身的特性必然会在翻译中丧失"(Reiss,2004:39)。因而诺德认为,对文本中的这一部分内容只能"适当改写","若(原文内容)阻碍译文'诱导'功能的发挥,译者则有理由对某些原文信息进行删减甚至忽略不计"(Nord,2001:77)。可见,在旅游翻译中,这种根据"翻译要求"(translation brief)"适当改写"的现象是十分常见的,因为,"对重诱导功能文本的翻译批评,最重要的是要看译者是否充分展示出文本的非语言和非文学旨意,并且,目标语文本产生的诱导作用或引发的效果是否与作者的原文表达相同"(Reiss,2004:43)。而这里的"非语言和非文学旨意",大多与接受语境中的主流意识形态和诗学观念以及由此产生的译者翻译目的有关。

对于拟译文本的选择,确定选择标准是十分重要的。葛浩文曾以林纾与韦利为例,强调翻译选材的重要性,并认为翻译家最要紧的,应该受到自己翻译作品的感奋。按照他的说法,适宜而细心地选择作品加以传译,应该是翻译界的重要课题。在他看来,翻译一本劣书,根本不是错误,也非罪过,简直就是浪费(葛浩文,1980:103)。因此,在谈到文本选择与译者责任时,葛浩文说:"翻译最重要的任务是挑选,不是翻译。我要挑一个作品,一定是比较适合我的口味,我比较喜欢的……美国一些书评家认为中国的文学有一个很普遍的问题,就是都是写黑暗的,矛盾的,人与人之间坏的,其实不是这样的,原因是大部分作品是译者挑选的。这不是一个良好的现状,在这一点上我要负起责任来,可是我不能违背我自己的要求和原则"(曹雪萍、金煜,2008)。正是有了这样的选择标准和翻译原则,葛氏在文本选择时特别注重目标语读者的阅读取向。由此可见,目标语读者的接受语境对于译者确定拟译文本的选择标准也是十分重要的。

第三节 文学翻译中译者的创造性

威尔士(Wilss)提出了译者对原文的"个人变奏"(individual variation)这一概念,阐释了译者的直觉和个人偏好在翻译活动中有着重要的作用(1996:145)。此外,一些法国翻译理论家也对译者的自由和"背叛"进行了系统的学术讨论。图里(Toury)对制约译者选择翻译策略的规范进行了定义,并进行了详尽的分析(1995:53-69)。可见,译者在翻译活动中的主体性发挥引起了译学界的广泛关注。然而,文学翻译中译者的创造性过去长期处于规定性传统译论中而不受重视。直到20世纪80年代,由于文学领域中理论重心的转移,才出现了对这一翻译问题规模性的研究。在多种被用于译学研究的文学理论中,接受理论因其对传统文学理论的挑战而适应了当前的翻译研究现状并在很大程度上引起了对译学研究的重新审视。接受理论重新定义了意义,重述了作者、文本与读者三者之间的关系,并在文本意义的多种阐释的合理性及范围问题上做出了努力。本节旨在运用描述性的方法从接受理论的角度对译者创造性这一敏感而复杂的问题进行理论探索,同时也对译者创造性的制约因素进行较为详尽的讨论。

一、理论背景

译者的创造性主要与文本意义的理解和阐释以及原文作者、原作、译者、译文和译文读者之间的关系有关。Stanely Fish 把意义重新定义为文本的文字之间以及读者头脑中正在发生的事件(an event, something that is happening between the words and in the reader's mind),强调了意义的动态性和读者的能动参与(Fish, 1980:74-75)。由此可以看出,意义并非只存在于文本之中,而是文本与读者之间相互作用的产物。因此,文本意义的实现有多种可能性,不同读者可能对文本获得不同理解和阐释。从这个角度出发,"意义"在很大程度上决定了作为原文读者的译者将有可能获得文本意义的个人理解和阐释。因此,译者在翻译活动中将有可能发挥能动创造性,这就要求我们不得不重新审视文学翻译活动。

我们认为,文学翻译即翻译意义。如果文本本身只存在一种意义,那么判断译文的标准就只有一个。但是,如果文本意义可能存在多种有效的理解和阐释,那么判断译文的标准就应该至少有两个甚至多个。由此看来,译者的创造性与影响译者对文本的理解和阐释的因素一样重要。然而,如果对文本意义的理解和阐释都是有效的而缺乏限制,那么文本意义的开放性将会陷入纯粹相对主义的恶性循环。为了避免这一恶性的理论混乱,接受理论的理论家们在这方面提出了各种思想和概念。Jauss 借用了哲学上的"视野"(horizon)概念,并创造性地应用"期待视野"(horizon of expectation)来表明读者的前理解(preunderstanding),而读者的前理解,犹如翻译理论家的"标准",把读者对文本的理解和阐释限制在一定的程度(Jauss,1982:5)。Iser 提出了"空白"(blanks)和"具体化"(concretization)这两个概念,认为读者通过"空白具体化"(concretization of blanks)这一过程,消除了文本的不确定性(1978:181-185)。他运用两个动态的术语"全部剧目"和"策略"(repertoire and strategy)强调了在阅读过程中文本和读者本身的限制作用(1978:80-87)。Fish(1980:182)提出了"明智的读者"和"理解环境"(informed reader and interpretative communities)概念,以此解释来自社会文化背景和读者本身的因素对读者反应的限制。

在接受理论看来,作者失去了他对文本的垄断功能,文本的理解离不开读者的参与以及读者的前理解。然而,作者并不像解构主义宣称的那样完全消失或者"死亡",作者对作品的阐释以及他的生活和写作痕迹对作品的理解具有十分重要的参考意义。译者作为原作的读者,在翻译过程中扮演十分重要的角色。译者所要翻译的意义在很大程度上取决于他和文本的相互作用或对话,而在译者和文本的相互作用或对话过程中,译者的创造性又会受到前理解或期待视野的限制,而前理解或期待视野是由译者所处的社会背景以及他必须遵从的理解环境来决定的。和其他最为认真最有能力的读者一样,译者须将空白或不确定性具体化,形成自己的理解并用目标语言进行表达。译者既是接受者又是生产者,他的译作决定了原作的形象并影响译文读者的接受。译作完成后,还必须面对读者,读者有可能获得不同的理解和阐释。读者对译作的反应反过来又会修改翻译制度或规则,从而指导今后的翻译活动。

根据接受理论对意义的阐释,我们可以把意义比作在强烈灯光下环顾的一颗钻石,钻石的不同刻面构成了不同的视角,从不同视角观看钻石就可得到钻石的不同形状,而钻石总的形状就是从不同视角映射出的不同形象的总和。因此,判断译文的标准从文本意义的理解和阐释方面来看就不是唯一的,译者作为原文的读者对原文的理解和阐释起着至关重要的作用。由此看来,文本的读者对文学作品的理解和欣赏离不开读者的能动参与,作者不再是文本意义的理解和阐释的至高无上的权威。译者在阅读过程中,同其他读者一样,通过与文本的"对话",形成自己的理解。因此,文学翻译可以看成是在历史和动态的语境下译者的能动创造性与原文文本之间所形成的张力,各种相关要素都不同程度地对该张力做出贡献。

二、译者的创造性及其限度

1. 作为读者的译者创造性

影响译者理解的因素有很多且非常复杂,可以从不同侧面不同角度来加以探讨和分析。从宏观的角度来分析,影响译者理解的因素有历史的因素和社会文化背景的因素。文本意义的理解和阐释从阅读行为发生的那一时刻起就受到历史的制约。一方面,读者总是历史的读者,总是生活在某一历史时期,其阅读活动离不开前人的阅读经验和前人对文本的理解。另一方面,由于历史的变更,读者也在发生变化,文本的语言就赋予了不同时代的读者新的意义,前一代读者对文本的理解和阐释可能不适应新的历史背景,新一代读者总能从阅读活动中获得文本意义的不同理解和阐释。因此,如果把阅读活动的历史性放到译者对原文的理解过程中加以考查,我们不难看出,在新的历史背景下译者完全有可能对文本做出创造性理解和阐释,因而文本的重新翻译是完全必要的。

影响译者选择何种理解策略的因素也可以从微观方面来加以讨论。涉及微观方面的因素很多,包括译者的经历、气质、动机、文学地位以及文学造诣等诸多方面。文学文本的语言因具有多种意义而可能具有多种理解和阐释,这就导致了在文本语言的框架内语言有多种不同的接受方式。如果作者在其文学作品中运用独特的表现手法或特有的语言风格,情况就变得更为复杂。比如,甚至讲英语国家的人也未能对莎士比亚的名句"to be or not to be"的理解达成共识。因此,同一文学文本的不同译者即使在相同的社会历史背景下,也会因自己的个人情况以及对文学现象和文学翻译的观点不同在自己的文学造诣提供指导的可能性范围内对文学文本的接受方式做出具体的选择。在做出这样的选择时,译者必须根据他长期形成的文学意识以及文学翻译规范等其他因素发挥其能动创造性。

在阅读过程中,也有一些因素影响译者对原文的理解。根据 Iser 的美学反应论,阅读过程也就是读者对文本的"空白具体化"(concretization of blanks)的过程。在这一过程中,任何读者都要面对语言的有限性和理解的开放性以及理解的开放性和意义的生产性之间的矛盾。实际上,作者在文本中所要表达的意义或文本语言直接揭示的意义是有限的。然而,语言的有限性赋予了不同时代不同读者对意义的开放性。文本的不完整性产生了文本的不确定性或者"空白",这就表明了读者对文本意义能动参与的可能性。在 Iser 看来,在文本的整个图式结构中存在着许多空白,读者正是在填补这一个个空白的过程中实现文本的理解(1978:128)。文学文本通常比其他文本具有更多的空白,因而增加了文本不同理解和阐释的可能性。高明的作者往往会在文学作品中有意识地为读者留下许多想象的空间,通过空白的具体化,读者完成审美历程并获得一种独特的审美快感。因此,译者作为原文的读者,其能动性的参与和创造性的理解就不言而喻地有可能实现。

2. 作为生产者的译者创造性

目标文本的生产虽然与文本的接受过程密不可分,但却在某些方面是不同的。译文的生产要求译者除了具有敏锐的阅读能力外还需要在译文中以最为恰当和有效的方式构建原作的图式。毫无疑问,读者在阅读文本时会使用语言来理解和阐释文本的内容,而译者使用的语言可能与文本的语言不同时代、不同文化背景,也可能与文本语言一致。无论何种情况,读者都会面对个体语言和文本语言的张力,表明作为个体的读者语言和时代语言共性之间存在差异和矛盾。显然,语言本质上具有共性和普遍性的特质,但语言的共性和普遍性并不代表语言本质的全部而只是语言本质的部分。语言的共性存在于语言的个性之中,而个体运用语言的过程就是个体根据自己的理解改造和重构语言的过程。个体的独特生活经历、气质以及思维方式等又会挑战句法结构或语法规则,也使个体语言的使用发生改变从而体现个体语言的创造性。译者作为原文的读者,会有意无意地运用他所选择的语言——源语或更有可能是目标语在大脑中理解和阐释原文,而单就这一过程而言就会极大地考验译者的创造性。在目标语言中实现他对原文的理解和阐释在很大程度上依赖于译者的写作造诣(writing competence)。作为译文的生产者,他扮演的角色不仅是一个挑剔的读者,而且还是一个合格的语言运用者或作家。而译者的写作造诣是各种个体要素的总和,涉及译者的心理气质、个人经历、翻译经历、动机、态度以及习惯反应等。

译者作为目标语言的生产者,和作者一样会有意无意地会面对生产和接受之间关系的问题,而生产和接受是两个以不同的方式互相"生产"的过程。不仅"生产"生产"接受",而且"接受"还从两个方面对"生产"进行定义:"接受"完成了生产周期,从某种意义上讲创造了"生产";"接受"在建构消费者的需求方面提供了重新生产的机制(范大灿,1997:2-3)。因此,从生产方面来讲,承担作者意图和图式的文本在建构接受者的需求方面实际上创造了接受的物质材料,接受的能力和方式。在开始翻译之前,译者的工作就是确定文本的图式并找出他认为是最为有效的翻译策略以便在目标语言中重构文本的意图和图式。虽然译者在选择翻译策略时离不开他所生活的社会文化背景以及翻译规范的制约,但是他仍能根据个人的翻译目的、翻译习惯、文学造诣以及语言能力等因素选择翻译策略和翻译方法从而发挥其创造性潜能。

如前所述,文学作者常常会在作品中有意识地留下许多想象的空间,即 Iser 所说的"空白",作为文本的读者,译者和原文作者共同参与一个想象的游戏,因此译者必须创造性填补原文的空白。在生产译文时,译者又须将他填补空白的创造性理解和阐释转换成留有空白的译文,以便译文读者同原文读者一样在填补译文空白的过程中参加想象的游戏从而完成审美历程。如果译者在译文中什么都给了读者,那么读者就没事可做了,阅读译文也将会因此变得枯燥乏味。从这一角度分析,由于译者在生产译文的过程中将他在理解文本时创造性地填补的空白转换成设有空白的译文,译者必然要根据自己的文学造诣、语言能力以及社会文化规范等因素创造性地选择翻译策略和方法从而进行创造性翻译。

3. 译者创造性的制约

世界上任何工作都离不开规范或标准,翻译活动同样离不开翻译规范。翻译规范是评论译作的根据,衡量译作优劣的准则。翻译规范对翻译实践有着重要的指导和约束作用。翻译实践证明,翻译不仅有翻译规范,而且有不同的翻译规范;翻译不仅有翻译规范的指导和约束,而且在不同的翻译规范指导下,有了不同的翻译实践,出现了风格殊异的译文。文学翻译固然是一种艺术,有着"再创造"的性质,但译者在翻译活动中在发挥其能动创造性的同时,仍然摆脱不了翻译规范的指导和制约。

译文读者的反应是形成翻译规范的不可缺少的因素,同时对译者的创造性有着非常重要的制约作用。译文读者的制约作用来自两个方面:一方面来自译文读者对译文的看法以及译文读者的反应,另一方面则是译者对译文读者反应的估计。一般说来译文读者可分为两类:一类是专业读者,另一类为非专业读者。专业读者指的是诸如翻译家、翻译评论家、文学评论家、编辑人员以及出版商等类型的读者,他们对译文的评论和看法极大地影响了译者的翻译活动,因为很少有哪个译者在翻译活动中不将专业读者对译文的评论和看法加以考虑。译者与专业读者的关系是相互联系的。一方面专业读者对译者生产出的译文进行分析归纳,总结出抽象的翻译原则或翻译规范;另一方面翻译原则或翻译规范又对译者进一步的翻译活动进行指导和制约,把译者的创造性限制在某一范围内。

普通读者对译文的期待也不能忽视,因为他们积极的反馈极大地影响了翻译规范从而制约译者的创造性发挥。许钧曾对中国读者对名著《红与黑》的译文的期待做过调查,调查结果是中国读者希望能够读到能反映异国情调和异域文化的翻译文学。给出两种原作的译文,一种是略带一点"欧味"的译文,另一种是过分归化的译文,要读者在这两种译文中做出选择,结果是大部分读者选择前者,其理由是他们希望能欣赏到外国文学特有的韵味,领略到外国文学作品所蕴含的异国情调以及鲜明的语言风格(许钧,1998:189-192)。译文所针对的读者几乎从来就是决定翻译策略的主要因素。实际情况是,对译文读者的反应进行有效的评估常常是不可能的。一些优秀的译者,常常设想一位典型的译文读者就坐在写字台的对面听他们口述译文,或者正在阅读电脑显示屏上的译文。因此,译者在翻译活动中发挥其能动创造性的同时,也必须将专业读者对译文的评论和看法以及普通读者对译文的期待和反应加以考虑。由此看出,读者的反应对译者的创造性发挥在一定范围内有着重要的制约作用。

Jauss 把文学作品比作是管弦乐的音符,听众从每次的演奏中都能获得新的感受,而 Dufrenna 把文学作品看成是等待演出的戏剧(金元浦,1997:160-161)。通过以上对译者的创造性及其限度的分析和讨论,我们可以看出,文学文本不应只有一种理解和阐释,正是译者在翻译活动中的创造性解构了作者或文本的绝对权威,使文学作品获得了再生。同时,译者的创造性翻译活动也受到诸多因素的制约。由此我们得出结论:译者的创造性并非译者对原文有意识的背叛,而是在一定范围内的"个人变奏"。

第四节 文化转型语境下译者的主体性

中国的翻译研究很长一段时间大多停留在语言层面,很少触及翻译活动所能产生的庞大文化力量,以及翻译活动与译者主体的互动作用。传统译论认为,译者是原文的奴仆;而在当代译论看来,特别是多元系统看来,译者又沦为历史文化这只无形的手操纵的傀儡,成为被动的传译工具(passive reproducer)(廖七一,2006:95)。德莱顿虽反对译者跟在原文后面亦步亦趋,但仍旧将译者看作是庄园里劳动的"奴隶","给葡萄追肥、整枝,然而酿出的酒却是主人的"(谭载喜,1991:153)。"奴隶""顺从的妻子"和"拙劣的模仿者"等,似乎成为译者洗刷不掉的罪名,译者的主体性和创造性由于长期处于规定性传统译论中的影响而不受重视。一些翻译理论家对译者的主体性和创造性进行了较为系统的讨论。巴斯奈特曾热烈赞誉翻译家积极、创造性的能动作用,认为译者与原作者处于互惠互利的共生关系(relation of symbiosis)之中;译者并不透明的翻译不仅使原作超越时空的局限,具有后续的生命(continued life)和来世(afterlife),而且译者具有在"改变原文本的同时进而改变世界的力量"(Bassnett,1996:23)。本节旨在运用描述性的方法从中国近现代文化转型语境的角度对译者的主体性及创造性这一敏感而复杂的问题进行理论探索,揭示作为翻译主体的译者在翻译这种社会行为中的自我意识和能动性,目的是让人们认识到:译者决不是所谓的"翻译机器"和"舌人",翻译也不仅仅是"纯语言"的问题,翻译活动曾经推动了中国文化的近代化和现代化的进程。

一、文化转型语境下译者的翻译意图

从心理学的角度来看,创作是一种有目的的心智活动,作者必然有自己的创作动机和意图。同样,翻译也是主体与环境之间直接、积极或间接、有目的和有意识的交互活动(Zimnyaya,1993:7)。任何类型的翻译都必须满足译者"真正的个性需求"(Zimnyaya,1993:97),翻译也必然有自己的"目标"、"产品"、"结果"、"手段"和"实现方式"(Zimnyaya,1993:89)。原文本一旦翻译成其他语言,文本便游离于"原来的语用环境之外",译者可以重新将其"用于别的意图"(Sager,1997:32)。译者的意图并不总是与原作者的意图相同,甚至可以说在绝大多数情况下,两者并不吻合。概言之,翻译并不总是要维持或再现原文的意图,而是满足译入语文化的特定需求。翻译不是发生在"真空"状态下,而是在特定的社会文化环境中进行。"译者计划用译本来满足目标文化的某种需要,或填补目标文化的某些缺口(slots)"(Toury,1995:12)。译者首先是为了目标文化的利益而进行翻译操作的。在中国近现代文化转型期,战争的惨败大大削减了国人对中国文化的信心,主流文化逐渐丧失其主导地位,中国社会出现了相对意义上的文化真空,西方文化和中国本土文化的亚文化乘虚而入以填补真空。什么样的西方文化被介绍进来,完全根据当时社会的需要。拟译文本的选择以及译者的翻译策略的选用也是根据社会需要做出的,源语文本的信息的摄取也为社会需要所左右。文本在着手翻译之前,译者必须明确和界定新的语用交际情景,以便选择恰当的文本类型;必须赋予文本新的意图,使之与新的文化情景产生关联。翻译具有强烈的工具性,翻译本身不是目的,译者的主观意图在很大程度上决定了译者的翻译策略和文本功能。

文本功能在翻译中发生转变应该说是一种常态。但是,翻译文学在多元系统中的地位常常影响文本意图和功能转换的程度和范围。佐哈尔(Even-Zohar)认为,主体文学的发展状况决定了翻译文学在多元系统中或边缘或中心的地位,而翻译在多元系统中或边缘或中心的地位又会决定翻译主题和翻译策略的选择(Even-Zohar,2000:192-197)。然而,多元系统在强调普遍性、规律性和文化对个体译者制约的同时,牺牲了对译者的主体性、创造性,以及翻译现象丰富性和多样性的关注。文化转型通常有两条道路可以选择:一是改造传统,从传统的古典文学中发现活力;二是文化外求,即从异域文化中寻找变革的因子。中国近现代文化转型更多地选择了第二条道路。以五四新文化运动为例,该文化运动不仅是中国历史上的重要转折点,也是中国翻译史上一个非常特殊的时期。一向处于边缘的翻译文学在中国文学系统中首次占据中心位置,对意识形态和诗学的发展有着非同寻常的作用。译者的意图和原作者相去甚远。翻译作为现代化的一个重要手段,不仅译者的意图不同于原作者,文本在相应文化中的功能也大相径庭。中国文化的内部需求使文学翻译带有强烈的功利意识,文学翻译因而也肩负了沉重的历史责任。文化转型期译者的翻译意图和翻译目的得到强化,译者知道,在文化发生巨变的时代,国家和社会需要什么样的新文化、新文学以及新学术,然后从西方学术资源中精心选择,谨慎摄取中国需要的学术思想。译者的翻译意图和翻译目的就是要颠覆传统的意识形态,期盼重复西方现代化的历程从而实现强国梦想,就是要与数千年的传统文学决裂,构建新的文学原则。他们想要利用外来文化影响和改造本土文化的强烈动机决定了他们在输入外来新思想、新理论的过程中必定按照自己的意识形态和接受环境的具体需求对外来的作品和理论进行修正和过滤,以便达到他们促进变革的目的。弄清楚这一点才能理解文化转型这一接受语境下译者为何要偏离翻译规范而采取特殊的翻译策略,为何译者没有成为原作的奴仆,相反他能调遣原作,使之为我所用。忠实地再现原文的内容、形式、特别是意图,显然不是或不总是文化转型期译者翻译的主要目的与标准。译者的翻译意图或翻译目的会影响翻译的策略和方法。在文化转型这一接受语境下,译者使用的翻译方法主要是工具翻译,即并不考虑原文的意图,根据译者的意图改变文本的功能。在这个阶段,以为"译语文本自动与原文本具有相同的功能,这是一种幻觉"(Nord,1997:49)。译者和译文接受者的共同需要共同决定并协商源语文本的意义。宏观地看,文化转型这一接受语境下的译者由于翻译意图的改变对源语文本功能的改变与主体文化的转型和内部需求是一致的,反映了主体文化转型期的时代呼求,凸显了翻译在民族文学发展中的独特地位和功能。但微观地看,译者的文学翻译活动又与当时流行的文学理念和翻译诗学背道而驰。这种偏离和叛离体现了译者在文学翻译中的主体性和创造性。

二、文化转型语境下译者的翻译策略

在文化转型这一接受语境下,透过译者对一定社会文化规范的遵从或背离,可以看出社会文化对翻译的影响,也可以看出译者在对原文的理解和阐释中主体性的张扬。译者的文化身份和意识形态必然左右他对原文的理解。译者不但生活在某一特定历史时期,而且还生活在某一特定社会文化背景中。译者是文化语境的产物,必然受制于传统习俗、价值观念和一定社会的思维定式,以及自己置身其中的阶级、团体或种族的偏见。这就意味着译者不得不在某一社会文化规范的范围内规约他的理解策略。在理解和阐释文本时,任何一个读者都是带着先有和先在的知识结构进入一个新的文本的,否则如果他的头脑一片空白,那么他也不可能进入一个文本。在翻译方面,这种先有或先在的知识结构包括译者的经历、气质、动机、文学地位以及文学造诣等诸多方面。文学文本的语言因具有多种意义而可能具有多种理解和阐释,这就导致了在文本语言的框架内语言有多种不同的接受方式。因此,同一文学文本的不同译者即使在相同的社会历史背景下,也会因为自己的个人情况以及对文学现象和文学翻译的观点不同,在自己的文学造诣提供的可能范围内对文学文本的接受方式做出具体的选择。在这样的选择中,译者必须根据他长期形成的文学意识以及文学翻译规范等其他因素发挥其主体性和创造性。

解构主义认为,文本的产生意味着作者的死亡(Bassnett,1996:13)。文本的意义并非只存在于文本之中,而是文本与读者之间相互作用的产物。文本意义的实现有多种可能性,不同读者可能对文本获得不同的理解和阐释。因此,文本的意义是开放的,读者不是被动的消费者,而是作品意义的积极建构者,也就是说译者在对文本的理解中有可能发挥主体性和能动创造作用。在对源语文本的理解过程中,译者为了达到某一主观愿望而对原作的理解和阐释造成一种客观上的背离,这种背离在中国近现代文化转型期不仅是必然的,而且有时是蓄意的。以提出"信达雅"标准的严复为例,《天演论》原是一部体例谨严的科学著作,经他创造性的理解和阐释,译成了一部文学形象性浓厚的批判现实主义作品。严复的翻译多是对原著思想的阐述发挥,并联系中国的社会实际进行分析评论,反映他的政治主张和经济思想。在一种同中国根本不一样的文化传统中生成的西学文本,本来与中国丝毫无涉,它们相对于中国文化来说完全是地地道道的陌生"他者"。西学文本语言背后潜藏的艺术精神、文化精神以及文学意味、思想观念、思维方式等,必然与新的文化土壤中固有的艺术精神、文化精神形成对峙和冲突。因此,翻译不可避免地表现出某种价值倾向(王大来,2011/11,267)。在中国近现代文化转型这一接受语境下,译者为了使译作在译入语文化中发挥预期甚至理想的功能,往往运用自己选择的意识形态和理解策略对源语文本进行筛选和过滤。他的有意识误读既是过滤的一种方式,又是过滤的一个结果。源语文本中遭到译者意识形态和理解策略过滤器的拦截而没能进入译文的,是译者认定不合宜的思想内容;顺利通过过滤器并成功进入译本的是译者认为译语读者应该了解的内容。通过译者理解策略和意识形态的过滤,沥去渣滓,一些不良成分得到改造,这些文本变成了中国人民的启蒙养料。沥汰渣滓靠的是删节,改造不良成分则凭借有意识的误读。在中国近现代文化转型这一接受语境下,译者在翻译中的有意识误读拥有特殊的意义,起到了预期中的社会作用,目的是将中西文化的某些成分融会贯通,构建一种能救亡强国的新文化和中国的新文学原则(王大来,2011/11,267-268)。

译者在翻译过程中同时又是译作的生产者。在译文的生产过程中,译者运用他认为最为适合的翻译策略来重构原作的意义。虽然译者在选择翻译策略时离不开他所生活的社会文化背景以及翻译规范的制约,但是他仍能根据个人的翻译目的、翻译习惯、文学造诣以及语言能力等因素选择翻译策略和翻译方法,从而发挥其主体性和创造性潜能。译者在翻译过程中实际上拥有可行的不同选择,而这种选择是译者翻译动机和翻译目的与社会文化规范和限制协调的结果。笼统地用历史文化决定论来描述翻译现象无异于抹杀译者主体性,忽视译者的自觉选择和创造性。主体文化转型期的内部需求,译者的翻译动机和预期目标不仅决定了翻译文本的选择,而且决定了译者的翻译策略。正如韦努蒂在《翻译与文化身份的塑造》一文中所说:"对外国文本和翻译策略的精心选择可以改变或强化本国文化的文学规范、观念范式、研究方法、分析技巧",但"译本的影响或保守或超越常规,基本上取决于译者运用的翻译策略"(Venuti,1995a:10)。在中国近现代文化和文学的转型期,文学翻译作为一种特殊的跨文化交际活动,具有自身的特征。佐哈尔认为,在特定的历史时期,"原作与翻译之间泾渭分明的界限不复存在"(Even-Zohar,2000:193)。译者不论是转述、创作还是伪译作品,从文化的角度来看,都在某种程度上满足了当时社会的某种构想,反映出主体文化的内部需求。在中国近现代历史上,尤其是在新文化运动时期,正是这种创造性的多种改写形式对当时的新文学和新文化的构建产生了决定性的作用。翻译过程就是译者和接受环境的意识形态和主导诗学对文本的操控过程。翻译不是在真空中进行的,而是在特定的接受环境中受多种文化因素的操控而进行的不同程度的改写(赵文静,2006:2)。

翻译创造了原文、原作者、原文的文学和文化的形象。而一切改写、转述或是伪译,都反映了当时历史文化背景这一接受语境下的某种思想和诗学,因此翻译实际上也是译者对文本的摆布,使翻译文学以一定的方式在特定的社会里产生作用。在文化转型这一接受语境下,译者更多地考虑了译入语文化的内部需求而进行创造性的翻译,这实际上也暗含了译者对主体文化的责任感。译者的责任就是领悟源语文本的情绪、氛围和思路,并在译文中"重建氛围和背景"(Gentzler, 1993:27),让"死人复活"(Bassnett,1991:83),是要通过"并置和结合,希望新的组合会发生化学反应,产生新的化合物,以此释放出能量"(Gentzler,1993:28)。可见译者是活生生的创作主体,而不是被动的再现者。中国近现代文化转型期的翻译活动,无论从译者的翻译意图和翻译目的,还是从译者的理解策略和翻译策略来考察,都更靠近"翻译—创作"这个连续体的右端。唯有如此,我们才能客观地再现中国近现代文化转型这一接受语境下翻译活动的运作机制和译者的主体性和能动创造性。

翻译,作为一种跨文化的交际行为,自古以来就与文化发展和文化转型结下了不解之缘。通过以上对中国近现代文化转型这一接受语境下译者的主体性和能动创造性的分析和讨论,可以看出翻译过程中译者的主体性不仅有其存在的理论依据,也有其存在的社会和历史意义。译者的翻译活动丰富了中国文化,并在某种程度上参与了主体文化的建构,他们的翻译理论和实践曾经影响了主体文化的发展进程,也必将为我国未来的文化发展发挥重要作用。

第六章

结　语

　　文化缺省是作者在与其意向读者交流时双方共有的相关文化背景知识的省略。在理解文本时,读者必须通过激活有关的图式,将文本中提供的信息与他大脑中的现有知识加以关联,从而获得文本的连贯理解。由于作者与其意向读者享有共同的文化背景知识,作者在写作过程中可以省去一些对双方来说是不言而喻或不言自明的文化信息。被缺省的成分虽然不在文本中出现,但却被视为存在于文本之中。从语言交际的角度来说,缺省的目的是为了使语言简洁,从而极大地提高了交际效率,这就是文化缺省的交际价值。但是,在像翻译这样的跨文化交际中,原文作者和译文读者由于生活在不同的社会文化环境中而不具有共同的文化背景知识。因此,对于原文读者来说是显而易见的文化背景知识,对于译文读者就构成了文化缺省成分。原文中文化缺省的存在及其交际价值使得我们不得不面对这样一个事实:原文作者在写作时是不为译文读者的接受能力着想的。因此,文化缺省补偿就成了翻译中不可缺少的工作。

　　本书从三个角度探讨了文学翻译中的文化缺省补偿策略。第一个角度是从作者的艺术动机和文学作品的美学价值探讨文学翻译中的文化缺省补偿策略。在文化缺省补偿过程中,最值得译者重视的是不要因填满原作的文本空白而剥夺译文读者的想象力。如果在译文中对译文读者的文化缺省做出过量的补偿,译作就会剥夺译文读者获得原作美学价值的享受,导致译文读者失去发挥想象力的空间。第二个角度是从文化功能理论探讨文学翻译中的文化缺省补偿策略。翻译的文化功能决定翻译在建构异国文化中起着重要的作用并对目标文化具有深远的影响。从文化交流的角度和目标语读者对文学译品的期待来看,译者的重要任务是把原作中的文化信息传达给译文读者。因此,在文化缺省的补偿过程中,译者应尽力使译文读者欣赏到原作所特有的异国情调和源语所蕴含的文化信息,而不能因补偿过量使译文读者失去获得文化探索的愉悦。第三个角度是从目标语言文化的接受语境探讨文学翻译中的文化缺省补偿策略。在文学翻译中,把目标语言文化的接受语境纳入翻译决策的考虑范畴是十分重要的,因为目标文化系统中存在的各种因素以及译者的意识形态和诗学观念起着一个过滤器的作用,决定译者在文学翻译过程中运用何种策略和方法来补偿译文读者的文化缺省。因此,在文学翻译中,译者应从以上讨论的三个角度认真审视原作和目标文化系统,对文化缺省的补偿策略和方法做出正确的抉择。

在文学翻译中,有许多因素影响着文化缺省补偿策略和方法的选用。因此,译者必须认真审视文学翻译中所涉及的全部因素,以便做出最佳的选择来处理文化缺省成分。事实上,文化缺省所隐含的原文作者的艺术动机和美学创造、文化因素以及目标语言文化的接受语境是决定文化缺省补偿策略和方法的三条标准。翻译就是一个发现的过程,在文学翻译中,译者应努力发现原作中文化缺省成分背后的各种因素,灵活选择正确的文化缺省补偿策略和方法。首先,译者应洞察原文作者运用文化缺省成分的艺术动机,尊重原文作者的艺术创造,努力使译文读者获得原作美学价值的愉悦。如果作者有意地使用某些典故以及形象化词语等方面的文化背景知识来刻画作品的人物特征或阐释作品的主题,译者应运用"直译加注"的方法来补偿文化缺省,以便体现原文作者的艺术动机和创作意图,因为其他补偿方法会歪曲原作的隐含意义,剥夺译文读者发挥想象力的机会。一般而言,原文作者花了较多的时机和精力运用文化缺省成分来创造美学意象,译者应该运用这种方法进行文化补偿以便尊重作者的艺术创造。总之,译者应该尊重原文作者的艺术动机和美学创造,认真审视原文中文化缺省成分隐含的美学效果,根据原文的具体情况和译文读者的接受能力,灵活选择正确的文化缺省补偿方法。

其次,文化因素对于文学翻译中文化缺省的补偿策略和方法的选择有着决定性的作用。在文学翻译中,必须根据源语文化因素和目标语文化规范的可兼容性以及其他因素选择正确的策略和方法来进行文化缺省补偿。与目标语文化规范相兼容的文化因素构成了语际翻译的基础,相互兼容的文化积淀的信息较容易在目标语文化中找到对等的表达方式。而包含较多独特文化积淀的信息则必须先经过一个修正调整的过程,才能使得目标语读者易于接受。因此,译者必须认真对待文化因素的处理。事实上,文化因素决定了文化缺省的补偿策略和方法的选用,因为文化因素决定了译者是否、在何种程度上以及以何种方法对各种意象进行调整,以便于目标语读者既能获得连贯理解,同时又能最大限度地获得文化探索的愉悦。举例来说,如果原文中含有一些很重要的对目标语文化有非同一般的吸引力的文化因素,而且这种文化因素正为目标语读者所追寻且易于接受,或者译文的目的是为了向目标语读者介绍某种异国文化,这时就应该采用直译加注的方法来补偿目标语读者的文化缺省。同时,此种方法还能使译文读者在阅读文学译品的过程中获得文化探索的愉悦。

最后,目标语言文化接受语境不仅是决定译者翻译/改写的内容以及方法的重要因素,而且更为重要的是,还有助于在目标文化中形成翻译的交际功能。在补偿译文读者的文化缺省的过程中,译者在拟译文本的选择以及某些思想观念的译入和译出方面享有某些自由。在引进外来思想时,译者可根据源语文本是否符合他的期待视野来选择所译材料,也可根据自己确定的翻译策略来删减、增补、改写、评论或保留某些内容。译者可以在更加广泛的意义上进行翻译,根据不同的翻译目的,从不同的翻译角度,以不同的文学风格,在不同的程度上对源语文本进行改写或归化。在众多文化缺省的补偿策略和方法中,归化(adaptation)或改写(rewriting)是译者经常使用的策略和方法。归化意味着译者根据目标系统中的接受语境所反映的文化改变源语文本中的形象和形式,用目标文化身份的表达方式替代源语文化身份的表达方式,以便传达源语文本的真正意义。这种方法有助于消除目标语读者理解译文的障碍,从而更好地获得对译文的连贯理解。有许多因素决定了译者必须改变源语文化因素的形象。一般说来,在下列情况下,译者倾向于选择"归化"的补偿策略:第一,由于源语文化因素具有鲜明的语言、历史或文化特色,难以找到途径进入目标语文化;第二,目标语读者在文化和政治方面非常敏感,以至于拒绝接受源语文化;第三,译语读者阅读译文的目的只是为了获得原文的内容而不是为了获得异域文化探索的享受;第四,目标文化对翻译作品实行严格的审查限制。

翻译的困难就在于在源语和目标语之间难以找到完全对应的表达形式,而译者不得不就选用何种策略来补偿文化缺省做出抉择。在文学翻译中,有许多因素影响着译者对文化缺省补偿策略和方法的选用。本书讨论的文学翻译中文化缺省的补偿策略和补偿方法是文学翻译中不可缺少的,而且这些补偿策略和补偿方法是互为补充的。因此,译者必须认真审视文学翻译中所涉及的各种因素,根据原作的具体情况和译文读者的接受能力,灵活选择正确的文化缺省补偿策略和补偿方法。

附录一

Iser's Theory of Aesthetic Response: Strategies on Compensation for Cultural Default in Translation

Dalai Wang

Wenzhou University, Wenzhou City, China

Abstract: Cultural default is defined as the absence of relevant cultural background knowledge shared by the writer and his readers. This paper aims to account for the strategies on compensation for cultural default. Iser's theory of aesthetic response is introduced to explain how the reader acquires aesthetic pleasure from reading the text. In translation the translator should refrain from excessive compensation by filling up the textual gaps of the original and make efforts to preserve the implicit aesthetic effect of the source text. Therefore, it is important for the translator to ascertain the source author's artistic intention implied by cultural default in the original, respect his artistic creation and make the TL reader acquire the pleasure of aesthetic value of the source text. In the course of translation the translator is constantly obliged to make decisions as to what strategies should be adopted to compensate for cultural default. The discussion leads to the conclusion that the author's artistic intention implied by cultural default, cultural factors and receiving contexts in translation are three strategies according to which the compensation methods are determined.

Key words: schema, cultural default, aesthetic value, artistic intention, cultural factors

1. Introduction

Some people imagine that the greatest problem in translating is to find the right words and constructions in the receptor or target language. On the contrary, the most difficult task for the translator is to compensate for the TL reader's cultural default. This involves not only knowing the meanings of words and syntactic relations, but also being sensitive to all the cultural elements in the source text. There is a wrong general assumption that a person who knows two languages well can be a good translator. In the first place, knowing two languages is not enough. It is also essential to be acquainted with the respective cultures. The role of language within a culture and the influence of the culture on the meanings of words and idioms are so pervasive that scarcely any text can be adequately understood without careful consideration of its cultural background.

Cultural default should be brought to the full awareness of the translator for two reasons. First, a correct interpretation of the original text may rest upon a due understanding of the relevant facts of features of the source culture. In many cases, however, the translator fails to recognize the cultural default coded in the source text by the writer. As a result, the cultural background knowledge the translator harbors about the source culture may be based upon the realities of his own culture. If the source and target cultures differ significantly in relevant aspects, the source message may be wrongly deciphered. The second reason why cultural default should draw sufficient attention from the translator is that errors in the translation caused by the fact that the SL reader has cultural background different from the TL reader are usually more covert and harder to be detected than grammatical failures, and hence may cause serious misunderstanding on the part of the TL reader.

This paper aims to account for the strategies on compensation for cultural default in translation. It is mainly developed in three parts. In the first part, schema theory is introduced to discuss the formation mechanism and communicative value of cultural default. In the second part, Iser's theory of aesthetic response is introduced to explain how the reader acquires aesthetic pleasure from reading the text, and the third part serves as the discussion of some strategies on compensation for cultural default.

2. Formation Mechanism and Communicative Value of Cultural Default

As we know, to arrive at successful communication expected by the participants of any discourse, the speaker and his listener must share common background knowledge. It is because of their shared background knowledge that the speaker/the writer makes no attempt to inform his hearer/reader of some transparent or self-evident facts, thus greatly improving communicative efficiency. The research of Artificial Intelligence has shown that our background knowledge is organized and stored in some fixed schema to allow easy access (Brown & Yule, 1987: 234 – 237). "The organization of knowledge in human cognitive process involves units that are larger than words and concepts. This organization also includes knowledge about familiar situations, events, and the relationship among these situations and events." (Matlin, 1989: 222) Thus, schemata can be seen as generalized kinds of knowledge about situations and events (Matlin, 1989: 223). In other words, a schema represents "generic" information, which includes not only events from one's life but general knowledge about procedures, sequences of events, and social situations. For example, the "restaurant schema" describes the expected sequence of events that occurs when dining in a restaurant. However, as Bartlett argues, a schema cannot be regarded as an accumulation of successive individuated events and experiences, it must be organized and made manageable (Brown & Yule, 1987: 249). Thus, schemata are "higher – level complex (and even conventional or habitual) knowledge structures" (Brown & Yule, 1987: 247). Viewed in this way, schemata are fixed "data structures" or have fixed structures, containing set elements.

The basic structure of a schema contains labeled slots, which can be filled with expressions, fillers (Brown & Yule, 1987: 239). For example, in a schema representing a typical "restaurant", there will be slots labeled "waiter", "chair", "menu" and so on. A particular restaurant existing in the world, or mentioned in a text, can be treated as an instance of the restaurant schema, and can be represented by filling the slots with the particular features of that individual restaurant. When all the slots of a schema have been filled by fillers, one has the picture of the schema in his mind. For example, when one's sensory memory is triggered by the information of "restaurant", the slots of his restaurant schema such as "table" and "menu" will be activated and filled. This is called top – down processing. When one slot of the schema is activated, it will no doubt activate other relevant slots and finally activate the whole schema. This is called bottom – up processing. For example, when the slots of "table", "menu", and so on are activated, the whole restaurant schema can be finally activated.

The reader's schemata play an important role in reading comprehension. They determine what the reader comprehends, how well he comprehends, and whether he can comprehend at all. The schema theory proposes that comprehension is a constructive process in which previous knowledge is a powerful factor. Schemata help the reader to make inferences and predictions and allow him to fill in information not provided by the writer and to infer what the writer means.

Since no two persons ever have exactly the same background, there is always some loss or distortion in verbal communication. However, for the members within the same language – culture, they have enough shared background knowledge to guarantee meaningful communication. Therefore, the writer makes no attempt to give his readers transparent or self – evident information of the schema so as to achieve economy of expression. The default background knowledge shared by the writer and his readers is called situational default which can be divided into contextual default if the default element is concerned with information within the discourse and cultural default if the default element is related to cultural background knowledge. The contextual default element can be retrieved within the discourse. However, the cultural default element, which is often culture – specific, will create a vacuum of sense for the reader belonging to the different language – culture and a potential discontinuity in his interpretation because he has no schema to access (Wang Dalai, 2004:69).

Cultural default is defined as the absence of relevant cultural background knowledge shared by the writer and his intended readers. In intercultural communication activities such as translation, the SL writer and the TL reader do not share the same cultural background knowledge because they are in different social and cultural communities. Thus cultural default arises for the TL reader. The unavoidable existence of cultural default coded in the source text and its function will force us to face the fact that the source writer does not take into account the decoding ability of the TL reader. In other words, the TL reader is excluded from the intended reader of the source writer. Therefore, what is transparent to the SL reader in the form of cultural default is often opaque to the TL reader, even the translator included.

3. The Reader's Acquisition of Pleasure in Aesthetic Value

Generally, literary creation is a kind of the artistic creation of the writer by means of language. A writer is both a social individual and an artist. Living in a certain historical period and social environment, he develops his outlook on society and human life through his personal experiences in the social life. In a literary creation he expresses his thoughts and feelings about the society and human life through creation of artistic images. In a literary work, the image is a verbal expression which can evoke a mental picture in the reader's mind. On the one hand, it embodies the thoughts and feelings the writer intends to convey, so it possesses intellectual value. On the other hand, it can appeal to the reader's visual and aural senses and stimulate him to visualize the picture portrayed in the work by giving full play to his imagination and association. As the image can afford the reader the pleasure of aesthetic appreciation, it possesses aesthetic value.

A literary work is a kind of art of imagination. It tells very little to the reader. As Walter Benjamin points out in his famous work "The Task of the Translator": "Its essential quality is not statement or the imparting of information." (1992:71) Its essential charm lies in how the content is expressed rather than what the work tells. For the literary text, there can be no fixed answer given by the writer. Instead, the reader has a sequence of schemata given by the text, which have the function of stimulating him to establish the images of the text and get the answers. There can be no doubt that the schemata of the text appear to relate to literary images, but they are not given directly by the writer—they must be discovered, or to be more precise, produced by the reader. In this respect, the literary text exploits a basic structure of comprehension but expands it to incorporate the actual production of those images. The schemata of the text give rise to aspects of a hidden, non-verbalized "truth", and these aspects must be synthesized by the reader. In fact, the meaning intended by the author or directly revealed by the language of the text is limited. However, the finite language is ingrained with a sort of openness to all the readers of all ages. The incompleteness of the text brings about indeterminacy, which designates the vacancy in the whole schema of the text (Wang Dalai, 2008:84). Iser proposes the notions of "blank" and "concretization", claiming that the indeterminacy of a text will be concretized by individual readers (1978:181-185). Of course, in the process of the reader's image-building, he cannot have the total freedom of imagination. Clearly, the reader's activity must be controlled in some way by the text. In fact, the reader's activity is not in the text, but exercised by the text (Iser, 1978:168).

Reading literary work is not a passive activity, but one that demands both attention and insight-lending participation. The reader participates in it by exercising his imagination. The essential quality of the literary text consists in the reader's creative participation. Literary critics believe that the literary text is like an arena in which writer and reader are to share the game of the imagination, and, indeed, the game will not work if the text sets out to be anything more than a set of governing rules. The reader's enjoyment begins when he himself becomes productive, i. e. when the text allows him to bring his own faculties into play (Iser, 1978:108). Therefore, a successful writer, consciously or unconsciously, often gives the reader a lot of room for contemplation and imagination, which is regarded by Iser as "gaps" or "missing links". In creating his literary works, the writer often employs his intended reader's cultural background knowledge such as culture - specific expressions as gaps in the text so that his artistic creation can be embodied and at the same time he can leave the reader much room for imagination. In fact, what we mean by the TL reader's "cultural default" constitutes important "gaps" or "missing links" of the original text. What is missing from the text is what stimulates the reader to fill in the blanks with projections. He is drawn into events and made to supply what is meant from what is not said. What is said only appears to take on significance as a reference to what is not said. For Iser, the reader, in the process of interpretation of the text, has to fill in the textual gaps, or to concretize the "blanks". What is to be filled by the reader is something invisible that exists in the overall system of the text. It is the implications and not the statements that give shape and weight to the meaning. "Whenever the reader bridges the gaps, communication begins. The gaps function as a kind of pivot on which the whole text - reader relationship revolves." (Iser, 1978:169) By concretizing the "blanks", the reader relates the schemata of the text to one another and begins to form "the imaginary object", and by familiarizing himself with the text, he forms his own understanding. It is in the process of interpretation in which the reader fills in the gaps that he acquires this unique aesthetic pleasure of reading the literary work and appreciates the "mode of signification" of the text.

4. Strategies on Compensation for Cultural Default

4.1 *Decision - making Necessitated by Source Author's Artistic Intention*

Ascertaining the author's intention implied by cultural default in the original is important for the translator to choose the methods of compensation for the TL reader's cultural default. If the author purposefully employs certain historical allusions to depict the characters of the text or to elaborate on the topic of the text, it is possible for the translator to use the method of "literal translation with a footnote or an endnote" to compensate for the TL reader's cultural default so as to preserve the aesthetic value of the original and respect the author's artistic intention because other compensation methods would falsify the implications of the original text and deprive the TL reader of the opportunity for using imagination. For example:

The original runs:

宝玉又问表字。黛玉道:"无字"。宝玉笑道:"我送妹妹一妙字,莫若'颦颦'二字极妙。"

The translation goes like this:

"And your courtesy name?"

"I have none."

"I'll give you one then." he proposed with a chuckle, "What could be better than Pin – pin?"

This example refers to a well – known Chinese legend, which says that Xi Shi, whose nickname was "Pin – pin", a beauty in the Spring and Autumn Period (770 – 476 B. C.), was often sick, yet even when she knitted her brows, she was still exceedingly beautiful. Since this allusion is popular in China, it presents no problem for the Chinese readers, yet the Western readers are incapable of deriving pleasure from the historical element because they do not share this Chinese cultural background knowledge. As a matter of fact, when Bao – yu gives Dai – yu the name "颦颦" (*Pin – pin*), he means that Dai – yu is comparable to that of Xi Shi, both in prettiness and in poor health. The analysis of Bao – yu's remark makes clear his conversational implicature, which, in fact, is the author's creative intention. Therefore, the translator should keep this intention by adding a footnote or an endnote to compensate for the TL reader's cultural default.

In the literary work, the author often employs figurative language to create vivid images. When language is used in a figurative sense, the translator has to carefully ascertain the author's artistic intention. According to Newmark, there are three types of metaphor:dead (cliche), standard (stock) and original (creative) (1981:48). Original metaphors are uniquely used by the author rather than borrowed from conventions to reflect his intention and have predominant or obtrusive impact on the SL reader. Therefore, they are often individual. Because of their high degree of novelty and divorce from conventions, original metaphors are often employed by the author to reflect his attitudes towards life and his peculiar emotions. In this case, the translator should embody the author's artistic creation and keep the image of the original in the version. In general, if the source author spends much time or mental labor on producing artistic elements such as original metaphors, the translator should employ this method to embody the author's artistic creation.

The word "summer" in the Chinese language often gives one an impression that it is too hot for one to bear. But "summer" is the most favorable season in England. Therefore, it contains the associative meaning of "beauty" and "warmth" for the British. A British poet often compares his love to a summer's day and youth to a summer morn or summer brave. Some translators say that "Shall I compare thee to a summer's day" (Shakespeare's sonnet) should be semantically translated into a language spoken in a country where summers are unpleasant. According to Newmark, such a metaphor should be reproduced by relying on literal translation because the TL reader can get an idea that summer is a beautiful season in England and reading the poem should exercise his imagination as well as introduce him to English culture (1988:49 – 50). It is the general consensus of opinion that the readers of any language – culture have sufficient imagination to understand how the readers of another language – culture may rightly differ in their behaviors and values. Because this metaphor is an original metaphor used by Shakespeare to reflect his unique idea and can make the reader acquire aesthetic pleasure by exercising imagination, literal translation is a best method as far as the fact that the image of the original can be kept is concerned. If the translator believes that the literal translation of this metaphor can hardly make sense to the TL reader, he can add a footnote or an endnote to explain the geographical difference between England and China and Shakespeare's peculiar use of this metaphor.

As has been mentioned, the reader has to fill in the blanks designed by the writer in the course of reading the text. During the producing process, the translator should turn his filling of blanks back into a kind of blank – setting which efficiently entails the meaning of the text in the largest sense so that the target language reader may have the opportunity to fill in the blanks of the original text. Therefore, the translator's task, before he begins to do translation, is to detect the schema of the original text and seek what he believes the most effective way to reschematize in the target language the intention and schema of the text so that the target language reader can acquire the aesthetic value as the source language reader does.

Keeping the aesthetic value of the literary work in the version is closely related to giving full play to the TL reader's imagination in the course of interpretation. Literary translation is an intellectual challenge not only to the translator but also to the TL reader. On the one hand, the translator is required to give full play to his capacity of intellectual comprehension, aesthetic appreciation and linguistic expression so as to reproduce the artistic value of the original work faithfully and expressively in the target language. On the other hand, the TL reader should not be a passive recipient of the translation. For a profound and thorough comprehension of the artistic and aesthetic value of the original work through the translation, he has to bring into full play his capacity of intellectual perception and artistic imagination. Therefore, it is important for the translator to handle properly the relationship between compensating for the TL reader's lack of cultural background knowledge and leaving him the room for imagination and appreciation of gaps and implicatures of the original text. He is never allowed to make his rendition easy for the TL reader to understand at the expense of the aesthetic value of the original work. Instead, he should have a regard for the TL reader's potential capacity for intellectual perception. Of course, the translator, in the process of interpretation of the literary work, can make some discoveries of the aesthetic value of implicatures, symbols, wordplays and other rhetoric devices in the text. In fact, he should be the keenest of readers. He discovers all the author's tricks, notices when he cheats and is aware of absurdities. However, he should leave them out for the TL reader and take pains, by means of his work, to seek to communicate to his readers the aesthetic images the original text provides through his knowledge of the original language.

4.2 Decision-making Necessitated by Cultural factors

No linguistic text can exist out of a certain cultural context, here defined as the way a text is related to cultural elements in the source culture. Even when all linguistic symbols can be semantically translated into a system of different linguistic symbols, the relationship of the text to the source culture can never be reproduced by the relations between the target text and the target culture. This fact requires the translator's attention to cultural factors when he is choosing a proper method to compensate for the TL reader's cultural default.

Cultural factors surface from the confrontation of cultural deposits of one language with another in translation, and therefore, demand decisions on the part of the translator. In a sense, translation brings into focus the cultural clashes, which are inevitable and even insurmountable in message transfer. Cultural factors often take two linguistic forms: culture – specific expressions and imagery confrontations. Culture – specific expressions and images are essential components of literary language. But they are usually rather culture – specific, that is, they depend very much upon a specific social and cultural setting. Because of close identification with a particular language and culture, they carry more impact than non – cultural expressions and images. However, finding satisfactory equivalents for them is one of the most difficult aspects of translating, because what, in many cases, is well known to the SL reader, is little known, or even unheard of by the TL reader. In this connection, it is appropriate to remember that it is safe for the translator to assume that in general he is writing the target language for the TL reader who knows little about the history, political philosophy, culture and economic policies in the country of the source message. This is especially true for Chinese and English because they are too entirely different languages, each having its own usage and idiom, its own grammar and stylistic devices, its own cultural and social background. Therefore, it is important for the translator to properly deal with cultural factors both in terms of translation theory and in terms of practice.

It is possible to set up four clashing models for the conflicts of cultural factors between two languages in translation practice. They are the Blocking Model (model 1), the Modulation Model (model 2), the Go – ahead Model (model 3) and the Integrating Model (model 4). In the Blocking Model, the target culture norms constitute a filter, and sometimes become so resistant that the source culture – specific elements are blocked and consequently disappear totally in the target culture. In the Modulation Model, the source cultural elements are only partially compatible with the target culture norms and are modified in order to enter the language system. In the Go – ahead Model, the source cultural elements, though incompatible with the target culture norms, are nevertheless so strong and aggressive that they override the target culture norms and force themselves into the target culture. In the fourth model, that is, the Integrating Model,

附录一　Iser's Theory of Aesthetic Response: Strategies on Compensation for Cultural Default in Translation

culture-specific elements in the source language compromise with the target culture norms and result in changes in both, usually by weakening the source cultural elements and the target culture norms. In model 1 the target culture dominates in translation, in model 3 the source culture dominates the translation product, and model 2 and 4 represent tendencies towards integration in intercultural communication. Hopefully it is model 2 and 4 that will gain momentum in the future as cultural exchanges among nations become more and more frequent and intense.

Some words and expressions profoundly imbued with unique cultural elements do cause translation problems. For instance, the Chinese language possesses a great number of self-depreciating expressions: "鄙人" (*bi ren, your humble servant; I*), "寒舍" (*han she, my humble home*), "拙文" (*zhuo wen, my awkward article*), "贱内" (*jian nei, my humble wife*), "老朽" (*lao xiu, my old and useless self*), etc. These terms come from a long feudal tradition of keeping a low profile and refraining from showiness. Contrary to this understatement of one's own value, the Chinese show profuse respect, perhaps too bombastic to the western mind, for others: "拜读大作" (*bai du da zuo,* [*I*] *read your great article in awe*), "大札" (*da zha, your great letter*), etc. In such cases, the translator can hardly expect English readers to respond with ease and comfort to a word-for-word translation of the Chinese terms, so in translation practice they often go through a process as illustrated in model 1.

Models 2 and 4 are adopted when, for instance, the translator has egalitarian attitudes towards the source and target cultures and believes that the source cultural elements should be introduced to target language readers without causing a cultural shock, or when the target culture is ready to tolerate foreign cultures and yet retain its own cultural norms.

The parameters which make the translator opt for model 3 include firstly that the source cultural elements have an unusual appeal to the target culture, so that they are eagerly sought and readily accepted; or, secondly, that the target text readership is academic and bent on learning the source culture in its true colours; or, thirdly, that the source culture has political or economic superiority; or, fourthly, that the translator is obliged or forced to impose the cultural elements upon the target language readers. Some culture-specific expressions derive from philosophical, religious, medicinal and athletic tradition in China: "阴阳"[1] (*yin yang*), "八卦"[2] (*ba gua*), "五行"[3] (*wu xing*), "气

功"⁴ (*qi gong*), "太极拳"⁵ (*tai ji quan*) etc. They are so deeply rooted in the Chinese culture that they are meaningless out of the cultural setting. These terms are usually transliterated because there are no equivalents in English. However, the urge to impose the source cultural elements upon the TL readership is so strong that the translator often chooses model 3. In order to ensure acceptance of cultural otherness, he often relies on paraphrasing, footnotes, endnotes, or provides adequate background information for the understanding of the terms in question.

From the analysis it can be seen that cultural factors become determinative in decision-making on translation strategies. The translator, in the process of translation, has to choose a proper method to compensate for cultural default in terms of compatibility between source cultural elements and target cultural elements. Cultural elements amenable to target cultural norms form the basis of message transfer, and messages with many compatible cultural deposits can easily find their way into target cultures. Messages with many unique cultural deposits must therefore undergo a process of modification and alteration in order to pass through the TL reader's channel capacity. Therefore, there are the cultural elements that the translator has to handle and manipulate. As a matter of fact, cultural factors necessitate decision-making on cultural compensation methods because they decide whether or to what extent or by what methods the translator has to make a good many image adjustments in order to make the TL reader acquire the coherent interpretation of the version and at the same time acquire the pleasure of cultural exploration at a maximum.

One of the goals the translator should work untiringly towards is to make the target language readers identify themselves as fully as possible with the readers in the source text, and understand as much as they can the important cultural customs, concepts, values, thoughts, etc. formulated by someone else in the source language and culture background. If the strong cultural flavors or peculiar cultural images which are unknown to the TL reader are not transferred into the target language, the version would become dry and lifeless on the one hand because there must be a great degree of loss of meaning or misunderstanding, and, on the other hand, the version would be an utter failure as far as cultural communication is concerned.

If the source text has important cultural elements which have such an unusual appeal to the target culture so that they are eagerly sought and readily accepted, and when the translated text is meant to inform the TL reader of an alien culture, the translator should use the method of "literal translation with a footnote or an endnote" to compensate for the TL reader's cultural default. For example, some culture-specific expressions originate from Chinese social life and political system: "五讲四美"[6] (*wu jiang si mei*, *Five Stresses and Four Points of Beauty*), "大锅饭"[7] (*da guo fan*, the "big pot" system). These terms are rich in political implications in China and can hardly be conveyed into a western language such as English. Although one can suggest English equivalents shown above in the parentheses, the connotation and association of these terms will never dawn upon the western readers until they have learned enough about Chinese affairs. If the translator fails to give some background information in a footnote or an endnote, the version will unavoidably confuse the target language readers. Because the urge to impose the source cultural elements upon the target culture in the process of translating these terms is strong, most translators give a literal translation of them. In order to ensure acceptance of these cultural terms, they often supplement some brief explanatory notes to make the English version intelligible. By and by, these terms enter the target environment and become familiar to the target readership, and are picked up by the target language readers.

Indeed, this compensation method is very beneficial for enriching a target language. Some names of food and drinks also go through the same procedure, and as a result, "wonton", "tofu", etc. have already found their way into Western culture and "hot dog" and "Coca Cola" have become household words in China. The English phrase "shed crocodile tears" was translated as "猫哭老鼠"[8] (*mao ku lao shu*) in the past, which aimed at the fidelity in content. Then arguments on this led to a new version as "掉鳄鱼的眼泪" (*diao e yu de yan lei*, *shed crocodile tears*). The second version preserves fidelity in form, though the content cannot be accepted by Chinese readers at the beginning. Now it has gone into their daily life. It can be seen that many new ways of expression have been absorbed into the Chinese language by using this method to deal with the TL reader's cultural default.

It is important to recognize that in translating the literary text, annotation is a good way to make alien cultures more accessible to the TL reader. The practice of Zhang Guruo, a great translator in China, has offered a good example. When he translated Thomas Hardy's *Tess of d'Urbervilles* into Chinese, he added numerous footnotes to the text to impart to the Chinese readers a lot of important Christian concepts and English customs. Although most ordinary readers paid little attention to them, interested readers valued them highly. Zhang used this principle all his life and helped many Chinese readers familiarize themselves with the historical and cultural background of English novels so that they were able to comprehend the original works better. Indeed, Zhang's short notes often solve puzzling problems or enrich the readers' insights into English culture.

Though the compensation method of "literal translation with a footnote or an endnote" is beneficial for imparting to the TL reader some cultural knowledge, it cannot be over-used in intercultural translation. If there are too many footnotes or endnotes in the translation, the TL reader is forced to stop constantly his reading to catch a glimpse of the annotations in order to comprehend the meanings of the source text, and his normal reading habit and speed will be seriously disrupted. As a result, he presumably soon loses his interest in reading the translation.

4.3 *Decision-making Necessitated by Receiving Contexts*

If meaning still remains what I. A. Richards insisted, the only "perfect understanding" which involves "not only an accurate direction of thought, a correct evocation of feeling, an exact apprehension of tone and a precise recognition of intention" (1929: 332), or if the relationship between the elements concerned remains solely author-centred or text-centred, the discussion about recipient contexts is meaningless, for the task of a translator is to reach the only correct, the "perfect" answer which is predetermined by the only authority of the author or the text per se. Instead of being a static thing waiting to be discovered, meaning, in the light of reception theory, is rather a kind of interaction between the text and the reader. Iser points out that "meaning is no longer an object to be defined, but is an effect to be experienced", and that the total potential of meaning "can never be fulfilled in the reading process", which makes it essential that we should conceive of meaning "as something that happens" (1978:22). In other words, there can be no prescribed or authorized interpretation of the original text. A reader can interpret a text in his or her own way depending on his or her varying spatio-temporal knowledge, thus attempting to undermine the authority of the author and the original text and at the same time emphasize the interaction between the text and the world. That is to say, a text cannot be interpreted in isolation from the world in which it is embedded. Various situational factors have to be taken into consideration and more emphasis should be attached to the social contextual setting than to textual structure. The translator can no longer confine his interpretation of the text to the question of the author's possible intention, as was the case traditionally, but is urged to pay more attention to factors in the receiving context.

This shift—the emphasis on the role of the reader in investing texts with meaning—is very important to translation theory since a translator is a reader of the original work in the first place, and his or her interpretation of the original is thus both authorized and contextualized. Translation is not done in isolation from its social and cultural context, and it cannot be confined to the text per se. As a result, a reader or a translator is no longer viewed merely as a passive receiver but rather as an active participant and a contributor to constructing the meaning of the text. When translation activities are viewed in isolation from their receiving context and hardly connected with social phenomena, the translator becomes a mechanic substituting stretches of original texts with equivalent stretches in the target language, rather than a mediator or an active and creative participant in constructing a new culture, including a new ideology and poetics for the target society.

Lefevere has always insisted that the recipient context—in a certain historical period and societal space, including social material background, political situation, economic system, national cultural policy, social ideological tendency, literary tradition and convention—is one of the major factors not only in deciding what and how to translate/rewrite, but more importantly in shaping the function of translational communication in the target culture. So while claiming that translations are never produced in a vacuum, Lefevere also believes that "they are never received in a vacuum" (Lefevere & Bassnett 2001:3), and that they serve the needs of the ideology and poetics of a given society. Ideology and poetics, for Lefevere, are the two major factors that constrain the production and the reception of rewriting. As to what translation is, Toury argues that translation is any target language utterance which is presented or regarded as a translation in a target system (1985:20). For Toury, whether a piece of text should be considered "translation" depends mainly on whether the target recipients take it as such instead of on how equivalent it is to the original text. Both Toury and Lefevere extend the range of parameters that can or should be investigated in translation studies. In doing this, they enlarge the domain of translation studies to cover various forms of mediation rather than translation proper. Both reject the traditional notion of translation as replacement of an original text and emphasize that contextual factors determine the strategies adopted by the translator and the shape of the textual products of translation.

The initiator of the translation and the translator do not live in a cultural vacuum but are social and cultural beings. Their motivation to translate something is always caused by certain social motives. And the epoch, the social environment, as well as the economic and political situation determine to a great degree the translators' attitudes towards translation tasks and the strategies they adopt. With each task, they feel they have a purpose, no mater how vague, and they seek to achieve something political, economic, or academic. They assume there is an audience to cater for. In a word, translators have their own ideology and poetics.

The translator lives in a socio-cultural background, which means that he has to be influenced by socio-cultural norms. The most usual way the translator is influenced by the socio-cultural norms he is in may be like this: he is, consciously or not, conforming to some kind of norm that highlights the motivations and values underlying any socio-cultural praxis; meanwhile he will try, wittingly or unwittingly, to interfere with the "natural" course of events and to divert it according to his own preference. There may exist several equally prominent norms, and by focusing on one particular norm, the translator may fail to determine the presence of another. Among the rather complicated and interwoven system of norms, the translator has to pinpoint his position in order to make a decision of translation strategies. He may, in possession of certain "horizon of expectation" which has been brewed in a certain literary translation and the dominating poetics or literary norms, fuse his own horizon with that of the text in a conventional way. Or realizing the unconventional characteristics of the text, he may revise his own horizon, taking another set of translation strategies he regards more proper in the light of the text. Or not rarely, he may, encouraged or suppressed by certain political/ideological authorities, take special translation strategies in order to receive more satisfaction from various audiences than otherwise. In the course of compensating for the TL reader's cultural default, the translator has relatively more freedom in transferring texts and ideas from or into another culture. For example, in importing foreign ideas, the translator can and does select materials favorable to and compatible with his own agendas by deciding how much of a text to select for rewriting, as well as the angle from which to comment on or imitate a given work. He produces translations in a broad sense: adapting for different purposes, from different angles, in a different style, to a different extent.

Indeed, existing factors in the target cultural system and the translator's ideology or poetics act as a filter, determining what strategies are adopted to compensate for the TL reader's cultural default. Among many methods of compensation for cultural default, adaptation is often employed by the translator. Adaptation means that the translator changes the images and forms of the original text according to the culture mirrored by the target system and substitutes expressions with the target cultural identity for expressions with the source cultural identity in order to convey the real meaning of the original. The compensation method is helpful to eliminate the TL reader's barriers of comprehension so that he can be in a position to get a coherent understanding of the version. There are many parameters governing the necessity of changing the images of source cultural elements. In general, the following parameters will make the translator favor adaptation, one of the compensation methods for the TL reader's cultural default. Firstly, the source cultural elements will find no way into the target culture because they are too linguistic – or – history – or – culture specific. Secondly, the target language community is so culturally or politically sensitive that it tends to reject the foreign cultural elements. Thirdly, the translated text is only meant to entertain readers, not in order to inform them of an alien culture. Or fourthly, the target culture is a dictatorship which imposes censorship restrictions.

Language – culture is strongly influenced by mental culture, which refers to people's mentalities, behaviors, beliefs, perceptions, concepts of values, thought patterns, etc. That is to say, the use of language has a great deal to do with the language – user's brain and mind. Therefore, the TL reader's psychological habit should be taken into consideration in the process of compensation. Both the Chinese and the English – speaking people like to use images of animals in similes and metaphors, but in most cases, they differ from each other in choosing animals for symbols. Take "熊" (xiong, bear) for example. To the English – speaking people, the "bear" does not carry the same association as it does to the Chinese people. The animal might be considered fierce or dangerous; a bear in a zoo or wildlife park might be regarded as mischievous or playful, but not stupid, incompetent, good – for – nothing as is implied in Chinese. This example shows that the English – speaking people have very different associations from the Chinese regarding most animals. In translating some phrases or expressions containing the connotations which stand for very different images in two language – cultures, we should, judging from the recipient contexts, strive to find in English and Chinese "cultural equivalents" rather than translate them directly as we are to convey to the target language the symbolic images in the source language. That is, in this case, we should use the compensation method of "adaptation" to make the version easy to be accepted.

5. Conclusion

When interpreting the text, the reader has to relate information in the text to his prior background knowledge in his mind by activating the schema concerned and thus acquires a coherent comprehension of the text. Because the author and his intended reader have shared cultural background knowledge, it is unnecessary for the author to include all cultural information in the text, thus greatly improving communication efficiency. This is the communicative value of cultural default. However, in view of the unavoidable existence of the TL reader's cultural default, cultural compensation becomes a must on the part of the translator.

Difficulties in translation are due to precisely the lack of one – to – one correspondence between source message and target language. The translator is constantly obliged to make decisions as to what strategies should be adopted to compensate for the TL reader's cultural default. Since there are many parameters influencing the option of compensation strategies the translator has to carefully weigh all the factors in translation so that he can make a best choice to deal with cultural default elements. Translation is very much like a process of discoveries. Firstly, it is important for the translator to ascertain the author's artistic intention for using cultural default elements, respect his artistic creation and make the TL reader acquire the pleasure of aesthetic value of the source text. Secondly, cultural factors necessitate decision – making on compensation methods, because they decide whether or to what extent or by what methods the translator has to make a good many image adjustments in order to make the target language reader acquire the coherent interpretation of the version and at the same time acquire the pleasure of cultural exploration at a maximum. Thirdly, receiving contexts in translation necessitate decision – making on compensation because existing factors in the target cultural system and the translator's ideology and poetics act as a filter, determining what strategies are adopted to compensate for the TL reader's cultural default. In short, the author's artistic intention implied by cultural default, cultural factors and receiving contexts in translation are three strategies according to which the compensation methods are determined.

Notes

1. In Chinese philosophy *yin* and *yang* represent two opposing principles in nature, the former feminine and negative, the latter masculine and positive.

2. Translated literally as the Eight Diagrams, this term refers to a set of symbols used in ancient China to represent certain objects and events and later used in divination.

3. Translated literally as the Five Elements, this term refers to the metal, wood, water, fire and earth which, according to ancient Chinese, compose the universe. This is also used in traditional Chinese medicine to explain physiological and pathological phenomena.

4. Transliterated as *qigong*, this term refers to a system of deep breathing exercises.

5. Transliterated as *taijiquan*, this term refers to a system of physical exercises that emphasizes balance, coordination, and effortlessness in movements, designed for attaining bodily or mental control and well – being and also as an art of self – defense.

6. The five stresses are: stress on decorum, manners, hygiene, discipline and morals. The four points of beauty are: beauty of the mind, language, behavior and the environment. This catch phrase is meant to encourage citizens to behave politely in a peaceful and harmonious community.

7. This is a metaphorical expression referring to the equalitarian treatment to individual workers regardless of their performances in the traditional socialist economic system.

8. Transliterated as *mao ku lao shu*, this term means that it is sheer hypocrisy for the cat to cry over the death of a mouse.

References

Benjamin, Walter. (1992) "The Task of the Translator." In Rainer Schulte &

John Biguenet (eds) *Theories of Translation*. Chicago, IL: The University of Chicago Press: 71 – 82.

Brown, Gillian & George, Yule. (1987) *Discourse Analysis*. Cambridge: Cambridge University Press.

Iser, Wolfgang. (1978) *The Act of Reading: A Theory of Aesthetic Response*. Baltimore, MD: The Johns Hopkins University Press.

Lefevere, Andre & Susan, Bassnett. (2001) Introduction: Where are We in Translation Studies? In S. Bassnett & A. Lefevere (eds) *Constructing Cultures: Essays on Literary Translation*. Shanghai: Shanghai Foreign Language Education Press: 1 – 11.

Matlin, Margaret W. (1989) *Cognition* (2 nd ed). New York: Holt, Rinehart and Winston.

Newmark, Peter. (1981) *Approaches to Translation*. Oxford: Pergamon Press.

Newmark, Peter. (1988) *A Textbook of Translation*. Englewood Cliffs, NJ: Prentice Hall International Ltd.

Richards, I. A. (1929) *Practical Criticism*. New York: Harcourt Brace.

Toury, Gideon. (1985) Rationale for Descriptive Translation Studies. In T. Hermans (ed) *The Manipulation of Literature: Studies in Literary Translation*. London: Croom Helm: 16 – 41.

Wang, Dalai. (2004) Cultural Functions of Translation: The Principle of Compensation for Cultural Default in Translation. *Foreign Language Research*. (6): 68 – 77.

Wang, Dalai. (2008) On Translator's Creativeness and Restriction in Literary Translation. *Journal of Wenzhou University*. (5): 82 – 86.

〔原载 *Perspectives: Studies in Translatology*, 2011 年第 4 期〕

附录二

解构主义语境下文学翻译的美学价值取向

王大来

(温州大学 浙江温州 325035)

摘 要:解构主义解构了作者或文本的绝对权威,在解构主义理论看来,文本不可能有确定的"神威要意",读者可以从多个角度进行阅读,可以读出多重含义。因此,在翻译中译者可能对文本意义获得多种理解和阐释。但是,译者不应把他从原文理解和阐释中发现的任何东西通过译文传达给译文读者。在文学翻译中最值得译者重视的是不要因填满原文的空白而剥夺译文读者的想象力,译者应尽力保留原文含蓄的美学效果。因此,译者应正确处理文学翻译中文本意义的理解和阐释与保留原文美学价值之间的关系。

关键词:解构主义理论;文学翻译;美学价值;文本意义;空白具体化

Aesthetic Value – Oriented Approach of Literary Translation in the Context of Deconstruction

Abstract: Deconstruction deconstructs the absolute authority of the author or the text. In the light of deconstructive theory, the text, which does not have "the theological meaning or the message of the Author – God", can be realized by the reader into various understanding from different perspectives. Therefore, in translation the translator can achieve various understanding and interpretation of the textual meaning. However, he should refrain from conveying to the target reader in his version everything he has discovered in the process of understanding and interpreting the source text. In literary translation the translator's foremost concern should be especially careful not to usurp the role of the TL reader's imagination by filling up the textual blanks of the original and he should make efforts to preserve the implicit aesthetic effect of the source text. Therefore, the translator should handle correctly the relationship between understanding and interpreting the textual meaning and preserving the aesthetic value of the source text.

Key words: Deconstructive theory; Literary translation; Aesthetic Value; Textual meaning; Concretization of blanks

1. 引言

众所周知,翻译与译者对文本意义的理解和阐释有着密切的关系。如果文本意义只是涉及读者对文本所表达的思想、情感以及意图等因素获得准确而完美的答案,如果阅读活动所涉及的各个要素之间的关系只是以作者或文本为中心,那么文本作者就成了文本理解和阐释的绝对权威,译者的任务只是获得文本预先设定的"完美"答案从而用目标语言实现原文的意义。解构主义对文本确定意义的解构,打破了作者主宰文本意义的权威。在解构主义看来,文本不可能有一个确定的"神威要意",作品的意义是游移变动的,不为文本所凝固。译者在翻译过程中不是复制原文本,而是在文本提供的多重意义中创造出一个新的文本。既然翻译和文本意义的理解和阐释密不可分,译者又有可能对文本意义获得多种理解和阐释,是否在文学翻译中有什么指导原则来规约译者的理解呢?译者对文学文本的理解又有多少可看成是真实可靠的而必须融入译文之中,又有多少应该留给译文读者自己去探索和发现呢?本文旨在运用描述性的手法在解构主义的语境下进行理论探索,从而揭示文学翻译的一个原则:译者在文学翻译中应尽力使译文读者获得原文美学价值的享受,不能因填满原文的空白而剥夺译文读者的想象力从而损害原作含蓄的美学效果。

2. 源语中心论

人们对翻译的认识开始都非常直观,翻译即是把一种语言文字转换成另一种语言文字。翻译直接呈现的是语言形式的转换,译者是原意的传达者,译文要"忠实"原文的意义,这就是源语中心论。源语中心论认为,源语文本是翻译的出发点,是翻译展开的依据,译者必须通晓原文,掌握原文的意义和内涵,忠实地再现原文中的意义和神韵。为了更好地理解原文,译者必须了解作者,研究作者,明确作者的写作动机、写作风格和写作特点等。文学研究的传统作者论认为,书写是作者的一项工作,作者对于自己将要书写的对象、形式和内容往往先有腹稿,并知道他的书写活动怎样引导自己铺排陈设文本的情节结构和事态发展的前因后果,作者控制着整个书写活动,成为自己文本的创造者和主宰。作者被认为具有对自己的文本拥有最初的解释权和最终的处置权。此外,传统文本意义论认为,每一个作者的创作都包含有一定的创作意图,即作者创作的艺术动机,因此作者生产出的文本都包含有确定的意义。意义潜藏在文本的字里行间,隐匿在作者精心编排的情景布局上。意义的获得不是一蹴而就的,而是要通过细读、分析和探索去理解和把握。

翻译研究的源语中心论遵循的就是文学研究的传统作者论和文本意义论,它视原文和原作者为原文意义的主宰和最高权威,把忠实于原文和作者的意义视为翻译的最高标准。文学翻译中的创造性在过去由于长期处于规定性传统译论的影响而不受重视。传统译论视翻译为艺术创作,译者是翻译文学的创造者,但译者的创造被视为二度创造,即是说,译者必须具有艺术家的天赋和能力,而这种天赋和能力只能允许他更好地去理解原作者和原作,而不是作为一个个体的创造力去进行富有个性的创造,译者的表达就是亦步亦趋地把原作的精神或神韵表现出来。译者必须克制自己的艺术创造力,或把自己的这种创造力转化为复写原作艺术精神的能力,译者要求隐身,译者要让读者感到如同作者的原创。

源语中心论的思想直接影响了文学翻译并带来了新的观点,这种观点认为,既然文本是对客观现实的反映,那么翻译就是用另一种语言对原文再现的客观现实做出反映,是客观现实反映的反映。作家的创作是对真实的再现,译者则是对"真实"再现的再现。作家是原创,译者是二度创作。因此,长久以来,翻译就是"模仿""复制""再现"等,译者就是所谓的"画家""模仿者","翻译机器"和"舌人"。德莱顿虽反对译者跟在原文后面亦步亦趋,但仍旧将译者看作是庄园里劳动的"奴隶","给葡萄追肥、整枝,然而酿出的酒却是主人的"(谭载喜,1991:153)。卞之琳说得再恰当不过了:"原作者是自由创造,我们是忠实翻译,忠实于他的自由创造。他转弯抹角,我们得亦步亦趋;他上天入地,我们得紧随不舍;他高瞻远瞩,我们就不能坐井观天。"(孙致礼,1999:18)

3. 解构主义对源语中心论的解构

源语中心论认为翻译是一种语际转换,即用译入语将源语表达的事物重新表达一遍,这种转换实际上是用两种语言表达同一事物或同一事件,它预设了源语和译语可以表达同一确定的意义。在源语中心论看来,文本意义的理解就是使客观存在的文本意义结构得以自然展现的过程。所谓正确理解就是要求译者在翻译过程中尽可能地消灭自己的偏见,回归文本的意义结构。文学作品的翻译就是对文本作者意图和文本意义的理解和阐释。文学翻译要求译者把自己和原作者融为一体,与作者一起重新经历那作品所展开的快乐或痛苦的精神之旅,因为作者才有权力赋予他的作品以确定意义,译者的理解只是理解出文本固有的意义。

解构主义认为,文本的产生意味着作者的死亡(Bassnett,1996:13)。文本的意义并非存在于文本之中,而是文本与读者之间相互作用的产物。文本意义的实现有多种可能性,不同读者可能对文本获得不同的理解和阐释。因此,文本的意义是开放的,读者不是被动的消费者,而是作品意义的积极建构者,也就是说译者在对文本的理解中有可能发挥主体性和能动创造作用。解构主义对文本确定意义的解构,对翻译来说,打破了作者主宰文本意义的权威,破除了在传统译论基础上建立起来的翻译原意转换之说,传统的翻译被解构了。作者,这个文本的唯一来源,统领文本意义的权威不在了。源语中心论试图发现文本最终的、确定的叙事结构的努力也失败了,多元意义、开放的文本出现了,重写的、创造性的、主体的读者或译者诞生了。

其实,对作者权威地位的解构始于对文本意义的否定。巴尔特(Roland Barthes)在《作者之死》中指出,以往的文学研究一直围绕作者展开,对作品的解释就是努力找出作者意图,对文本的理解和阐释带来的结果就是要得到作者一个人的声音,作者成了统治文本意义的上帝。他进一步指出,文本不可能有一个确定的"神威要意",文本写作是消解意义,又生产意义,同时滋生出多元的文本意义。作品的意义是游移变动的,不为文本所凝固。事实一经叙述,就与客观现实断开了联系,写作也就成了语言符号游戏,语言符号的所指和能指不是一一对应的(葛校琴,2006:229-230)。德里达(Jacques Derrida)认为,文本的意义难以确定,文本是一个开放的、不完整的系统,存在多重意义,任何对原文的理解和翻译都不能穷尽其可能的意义。德里达主张用"转换"(transformation)来代替翻译,主张把翻译看成是一种语言向另一种语言、一个文本向另一个文本的"转换"。翻译的目的就是揭示那些被丢失和遭压抑的东西,揭示文本的多重意义(葛校琴,2006:122)。德里达把意义看作是一个不断变化发展的过程,而不像结构主义那样将意义视为一个"终点"和"固定点"。译者在翻译过程中不是复制原文本而是在文本提供的多重意义中创造出一个新的文本,译者是新文本的创造者,他的作用是催生出一个新的文本,衍生出新的思想,使人类的精神成果不断繁衍、增殖。从德里达的解构主义观点出发,译者是原文本的解构者,也是新生文本的创造者,但是译本一旦写成,译者也就完成了他的历史使命,译本又会产生多重的意义,翻译就是意义的不断推迟和延异(differance),在这样向前推进的过程中原文不断地被解构,译者成为文本的解构者。

4. 文学翻译中的美学价值取向

4.1　文学作品中美学价值的生成机制

文学作品是用语言形式进行的艺术创造。文学作品的语言是日常生活语言经提炼、加工而成的,具有独特的魅力,往往能给读者留下丰富的想象空间。如果科学术语是约定俗成的和常规的语言的话,那么文学语言便是常规的超越,是变异的语言。文学语言打破了语言形式和意义之间原有的联系,创造出由新鲜词汇产生的新的意义,引起人们对事物的关注,并产生一种愉悦的感觉。因此,文学作品可以看成是作者所创造的语言符号世界。作者既是社会个体同时又是艺术家,生活在一定的历史阶段和社会文化环境中,通过其独特的个人生活体验,必然会产生对社会和人类生活的看法和观点。在文学创作中,作者是通过艺术形象的创造来表达他的关于社会和人类生活的各种思想和情感。文学作品的形象是作者用来产生心里画面的语言表达,同时又体现了作者的思想和情感。因此,我们说文学作品中的形象具有思想价值。另一方面,文学作品的形象能够激励读者充分发挥想象力从而把作品所描绘的画面在大脑中加以形象化,在此过程中,读者在视觉和听觉上产生愉悦的感觉从而获得美学价值的享受。在此意义上,我们说文学作品的形象又具有美学价值。

文学作品是想象的艺术。本雅明(Walter Benjamin)在他的《译者的任务》一文中指出,文学作品之所以成其为艺术,并不是在于它传达了什么语言信息,表达了什么内容,而是在于它是如何表达的(Benjamin,1992:71)。在文学作品中,作品不会给读者提供问题的现成答案。文学作品所提供给读者的只是作品的一系列图式结构,其功能便是激励读者获得文本的形象来探索他想获得的答案。毫无疑问,文学作品的图式结构显然与文学形象有关,但是,作品并不直接提供其文学形象,需要读者努力去发现和探索。从这个角度来讲,文学作品就是运用理解的基本结构来激励读者生产文学形象。事实上,作品要表达的意义或者作品的语言所直接揭示的意义是有限的。但是,有限的语言赋予了读者对其意义的开放性。文本的不完整性产生了不确定性从而产生了文本意义之间的空隙,留给了读者想象的空间。伊瑟尔(Iser)提出了"空白"(blanks)和"具体化"(concretization)这两个概念。他认为,读者通过"空白具体化"(concretization of blanks)这一过程,消除了文本的不确定性(Iser,1978:181-185)。在伊瑟尔看来,在文本的整个图示结构中存在着许多空白,读者正是在填补这一个个空白的过程中实现文本的理解

(Iser,1978:123)。

阅读文学作品不是一个被动的活动,需要读者发挥想象力和联想力。文学作品的一个诱人之处就在于读者的能动参与。文学批评家认为,文学作品就像一个竞技场,读者和作者在这个竞技场上共同参与一个想象的游戏。在这个游戏性中,如果什么都给了读者,那他就没事可做了,阅读也就会因此而变得枯燥乏味。因此,高明的作者往往会在作品中有意识地为读者留下许多想象的空间,即"空白",通过空白的具体化,读者完成审美历程并获得独特的审美快感。在文学作品创作中,作者通常会把其意向读者的诸如具有鲜明文化特色的词语以及历史典故等方面的文化背景知识预设在文学作品中作为空白以体现他的美学创造和艺术动机,同时又给读者留下想象的空间。文学作品所预设的空白激励着读者发挥想象来填充,从而构建作品所表达的形象。读者正是在填补这一个个空白的过程中获得自己的审美快感,欣赏文学作品的"符号化的方式"(mode of significance)。

4.2 文学翻译的美学价值取向

解构主义使文学批评的聚焦点从以往关注作者的创作意图、文本的结构和意义,转移到目前关注读者的作用,挖掘文本言之未言之意上来。这种视角的转换为翻译研究开启了一个新的领域,即从以往只关注原作者、原文本和原文意义的研究,转移到原文的读者,即翻译活动的译者中来,使译者主体和译者主体性的问题成了翻译研究的当下焦点。

读者作用,文本言之未言或不定意义的研究,拓展了人们对作者、文本以及意义的认识,但并不是说我们在阅读时能够完全无视作者或文本结构意义的存在,在阅读和理解时,纵使有多种的意义和阐释,读者,尤其是译者,还是不可能抛开作者的意图、文本的意义这个根基。译者对文本的理解和阐释就其本质来讲与其说是一种阅读行为,倒不如说是一种受到制约的活动。译者的任务首先是重构作者的世界,进入作者的思想境界。译者不是原文作者,他充当的角色是在原文作者和译文读者之间架起一座桥梁,使译文读者达到原文作者思想的彼岸。译者应以原文文本为准绳,发掘其深层的含义。译者通过阅读和对原作的整个世界进行重构,把握住作品的整体结构和内容,了解作者的意图、态度以及作品人物的感情等。

关于文本对阅读行为的制约作用,瑙曼(Naumann)提出了"接受指令"(the givens for reception)这一概念。接受指令指的是在阅读行为前文本本身存在的各种要素。"接受指令"这一命题表明了文本不但生产出满足读者接受要求的物质材料,而且还生产出文本接受的方式以及读者的接受能力。文本本身是一个有机的整体,其结构和图式预先设定了读者接受的方向、读者的反应以及读者可能对文本的评价(范大灿,1997:17-20)。而伊瑟尔则用"图式"(schemata)、"文本范式"(textual pattern)以及"文本的整体系统"(overall system of the text)等概念来阐释文本对读者理解的制约作用。阅读过程就是读者对文本的"空白具体化"的过程,当文本的各个图式结构相互关联时,空白即消失,读者完成阅读活动(Iser, 1978:183)。通过"空白的具体化",即填补文本的空白,读者重新建构文本的"整体系统",形成自己的理解,完成审美历程,获得文本的理解和阐释。实际上,读者要填补的空白即"隐含性的东西"(something invisible)存在于文本的"整体系统"之中。"整体系统"是由文本的各个图式组成的结构。"整体系统"为读者与文本之间的"对话"提供了指南从而为文本意义的理解和阐释提供了总的框架。因此,我们认为译者在阅读活动中创造性地理解和阐释文学文本时,原文作者并未消失,他的写作轨迹仍然是作品理解的重要框架,文本的"整体系统"或图式结构对译者理解和阐释文本起着重要的制约作用。事实上,读者的阅读活动虽不在文本之中,但受到文本的影响和制约(Iser,1978:168)。

"如果说,作者的本意由于作者处于历史性的演变之中会有所演变从而表现出一种不确定的话,那么,已经由作者完成并变成了一个客观存在体的文本,它的本意应该是相对确定的。"(谢天振,2000:25)如果解构主义一味夸大读者的作用,强调文本意义的游移,无本源,文本意义的开放性和译者对文本意义的创造性理解和阐释的合理性将陷入纯粹相对主义的恶性循环。美国文学解释学批评家赫斯(E. D. Hirsch)针对这种个体相对主义的文本理解策略提出了客观解释学理论。赫斯指出:"我们应该尊重原意,将它视为最好的意义,即最合理的解释标准","一篇文本的重要特点在于,可以从它分析出不是一种而是多种各不相同的复杂的意义,而其中只有作者的意义才具有这种禀有统领一切意味的确切资格"。赫斯把作者的原意与作者的原意和阐释意义的叠加分别用"意义"(meaning)和"意味"(significance)来区别。他认为,"意义是一个文本所表达的意思,它是作者在一个特定的符号序列中,通过他所使用的符号表达的意思。意味则是指意义与人之间的联系,或一种印象、一种情景、一种任何想象中的东西"(Hirsch,1967:8-25)。据此,赫斯将"意义"看成是作者或说话人的话语中所蕴含的意向性。他声称,不变的意义才具有客观性。只有寻找到这种客观的、已经存在的作者的原意,并排除自己的个体相对主义阐释因素,才能谈得上解释的有效性,否则所解释的意义不具合法性。

众所周知,翻译与文本的理解和阐释有着密切的联系。既然翻译和文本的理解和阐释密不可分,是否在翻译中有什么指导原则来规约译者对文本的理解和阐释呢? 译者对文学的理解和阐释有多少可看成是真实可靠的而必须融入译文中,又有多少应该留给译文读者自己去探索和发现呢? 奈达和塔布尔(Eugene A. Nida & Taber)指出了翻译中的两个问题。第一个问题是超额翻译(overloading translation),是译者在译文中添加了许多对原文理解的成分所造成的。他们认为译者在翻译中应该避免超额翻译(Eugene A. Nida & Taber,1969:30)。第二个问题是欠额翻译(overloaded translation)。由于译者对原文的主题知之甚多,因而认为译文读者也和译者一样对原文的主题同样非常熟悉,结果翻译出的译文读者往往不能理解(Eugene A. Nida & Taber,1969:99)。有些译者由于自己本身又是文学批评家,因而更容易生产出超额翻译的译文,而有些译者忽视了译文读者的表示接受能力的信道容量(channel capacity)要比原文读者小这样一个事实,因而生产出欠额翻译的译文,给译文读者留下了太多的文化缺省成分。在翻译中,译者应避免这两种类型的译文。

的确,在翻译过程中,由于译文读者的信道容量要比原文读者的信道容量小,译者需要在译文中增加"冗余信息"(redundancy)以使译文读者对译文获得连贯理解。但是,这并不意味着译者可以在译文中插入他自己的主观倾向和看法。正如金堤和奈达指出,译者不是在重写原文,他在译文中不能增加他认为是有用的信息或者删掉太难的内容,他只能把原文中隐含的结构在译文中加以明确表达(Jin Di & Nida,1984:104)。译者不能把他从原文理解中发现的任何东西通过译文传达给译文读者,否则就会损害原文含蓄的美学效果。由于在文学作品中读者最感兴趣的往往不是作者说了什么而是作者未说的内容,因此,在文学翻译中最值得译者重视的是不要剥夺译文读者发挥想象力的作用。这一点在文学翻译中显得特别重要,因为译文读者阅读外国文学作品并不满足只能欣赏到译者对原文的理解和阐释。译文读者阅读外国文学作品,一是希望能够欣赏到外国文学特有的韵味,领略到外国文学作品中所蕴涵的异国情调,二是希望能够充分发挥想象力从而获得原文美学价值的享受。相反,如果译者在译作中因填满了原文的空白而剥夺了译文读者的想象力,那么,其译作便会同嚼过的甘蔗一样,失去了原文的滋味。因此,译者在文学翻译中不应忽视原作的存在,而应为译文读者留下回味的空间从而更好地展现原作的魅力。

陌生化(defamiliarization)是文学语言的本质属性,也是作为语言艺术的文学的最本质的特征(张冰,2000:163)。根据俄国形式主义的观点,陌生化就是艺术性或是文学性的代名词,文学作品如果没有陌生化的效果,也就不能称作文学作品。文学家在进行文学创作时,不是力图客观真实地反映现实,拉近读者与现实的距离,而是刻意将"已知"的变成"未知"的,从而拉大作品接受者与表现客体之间的距离,给读者以咀嚼、体味与感受的空间。什克洛夫斯基(Shklovsky)指出,"艺术的手法是使'事物变得陌生',使形式变得艰涩(difficulty),增加理解和感知的难度和时间,因为理解和感知的过程本身就是一种美学上的目的,因而一定要加大和拉长。"(Brooker,1999:65)

文学家在文学创作过程中有一种求"异"的趋向,用作品中新奇的、陌生的东西来吸引读者,满足他们求新、求异的要求。文学语言是一种特殊的语言,文学翻译要用另一种语言把原作的艺术意境、美学价值传达出来,使读者在读译作的时候获得美学价值探索的享受。因此,在文学翻译中译者应坚持文学作品的美学价值取向,而不仅仅是信息取向,应尽力保持原作中的差异性和陌生性。任何一个旨在传达信息的翻译作品所能够传达的除了信息之外别无他物,而信息又是文学作品中无关紧要的东西。我们知道,文学作品中除了信息之外还包含一个最为本质的性质,即深不可测的、神秘的、"诗性的"东西——一种只有文学家的译者才能够传达的东西。在文学翻译中,译者应该用文学的美学价值取向取代信息取向。要想将原作中美学价值的东西传达出来,译者应通过适当的方法将原文中的差异性和陌生性这种具有美学价值和美学效果的东西在译文中加以预设,以便保持文学作品中某种"诗性"的东西,保持原文语言中的鲜活性和陌生性,因为文学作品最忌讳的就是使用一些失去新鲜感和陌生感的陈词滥调。

如前所述,读者在阅读中需要填补作者在文本中留下的"空白"。在译文的生产过程中,译者应该尽力在译文中保留原文的"空白"。他应该把他理解原文时所填补的空白转换成留有"空白"的译文,以便译文读者同原文读者一样有机会填补原文的"空白"。因此,译者的一项重要任务便是要发现原文的图式,寻找一种最为有效的方法在目标语言中建构原文的文本图式和文本意图,从而使得译文读者同原文读者一样能够欣赏到原作的美学价值并获得美学享受。事实上,译者是洞察力最敏锐的读者,他在理解和阐释原作时可能发现作者使用诸如暗含意义、象征手法、文字游戏、双关语以及其他修辞手法所隐含的美学价值。但是,在翻译过程中,他应该把这些美学价值的东西留给译文读者和文学批评家。译者的任务与文学批评家的任务不同,文学批评家可以在文学批评中明确阐释作品的美学价值以便读者更好地从某一角度来评判作品的优劣,而译者永远不要忘记他是译者,他充当的角色是在原文作者和译文读者之间架起一座桥梁,使译文读者达到原文作者的思想彼岸。译者必须在译文中隐藏起来,让原文作者与译文读者直接对话。虽然译者在翻译中不能完全避免他个人的参与,译者都会在翻译中融入自己的理解、阐释和其独特的风格,但是他应该尽力减少他个人的参与程度,从而让译文读者尽可能地获得原文美学价值的享受。在文学翻译中,译者是原作的直接阅读者,既懂原语又懂目标语,因而在欣赏原作的美学价值时具有优势。然而,他应该在译文中让译文读者自己去发现原作的美学价值以便能够像读原作一样得到启发、感动和美的享受。

5. 结　语

通过以上对源语中心论的文本意义的解构及其文学翻译中再现原作美学价值的分析和讨论,可以看出,文学文本不应该只有一种理解和阐释,译者在翻译过程中不是复制原文本而是在文本提供的多重意义中创造出一个新的文本,正是译者在翻译活动中的创造性解构了作者或文本的绝对权威,使文学作品获得了再生。但是译者不能把他从原文理解中发现的任何东西通过译文传达给译文读者。译者在理解和阐释原作的过程中可能会发现原文作者使用各种表现手法所隐含的美学价值,在翻译过程中他应该把这些美学价值的东西留给译文读者,不能因填满原文的空白而剥夺译文读者的想象力从而损害原文含蓄的美学效果。因此,译者应该尊重原文作者的艺术动机和美学创造,认真审视原作中各种艺术表现手法所隐含的美学效果,根据原文的具体情况和译文读者的接受能力,灵活选择翻译策略,尽力再现原作的美学价值。

参考文献:

[1] Bassnett, Susan. The Meek of the Mighty: Reappraising the Role of the Translator [A]. in Roman Alvarez & M. Carmen – Africa Vidal eds. Translation, Power, Subversion [C]. Clevedon: Multilingual Matters Ltd., 1996: 10 – 24.

[2] Benjamin, Walter. The Task of the Translator [A]. in Rainer Schulte & John Biguenet eds. Theories of Translation [C]. Chicago and London: The University of Chicago Press, 1992: 71 – 82.

[3] Brooker, Peter ed. Cultural Theory: A Glossary [C]. New York: Oxford University Press Inc., 1999.

[4] Hirsch, E. D. Validity in Interpretation [M]. New Haven: Yale University Press, 1967.

[5] Iser, Wolfgang. The Act of Reading: A Theory of Aesthetic Response [M].

Baltimore:The Johns Hopkins University Press,1978.

[6] Jin Di & Eugene A. Nida. On Translation [M]. Beijing:China Translation Press Co. ,1984.

[7] Nida,Eugene A & Charles R. Taber. The Theory and Practice of Translation [M]. Leiden:E. J. Brill,1969.

[8]范大灿. 作品、文学史与读者[M]. 北京:文化艺术出版社,1997.

[9]葛校琴. 后现代语境下的译者主体性研究[M]. 上海:上海译文出版社,2006.

[10]孙致礼. 翻译:理论与实践探索[M]. 南京:译林出版社,1999.

[11]谭载喜. 西方翻译简史[M]. 北京:商务印书馆,1991.

[12]谢天振. 翻译的理论建构与文化透视[C]. 上海:上海外语教育出版社,2000.

[13]张冰. 陌生化诗学:俄国形式主义研究[M]. 北京:北京师范大学出版社,2000.

[原载《外国语文》2011 年第 5 期]

附录三

从翻译的文化功能看翻译中文化缺省补偿的原则

王大来

(温州大学 浙江温州 325035)

摘 要:文化缺省是指作者在与其意向读者交流时双方共有的相关文化背景知识的省略。本文旨在探讨翻译中文化缺省补偿的一个原则:使译文读者获得文化探索的享受。翻译的文化功能决定了翻译在建构异国文化中起着重要的作用并对目标文化具有深远的影响。从文化交流的角度看,译者的重要任务是把原文中的文化信息传达给译文读者。因此,在补偿译文读者的文化缺省过程中,译者应尽力使译文读者获得原文的文化信息,而不能因补偿过量而使译文读者失去获得文化探索享受的机会。

关键词:图式、文化缺省、翻译的文化功能、文化补偿

Cultural Functions of Translation: The Principle of Compensation for Cultural Default in Translation

Abstract: Cultural default is defined as the absence of relevant cultural background knowledge shared by the writer and his intended readers. This paper aims to account for one of the principles of compensation for cultural default in translation: making the TL reader acquire pleasure of cultural exploration. This principle will be discussed in terms of cultural functions of translation, which wield enormous power in constructing representations of the foreign culture and have far reaching effects in the target culture. If we look at translation in the perspective of cultural communication, the major task of translation is to turn the cultural information in one language into another. Therefore, in the process of compensating for the TL reader's cultural default the translator should try his utmost to allow his TL reader to acquire cultural information of the source text and refrain from excessive cultural compensation which will deprive the TL reader of the opportunity for acquiring the pleasure of cultural exploration.

Key words：schema；cultural default；cultural functions of translation；cultural compensation

1. 引言

有人想象,翻译工作最大的难题是在接受语或译语中找出恰当的词和结构。恰恰相反,对于译者来说,最大的困难是补偿译文读者的文化缺省,这不仅需要理解词语的意义和句法关系,而且还要对原文的文化缺省成分有敏锐的感觉。人们普遍错误地认为,一个掌握两种语言的人就能够胜任翻译工作。首先,仅仅掌握两种语言是不够的,了解相关的文化也同样重要。语言在某一文化中的作用以及该文化对词和习语的影响比比皆是,不仔细考虑原文的文化背景,对任何一篇文本都很难做出恰当的理解。

译者在翻译中应充分注意原文文化缺省的存在。首先,对原文的正确理解依赖于对原语文化特征的相关事实的正确理解。然而,在许多情况下,译者没有注意到原文中存在的文化缺省成分。结果,译者所理解的原语文化背景知识可能是以他自己的文化现实为基础。其次,由于原文读者与译文读者的文化背景知识不同而引起的翻译误读比语法错误之类的东西更难发现,因而造成译文读者对原文更严重的错误理解。

本文旨在探讨翻译中文化缺省的一个原则：使译文读者获得文化探索的享受。首先,根据图式理论阐明文化缺省的生成机制以及交际价值,然后根据翻译的文化功能讨论文化缺省补偿的原则。

2. 文化缺省

我们知道,在交际过程中,交际双方要想达到预期的交际目的,就必须具有共同的背景知识。正是有了共同的背景知识,交流时就可以省去对双方来说是显而易见的事实,从而提高交际效率。人工智能的研究表明人类的知识是以固定的图式(schema)形式组织起来贮存于人的大脑中,以便运用时随时可以搜索(Brown & Yule：234)。"人类认知过程中知识的组织涉及比单词和概念更大的单元。这个组织也包括人们熟知的情景和事件以及情景和事件之间的关系的知识。"(Matlin：222)因此,图式可看作是关于情景和事件的概括性的知识(Matlin：223)。换言之,图式是"一般的"信息,不仅包括了人们生活中的事件,而且还包括了事件的程序和顺序以及社会情景的一般知识。例如,"饭店图示"描述了在饭店就餐时可能发生的一系列事件。然而正如 Bartlett 指出,图式不能看作是连续的单个事件和经历的累积,必须对图式加以组织并使之随时可以搜索(Brown:249)。因此,图式是"高度复杂的知识结构"(Brown:247)。

图式的基本结构包含带有标记的若干空位(slot),空位又由填充项(filler)填充。例如,在表示典型的"饭店图式"中,就有"服务员""餐桌""餐椅""菜单"等这类带有标记的空位。客观世界中存在的某个饭店或文本中提到的具体饭店可看作是这一饭店图式的一个例子。用某个饭店的具体特征填充这一饭店图式的空位就可得到该饭店的画面。当图式的所有空位被填充项填满时,大脑的显示屏就会出现该图式的画面。例如,当感观记忆输入了"饭店"这一信息,饭店图式中像"餐桌"和"菜单"之类的空位就会被激活并由填充项填充。这是一个自上而下(top-down)的搜索过程。有时,激活图式的某个空位,就会激活其他相关的空位,最终激活整个图式。这是一个自下而上(bottom-up)的过程。例如,激活"餐桌","餐桌"就会激活"菜单""服务员"等空位,最终激活整个饭店图式。

因为没有任何两个人会有完全相同的背景,在言语交流中总会有些语义的缺失或曲解。但是,作为同一语言文化背景中的成员,他们拥有足够的共同背景知识来保证进行有效的交流。因此,作者在写作时不必告诉读者图式中显而易见的信息以便获得表达的经济性。作者和读者共享的背景知识在文本中加以省略的部分叫作"情境缺省"(situational default)。如果被缺省的成分与语篇内信息有关,就叫作"语境缺省"(contextual default),而与文化背景知识有关的,就叫作"文化缺省"(cultural default)。然而,文化缺省成分一般都具有鲜明的文化特色,并且存在于语篇之外,因而会对处于不同语言文化背景中的读者造成意义真空,他们因缺乏应有的图式无法对文本获得连贯的理解。

文化缺省是作者在与其意向读者交流时双方共有的相关文化背景知识的省略。在像翻译这样的跨文化交际中,原文作者和译文读者由于生活在不同的社会文化环境中而不具有共同的文化背景知识。因此,对于原文读者来说是显而易见的文化背景知识,对于译文读者就构成了文化缺省成分。原文中文化缺省的存在及其功能使得我们不得不面对这样一个事实:原文作者在写作时是不为译文读者的接受能力着想的。

3. 文化缺省补偿的原则:使译文读者获得文化探索的享受

3.1 翻译的文化功能

翻译中译者应该坚持"非民族中心主义"(non-ethnocentric)的态度,因为这种态度可以更大程度地兼容文化差异。既然译者处于"原文的发起人和信息的最终接受者这样一个长长的交流链——人类跨越文化疆界的纽带——的关键中心"(Schäffner & Holmes:16),就应该担负起清除由于两种文化差异造成的跨文化交际的障碍。今天,人类已进入了新的世纪,不同民族和不同文化和平共存,科学和技术迅猛发展,给我们提供了更多相互交流的机会。我们比历史上任何时候都更需要相互理解。为此目的,我们更需要摒弃民族中心主义和各种偏见。由此看来,翻译不仅是语言符号的解码和编码,而且还涉及不同文化之间的交流,旨在促进不同民族之间的相互理解。

文本的功能也应放在广泛的社会背景下加以考查,即考查文本是如何影响文化背景下的社会结构和社会功能。翻译使目标文化呈现出原语文化的画面,因而可以说翻译对目标文化有着深远的影响。人们从哪里获得关于异国文化的知识?又是怎样知晓异国文化与本国文化是不同的呢?人们可以身临异国文化或阅读异国文化背景中生产的原文文本来获取关于异国文化的知识。除此而外,人们还可以通过翻译这条途径来获得关于异国文化的知识。Venuti 指出,翻译最重要的作用就是文化身份的形成,翻译对构建异国文化具有深远的影响(Schäffner:10)。由此可见,在把异国文化传达给目标文化的读者的过程中,翻译起着至关重要的作用。

既然翻译促进文化交流,形成文化身份,对社会发展和变革有着深远的社会影响,那么什么才是一篇好的译文呢? Berman 认为一篇质量差的译文具有民族中心主义的倾向,即"在翻译的幌子下,对外国作品的异国情调实行系统的否定"。(Berman:4)一篇好的译文旨在采取开放、对话的态度,使本国语言文化呈现出原文文本的异国情调,从而限制这种民族中心主义的否定态度(Berman:5)。翻译是存在的方式,通过这种方式,读者可以欣赏到原作的异国情调。一篇好的译文能使读者领会原作的同时仍保留原作的异国情调(Berman:224)。

普通读者对译文的期待也不能忽视,因为他们的积极反馈极大地影响了翻译的标准。许钧曾对中国读者对名著《红与黑》的译文的期待做过调查。调查结果是中国读者希望能够读到能反映异国情调和异域文化的翻译文学。给出两种原作的译文,一种是略带一点"欧味"的译文,另一种是过分归化的译文。要读者在这两种译文中选择一种,结果是大部分读者选择前者,其理由是他们希望能欣赏到外国文学特有的韵味,领略到外国文学作品中所蕴涵的异国情调以及鲜明的语言风格(许钧:189-192)。确实,过分归化的译文会阻碍译文读者领略原文的异质文化。因此,译者应尽量保留原作的"风姿"。

"翻译的本质是'意义'的翻译,即翻译文本的全部内容。一旦从这一观点来看待翻译,翻译就成了浅薄的语义调解。"(Berman:187)这样的翻译就是以牺牲原文中具有鲜明文化特色的形式和所指为代价,在所谓"内容"层面上进行的翻译。事实上,翻译应涉及两个方面:从窄的意义来讲,翻译就是把一种语言所表达的内容转换成另一种语言的内容;从广义的角度来看,翻译是把一种语言的文化内涵转换成另一种语言的文化内涵。毫无疑问,翻译的一个基本原则就是对原文的忠实。根据这个原则,翻译应忠实于原文所表达的内容和文化信息。译者必须以适当的方法辩证地处理好翻译所涉及的这两方面。然而,如果从文化交流的角度来看,译者的任务便是把一种语言的文化内容转换成另一种语言的文化内容。因此,译文是否忠实于原文在很大程度上取决于译者对两种语言的把握程度以及对两种语言所表达的文化内容的细微差异的高度敏感。看来,翻译不可避免地会遇到文化问题和文化的表达问题。

3.2 文化补偿体现异国文化

一般说来,对文化缺省的处理有两种方法:一种是以源语文化为归宿,另一种是以目标语文化为归宿,即异化和归化。异化意味着使译文读者接近异国文化,使译文读者看出异国文化与本族文化的不同。归化意味着使异国文化紧贴目标文化读者,使目标文化读者毫无困难地阅读译文。换言之,归化就是为了方便目标文化读者,用目标文化代替源语文化。

有人认为异化不能消除译文读者对原语文化理解上的困难。这种观点首先忽视了文化的兼容性;第二,把归化作为翻译中解决文化缺省的唯一手段。例如:"Where there is smoke, there is fire."中文读者是见过"fire"和"smoke"的,这种具有文化兼容性的成语,又何必译成"无风不起浪"呢?对翻译中文化缺省所造成的理解困难,可以通过阐释法来解决,倘若运用归化法,译文读者永远不能从根本上理解源语文化,更谈不上从心理上接收源语文化。

当两种语言所表达的文化价值差异巨大时,归化的问题在跨文化翻译中就显得尤为突出。《红楼梦》中刘姥姥的一句中国习语"谋事在人,成事在天",杨宪益和夫人将其译为"Man proposes, Heaven disposes",而霍克斯将其译成"Man proposes, God disposes"。杨保留了原文"天"(Heaven)的形象,传达了道家的观念和中国封建时期乡村妇女的信仰。霍克斯为了补偿英语读者的文化缺省,把"Heaven"形象转换成了"God"形象,认为信仰基督教的读者可以更容易地接受这一形象。但是这一形象转换虽然适合西方读者的心理文化,却歪曲了旧中国乡村妇女的宗教信仰,因而是不恰当的。把《圣经》从希腊文翻译成英文,有些译者认为在英语中"demon-possessed"(着了魔的)的自然对等就是"mentally distressed"(精神苦恼的)(Nida & Taber:13)。然而,这只是一种文化翻译,没有把圣经时代人们看事物的观点和文化观念加以考虑。同样,译者不应该把"祝您圣诞节好,求上帝保佑您万事如意"改译成"祝您春节好,求菩萨保佑您万事如意"。"译者应该记住他的任务是语言翻译而不是文化翻译。"(Nida & Taber:13)

译者不应该为了"功能对等"而随意改变原文的形象。功能对等原则是以读者为中心的,因为该原则过分强调译文读者的同等反应。当然,译文是否能为译文读者所理解应是译者首要关心的问题。但是过分强调这一原则会严重地阻碍译文读者欣赏原文的异质文化,使译文读者难以了解原文所蕴涵的文化信息,因为根据功能对等原则对译文做出的文化补偿太显而易见,好像译文中所谈到的事情就发生在本国或本地区。结果,异国文化的痕迹消失殆尽。例如,根据功能对等原则,"上帝的羔羊"可译成爱斯基摩语中"上帝的海豹",因为在爱斯基摩语中没有"lamb"这类的东西(Nida,1964:223)。这样的文化补偿虽可获得对等效果,但从文化交流的角度来看,译者为了补偿译文读者的文化缺省随意改变了原文的文化意象,因而是不合适的。这样的译文归化了原文的异质文化而具有严重的缺陷。事实上,译者为了照顾译文读者的接受力而归化了原文的异质文化,译文读者就失去了阅读译文的意义,因为异质文化本身就是原文意义的组成部分。因此,功能对等原则虽然在处理翻译中所涉及的语言差异方面有着积极的意义,但在处理文化方面有其局限性。Venuti 也抱怨这种归化的翻译策略。在《翻译和文化身份的形成》一文中,Venuti 指出,抑制外国文本的语言文化差异常常会使翻译失去意义(Schäffner:9)。

具有文化特色的词语,尤其是习语和典故都具有鲜明的文化风味,因而能唤起原文读者内心的特别感受。在翻译这样的词语时,译者最好采用直译加注的方法来补偿译文读者的文化缺省。虽然,任何翻译都会有语义内容的损失,但直译加注的方法可以把翻译中的文化亏损减少到最小的程度。比如将"我只会马走日,象飞田"译成"I only know the most basic moves","马走日,象飞田"那种中国棋文化的风采丢得精光。但是如果译者添加注释对英语读者解释这一中国文化背景,文化亏损就会被限制在最小的程度。

更多的时候,直译加注是为了向译文读者介绍原文文化的有关知识,增进他们对原文的了解。张谷若先生在译哈代名著《德伯家的苔丝》时,就用脚注的形式介绍了许多基督教的重要观念和英国的风俗习惯,帮助不熟悉小说历史和文化背景的中国读者更好地理解原著。比如:

The May – day dance, for instance, was to be discerned on the afternoon under notice, in the disguise of the club revel, or "club – walking" as it was there called.

譬如现在所讲的那个下午里,就可以看出五朔节舞①的旧风以联欢会(或者像本地的叫法,游行会)的形式出现。(张谷若译)

① 五朔节舞:英国风俗,五月一日奏乐吹号,采取树枝、野花、装饰门窗。在草地上树立五朔柱,围柱跳舞,并选举五朔后。此风古时极盛,现在穷乡僻壤上还有举行的。

的确,张谷若先生的小注释解决了许多令译者感到棘手的问题。这样的注释不会打断读者的阅读过程,还会有助于读者了解外国文化。梅少武在评论纳博科夫的翻译原则时说,纳博科夫并不喜欢用意译法,而是坚持使用直译加注释或注解的方法。他所翻译的普希金《叶甫盖尼·奥涅金》的译文有4卷,共1200页,但译文只有228页,其余的都是注释和注解(梅少武,1993)。当然,这只是诗歌翻译的极端情况,很少的译文会有如此多的注释,也没必要这样做。但我们可以看出,在翻译外国文学作品时,直译加注确实是一种文化缺省补偿的行之有效的方法,可以使译文读者在领会译文时获得文化探索的享受。

4. 结 语

原文中文化缺省的存在及其功能使我们不得不面对这样一个事实:原文作者在写作时是不为译文读者的接受能力着想的。为了使译文读者对译文获得连贯的理解,译者必须进行文化补偿。

文化缺省补偿的一个原则就是使译文读者获得文化探索的享受。翻译的文化功能决定了翻译在建构异国文化中起着重要的作用并对目标文化具有深远的影响。从文化交流的角度以及译文读者的期待来看,译者在文化缺省的补偿过程中应尽力使译文读者欣赏到原文所特有的异国情调和原文所蕴涵的文化信息,而不能因补偿过量使译文读者失去获得文化探索享受的机会。因此,在翻译实践中,译者应认真审视原文中的文化因素,根据原文的具体情况和圆满实现文化补偿的这一原则的要求灵活做出正确的补偿策略。

参考文献：

[1] Berman, A. *The Experience of the Foreign: Culture and Translation in Romantic Germany*[M]. (Trans.) S. Heyvaert. Albany: State University of New York Press, 1992.

[2] Brown, G. & Yule. G.. *Discourse Analysis*[M]. London: Cambridge University Press, 1987.

[3] Matlin, M.. *Cognition*[M]. 2nd. New York: Holt, Rinehart and Winston, Inc., 1989.

[4] Nida, E. A. & Taber. C. R. *The Theory and Practice of Translation*[M]. Leiden: E. J. Brill, 1969.

[5] Nida, E. A. *Toward a Science of Translating*[M]. Leiden: E. J. Brill, 1964.

[6] Schäffner, C. & Kelly-Holmes, H. (eds.) *Cultural Functions of Translation*[C]. Clevedon, Philedelphia and Adeleide: Multilingual Matters Ltd., 1995.

[7] 梅少武. 纳博科夫和文学翻译[J]. 中国翻译 1993(4).

[8] 许钧.《红与黑》翻译的理论与实践[A]. 翻译论丛 上海：上海外语教育出版社, 1998.

[原载《外语研究》2004 年第 6 期]

参考文献

一、英文文献

Baker, Mona. *In Other Words: A Coursebook on Translation*. Beijing: Foreign Language Teaching and Research Press, 2000.

Baker, Mona. Corpus Linguistics and Translation Studies: Implications and Applications. In M. Baker, G. Francis & E. Tognini-Bonelli eds. *Text and Technology: In Honour of John Sinclair*. Amsterdam: Benjamins, 1993. pp. 233-250.

Bassnett, Susan. *Translation Studies*. London: Routledge, 1991.

Bassnett, Susan. The Meek or the Mighty: Reappraising the Role of the Translator. In Roman Alvarez & M. Carmen-Africa Vidal eds. *Translation, Power, Subversion*. Clevedon: Multilingual Matters Ltd., 1996. pp. 10-24.

Bassnett, Susan & Lefever, Andre. eds. *Translation, History and Culture*. London & New York: Cassell. 1990.

Bassnett, Susan & Lefevere, Andre eds. *Constructing Cultures: Essays on Literary Translation*. Clevedon: Multilingual Matters Ltd., 1998.

Bell, Roger T. *Translation and Translating: Theory and Practice*. London & New York: Longman Group UK Ltd., 1991.

Benjamin, Walter. The Task of the Translator. In Rainer Schulte & John Biguenet eds. *Theories of Translation*. Chicago & London: The University of Chicago Press, 1992. pp. 71-82.

Benjamin, Walter. The Task of the Translator. Trans. H. Zohn. In Lawrence Venuti ed. *The Translation Studies Reader*. London & New York: Routledge, 2000. pp. 15-25.

Benjamin, Walter. The Task of The Translator: An Introduction to the Translation of Baudelaire's Tableaux Parisiens. In Lawrence Venuti ed. *The Translation Studies Reader* (2nd edition). New York & London: Routledge, 2004. pp. 75-85.

Berman, Antoine. *The Experience of the Foreign: Culture and Translation in Romantic Germany*. Trans. S. Heyvaert. Albany: State University of New York Press, 1992.

Brooker, Peter. *Cultural Theory: A Glossary*. New York: Oxford University Press Inc., 1999.

Brower, Reuben. *Mirror on Mirror — Translation, Imitation, Parody*. Harvard University Press, 1974.

Brown, Gillian & Yule, George. *Discourse Analysis*. Cambridge: Cambridge University Press, 1987.

Chomsky, Noam. *Reflections on Language*. Great Britain, William Collins Sons & Co. Ltd., 1976.

Derrida, Jacque. Differance. Trans. A. Bass. In H. Adams & L. Searle eds. *Critical Theory since 1965*. Tallahassee: Florida State University Press, 1986.

Even-Zohar, I. The Position of Translated Literature within the Literary Polysystem. In Lawrence Venuti ed. *The Translation Studies Reader*. London & New York: Routledge, 2000. pp. 192–197.

Fish, Stanley E. Literature in the Reader: Affective Stylistics. In Jane P. Tompkins ed. *Reader-Response Criticism*. Baltimore: The Johns Hopkins University Press, 1980.

Foucault, Michel. What is an Author? Trans. D. F. Bouchard & S. Simon. In D. F. Bouchard ed. *Language, Counter-memory, Practice: Selected Essays and Interviews*. Basil Blackwell. Oxford, 1977. pp. 113–138.

Foucault, Michel. What is an Author? Trans. Josue Harari. In Josue Harari ed. *Textual Strategies Perspectives in Post-structuralist Criticism*. Methuen & Co. Ltd., 1979. pp. 141–160.

Friedrich, Hugo. On the Art of Translation. In Rainer Schulte & John Biguenet eds. *Theories of Translation*. Chicago & London: The University of Chicago press, 1992. pp. 11–16.

Gentzler, Edwin. *Contemporary Translation Theories*. London & New York: Routledge, 1993.

Gentzler, Edwin. *Contemporary Translation Theories*. Clevedon: Multilingual Matters Ltd., 2001.

Goethe, Johnann. Wolfgang von. Translations. In Lawrence Venuti ed. *The Translation Studies Reader*. London: Routledge, 2004. pp. 64–66.

Gray, J. *Endgames: Questions in Late Modern Political Thought*. Cambridge: Polity Press, 1997.

Halliday, M. A. K. & Hasan, R. *Cohesion in English*, London & New York: Longman, 1976.

Harari, Josue V. Critical Factions/ Critical Fiction. In Josue Harari V. ed. *Textual Strategies Perspectives in Post-structuralist Criticism*. Methuen & Co. Ltd., 1979. pp. 17–72.

Hatim, Basil. *Teaching and Researching Translation*. Beijing: Foreign Language Teaching and Research Press, 2005.

Hermans, Theo ed. *The Manipulation of Literature: Studies in Literary Translation*. London: Crook Helm, 1985.

Hermans, Theo. *Translation in Systems: Descriptive and System-Oriented Approaches Explained*. Manchester: St. Jerome Publishing, 1999.

Hirsch, E. D. *Validity in Interpretation*. New Haven: Yale University Press, 1967.

Holmes, James S. *Translated! Papers on Literary Translation and Translation Studies*. Amsterdam: Rodopi, 1988.

Holub, C. Robert. *Reception Theory: A Critical Introduction.* London: Methuen, 1984.

Iser, Wolfgang. *The Act of Reading: A Theory of Aesthetic Response.* Baltimore: The Johns Hopkins University Press, 1978.

Iser, Wolfgang. The Reading Process: A Phenomenological Approach. In Jane P. Tompkins ed. *Reader – Response Criticism: From Formalism to Post – Structuralism.* Baltimore: Johns Hopkins University Press, 1980. pp. 50 – 69.

Iser, Wolfgang. The Reading Process: A Phenomenological Approach. In R. C. Davis ed. *Cotemporary Literary Criticism.* New York & London: Longman, 1986. pp. 376 – 391.

Jauss, Hans Robert. The Idealist Embarrassment: Observations on Marxist Aesthetics. *New Literary History.* Vol. VII, No. 1, 1975.

Jauss, Hans Robert. *Aesthetic Experience and Literary Hermeneutics.* Trans. Michael Shaw. Minneapolis: University of Minnesota Press, 1982.

Jin Di & Nida, E. A. *On Translation.* Beijing: China Translation Press Co., 1984.

Leech, G. N. & Short, M. H. *Style in Fiction.* London and New York: Longman, 1981.

Leech, G. N. *Semantics.* Harmondsworth: Penguin Books Ltd., 1981.

Lefevere, Andre. *Translating Literature: Practice and Theory in a Comparative Literature Context.* New York: Modern Language Association of America, 1992a.

Lefevere, Andre. *Translation, Rewriting, and the Manipulation of Literary Fame.* London: Routledge, 1992b.

Lefevere, Andre ed. *Translation, History, Culture: A Sourcebook.* London & New York: Routledge, 1992c.

Lefevere, Andre. *Translation, Rewriting and the Manipulation of Literary Fame.* Shanghai: Shanghai Foreign Language Education Press, 2004a.

Lefevere, Andre ed. *Translation, History, Culture: A Sourcebook.* Shanghai: Shanghai Foreign Language Education Press, 2004b.

Lefevere, Andre. *Translating Literature: Practice and Theory in a Comparative Literature Context.* Beijing: Foreign Language Teaching and Research Press, 2006.

Lefevere, Andre & Bassnett, Susan. Introduction: Where are We in Translation Studies? In S. Bassnett & A. Lefevere eds. *Constructing Cultures: Essays on Literary Translation.* Shanghai: Shanghai Foreign Language Education Press, 2001. pp. 1 – 11.

Lewis, Phillip. The Measure of Translation Effects. In J. F. Graham ed. *Difference in Translation.* Ithaca & London: Cornell University Press, 1985. pp. 31 – 62.

Lotman, Jury & Uspensky, B. A. On the Semiotic Mechanism of Culture. *New York History.* Vol. LX, No. 2, 1978. pp. 211 – 232.

Matlin, Margaret W. *Cognition* (2nd ed.). New York: Holt, Rinehart and Winston, 1989.

Monbiot, G. Global Villagers Speak With Forked Tongues. *Guardian.* August 24, 1995.

Munday, Jeremy. *Introducing Translation Studies: Theories and Applications*. London: Routledge, 2001.

Newmark, Peter. *Approaches to Translation*. Oxford: Pergamon Press, 1981.

Newmark, Peter. *A Textbook of Translation*. Prentice Hall International Ltd., 1988.

Newmark, Peter. *About Translation*. Clevedon: Multilingual Matters Ltd., 1991.

Nida, E. A. *Toward a Science of Translating*. Leiden: E. J. Brill, 1964.

Nida, E. A. & Taber, Charles R. *The Theory and Practice of Translation*. Leiden: E. J. Brill, 1969.

Nida, E. A. & Reyburn, William. *Meaning Across Cultures*. New York: Orbi's Books. 1981.

Nida, E. A. *Language, Culture, and Translating*. Shanghai: Foreign Language Education Press. 1993.

Nord, Christiane. *Translating as a Purposeful Activity: Functionalist Approaches Explained*. St. Jerome Publishing, 1997.

Nord, Christiane. A Function Typology of Translation. In Ann Trosborg ed. *Text Typology and Translation*. Amsterdam & Philadelphia: John Benjamins Publishing Company, 1997. pp. 43 – 66.

Nord, Christiane. *Translating as a Purposeful Activity: Functionalist Approaches Explained*. Shanghai: Shanghai Foreign Language Education Press, 2001.

Reiss, Katharina. *Translation Criticism: The Potentials & Limitations*. Shanghai: Shanghai Foreign Language Education Press, 2004.

Richards, I. A. *Practical Criticism*. New York: Harcourt Brace, 1929.

Sager. J. C. Text Type and Translation. In Ann Trosborg ed. *Text Typology and Translation*. Amsterdam and Philadelphia: John Benjamins Publishing Company, 1997. pp. 25 – 42.

Savory, Theodore. *The Art of Translation*. London: Jonathan Cape, 1957.

Schäffner, Christina. Editorial. In Christina Schäffner & Helen Kelly – Holmes eds. *Cultural Functions of Translation*. Clevedon: Multilingual Matters Ltd., 1995. pp. 1 – 8.

Schleiermacher, Friedrich. On the Different Methods of Translating. In Lawrence Venuti ed. *The Translation Studies Reader*. London: Routledge, 2004. pp. 43 – 63.

Shklovsky, Victor. Art as Technique. Trans. Lee T. Lemon and Marion J. Reis. In Robert Con Davis & Ronald Schleifer eds. *Contemporary Literary Criticism*. New York & London: Longman, 1994. pp. 260 – 272.

Simon, Sherry. *Gender in Translation: Cultural Identity and the Politics of Transmission*. London: Routledge. 1996.

Snell – Hornby, Mary. *Translation Studies: An Integrated Approach*. Amsterdam & Philadelphia: John Benjamins, 1988.

Steffenson, Margaret. Register, Cohesion and Cross – cultural Reading Comprehension. *Applied Linguistics*. No. 7. 1986.

Steiner, George. *After Babel: Aspects of Language and Translation*. Oxford: Oxford University Press, 1976.

Toury, Gideon. Rationale for Descriptive Translation Studies. In T. Hermans ed. *The Manipulation of*

Literature: *Studies in Literary Translation*. London: Croom Helm, 1985. pp. 16 – 41.

Toury, Gideon. *Descriptive Translation Studies and Beyond*. Amsterdam: John Benjamins Publishing Company, 1995.

Venuti, Lawrence ed. *Rethinking Translation: Discourse, Subjectivity, Ideology*. London & New York: Routledge, 1992.

Venuti, Lawrence. Translation and the Formation of Cultural Identities. In Christina Schäffner & Helen Kelly – Holmes eds. *Cultural Functions of Translation*. Clevedon: Multilingual Matters Ltd., 1995a. pp. 9 – 25.

Venuti, Lawrence. *The Translator's Invisibility: A History of Translation*. London & New York: Routledge, 1995b.

Wang, Dalai. Iser's Theory of Aesthetic Response: Strategies on Compensation for Cultural Default in Translation. *Perspectives: Studies in Translatology*. No. 4. 2001: pp. 339 – 352.

Wilss, Wolfram. *Knowledge and Skills in Translator Behavior*. Amsterdam: John Benjamins Publishing Company, 1996.

Zimnyaya, Irina. A Psychological Analysis of Translation as a Type of Speech Activity. In Zlateva Palma ed. *Translation as Social Action*. London: Routledge, 1993: pp. 87 – 100.

二、中文文献

包惠南,包昂. 实用文化翻译学[M]. 上海:上海科学普及出版社,2000.

陈永国. 翻译与后现代性[M]. 北京:中国人民大学出版社,2005.

张柏然,许钧. 面向21世纪的译学研究[M]. 北京:商务印书馆,2002.

曹雪萍,金煜. 葛浩文:低调翻译家[N]. 新京报,2008 – 03 – 21.

陈福康. 中国译学理论史稿[M]. 上海:上海外语教育出版社,1992.

范大灿. 作品、文学史与读者[M]. 北京:文化艺术出版社,1997.

傅雷. 论文学翻译书[J]. 读书. 1979(3).

高明凯. 汉语语法论[M]. 北京:商务印书馆,1986.

葛浩文. 漫谈中国新文学[M]. 香港:香港世界出版社,1980.

葛校琴. 后现代语境下的译者主体性研究[M]. 上海:上海译文出版社,2006.

郭建中. 当代美国翻译理论[M]. 武汉:湖北教育出版社,2000a.

郭建中. 韦努蒂及其解构主义的翻译策略[J]. 中国翻译,2000(1):49 – 52.

韩江洪. 严复话语系统与近代中国文化转型[M]. 上海:上海译文出版社,2006.

季进. 我译故我在——葛浩文访谈录[J]. 当代作家评论,2009(6):47 – 58.

季进. 作为世界文学的中国文学——以当代文学的英译与传播为例[J]. 中国比较文学,2014(1):27 – 36.

季羡林,许钧. 翻译之为用大矣哉[J]. 译林. 1998(4).

金元浦. 文学解释学[M]. 长春:东北师范大学出版社,1997.

乐黛云. 文化转型与文化冲突[J]. 民族艺术. 1998(2):49-57.

乐黛云. 文化相对主义与"和而不同"原则. 文化传递与文学形象[M]. 北京:北京大学出版社,1999.

乐黛云. 多元文化与比较文学的发展. 费孝通,德里达等编. 中国文化与全球化:人文讲演录[M]. 南京:江苏教育出版社,200.3.

廖七一. 当代西方翻译理论探索[M]. 南京:译林出版社,2000.

廖七一. 当代英国翻译理论[M]. 武汉:湖北教育出版社,2004.

廖七一. 胡适诗歌翻译研究[M]. 北京:清华大学出版社,2006.

林以亮. 林以亮论翻译[M]. 台湾:志文出版社,1974.

刘宓庆. 汉英对比研究与翻译[M]. 南昌:江西教育出版社,1991.

刘宓庆. 汉英对比与翻译[M]. 南昌:江西教育出版社,1992.

刘润清. 现代语言学名著选读(下册)[M]. 北京:测绘出版社,1988.

陆国强. 英汉和汉英语义结构对比[M]. 上海:复旦大学出版社,1999.

吕俊. 翻译研究:从文本理论到权力话语. 顾嘉祖编. 外国语言文学与文化论集[M]. 南京:东南大学出版社,2001.

茅盾. 为发展文学翻译事业和提高翻译质量而奋斗[J]. 译文,1954.

梅绍武. 纳博科夫和文学翻译[J]. 中国翻译,1993(4):54-57.

赛珍珠. 我的中国世界[M]. 长沙:湖南文艺出版社,1991.

孙致礼. 翻译:理论与实践探索[M]. 南京:译林出版社,1999.

孙艺风. 翻译规范与主体意识[J]. 中国翻译,2003(3):5-11.

谭载喜. 西方翻译简史[M]. 北京:商务印书馆,1991.

屠国元,肖锦银. 多元文化语境中的译者形象[J]. 中国翻译,1998(2):27-30.

王大来,张景华. 论文化转型与翻译的定位[J]. 四川外语学院学报,2002(3):103-106.

王大来. 从翻译的文化功能看翻译中文化缺省补偿的原则[J]. 外语研究,2004(6):68-77.

王大来. 文化比较中的文化因素及文化补偿[J]. 求索,2007(8):146-147.

王大来. 文学翻译中译者的创造性及其限度[J]. 温州大学学报,2008(5):82-86.

王大来. 解构主义语境下文学翻译的美学价值取向[J]. 外国语文,2011(5):93-97.

王大来. 文化转型语境下的翻译策略研究[J]. 社会科学战线,2011(11):266-268.

王东风. 一只看不见的手——论意识形态对翻译实践的操纵[J]. 中国翻译,2003(5):18-25.

王力. 中国语法理论(《王力文集》第一卷)[M]. 济南:山东教育出版社,1984.

王宁. 全球化时代的文化研究和翻译研究[J]. 中国翻译,2000(1):10-14.

王佐良. 词义·文体·翻译[J]. 翻译通讯,1979(1).

谢天振. 翻译的理论建构与文化透视[M]. 上海:上海外语教育出版社,2000.

谢天振. 中国文学走出去:问题与实质[J]. 中国比较文学,2014(1):1-10.

许宝强,袁伟. 语言与翻译的政治[M]. 北京:中央编译出版社,2001.

许钧. 文字·文学·文化——《红与黑》汉译研究[M]. 南京:南京大学出版社,1996.

许钧.《红与黑》翻译的理论和实践. 耿龙明编. 翻译论丛[M]. 上海:上海外语教育出版社,1998.

许钧. 当代法国翻译理论[M]. 武汉:湖北教育出版社,2001.

许钧,袁筱一. 当代法国翻译理论[M]. 南京:南京大学出版社,1998.

叶维廉. 道家美学与西方文化[M]. 北京:北京大学出版社,2002.

寅半生. 读迦因小传两译本书后[J]. 游戏世界. 1907(11).

约翰·汤姆林森. 全球化与文化[M]. 南京:南京大学出版社,2002.

曾利沙. 翻译教学中的预设思维训练[J]. 外国语言文学,2006(3):180-185.

展凡. 文学翻译的指导原则与主要方法[J]. 外国语,1987(1)

张冰. 陌生化诗学:俄国形式主义研究[M]. 北京:北京师范大学出版社,2000.

赵文静. 翻译的文化操控——胡适的改写与新文化的建构[M]. 上海:复旦大学出版社,2006.

郑延国. 莎译园地一朵新花——朱文振仿戏曲体译莎片段简析[J]. 外语教学与研究,1990(1):75-76.

邹振环. 影响中国近代社会的一百种译作[M]. 北京:中国对外翻译出版公司,1996.